지구에서의
내 삶은
형편없었다

임승훈 소설

문학동네

팔 년간 날 지켜준 푸코에게

졸피뎀과 나

1

지구에서의 내 삶은 형편없었다.

2

나는 깊은 땅속에 있었다. 깊고 붉은 땅속에 내가 있었다. 저 높은 곳에서 달은 초승달이 되었다가 그믐달이 되어갔다. 내가 왜 이곳에 있느냐 하면, 뭐라고 말해야 할까? 외로웠다고 말해야 할까? 아니면 이것이 나에게 남은 마지막 의지라고 말해야 할까? 의지는 뭐라고 해야 할까? 우리 아버지는 그걸 빌딩이라고 말했지. 어쩌면 꿈이라고 할지도 몰라. 아버지는 빌딩의 주인이 되고 싶었지만 죽을 때까지 매달 은행 이자를 갚는 것만으로도 허덕였다. 살던 집도 차도 모두 잃고 경기도 화성의 낡은 월세 아파트에서 늙은 몰티즈를 무릎에 앉힌 채 〈슈퍼스타K〉를 보던 아버지. 아버지, 늪 속으로 가라앉는 우리집. 나는 아버지 옆에 앉아 화면이 번져 자막도 잘 보이지 않는, 음량을 최고로 높여도 웅웅거리는 소리를 내는 그런 30인치 브라운관 TV를 보면서, 문득 더할 나위 없는 수치심을 느끼곤 했다. 수치심. 아버지의 어깨는 넓었지만 종아리는 가늘었고, 아버지는 미남이었지만 언제나 동공이 스프링이라도 달린 듯이 흔들렸다. 그건 운명을 암시하는 걸까? 그건 메타포일까? 아버지는 TV를 보며 이렇게 말했지. 잘 봐라, 저 아이가 노래하는 걸 잘 봐라. 내가 볼 때 쟨 진짜 천재 같구나. 정말 감동적이야. 천재란 저런 아이를 두고 하는 말이지. 그럼 난 불쑥 화가 치밀어올라 말했다. 아버지, 뭐가 천재란 말이에요. 저기 나오는 애들은 어차피 다 대형 기획사에서 떨어진 애들이에요. 다 떨거지들이에요. 아버지가 음악을 알아요? 천재를 알아요? 왜 아는 척해요? 그러면 아버지는 그러냐, 그렇구나, 라고 말하곤 다시 〈슈퍼스타K〉를 봤다. 나는 울고 싶었다. 아버지의 관자놀이에 난 굵은 검버섯들을 보면서 말이다. 왜 울고 싶었냐면, 무엇보다 내가 불쌍해서 그랬다. 왜냐하면 아버지는 불쌍한 사람이고, 나는 아버지를 닮았기 때문이다. 나도 아버지처럼 어깨가 넓지만 종아리는 가늘거든. 나도 아버지처럼 흔들리는 동공을 타고났거든. 나도 아버지처럼 나를 감상적이게 하는 것들을 미워했거든. 아버지가 밉다. 불쌍하다, 불쌍하다. 아버지가 미워. 그런 생각을 하곤 했거든.

그리고 내가 밉다. 나 따윈 정말 싫다.

3

결혼식에 갔다. 나와 동갑내기 사촌의 결혼식이었다. 사촌은 변호사였다. 그의 여동생은 연합신문의 기자였고, 그녀의 남편은 JTBC 기자였으며, 다른 사촌도 변호사였고, 또다른 사촌은 신한 은행의 은행원이었고, 또다른 사촌은 토목회사를 운영하고 있었고, 또다른 사촌은 얼마 전에 고려대를 졸업했고, 또다른 사촌은 죽었지만 대원외고에 다녔었고, 또다른 사촌은 호주에 이민 가서 목수로 자리잡았고, 또다른 사촌은 현대자동차를 그만두고 세 개의 뚜레쥬르 매장을 운영하고 있었다. 뚜레쥬르 운영의 장점을 알려줄까? 파리바게뜨는 팔리지 않은 빵, 그러니까 재고를 가맹점이 스스로 처분해야 한다. 하지만 뚜레쥬르는 다음날 본점에서 얼마간의 돈을 지불하고 재고를 수거해 간다. 재고 비용을 보전해준다는 말이다. 뚜레쥬르 빵이 더럽게 맛이 없다는 건 전혀 중요한 게 아니다. 나와 엄마는 한때 사촌형의 뚜레쥬르 매장에서 일한 적이 있었다. 형은 엄마와 나를 붙잡고 매일 신세한탄을 했다. 매일 힘들다고 했다. 매일 죽고 싶다고 했다. 이혼한 아내가 보고 싶다고 했다. 그러고는 슬픈 얼굴로 BMW 520d를 타고 집에 돌아갔다. 창밖으로 슬픈 미소를 띠고서, 슬프게 손을 흔들면서, 작은엄마, 승훈아, 화이팅, 이라고 말했지. 형이 집에 가고 나면 나는 엄마와 열두시까지 일했다. 크리스마스이브에는 새벽 세시까지 일했다. 엄마는 매일 집에 돌아오는 버스에서 한 시간 내내 사촌형을 욕했다. 그 아이가 얼마나 부정적인지 아니? 종일 옆에서 한숨을 쉬어대는데 그러다 집에 들어가면 나도 세상이 곧 무너질 것 같지 않겠니? 지난번에는 CCTV로 네 엄마를 감시하더구나. 계산을 잘하는지 어떤지, 빵은 쉬지 않고 만드는지 말이다. 제 작은엄마를 말이다. 남자가 매일 그렇게 구부정하게 다니다니 어찌나 한심한지. 그러다 엄마는 꾸벅꾸벅 졸았다. 매일 이런 얘기를 듣고 있자니 나도 형이 불쌍하게도, 한심하게도, 쪼잔하고 의심이 많게도 느껴졌고, 또한 세상 누구보다 치졸한 사람처럼 느껴졌고, 어느새 형이 미워서 견딜 수 없을 지경이 됐다. 그래서 어느 날 그의 아르마니 스카프를 훔쳐서 불태워버렸다. 하지만 그건 진실이 아니었다. 비록 형은 소심했지만 다정했고, 다소 의심이 많았지만 공정하려고 노력했던 사람이었다. 그러므로 우리가 견딜 수 없었던 건 형이 아니라, 함께 집에 돌아오는 그 한 시간이었다. 우리가 참을 수 없었던 건, 형의 무엇이 아니라 형이 나를 승훈이라고, 엄마를 작은엄마라고 부르는 것이었다. 그래서 나는 형을 미워했고, 형의 스카프를 태웠고, 엄마는 꾸벅꾸벅 졸았다.

어쨌든 그들은 모두 결혼했다. 나만 제외하고. 사촌들도 삼촌들도 고모들도 엄마도 아버지도 모두 한 번씩은 결혼했다. 심지어 할아버진 세 번이나 결혼했다. 하지만 나는 알고 있었다. 나는 앞으로 평생 결혼 따윈 못할 거라는 걸. 나는 삼류 시인이니까. 나는 아무런 재산도 없는 주제에 빚이 삼천만원이나 있으니까(그리고 그 빚은 매년 늘어갔다). 그런 나를 붙잡고 빌어먹을 노인네들은 말했다. 이제, 승훈이 네 차례구나. 그러면 나는 큰 소리로 웃으며 대답했다. 누가 시인이랑 결혼해요, 저는 이대로 행복하게 살 거예요. 하지만 문제는 여자들이 아니었다. 시인이 불쌍해 견딜 수 없어 평생을 책임지고 싶어하는 여자들이 더러 있었기 때문이다. 문제는 나, 그러니까 심각한 건 나. 나는 평범한 여자를 사랑하지 못하고, 어딘가 썩은 내가 풀풀 풍기는, 그러니까 살아 있는 동안 이미 부패해버린 것 같은 그런 여자만 사랑했다. 아니 더 심각한 건 이거다. 나는 내가 사랑하는 그 여자들과 결혼하면 절대 안 된다는 걸 분명하게 알고 있다는 점이다. 그렇지만 그런 여자들이란 대개 결혼을 꿈꾸는 법이거든. 그들은 모두 알코올에 빠져 있고, 심각한 골초에, 매일 저녁 여섯시면 우울함을 이기지 못해 다음날 아침 여섯시까지 뜬눈으로 밤을 새우곤 하는 여자들이고, 쉴새없이 자기 비하와 자기를 사랑해주는 사람에 대한 비난을 번갈아 하고, 아슬아슬한 교태를 부렸으며, 모든 것을 내던지듯 섹스를 하는 여자들이었다. 그들은 또한 좋아하는 것은 너무 좋아했기 때문에 금세 질려버렸고, 싫어하는 것이 과도하게 많아 우울한 여자들이었다. 무엇보다 그런 여자들은 기괴하게 총명한 나머지 자기 자신에 대해 지나치게 잘 알아서, 그리고 자기 자신에 대한 연민을 참을 수 없어서, 이 모든 것에(자신에 대한 연민에조차) 냉소적이어서, 그걸(자기 연민조차 비웃는 걸) 또 견디기 힘들어서 아주 자주 혼자 울곤 하는 여자들이었다. 그래서 그들은 결혼을 꿈꿨다. 결혼을 꿈꾸면서도 결혼이란 어차피 도달할 수 없는, 존재하지 않는, 어쩌면 이미 지나간 시간처럼 대했다(슬프게도). 그건 맞는 말이었다. 나 역시 그녀들과 사랑에 빠질 때면 실수로라도 결혼할 수 없다고 결심했고, 매일 잠들기 전에 그 결심을 되뇌었기 때문이다. 나는 내 인생이 이미 파탄에 이르렀다고 생각했다. 내 인생은 일찌감치 어긋나버렸다. 그걸로 남은 육십여 년이 정해졌다고 생각하면 억울했지만, 그래서 더더욱 또하나의 파탄마저 껴안고 살 자신은 없었다. 더불어 내가 누군가의 파탄이 될 뻔뻔함도 없었다. 만약 그렇게 된다면 나는 매일 생각할 것이다. 매일 떠올릴 것이다. 내가 얼마나 혐오스러운 인간인지. 내가 마주보는 건 거울 속의 나로 족했다. 그러므로 나는 언제나 그들과 이별해야만 했다. 이별하면서 그들은 예외 없이 내게 맹비난을 퍼부었다. 욕을 하거나 발로 차는 여자도 있었다. 하지만 며칠 혹은 몇 달 뒤에 다시 연락을 해 이렇게 말했다. 승훈아, 우리는 서로를 너무 아끼고 서로를 늘 그리워했지만 우린 근본적으로 맞지 않았어. 난 그게 늘 슬펐어. 승훈아, 하지만 난 너와 얘기하지 않을 때면 아무것도 아니야. 승훈아, 너는 아름다운 사람이야. 우린 그렇게 새벽 세시나 네시까지 다정한 말을 주고받았다. 우리에게 상처를 준 사람들에게(대체로 우리 주변의 모든 사람들이었다) 함께 저주를 퍼부었다. 그러곤 결국 그리움을 이기지 못해 얼마 뒤 만났고, 당연하다는 듯이 섹스를 했다. 섹스한 다음날이면 나는 참을 수 없는 마음에 그녀들의 온몸에, 그러니까 엄지발톱에서부터 정수리까지 키스를 했다. 왜냐하면 그녀들은 되찾은 사랑이었고, 되찾은 사랑이라는 건 진짜 사랑이었고, 그건 내가 늘 원하던 것이었기 때문이다. 하지만 그들은 내가 정성스럽게 키스를 해도 눈만 껌뻑거리며 천장을 보았고, 혹은 내가 내 마음을 참지 못하고 사랑한다고 고백을 하면, 응 그래 알았어, 이런 식으로 대답을 했고, 우리집을 나와서는 나와 아침밥도 먹지 않았으며, 내게 냉랭한 표정을 보여주곤(보란듯이) 내가 손을 잡아도 맞잡은 손에 힘을 주지 않은 채 걸었다. 그러고는 급하게 택시를 잡아타고 사라져 다시 며칠 동안 혹은 몇 달 동안 혹은 영영 연락을 하지 않곤 했다.

　반면 평범한 여자들, 그러니까 우울감은 때때로 있을지 모르지만 우울증은 없고, 어떤 이유로든 정신과에 가지 않으며, 예술에 대한 깊은 이해가 없고, 규칙적인 생활을 하며, 손님이 오면 방안에 걸어놓은 브래지어와 팬티를 치우는, 규칙이 있다면 그 이유가 있다고 생각하는 그런 여자들을 만날 때는 상황이 전혀 달랐다(그런 여자들은 규칙을 생각하면 곧 처벌을 떠올렸다. 하지만 내 미친 연인들은 규칙을 생각하면 외로움을 떠올렸다). 나는 어쩌면 그들에게 아주 매력적으로 보이는 모양이었다. 그들은 내가 이 꼴인 게 어떤 이유가 있어서라고 생각하는 듯했다(반면 내 미친 연인들은 내가 나로 태어났다는 걸 참을 수 없어했다). 그래서 그런지 그들은 금세 나를 사랑했고, 나는 그럴수록 그들을 경멸했다. 왜 경멸했냐고 묻는다면 할말이 많다. 그들은 인생이 너무 평온해서 둔감했고, 습관적으로 남들의 생각을 제 생각인 것처럼 말했다. 어쩌면 그들은 자기 생각을 말하는 걸 두려워하는 것처럼 보였다(그러면서도 살아가는 일에 관해서는 자연스럽고 담담했다. 하지만 나도, 나의 미친 연인들도 세상에 대해 거침없이 지껄이면서도 정작 살아가는 일에는 늘 공포에 휩싸여 있었다). 반면 그들은 예술에 대해서 이중적이었다. 그들은 예술이란 도덕적인 공공재라고 믿었다. 그래서 누구나 예술에 대해 자유롭게 느끼고 평등하게 발언할 수 있다고 생각하면서도, 막상 예술에 대해 말할 때면 온 세상 사람들이 수도 없이 사용해서 똥물이 된 어휘로 떡칠을 하지 않으면 한마디도 하지 못했다(예술이 자본주의 질서를 역배치한 사실상 자본주의의 패럴렐 월드라는 걸 생각해보면 그들의 태도는 자연스러운 거였다). 사실 예술이 도덕적인 공공재라는 생각조차 제 판단이 아니었으므로 그건 일관성 있다고 할 수 있었지만, 어쨌든 내 입장에서 그건 자의식 과잉만 가득한 내 멍청한 시만큼 구역질나는 태도였다. 혹은 이런 거였다. 나는 그들이 가슴골이 보이는 깊은 브이넥 티를 입은 날이면 묘하게 의기양양해지는 걸 참을 수 없었고, 남자들은 모두 아이 같다며 일주일에 두 번 우리집에 와서 설거지와 청소를 해주곤 기쁜 표정으로 잔소리를 하는 걸 참을 수 없었고(나와 그녀들의 관계로 따져보면 어느 정도는 맞는 말이었지만, 늘 진실은 모욕적이었으므로 난 언제나 이게 화가 났다), 누가 봐도 그냥 늙은 아줌마일 뿐인 제 어머니의 사진을 내게 보여주며, 우리 엄마 미인이지? 라고 물어보는 것도 참을 수 없었고, 사람을 만날 때마다 본인의 시답지 않은 규칙을 자랑스럽게 말하는 것도 참을 수 없었다. 그 규칙이란 이런 식이었다. 커피는 케냐 AA, 크리스마스엔 라자냐. 그리고 나는 남자를 만날 때 첫 데이트에선 키스 이상은 할 수 없어. 섹스는 적어도 한 달은 걸려야 해. 그럼 나는 첫날 키스를 했고, 첫날 섹스를 했다. 어떻게 하냐고? 그건 간단했다. 나는 단지 아주 솔직하게 말했을 뿐이었다. 솔직해진다는 건, 내가 한심한 인간이라는 걸 보여준다는 의미이다. 사실 나는 섹스가 아니면 연애를 시작할 명분을 만들지 못하는 인간이었다. 더 정확히 말하자면 섹스를 통해서가 아니면 누군가를 내 연인으로 만들 자신이 없었다. 나는 늘 거울을 보면서 생각했다. 나는 너를 벗어날 수 없구나, 라고. 나는 또 아주 자주, 누군가와 얼굴을 마주보고 있을 때면, 그게 누구라도, 그 사람과의 우정이 얼마나 깊든 간에, 그가 역한 표정으로 내 뺨을 때리는 장면을 떠올리곤 했고, 한번 그 생각이 떠오르면 그 사람과 헤어질 때까지 그 영상은 반복적으로 재생됐다. 때로는 상상이 지나쳐 귓속으로 뺨을 후려치는 소리가 들려올 때도 있었다. 철썩! 철썩! 하지만 내 몸은 달랐다. 나는 매일 수영과 웨이트트레이닝을 했다. 내 몸은 늘 근육이 팽팽하게 당겨져 있었다. 마음이 썩어갈수록 나는 더 운동에 몰두했다. 이런 내가 섹스를 소홀히 할 리가 없었다. 섹스는 내게 유일한 구걸이었으므로, 언제나 그녀들의 마음에 들기 위해 최선을 다했다. 나는 매일 내 전신의 털을 다듬었다(브라질리언 왁싱을 했다는 말이다). 섹스를 할 때면 그녀들에게 무엇을 원하는지, 무엇이 좋은지 끊임없이 물었다. 그리고 온몸을 아주 천천히, 마치 아기를 씻기듯 정성껏 애무했다. 나는 침대 위에선 언제나 그녀들의 눈을, 코를, 입을 쳐다보았고, 키스를 했고, 사랑한다고 말했다. 섹스가 끝나면 따뜻한 물에 수건을 적셔 와 그들의 몸을 닦아주었다. 부드럽게. 그러므로 내가 여자들에게 내 섹스관에 대해 말할 때는 대체로 진실이었고, 그 진실은 울적할 때가 많았고, 때로 그걸 말하다보면 나 자신이 너무 한심하고 불쌍해서, 그래서 슬퍼서 울음이 나올 것만 같았고, 그러면 내 목소리는 가늘게, 아주 미세하게 떨렸고, 대부분의 여자들은 내 떨림을 인지했으며, 내 말이 진실이라는 걸 눈치 챘으며, 그러면 그들은 몸도 마음도 활짝 열었다. 그러니까 그날 밤 나와 섹스를 하게 됐다. 언제나 그런 밤은 문득 행복했다. 하지만 그 행복이 크면 클수록, 그 행복이 예상치 않은 것일수록, 나는 고통스러워졌다. 그건 절정이었다. 이제 내리막만 남았다. 그리고 우린 결국 서로를 좀먹게 될 거야. 나는 그런 느낌에, 그런 감각에 사로잡혔다. 왜냐하면 늘 그랬으니까. 늘 그랬기 때문에 나는 그런 사람이고, 이게 이번 생의 내 운명이라는 걸 일찌감치 받아들였으니까. 다른 방법은 없었다. 찾을 수가 없었다. 그게 너무 싫어서, 모멸감이 들어서, 나는 그녀들을 모욕하기 시작했다. 그녀들이 무얼 말하든, 나는 교묘하게, 그래서 그들 스스로 자신을 부끄러워하도록. 그들은 울면서 말했다. 승훈아, 그건 거짓말이야, 나는 올바른 인생을 살아왔어. 그래, 알고 있다. 알고 있는데, 그게 뭐? 내가 싫은 건 그 올바른 인생이다. 그 같잖은 뻔한 인생이 자랑스러워 죽겠지? 하지만 그건 가짜야. 넌 얼기설기 짚으로 얽어놓은 지붕이나 다를 바 없다고. 소나기 한 번이면 바로 주저앉을 거라고. 날 쳐다보지 마. 내 품으로 파고들지 마. 그렇게 나는 집요하게 그들의 부당함을, 논리적 치졸함을 공격했고, 결국 그들이 자기 자신을 치졸하고 치사하고 멍청한 인간(여자가 아니다. 인간이다. 그들이 자신을 인간으로서 형편없다고 생각해야 진짜 내 승리였다)이라는 걸 인정할 때까지 물고늘어졌다. 그들이 치졸하고 치사하고 멍청한 인간이 아닐 수도 있다는 가정 따윈 없었다. 어차피 사실은 중요하지 않으니까. 하지만 이건 굉장한 에너지가 동원되는 일이었다. 특히 나는 늘 누군가를 미워하는 주제에 또 누군가를 미워하는 것을 무서워했으므로, 그들을 경멸하는 건 내게도 보통 일이 아니었다. 때때로 나는 데이트가 끝나고 집에 오면 너무 지쳐서 열 시간이고 열두 시간이고 자곤 했다. 그래서 나는 내게 이런 고난을 주는 그들이 더욱 혐오스러워졌다. 하지만 내가 이런 생각을 하면 할수록, 그들을 모욕하면 할수록 그들은 내게 더 집착했고, 결과적으로 그들도 점차 정신병자가 되어갔고, 결국 내 미친 연인들과 마찬가지로 나에게 비난과 욕설을 퍼부으며 헤어졌다. 이 씨발놈, 개새끼, 넌 너만 알아, 넌 자의식 과잉인데다가, 빌어먹을 자존감이 낮아, 너는 유아기적이고, 넌 섹스밖에 할 줄 모르는 병신이야, 결정적으로 넌 마음이 없으면서 마음이 풍부한 척해, 그래서 언제나 작위적이야, 연극적으로 웃지 마, 냉소적인 척하지 마, 넌 냉소적일 수도 섬세할 수도 없는 사람이야, 왜냐하면 넌 역겨운 파충류 같은 인간이니까!

내가 파충류라고? 내가 파충류라고? 그렇지 않았다. 하지만 그들이 그렇게 생각하도록 내버려두었다. 왜냐하면 서로를 추잡하게 만드는 일이야말로 내겐 진짜처럼 느껴졌기 때문이다(어쩌면 이것만이 유일한 진짜인지도 몰랐다). 그 순간이 돼서야 나는 그들을 이해한 것만 같았기 때문이다. 어쩌면 그들도 그 순간에 이르러서야 비로소 나를 이해했다고 생각할 수도 있었다. 어쩌면 그건 내 연인들과 내가 유일하게 서로를 이해하는 순간일 수도 있었다. 하지만 종종 참을 수 없이 서글퍼지면, 나도 항변할 때가 있었다. 나는 그런 사람이 아냐. 나는 파충류가 아냐! 그러자 여자는 내게 말했지. 아니라면 증명해봐, 아니라면 내게 보여줘. 만약 지금 내가 이 깊은 땅속에 있는 것을 알게 된다면, 그녀는 그럼 모두 증명된 거라고, 너를 오해해서 미안하다고 말해줄 것이다. 나는 그럼 그녀를 따뜻하게 안아줄 것이다. 하지만 만약 그녀가 조금만 더 영민했다면, 그녀가 조금만 더 후각이 예민했다면, 이미 그때부터 나는 땅속에, 붉은 흙이 가득한 땅속에 묻혀 있다는 것을 알아챘을 것이다. 이를테면, 이런 식이다. 사촌의 결혼식은 웨스틴조선호텔에서 있었고, 우리는 스테이크를 먹고 있었는데, 내 옆에 앉아 있던 사촌 형수가 이렇게 말했다. 도련님, 고기에서 흙냄새가 나지 않아요? 비린내를 잘 처리하지 못한 거 같아요. 아유, 어떻게 이렇게 내놓는담. 하지만 그 순간 나는 어떤 위로를 느꼈다. 그녀에게서 그런 위로를 받게 될 줄은 생각지도 못했다. 그녀는 사촌형(그 뚜레쥬르 사장님 말이다)과 세 번 결혼했고 두 번 이혼했다. 그녀는 늘 사촌형을 숨도 못 쉬게 틀어쥔 채 매일 폭언을 퍼부었기 때문에 (근데 그 폭언이라는 게 엄마가 사촌형에 대해 하는 말과 별 차이가 없었다. 어쩌면 그는 타인에게서 늘 그런 말을 끌어내는 인간이었는지도 모른다) 사촌형은 그걸 견디다못해 이혼을 했고, 그

폭압이 그리워 그녀를 다시 찾았다. 다시 그녀에게 돌아갈 때마다 형은 말했다. 승훈아, 결국 나를 이해해주는 건 그 사람밖에 없어. 그 둘은 십오 년째 그 모양이었다. 그래서 나는 그녀를 좋아하지 않았다(형이 어떤 사람이든 결국 가재는 게 편 아닌가). 하지만 그녀가 그런 말을 하다니. 만약 내 전 애인들이, 그녀들이 내게 그런 말을 한 번이라도 해줬다면, 나는 그녀들을 더욱 사랑했을 것이다.

물론 그날 결혼식에서 그런 좋은 일만 있었던 건 아니다. 큰아버지는 내 손을 잡으며, 승훈아, 네가 뭐 드라마 작가를 한다고 했냐? 라고 물었고, 작은고모는 아니에요, 오빠, 얘는 배우라고 했어요, 얼굴을 보세요, 라고 말했다. 나는 웃으면서 드라마 작가도 하고 배우도 한다고 말했다. 이젠 그런 일에 이골이 났다. 그들은 내 직업에 대해 언제나 해명을 요구했으니까. 당신은 시인입니까? 왜 시인입니까? 내 눈에 천팔백 루멘의 빛을 비추면서 그들은 말한다. 나는 벌벌 떨면서 대답한다. 저는 불쌍한 사람입니다. 저는 역겨운 사람입니다. 죄송합니다. 오, 죄송합니다. 이골이 났다, 정말. 이젠 그저 웃으면서 드라마 작가도 하고 배우도 한다고 말할 수 있다. 어차피 나는 땅속에 있고, 이미 그들이 나를 신문하기 전에 매일 아침 나 스스로 신문하기 때문이다. 너는 죽어야 해. 오늘 온종일 생각해봐, 생각하고 또 생각해봐.

그렇지만 그런 나도 나를 끈질기게 붙잡고 늘어지는 작은아버지를 견디는 건 힘들었다. 그는 내게 왜 젊은이들은 스스로 진보라고 생각하는지, 그들이 진보에 대해 알고 있는지 집요하게 물었다. 하지만 난 그런 건 잘 모르고 관심도 없었다. 보수든 진보든 대부분의 멍청한 놈들이 누구에게 투표하든 하등 관심이 없었다. 어차피 내게 세상은 언제나 역겨웠고, 모두 죽었으면 좋겠다고 생각했기 때문이다. 다만 나는 언제나 감정적이었다. 동정심이 강한 편이었다. 어떤 부당함(이라고 내가 인지한 것) 앞에 서면 나도 모르게 얼굴이 시뻘게지기까지 했다. 때로 무어무어 단체들이 무슨무슨 시국선언이라며 내게 이름을 요구하기도 했다. 그럼 흔쾌히 응했다. 나는 정치엔 관심이 없었지만, 조금이라도 세상을 위해 무엇을 하려는 사람들을 보면 슬퍼졌기 때문이다. 그건 아버지를 볼 때와 비슷한 감정이었다. 그들이 내게 정중하게 승훈씨, 혹시 이 자리에 와주실 수 있을까요? 라고 묻는다면 그것에도 언제든지 응할 수 있다. 나는 촛불집회가 한창이던 때 매일같이 광화문에 나가곤 했다. 나는 촛불을 들고 사람들을 따라 걸었다. 걸으면서 구호를 외쳤다. 진실은 침몰하지 않는다! 우리는 개돼지가 아니다! 물러나라! 꺼져라! 물러나라! 꺼져라! 때때로 사람들과 어깨동무를 하고 노래를 부르기도 했다. 그건 무척 감동적인 경험이었다. 나는 외치면서, 노래하면서, 어깨동무를 하면서 나를 덮고 있던 껍질들이, 그 외로움들이 조금씩 떨어져나가는 것처럼 느꼈다. 내 고통이 조금씩 위로를 받는 것처럼 느꼈다. 나는 외쳤다. 우리는 개돼지가 아니다! 나는 노래했다. 우리는 개돼지가 아니다! 어깨동무를 했다. 어깨동무를 하고 걸었다. 마치 육중한 전차처럼 진군했다. 내 어깨에 걸쳐진 사람들의 팔은 따뜻했다. 발사 직후의 총신처럼 따뜻했다. 아마 내 팔도 따뜻했을 것이다. 그러다 그만 나는 울고 말았다. 눈물이 내 얼굴을 덮었다. 나는 울면서 소리쳤다. 우리는 개돼지가 아니다! 하지만 나는 이렇게 말하고 싶었던 것인지도 모른다. 고맙습니다. 고맙습니다. 시위가 끝나자 사람들은 내게 이렇게 말했다. 승훈씨, 다시 봤어. 맞아, 승훈씨가 이렇게 진지할 줄 몰랐어. 하지만 그땐 이미 내 마음은 다시 외로워졌고, 왠지 모르게 그들이 꼴도 보기 싫어졌다. 그럼 나는 아주 작은 목소리로, 네, 뭐, 라고 대답했고, 빌어먹을 진보 꼰대 새끼들이라고 생각했으며, 그들과 눈이 마주치지 않기 위해 그들의 시커먼 인중에 온 신경을 집중하다가, 뒤풀이에 가지 않고 슬그머니 집에 돌아왔다. 그렇지만, 그렇지만, 집에 돌아오면, 어느새 더, 조금 전보다 더 외로워졌고, 내 어깨에 놓여 있었던 온기가 떠올랐고, 모두 함께 지르던 함성이 떠올랐고, 그래서 밤새 입술과 손톱을 물어뜯다가(나는 늘 습관적으로 입술을 물어뜯어서 내 입술은 언제나 피투성이였다), 다음날 다시 창백한 표정으로, 수치스러운 마음으로 광화문으로 가곤 했다. 어쨌든 나는 일련의 그 과정이 하나도 불가해하지 않았다. 나는 언제나 아무 생각이 없었을 뿐더러, 언제나 쉽게 흥분하곤 했기 때문이다. 작은아버지는 그걸 알고 있었다. 그는 물었다. 민주주의는 무엇이냐? 더 나은 사회란 무엇이냐? 김영삼이 잘못한 것이냐? 김대중은 어떤 사람인지 아느냐? 1991년 크리스마스에 무슨 일이 있었는지 아느냐? 잘사는 게 얼마나 중요한지 아느냐? 묻고 또 물었다. 그러곤 결국 이렇게 말했다. 승훈아, 너는 정말 아무것도 모르고 있구나. 그도 결국 눈치채고 말았던 것이다. 그리고 작은아버지는 이렇게 말했다. 승훈아, 왜 그렇게 괴상하게 웃는 게냐?

4

매일 거울 앞에서 웃는 연습 하기.

5

나는 그게 무엇이든 지하 세계를 묘사한 작품을 좋아했다. 이를테면, 〈도망자 로건〉이나 〈악어〉〈괴물들〉〈언더그라운드〉『잃어버린 세계』『개미』『지하 세계에서의 785일』『메트로 2033』「아몬틸라도의 술통」 등. 그리고 나는 지하를 연상시키는 몇 개의 그림을 반복해서 그리곤 했다. 이를테면 나무 그림을 자주 그렸는데, 뿌리를 과도하게 크고 자세하게 묘사하는 식이었다. 어떨 때는 종이의 절반 이상이 나무의 뿌리였다. 그 수십 수백 갈래로 갈라진 뿌리들 하나하나에는 하나하나의 역사가 있었고, 그 역사는 하나하나의 정서를 형성하고 있었다. 사실 나는 뿌리를 그리기 위해 나무를 그렸다. 때때로 개미굴의 단면도를 그릴 때도 있었는데, 개미굴을 그린다는 건 나무의 뿌리를 그리는 행위를 정교화한 것에 지나지 않았다. 나는 이 괴상한 그림들을 그리지 않고는 견딜 수 없는 마음이 있었다. 그러므로 언제나 나를 매료시켰던 건 카타콤, 그 지하의 도시들. 카타콤의 어느 벽에는 큰 글씨로 고린도전서 15장 9절의 한 구절인 *"나는 사도라고 불릴 만한 자격도 없습니다"*가 적혀 있었다. 그건 마치 담배 파이프를 두고 "이것은 담배 파이프가 아니다"라고 하는 말처럼 이율배반적인 구석이 있었다. 그 말에는 자기모멸과 자기 비하와 더불어 자기 자신에 대한 깊은 자긍심과 환희가 있었다. 그 말은 지하 세계에 어울리는 말이었다. 왜 나는 지하에 이끌리는 걸까? 그것은 알 수 없었다. 다만 나는 이왕이면 더 좁고, 더 어둡고, 더 깊은 곳을 원했을 뿐이다. 어린 시절 나는 자주 이불장에 들어가 잠을 자곤 했다. 이불장 속이 내겐 일종의 동굴이고, 지하였다. 중학생이 됐을 때도 나는 그 버릇을 버리지 못했다. 그때 나는 또래에 비해 꽤 큰 편이어서 이불장에 누우면 다리를 구부정하게 접어야만 했다. 그럼에도 불구하고 굳이 일주일에 서너 번씩 그 안에 기어들어가곤 했던 것이다. 특히 울분이 넘칠 때면, 그 울분이 억울하면 억울할수록 그

안에 들어가 오래도록 생각을 곱씹었다.

어느 날 이런 일이 있었다. 중학교 이학년 가을이었는데, 그날은 학교 체육대회 날이었다. 나는 운동장 스탠드에서 같은 반의 민철이라는 아이와 싸우고 있었다. 이제 막 체육대회 마지막 순서인 계주가 시작되려던 참이었다. 운동장에는 십대의 남자아이들과(나는 보인중학교라는 남중에 다녔다) 쉴새없이 소리를 지르는 선생들, 구령대 위에서 등받이가 푹신한 의자에 앉아 있는 교장과 교감, 그리고 그들 옆에 일렬로 앉은 육성회 어머니들이 있었다. 그곳에 엄마도 있었다. 엄마는 육성회 부회장이었다. 그날은 아침부터 흐렸다. 하늘에는 잿빛 구름이 길게 펼쳐져 있었고, 햇빛은 창백했고, 그림자들은 희미했다. 삼십 년 된 학교 건물은 마치 바닷바람에 시달린 바닷가 마을의 낮은 집들처럼 적막했다. 비가 올 것만 같았다. 눅눅한 공기가 운동장의 흙냄새와 뒤섞여 불안하고 불쾌한 기분이 우리 주위를 온종일 맴돌던, 그날은 그런 날이었다. 아마 그 때문이었을까? 민철이와 나는 평소 전혀 부딪칠 일이 없었다. 그러니까 평상시엔 그랬다. 하지만 그날은 아니었다. 무언가가 우리를 움직였다. 우리의 대화는 고조되고 있었다. 마치 점점 어두워지는 하늘처럼. 짙어지는 공기처럼. 왜 싸웠을까? 기억나지 않는다. 누가 먼저 화를 냈는지도 잘 기억나지 않는다. 어쨌든 사소한 이유였을 것이다. 어쩌면 그저 그가 내 뒷자리에 앉아 있었기 때문이었을 것이다. 하지만 그래서 그 싸움은 더 중요했다. 원인은 구실. 진짜는 우리가 늘 화가 날 준비가 되어 있다는 것. 또 진짜는, 오늘 날씨가 좋갇다는 것. 또 진짜는 이 싸움으로 우리의 서열이 결정되리라는 것. 이 싸움에서 지는 자는 졸업할 때까지 패배자일 것이다. 어쩌면 영원한 패배자일 것이다. 하지만 나는 안일하게 생각했는지도 모른다. 그날은 체육대회였고, 곳곳에서 선생들이 우리를 감시하고 있었다. 그러므로 진짜 싸움은 이따 체육대회가 끝나고 시작될 것이라고 나는 그렇게 생각했던 것이다. 어쩌면 그 기싸움만으로 승패가 결정될 수도 있다고 생각했을 것이다. 그런 생각을 하는 찰나 느닷없이 그가 내 얼굴에 주먹을 박아 넣었다. 생각지도 못한 공격이었다. 이제 시작한다거나 안경을 벗으라거나 하는 말도 없었다. 안경을 벗으라는 말은 일종의 정식 절차였다. 그것은 공식적인 개전 선언과 마찬가지였다. 그것은 남자들의 룰이었다. 하지만 그는 아무런 예고도 없이 나를 때린 것이었다. 내 얼굴이 왼쪽으로 돌아가고 안경다리 하나가 부러졌다(그는 왼손잡이였다). 콧대가 안경 코 받침에 긁혀 화끈거렸다. 곧 피가 배어나와 축축해졌다. 그쯤 되면 나도 움직여야 했다. 그 비열한 놈의 눈두덩이에 주먹을 꽂아야만 했다. 그러고 나서 그놈의 납작하고 펑퍼짐한 코에 두 대, 세 대, 네 대를 연달아 날려서 코뼈를 부러뜨려야만 했다. 그렇지만 난 그러지 못했다. 나는 움직이지 못했다. 피가 맺힌 콧잔등을 두 손으로 어루만지면서. 그렇게 서 있었다. 나는 엄마를 생각하고 있었다. 구령대 위에 앉아 있는 엄마를 말이다. 내가 여기서 싸운다면 엄마는 창피하겠지. 수치스럽겠지. 나를 때린 새끼의 허리춤을 멍하니 쳐다보면서, 그런 생각을 했다. 그걸로 끝이었다, 그날의 싸움은. 그건 굴욕적인 항복이었다. 그건 자발적인 굴종이었다. 그날 집에 돌아와 이불장 속에 처박혀 얼마나 많은 생각을 했던가. 나는 몇 가지 가정들을 곱씹었다. 내가 그를 먼저 때렸다면 어땠을까? 혹은 내가 그전에 이렇게 말했다면 어땠을까? 씨발, 좆같은 새끼야, 이따 끝나고 남아. 나는 그 황홀한 문장을 다시 한번 중얼거렸다. 씨발, 좆같은 새끼야, 이따 끝나고 남아. 그러고는 앞으로 내게 남은 시간들을 떠올렸다(십대에게 십대 시절이란 영원히 끝나지 않는 것이므로 내가 떠올린 시간들은 영속적이었다). 이제 나는 그를 볼 때마다 아주 친근한 태도로 다정한 말들을 해야만 할 것이다(영원히). 그는 내게 때때로 싸늘한 표정을 짓거나, 신경질을 부려도 괜찮을 것이다(영원히). 대체적으로 그도 내게 다정할 테지만(승자의 아량으로), 어느 순간, 결정적인 어느 한순간 불현듯 내게 우리의 계급을 상기시켜줄 것이다(영원히). 그럼에도 나는 웃어야 할 것이다(영원히). 그건 대수롭지 않은, 그러니까 당연히 내가 받아야 할 대접이라는 듯이 구김이 없이 굴어야 할 것이다. 그건 이제부터 내 의무이고, 그의 권리이다. 영원히! 나는 다시 한번 중얼거렸다. 씨발, 좆같은 새끼야, 이따 끝나고 남아. 다시 한번 중얼거렸다. 씨발, 좆같은 새끼야, 이따 끝나고 남아. 하지만 이제 그는 남을 수도 없고, 좆같은 새끼도 아니게 됐다. 나는 엄마를 떠올렸다. 나는 엄마를 떠올리며 말했다. 씨발, 좆같은 년아, 이따 끝나고 남아. 그 말은 너무 슬펐다. 하지만 그게 내 마음이었다.

6

나는 야뇨증이 있었다. 매일같이 오줌을 쌌다. 내 이불은 오줌에 절어 언제나 지린내를 풍겼다. 나는 고등학생 때까지 오줌을 쌌고, 성인이 되어서도 가끔 실수를 했다.

그러므로 나는 사람이라고 불릴 만한 자격도 없습니다.

7

내 꿈은 뜬금없지 않았고 늘 현실적이었다. 어릴 때부터 그랬다. 현실에서 아끼던 샤프를 잃어버리면 샤프를 잃어버려서 십 년 동안 괴로워하는 꿈을 꿨다. 현실에서 친구가 전학 가면, 행복한 미소를 띠고 운동장을 달리는 친구를 아주 멀리서 쌍안경으로 훔쳐보는 꿈을 꿨다. 한번은 이런 꿈을 꾼 적도 있었다. 내 첫 시집이 출간될 때였다. 그때 편집자는 내 시집의 제목을 무척 마음에 들어하지 않았는데, 나는 왠지 모르게 그 제목으로 하지 않으면 모든 게 끝장나버릴 것만 같은 공포에 휩싸여 있었다. 그때 꿈을 꿨다. 꿈에 평론가 신형철이 나와 말했다. 임승훈씨, 그 제목은 똥입니다. 똥이라고요. 당신 같으면 똥을 처먹고 싶겠습니까? 나는 그의 앞에서 무릎을 꿇은 채 바닥에 고개를 박으며 말했다(마치 삼전도에서의 인조처럼 말이다). 맞습니다 형님, 형님 말씀이 무조건 맞습니다! 그러자 그는 그의 책『몰락의 에티카』로 내 머리를 툭툭 때리며 말했다. 이제 깨달으십시오.

그래서 엄마도 아버지도 살아 있었을 때, 나는 종종 그들이 죽는 꿈을 꾸곤 했다. 그들이 죽고 나면 나는 큰 소리로 "허망해!"라고 외치고 내 심장을 칼로 찔렀다. 하지만 난 죽지 않았다. 심장을 아무리 찔러도, 찔러도, 또 찔러도, 나는 죽지 않았다. 그래서 슬펐다. 몸부림쳤다. 꿈에서 깨어나면 나는 어느새 울고 있었다. 내 속눈썹은 축축하게 젖어 있었다. 그런 꿈에 시달렸다. 왜냐하면 나는 엄마나 아버지가 죽을까봐 매일 두려움에 떨었기 때문이었다. 그래서 늘, 전화가 올 때면 혹시 이 전화가 그들이 죽었다는 걸 알리는 전화가 아닐까? 지훈이가 전화를 걸어와, 혹은 대규 형이 전화를 걸어와, 형, 혹은 승훈아, 놀라지 마, 정말 놀라지 마, 아버지가 오늘 돌아가셨어, 혹은 작은엄마가 좀전에 돌아가셨대, 라고 말하는 건 아닐까? 그런 생각이 들곤 했다. 그게 차오르고 차올랐다. 그리고 어느 순간, 전화가 오면 심장의 두근거림이 멈추지 않게 됐다. 결국 나는 일 년 동안 핸드폰을 없앴다. 하지만 나는 사람들에게 이렇게 말했지. 나는 슬럼프야, 나는 글을 더 잘 쓰기 위해 핸드폰을 없앴지, 나는 슬럼프를 극복하기 위해 무언가를 해야만 했거든. 아아, 하지만 그런 게 아냐, 절대 그런 게 아냐. 나는 무서워, 무언가 잃어버렸다는 소식이 무서워. 아니 무언가 잃어버렸다는 말이 무서워. 아니 그저 세상이 내게 건네는 말들이 무서워. 무서워, 견딜 수 없어. 그랬다. 신형철의 말은 사실이었다(비록 꿈일지라도). 내 제목은 똥이었다. 그건 메타포였다. 꿈속의 그 제목은 세상 속의 나였다. 내 미친 연인들은 언제나 나를 떠나고 싶어했다. 나를 혐오했다. 나를 고통스러워했다. 내 정상적인 연인들은 나를 사랑했지만, 정확히는 우울하고 불쌍한 예술가를, 예술의 세계에서 조난당해 해변에 떠밀려 온 이방인을, 더 정확히는 자신이 마음껏 사랑해도 자신들을 사랑해주지 않을 인간을 사랑하는 거였다. 하지만 엄마나 아버지는 그렇지 않았다. 그들은 나를 무조건 사랑해주는 세상의 유일한 두 명이었다. 아니 나를 증명해주는 유일한 두 명이었다. 그 둘이 사라진다면, 그렇다면, 나는 아무것도 아니었다. 나는 부모님이 세상에 남긴 더러운 흔적에 지나지 않을 뿐이었다. 똥이었다. 허망했다. 허망해. 허망. 그리고, 나는 땅속에 있었다. 저 위에 초승달이 떠 있었다. 하지만 그게 뭐 이상한가. 나는 이미 오래전부터 이 땅속에 들어와 있었는데 말이다.

8

· 이 약은 작용 발현이 빠르므로, 취침 바로 직전에 경구투여 한다.

· 성인의 1일 권장량은 10밀리그램이며 이러한 권장량을 초과 하여서는 안 된다.

· 다음 환자에는 투여하지 말 것.

정신병 환자.

· 정신병적 이상 반응.

흔하게: 환각, 초조, 악몽.

때때로: 혼동, 과민.

빈도 불분명: 안절부절, 공격적 행동, 망상, 격노, 비정상적인 행동, 몽유병, 의존성(금단증상 또는 치료 중단 후의 반동성 효과), 성욕장애, 이인증, 괴기한 행동.

대부분의 정신병적 이상 반응은 역설적 반응과 연관이 있다.

9

어느 날 나는 낭독 행사를 하게 됐고, 그 자리에 대학 선배를 초대했다. 그는 이름 없는 지방 문예지로 등단했는데, 그 자신은 그것을 등단이라고 생각하지 않았다. 물론 실제로도 그걸 등단이라고 생각하지 않는 사람들이 대다수였다. 그래서 선배는 재등단을 노리며 매번 가명으로 여기저기 투고를 했다. 그건 애초엔 막연한 기분에 하던 짓이었지만 이제 재등단은 그에게 유일한 희망이 됐고, 그는 재등단만 하면 모든 것이 해결되리라는 착각에 이 년 동안 좁고 어두운 반지하방에 처박혀 살고 있었다. 나는 그를 초대했다. 작년부터는 최종심에도 올라가지 못해 이제 절망만을 곱씹으며 사는 그를 초대했다.

그는 내 낭독이 끝나기 직전에 불쑥 행사장에 들어왔다. 선배는 키가 굉장히 크고 깡마르고 창백해서 행사장 뒤에 우두커니 서 있는 모습이 흡사 말라죽은 편백나무 같았다. 행사가 끝나고 뒤풀이가 있었는데 그는 뒤풀이 자리에 앉을 때까지 한마디도 하지 않다가 단숨에 소주를 몇 잔 들이켜더니 느닷없이 수다를 떨기 시작했다. 특유의 피치가 높고 끝음절이 미세하게 떨리는 목소리 때문에 마치 겁에 질린 새가 우는 것 같았다. 그가 하는 말이란 거의 전부, 아니 죄다, 내 얘기뿐이었다. 승훈이는 학부 때 여자를 많이 만났지. 씨씨를 자주 했어. 승훈이는 감상적인 면이 있어. 이를테면 집에 모여 책 교환식을 한다든가, 아니면 과방에 있는 소파를 치우려는 교수에게 찾아가 따진다든가, 아니면 수업시간에 학생은 공부할 권리만큼 공부하지 않을 권리도 있다고 교수와 언쟁을 벌인다든가 하는 것 말이야. 그러더니 그는 나를 보고 물었다. 요즘도 졸피뎀을 먹나? 나는 당황해서 대답했다. 아니요, 요즘은 그다지…… 사실 그때도 거의 먹지 않았어요. 평상시 난 누군가가 내 집에 부주의하게 방치된 졸피뎀 병을 발견하곤(신경정신과 약제를 안다는 점에서 그들은 대부분 예술가였다), 이거 수면제 아니야? 라고 물으면 이렇게 대답하곤 했다. 나는 오랜 시간 밤낮이 바뀐 채 살아왔고 그건 작가의 직업적 특질이다. 하지만 나는 때때로 세상의 질서에 맞춰야 할 때가 있는데 그때 갑자기 밤낮을 바꿀 수 없는 관계로 전날 졸피뎀을 복용한다. 하지만 그날, 왜 나는 그 말을 생각해내지 못했을까? 나는 결국 웃으면서 맥주를 마실 수밖에 없었다. 맥주를 마시면서 생각했다. 빌어먹을 새끼. 울고 싶은 기분이었다. 나는 어느새 선배와 다른 사람들이 하는 말을 낱낱이 듣고 있었다. 그 자리에 있던 갓 등단한 남자 시인이 기침을 서른여섯 번 한 것조차 기억하고 있다. 난 웃고 있었다. 괴상하지 않게 웃고 있었다. 그리고 생각했다. 저들이 떠드는 정신병에 대한 고백들이 그렇게 대단한가? 그들은 졸피뎀과 자낙스, 프로작과 렉사프로와 이팩사와 심발타에 대해 얘기했다. 그 대화는 마치 서울의 맛집에 대해 벌이는 토론처럼 보이기도 했다. 그렇기 때문에 더더욱 그건 작위적으로 느껴졌고, 내게 그건 제발 동정해달라고, 제발 관심을 가져달라고, 제발 나는 당신들과 다르다고 하는 소리처럼 들렸고, 그런 치기가 너무 무시무시해서 머리털이 곤두서는 것만 같았다. 무섭다. 무섭다. 그들은 왜 나를 자신들의 세계로 끌고 가려고 하는 걸까? 나는 앞으로 저 역겨운 인간을 내 주변 어디에도 데려가지 않기로 마음먹었고, 화장실에 가서 알프람 두 알을 먹고 선배의 번호를 지웠다.

이로써 분명해진 것이 하나 있었다. 나는 열아홉 살 여름부터 스물세 살 봄까지 이 세상을 떠나 있었다. 비유가 아니다. 정말 떠나 있었다. 나는 처음엔 우울증으로 정신병원에 입원했고, 병원을 나와서도 충남 예산에 있는 절에서 요양을 해야만 했다. 그러다 곧 조울증으로 또다시 병원에 입원했다. 군대도 면제받았다. 이건 나만의 비밀이었다. 누구에게도 말한 적이 없었다. 왜냐하면 세상의 어떤 사람들에게 우울증은 하나의 패션 혹은 기호이지만(특히 예술인들에게), 정신병원 경력은 전과나 다름없다는 걸 알고 있었기 때문이었다. 그걸 내 대학 시절 연인 E에게 이야기했다. 어떤 복받치는 감정으로 순식간에 토로해버렸다. 하지만 그 이후 E는 나와 싸우다 극도로 신경이 곤두설 때면 내 정신병력에 대해 빈정대기 시작했다. 오빠를 믿으라고? 어떻게 믿어? 언제라도 다시 정신병원으로 돌아갈 수도 있는 사람을 믿고 살 수 있어? 너는 그럴 수 있어? 말해봐, 말해, 씨발놈아! 그건 너무 타당한 말이었기 때문에 비열했고, 그래서 그건 진실이었지만 전혀 진실이 아니었다. 그건 이중 삼중으로 진실을 감추고 있었다. 그리고 나는 아프게, 인정할 수밖에 없었다. 그것이 내 원죄였기 때문이다. 그녀는 내가 고통스러워할수록 만족했다. 어쩌면 그건 그녀의 사랑법이었다. 나 역시 내 굴욕과 죄를 인정할수록, 그녀의 비열함에 치를 떨수록 사랑이 깊어졌다. 하지만 결국 이런 사랑이란 벽을 향해 돌진하는 치킨 게임 같은 거여서 우리는 헤어질 수밖에 없는 운명이었다.

그 이후부터 나는 공포에 휩싸이게 됐다. 그 당시 E는 선배의 여자친구와 친했다. 둘은 매일 밤 통화를 했고, 서로가 서로의 치부를 핥아주는 사이였다(그러니까 나는 E의 치부였다). 그래서 나는 E가 선배의 여자친구에게 내 이십대 초반의 이야기를 했을 거라고 확신했다. 건너 건너 선배 역시 알고 있을 거라는 생각에 괴로웠다. 어느 정도였냐면 그 얘기가 퍼져나갈까봐 한동안 매일 밤 악몽을 꿀 정도였다. 그는 겁에 질린 비둘기 같은 사람이었다. 그는 쉽게 상처를 받았기 때문에 쉽게 타인에게 실망했으며, 실망하면 실망하게 한 상대에 대해 저주에 가까운 악담을 하는 자였다. 그래서 선배를 가깝게, 하지만 아주 가깝지 않게 곁에 두었다. 하지만 선배가 저토록 멍청하게 입을 놀리면서도 몇 년간 그에 대해 한마디도 하지 않았다는 것은, 결국 나에 대해 아무것도 모른다는 의미였다. 이제 됐다. 저 삐쩍 마르고 신경쇠약에 걸린, 그러면서도 언제나 누구에게나 동정을 받고 싶어하는, 그러면서도 유치하기 짝이 없는 형편없는 시를 써대는 자를 더이상 만날 필요가 없는 것이다(하지만 그의 시는 내 시보다 진심이었다). 할 수만 있다면, 그의 번호가 수첩에라도 쓰여 있었다면 나는 이 끔찍한 마음을 담아 그의 번호가 적힌 페이지를 갈갈이 찢어 변기에 버렸을 것이다. 하지만 선배, 나는 당신을 온전히 싫어할 수 없었다. 당신은 불쌍한 사람이었기 때문이다. 당신이 내게 느낀 동질감을 나도 당신에게 느꼈기 때문이다. 우린 둘 다 살 이유가 없는 사람들이었기 때문이다. 그래서, 당신이 더 소름 끼치게 싫다. 그건 내게도 마음 아픈 일이었다.

10

선배가 자살했다.

11

S와 마주쳤다. 육 년 만이었다. 그는 내가 이십대 후반에 다니던 교회의 전도사였다. 그는 교회나 시민단체에 하나쯤 있는 전형적인 인간이었다. 힘든 사람을 보면 참지 못하고, 기타를 잘 치고, 가난한. 우리가 다닌 곳은 길음역에 있는 작은 교회였다. 그는 예배가 끝나면 예배당에 딸린 작은 방에서 마음이 병든 사람들을 앉혀 놓고 기타를 치며 노래를 불렀다. 그들을 위해 기도를 했다. 기도

문을 읊조리는 그의 말투는 이상하게 일렁였고 풍성했고 부드러웠고. 그들의 손을 단단하게 잡고 있는 그의 손은 크고 뭉툭했다. 그가 좋아하는 건 괴로운 사람을 안아주는 것, 그리고 또렷한 음성으로 사랑한다고 말해주는 것. 그럼 그의 품에서 그들은 눈물을 흘리지. 전도사님 당신을 신실하게, 신실하게 사랑해요, 라고 말하지. 씨발놈. 나는 언제나 그가 역겹다고 생각했다. 왜냐하면 그가 접근해 돌봐주는 사람이란 늘, 누가 봐도 불행한 삶에 짓눌려 무기력해질 대로 무기력해진 젊은 사람이었기 때문이다. 그는 어느 정도 나이가 있거나, 주체적이거나, 혹은 반항적인 사람들에겐 접근하지 않았다. 왜 그러겠는가? 뻔한 거였다. 왜냐하면 그 사람들은 S의 작은 재주들에 감탄하거나, 혹은 그의 졸렬한 지성에 현혹되지 않기 때문이었다. 그가 사랑한다고 안아주면 감동하지 않기 때문이었다. 그는 늘 부드럽게 말했지만, 부드러운 목소리로 너는 틀렸다, 라고 말할 준비를 하고 있는 자였다. 그러니까 그는 교회나 시민단체에 있는, 전형적인 이타적인 체하는 꼰대 새끼였다. 당시 내 연인 Q가 나를 그 교회에 데려갔다. Q는 내가 인생에서 가장 사랑한 여자이자, 가장 미친 여자였다. 그리고 그녀는 S의 구미에 가장 잘 맞는 인간이었다. 순탄하게 살다가 우연히 맞닥뜨린 불행으로 우울해진 게 아니라, 보편적이지 않은 가난과 보편적이지 않은 부모 아래에서 어린 시절부터 칙칙하게 자라서 도저히 어떤 방법으로도 그 눅눅함을 걷어낼 수 없는 그런 인간이었다. 나를 전도하기 전부터 Q는 S에 대해 많은 말을 했다. 그녀의 이야기속 S는 너무 지적이고, 너무 깊은 사람이라 오히려 실체가 없는 것만 같았다. 하지만 직접 본 그는 너무 하찮고 치기 어려서 웃음도 나오지 않았다. 나는 Q에게 S에 대해 빈정대는 걸 참을 수 없었다. 너는 S 전도사님이 정말 너를 아끼고 사랑해서, 정말 세상 모든 사람들을 보듬고 싶어서 잘해준다고 생각해? 그 사람은 자기 꼰대짓을 받아줄 사람을 원하는 것뿐이야. 지 열등감을 채우기 위해 쪽쪽 빨아먹을 놈들이 필요한 거야. 그걸 몰라? 정말 모른단 말야? 왜 모르지?

어느 겨울날 교회 사람들과 술을 마신 적이 있었다. 그 교회엔 강원도에서 상경한 삼 형제가 다녔는데, 그중 둘째인 P가 술자리에 있었다(그 삼 형제는 모두 키가 작고, 모두 탈모가 있었고, 모두 돌하르방처럼 생겼고, 모두 구취가 심했으며, 모두 좋은 사람이라는 걸 과시하고 싶어 안달했다). P는 상경한 이듬해 술에 취한 채 횡단보도 위에서 찬송가를 부르다 차에 치여 한 달간 의식불명이었던 적이 있었다. 그럼에도 여전히 매일 고주망태가 되도록 술을 마셨고, 취하면 싱글싱글 웃으며 바짓단을 걷어올려 종아리에서 허벅지까지 가로지르는 약 30센티미터 정도의 흉터를 자랑하던, 나보다 한 살 많은 주제에 세상 큰형님처럼 우쭐대던, 그런 남자였다. 그가 내게 다짜고짜 말했다. 승훈아, 넌 내 동생이었으면 벌써 몇 번은 조져났어. 그리고 이렇게 덧붙였다. 넌 인마, Q한테 졸라 잘해줘야 해. 그는 Q를 좋아하고 있었다. 나도 그걸 알고 있었다. 아니, 교회에서 그걸 모르는 사람은 없었다. 심지어 Q도 알고 있었다. 반면 그 무렵 나는 Q와 언제 헤어질까 늘 그 생각만 했다. 나는 말했다. 조진다니요? 그 말 그대로야. 깐다는 말이에요? 그런 맥락이지. 깐다는 말이네, 씨발. 뭐라고? 까고 싶으면 지금까시든지. 뭐? 까고 싶으면 까라고 했다, 씨발놈아. 그래서 우린 싸웠다. 나도 잔뜩 취해 있었지만 그는 심각할 정도로 만취한 상태였기 때문에 두들겨패기 수월했다. 나는 그를 발로 차 쓰러뜨리곤 가슴을 타고 앉아 그의 뺨을 쉬지 않고 때렸다. 정말 어디서 그런 기운이 났는지 쉬지 않고 때리면서도 결코 지치지 않았고, 때리면 때릴수록 내 팔은 더 빠르게 움직였다. 결국 그는 코피를 펑펑 쏟았는데, 내가 아랑곳하지 않은 채 계속 두들겨팼기 때문에 그의 온 얼굴은 곧 피에 흥건하게 뒤덮이게 되었다(물론 내 손도). 그 모습을 보고 소리를 지르며 Q가 달려왔다. 그녀는 나를 밀치고 울면서 내게 욕을 했다. 미친놈아! 넌 미친놈이야! 넌 씨발 정말로 미친놈이야! 사실 그녀의 그런 말은 낯설지 않았다. 확실히 그 무렵 우린 힘들었다. 그녀는 내 전형적인 미친 연인이었다. 내 미친 연인들은 늘 내게 욕을 했다. 넌 씨발놈이야! 넌 나를 죽어가게 해! 그러면 나는 늘 이렇게 말했다. 그래서? 그래서 어쩌라고? 그때도 그렇게 말했다. 씨발, 뭐라는 거야? 그래서 어쩌라고? 그러자 그녀는 옆에 있던 맥주병과 유리컵을 마구 내게 던지기 시작했다. 소리를 지르면서. 온 얼굴을 일그러뜨리면서. 나는 대부분 요령껏 피했지만, 벽에 맞아 깨진 유리 하나가 내 발목 깊숙이 박혔다. 나는 비명을 질렀다. 욕을 퍼부었다. 씨발년! 씨발년! 너야말로 씨발년이야! 널 용서하지 않을 거야! 넌 하나님께 벌을 받을 거야! 사람들은 발광하는 나를 끌어내 고려대병원으로 데려갔다.

　응급실에서 나오니 새벽 두시였다. 바람이 찼고 하늘엔 구름이 가득했다. 병원에서 절뚝거리며 걸어나오는 나를 기다린 건 S였다. 그는 평소에 내가 자신을 싫어하는 걸 알고 있었다. 그가 알고 있다는 걸 나도 알고 있었다. 하지만 S는 나를 기다리고 있었다. 내 미친 연인은 오지 않았다. 그녀의 말이 맞았다. 나는 미친놈이었다. 물론 내 말도 틀리지 않았다. 그녀도 씨발년이었다. 우린 더 이상 안 된다. 삼 개월 동안 고민했지만, 확실한 결론은 그날 내려졌다. Q는 오지 않았다. 그녀는 나를 버렸다. 아니 우린 서로 버린 거다. 슬펐다. 결론을 내린다는 건 슬픈 것이다. 결론을 내리면 되돌아갈 수 없다. 나는 늘 어떤 결정이든 후회했다. 왜냐하면 그 어느 것도 내게 남아 있지 않았고, 내 하루하루는 반감기처럼 나를 좀먹었기 때문이다. 그녀를 사랑했다. 응급실에서 나오는 그 순간에도 사랑했다. 왜 난 사랑하는 사람과 늘 이렇게 헤어지는 건지 생각했다. 나는 내 행복을 질투하는 걸까? 나는 내 고통을 행복이라 생각하는 걸까? 아니다. 그런 게 아니었다. 나는 행복을 믿지 않았다. 행복이란 건 존재하지 않았다. 하지만 불행은 존재했다. 그건 진짜였다. 세상은 엔트로피만이 실재이다. 나는 늘 그렇게 생각했다. 그런 걸까? 정말 그런 걸까? 이십대의 나는 내 삶이 얇디얇은 유리에 얹혀 있다고 생각했다. 그 위에서 간신히 중심을 잡고 있다고 생각했다. 그래서 그 무언가가 내게 조금만 무게를 더해도 발밑의 유리가 산산조각날 거라고. 그때의 나는 그렇게 생각했다. 그래서 행복이란 건 아예 존재하지 않는 거라고 믿었는지도 모른다. 하지만 지금은 아니다. 행복은 존재한다. 다만 내가 그게 뭔지 모를 뿐이다. 땅속에서 나는 그걸 깨닫게 됐다.

S가 괜찮으냐고 물었다. 나는 대답했다. 괜찮아요. 곧 다시 말했다. 거짓말이에요, 괜찮지 않아요, 그럴 리가 없잖아요. 그러고 나는 울었다. S가 나를 안아주었다. 그런 나를 안고 S는 기도를 해주었다. 아주 나직하고 아주 긴 기도였다. 주님으로 시작해서 아멘으로 끝나는 전형적인 기도였다. 그의 기도소리가 구름이 가득한 새벽, 병원 앞에서 천천히 천천히 퍼져나갔다. 그리고 삼십 분 뒤 Q에게서 이별 문자를 받았다(그 이후 Q는 두 번의 자살 소동을 벌였고, 우리 관계는 이 년이 지나서야 끝나게 됐다).

그 S와 해가 지는 고려대 교정에서 다시 마주친 것이었다. 다소 쌀쌀한 날씨였는데도 그는 반팔 티 하나만 입고 있었다. 가슴팍에 'Walking with Jejus'라고 적혀 있는 티셔츠였다. 우리는 근황 얘기를 나눴다. 그는 아직 전도사라고 했다. 고려대에 교직원으로 취직했다고 했다. 아내는 목사 안수를 받았다고 했다. 노원으로 이사했다고 했다. 나는 작가가 됐다고 했다. 그리고 아무것도 없다고 했다. 그는 무슨 일이 있느냐고 물었지. 나는 아무것도, 아무것도 아니라고 했다. 그러자 그는 무엇이 힘드냐고 물었다. 나는 입을 다물었다. 그는 내 어깨를 잡고 다시 물었다. 승훈아, 대체 무슨 일인 거야? 나는 아무것도 없다고 했다. 그랬다. 아무것도 없었다. 아무것도 없어서 아무것도 아닌 게 아니었다. 말하고 나자 나는 서글퍼졌다. 내가 서글퍼지자 S는 그걸 금세 알아챘다. 불행한 사람을 찾아다니는 남자다웠다. 하지만 그는 가슴이 두텁고 손이 크고 두꺼운 남자였다. 그런 S가 나를 안아주었다. 그날처럼. 그때처럼. 그의 품에서는 그때처럼 섬유유연제 냄새와 달달한 담배 냄새가 났다. 그는 나를 안고 말했지. 승훈아, 너는 소중한 사람이야. 그렇게 말했지. 그는 또, 너는 중요한 사람이라고, 너는 세상이 아껴둔 사람이라고도 말했지. 그 말을 하고 S는 기도를 해주었다. 그때처럼. 하지만 그때완 모든 게 달랐다. 이번엔 짧은 기도였다. 이번엔 가을이었고, 해가 지고 있었다. 그땐 모두가 살아 있었다. 하지만 이젠 나 혼자였다. 이번엔 나는 울지 않았다. 기도가 끝나자 밤이 되었다. 그리고 우린 헤어졌다.

12

엄마가 죽었을 때, 나는 길을 걷고 있었다. 겨울이었고 새벽 네 시였는데 나는 견딜 수 없는 기분에 밖으로 나가 두 시간째 걷고 있었다. 영하 십칠 도, 쏟아지는 함박눈. 엄마는 죽기 전에 내 전화를 받지 않았다. 그녀는 아버지가 돌아가시고 난 후 급격하게 우울증에 빠졌고 내 전화뿐 아니라 누구의 전화도 받지 않았다. 다른 누구의 전화처럼 내 전화도 받지 않는다는 사실 때문에 나는 괴로웠다. 그래서 때때로 집에 찾아가 엄마를 만나야 했다. 그럼 그녀는 내가 좋아하는 된장찌개를 끓여주고 소파에 앉아 TV를 봤다. 나는 말했다. 엄마 밥 안 먹어? 그녀는 대답했다. 엄만 별 생각이 없구나. 그러고는 아무 말도 하지 않았다. 나는 좁은 부엌에 앉아, 뚝배기에 끓여진, 천천히 식어가는 된장찌개를 퍼먹으며 이 고통스러운 공간을 벗어나고 싶다고 몇 번이고 생각했다. 나는 그녀가 TV를 보는 건지 확신할 수 없었다. 그녀는 TV 너머의 어느 곳을 보는 것만 같았다. 그녀는 어쩌면 지난 시간들을 보고 있는지도 몰랐다. 아직 무엇도 없기 때문에 무엇이라도 될 수 있었던 시절. 아버지의 꿈이 엄마의 꿈이었던 시절. 그게 아직 꿈이라고 생각하던 시절. 하지만 이제 그녀는 아무 말도 하지 않았고, 아무 것도 먹지 않았고, 매일 아침 일어나 금강경을 베껴 적었다.

바람이 불자 창문이 삐걱거렸다. 엄마는 말했다. 며칠 전이었던

다. 에어컨 실외기 위에 놓인 화분들을 닦다가 그만 하나를 십오 층 아래로 떨어뜨렸지 않겠니? 잠시 후 화분이 떨어진 자리로 어린아이 둘이 지나갔단다. 그 아이들이 몇 분만 빨리 그 자리를 지나갔다면, 그랬다면, 엄마는 살 수 없었을 거란다. 그녀는 고통스럽게 말했다. 더 추워지기 전에 그 화분들을 모두 안으로 옮길 예정이란다. 나는 그 말에 벌떡 일어나 거실을 가로질러갔다. 그러곤 실외기 위에 있는 화분들을 안으로 옮기기 위해 창문 밖으로 몸을 내밀었다. 그 순간 엄마가 내 허리를 붙잡고 뒤로 잡아끌었다. 그녀는 소리를 질렀다. 가만히 놔둬라! 내가 할 테니! 위험하니까! 내가 할 테니까! 미친 사람처럼 소리를 질렀다. 내가 괜찮다고 거듭 말해도 그녀는 내 허리를 놓지 않았다. 그녀는 울고 있었다. 그녀는 애원하고 있었다. 하지 말라고, 위험하다고 말했다. 아버지가 돌아가시고 말이 없던 엄마, 우울증에 걸린 엄마. 나는 순간 힘이 빠져 그 자리에 주저앉았다.

엄마는 내가 어릴 때 온 집안의 벽에 1절지 종이를 붙여놓았다고 했다. 내가 낙서하는 것을 무척 좋아했기 때문이다. 내가 더 어릴 적에는 나를 업고 잠들었다고 했다. 내가 엄마의 등에서 떨어지면 곧 죽을 것처럼 헐떡거리며 울었기 때문이다. 사실 우리는 그런 사이였다. 엄마가 나를 임신했을 무렵 아버지는 중동에 있었다. 출산일에 맞춰서 아버지가 한국에 잠시 들어왔지만, 나는 예정일을 나흘이나 넘겨서야 세상에 나왔다. 아버지는 이미 중동으로 돌아간 뒤였다. 그렇게 엄마는 극심한 외로움 속에서 나를 낳았다. 이미 임신 기간 내내 심각한 우울증을 겪던 그녀는 혼자 나를 낳으면서 차라리 둘이 함께 죽기를 바랐다고 했다. 나는 그녀의 자궁 속에서 우울을 먹고 자라, 공포를 안고 세상에 태어났던 것이다. 그래서 더더욱 그녀와 떨어질 수 없었던 건지도 모른다. 당시 우리집은 아주 작은 창문이 천장 가까이 달린 연립주택의 반지하방이었고, 그 작은 창문마저도 북쪽을 향해 있어 집안에 햇빛이 잘 들지 않았다. 이런 어둡고 외로운 지하에서 엄마는 아기를, 아기는 엄마를 의지하지 않을 수 있겠는가? 나는 혼자 놀다가 문득 두려움에 사로잡혀 엄마를 부르곤 했다. 엄마, 어디 있어? 방은 어두컴컴했고 어둠 속에서 엄마는 내게 대답했다. 승훈아, 엄마는 여기 있어, 승훈아, 걱정하지 마. 때때로 엄마가 조금이라도 대답을 늦게 하면 나는 바닥에 떨어진 매미처럼 부들부들 떨면서 그녀가 있는 곳으로 뛰어갔다.

하지만 비록 아들일지라도 지나치게 섬세하고 우울한 아이와 한 공간에서 의지하며 살았던 사 년은 그녀에게도 잔인한 시간이었다. 그녀는 점차 내 예민함을 닮아갔다. 그녀는 자주 발작적으로 신경질을 부렸다. 감정 기복도 심해졌다. 어느 날, 홧김에 내 장난감들을 모두 부숴서 버린 적도 있었고, 들고 있던 뒤집개로 내 뺨을 수차례 때린 적도 있었다. 그때 내 눈가가 조금 찢어졌었다. 그러고 나면 그녀는 나를 부둥켜안고 울면서 말했다. 엄마도 어쩔 수 없었어, 정말 어쩔 수 없었어. 그녀가 그럴수록 내 불안증은 더 심해졌다. 그에 맞춰 그녀 역시 더 예민해졌다. 우리는 서로가 서로를 먹으며 자랐던 것이다. 엄마는 내가 처음으로 경멸하게 된 여자였다. 그것은 사춘기 때 내가 그녀에게 취할 수 있는 유일한 태도였다. 그렇게 하지 않으면 나는 한없이 그녀에게 매몰되어갔을 것이다. 내가 엄마보다 힘이 세진 이후부터 그녀는 나와 싸우다가 종종 이렇게 소리쳤다. 넌, 나를 무시하고 있어, 니 엄마가 너보다 머리가 나쁘다고 착각하고 있어, 하지만 니가 하는 말은 다 궤변이야, 넌 궤변만 하고 있어. 내가 궤변을 하고 있다는 주장만 제외하면 그건 모두 맞는 말이었다. 하지만 그녀는 내가 처음으로, 그리고 마지막까지 사랑한 여자이기도 했다.

어느 순간부터 그녀는 아무 말도 하지 않았다. 누군가 자신에게 말을 건네는 것조차 힘겨워했다. 그건 어쩌면 젊은 시절 좋은 방향으로든 나쁜 방향으로든 너무 많은 에너지를 낭비한 탓일 수도 있었다. 어쩌면 엄마는 과거의 시간들에게 무수한 대답을 하고 있었는지도 모른다. 그 대답은 점차 불안한 의문에서 소름 끼치는 단정들로 바뀌어갔었는지도 모른다. 엄마는 그렇게 과거로 떠난 걸지도 모른다. 나는 장례식장에서 그런 생각들을 했었다.

13

그날에 대해 말해보겠다. 그날은 가을이었다. 그날은 일주일 동안 내리던 비가 저녁이 되기 전에 멎은 날이었다. 나는 세 명의 시인과 한 명의 화가와 술을 마시고 귀가하던 참이었다. 일주일 동안 비가 내린 탓에 바닥은 흥건하게 젖어 있었다. 그날은 특히 하늘이 맑아 서울에서 보기 드물게 별 무리가 하늘 가득 펼쳐진 날이었다. 하지만 나는 땅을 보고 걷고 있었다. 그날은 내가 오줌을 싼 날이기도 했다. 나는 새벽에 일어나 내 오줌에, 성인의 오줌에 흠뻑 젖은 이불과 침대보를 세탁기에 빨아 방안의 빨래 건조대에 널었다. 하지만 비가 많이 온 뒤라 빨래가 쉬이 마를 리 없었다. 집안은 온통 축축한 냄새로 가득할 것이다. 마치 방 곳곳에 오줌을 싼 것처럼. 하지만 그건 나에게 어울린다. 내 영역은 그 여섯 평짜리 원룸밖에 없으니까. 그 안에 잔뜩 오줌을 싸버려야지. 그런 생각을 했다. 땅을 보면서 말이다. 그리고 또 나는 그날 꾼 꿈에 대해 생각했다. 꿈에서 나는 카타콤의 대통령이 되었다. 나는 연설을 했다. 우리의 역사는 도전과 극복의 연속이었습니다. 존경하는 국민 여러분, 오랜 세월 동안 우리는 어둠의 역사를 살아왔습니다. 때로는 자신의 운명을 스스로 결정하지 못하는 의존의 역사를 강요받기도 했습니다. 그러나 이제 우리는 새로운 전기를 맞았습니다. 이제 우리는 지상으로 나갈 준비가 되었습니다. 이제 우리는 더이상 두더지가 아닙니다. 우리는 수많은 도전을 극복한 저력이 있습니다. 오늘 우리가 도전을 극복한 선조들을 기리는 것처럼, 먼 훗날 우리 후손들이 오늘의 우리를 자랑스러운 조상으로 기억하게 합시다. 우리는 마음만 합치면 기적을 이루어내는 국민입니다. 우리 모두 마음을 모읍시다. 평화와 번영과 도약의 새 역사를 만드는 이 위대한 도정에 모두 동참합시다. 항상 국민 여러분과 함께하겠습니다. 감사합니다. 연설이 끝나고 나는 사람들에게 오줌을 눴다. 그들은 외쳤다. 대통령님, 여기도 싸주십시오! 대통령님, 우리에게도 싸주십시오! 나는 그들을 위해 아랫배에 힘을 주고 더 힘차게, 쉬지 않고 오줌을 눴다. 나는 큰 소리로 외쳤다. 어떠십니까, 국민 여러분! 여러분은 대단한 사람들입니다! 이윽고 오줌이 카타콤의 모든 굴을 가득 채웠다. 사람들은 오줌에 휩싸여 여기저기로 깔깔깔거리며 떠밀려 다녔다. 그리고 잠에서 깼던 것이다.

나는 걸으면서 오줌과 카타콤에 대해 중얼거렸다. 나는 꿈을 믿지 않았다. 나는 꿈뿐만 아니라 그 어떤 불확실한 것도, 의미 없는 것도 믿지 않았다. 아버지는 자신의 불행이 의미 없다고 했다. 왜냐하면 그건 현세의 일이었고, 그 업을 해결하고 나면 후세에는 더 멋진 일이 펼쳐질 것이기 때문이었다. 그건 헛소리였다. 의미 있는 걸 의미 없다고 하는 건 사기꾼이나 정신병자나 아니면 패배자 들이나 하는 소리였다. 그런 사람들은 반대로 의미 없는 걸 의미 있다고 믿곤 했다. 아버지는 어려운 형편에도 달마를 닮은 수석壽石을 천만원에 구입했다. 그게 우리집을 구원할 거라고 말했다. 그는 풍수지리와 역학을 공부했다. 우리의 미래는 마음가짐에 따라 달라질 거라고 했다(그 미래에는 우리의 다음 생도 포함되어 있었다). 아버지는 그런 마음으로 하루 네댓 시간만 자고 을지로 목공소로 출근했다. 종일 가구를 만들고 나면 하우스에 가서 카드를 쳤다. 이해할 수 없겠지만, 그건 아버지에겐 아주 정합적인 세계였다. 종일 성실했기 때문에, 누구도 속인 적이 없기 때문에, 자신의 손에(그의 손은 언제나 나무처럼 갈라져 있었다) 언젠가 로열 스트레이트 플러시가 들어올 거라고 믿었다. 개새끼, 아버진 개같은 패배자였다. 만약 쓰레기를 쓰레기라고 부를 수 있다면, 그건 아버지였다.

아버지가 돌아가셨을 때, 목공소의 책상 서랍에서 두꺼운 노트를 발견했다. 그 노트에는 내가 등단해서 지금까지 쓴 모든 시가 필사되어 있었다. 나는 시를 발표할 때마다 부모님께 내 시가 실린 잡지나 신문을 모두 보냈다. 그게 내가 할 수 있는 유일한 효도라고 생각했다. 아버지는 그 시를 모조리 베껴 적은 것이었다. 하지만 그 많은 시를 쓰고도 남은 페이지는 무척 두꺼웠다. 나는 그 남은 페이지에서 어떤 각오를 느꼈다. 어쩌면 아버지는 자신이 나보다 오래 살 거라고 생각했을지도 모른다. 어쩌면 아버지는 내가 자신보다 일찌감치 죽을 거라고 생각했을지도 모른다. 돈을 아끼기 위해 난방을 틀지 않아 싸늘한 목공소. 그 목공소 한구석에 앉아 내 시를 필사하는 아버지. 의자 아래에서 흔들리는 아버지의 가느다란 종아리. 종아리에 돋아난 소름. 아버지. 아버지의 필체는 정갈하고 두터웠다. 결코 세계를 의심해본 적 없는 듯한 그런 필체였다. 나와 엄마는 한때 하나였다. 그게 우리를 괴롭혔다. 나는 엄마를 미워했고 사랑했다. 하지만 아버지는 그렇지 않았다. 나는 아버지를 생각하면 사랑보다는 곤란한 감정이 먼저 떠올랐다. 하지만 아버지가 돌아가신 뒤에는 아주 자주 아버지를 생각하며 울었다.

다섯 마리의 까마귀가 날아올랐다. 까마귀들은 가로등 위에 앉아 나를 지켜보았다. 나도 그들을 쳐다봤다. 그 순간 누군가가 쇠파이프로 내 허벅지 뒤쪽을 강하게 내리쳤다. 나는 그 충격에 종이 인형처럼 풀썩 쓰러졌다. 허벅지를 붙잡고 몸을 뒤틀었다. 내가 신음을 지르며 주저앉자 마스크를 쓴 남자 둘이 내 눈앞에 나타났다. 그들은 낄낄거리며 수군거렸다. 씨발, 내가 대가리를 치자고 했잖아. 그러면 죽을 수 있다니까, 지갑만 뺏으면 되잖아, 큰일은 조심하자. 아냐, 옆에를 때리면 돼, 전에도 그랬어. 그래, 알았어. 그럼 니가 쳐. 아니 이제 와서 다시 그럴 필요 없어. 나는 고통과 공포에 질려서 그만 눈물이 나오고 말았다. 오늘 오줌을 많이 싸서 몸에 수분이 없을 만도 한데, 이상하게 눈물이 흘렀다. 그러자 첫번째 남자가 말했다. 그만 찔찔대, 이 쌍놈아, 닥치라고.

그러면서 나를 발로 차기 시작했다. 그가 발로 차니까 두번째 남자도 덩달아 발로 찼다. 닥치라고, 이 새끼야, 이 꼰대야, 이 병신아, 이 찌질아, 이 쓰레기 같은 놈. 첫번째 남자도 말했다. 그래, 이 씨발놈, 좆같은 놈! 어쭈 웅크려? 웅크리고 있어, 이 새끼. 그러네, 웅크리고 있네, 공벌레처럼. 나는 몸을 둥글게 말아 머리와 목을 파묻었다. 마치 이불장 속에 있을 때처럼 깊이깊이 몸을 수그렸다. 어떻게 할까? 두번째 남자가 말했다. 어떻게 하긴 이렇게 해야지. 첫번째 남자가 그렇게 말하고 나를 다시 발로 찼다. 그러네. 두번째 남자가 그렇게 말하고 다시 나를 발로 찼다. 나는 더욱 웅크렸다. 하지만 내가 나를 보호할수록 그들의 구타는 심해졌다. 이 병신 새끼, 한심한 새끼, 육시럴 새끼, 너 같은 놈 때문에 살 수가 없어, 꼰대 새끼야, 늙었으면 제대로 늙으란 말이야, 죽어, 씨발놈아, 차라리 죽어라, 쌍놈의 새끼, 어디 울어, 울긴 왜 울어, 씨발놈아, 니가 울 자격이 있어? 내 등과 다리와 팔과 어깨에 그들의 미움과 그들의 고통과 그들의 가냘픈 꿈들이 노폐물처럼 쏟아졌다. 그것들은 더러운 기세로 나를 덮어갔다. 그 감각은 낯설지 않았다. 나는 심지어 이것은 그들이 내게 쏟아내는 게 아니라, 내 안에서 외부로 배출되는 게 아닐까, 라는 생각조차 했다. 무겁다. 무거워. 나는 그런 생각도 했다. 나는 카타콤의 대통령이었다. 나는 온 지하를 내 오줌으로 채운 사람이었다. 하지만 나는 지금 이 비에 젖은 바닥을 구르며 두들겨맞고 있었다. 무겁다, 그립다. 무엇이 그리운 걸까? 이불장이 그리운 걸까? 그 안에서 웅크리고 자던 순간들이 그리운 걸까? 어느 날은 내 지난 시간들이 없었던 것처럼 느껴지기도 했다. 하지만 지금은 그 시간들이 모두 존재했다는 걸 확신할 수 있었다. 그리고 다시 생각했다. 그립다, 그립다, 그리고 무겁다. 그런 생각을 하고 있으니까 아니나 다를까, 나는 그 무게를 이기지 못하고 푹푹 조금씩 가라앉기 시작했다. 땅속으로 가라앉기 시작했다. 가라앉으면서 몇 가지 오래전 기억들을 떠올렸다.

이를테면 이런 거였다. 어느 날, 나는 결국 내 첫번째 시집이 형편없다는 것을 인정하고야 말았다. 그 계기는 단순했다. 어느 낭독 행사 뒤풀이 자리에 있던 평론가가 내게 시집 잘 봤습니다, 라고 말했다. 그는 아주 정치적인 사람이었고, 예리하고 엄정한 눈을 가진 사람이었다. 그는 비열했기 때문에 그가 하는 말은 많은 경우 지나치게 정직했다(그가 정직하지 않은 건, 그 말을 하는 타이밍이었다). 그가 내게 잘 봤습니다, 라고 말했는데, 나는 순식간에 그가 말하고자 하는 바를 깨달았다. 그 시집은 쓰레기야, 그 시집은 너만큼 형편없어, 그 안에 담긴 건 작위적 수사뿐이고, 너는 어느 순간 아무것도 느끼지 못하고 있는데도 느낀 척하고 있지. 심지어 그 수사들조차 촌스러워. 늘어지는 리듬으로 가득해. 왜냐하면 너는 수사를 이해하지 못하기 때문이지. 무조건 다 때려박으면 그게 모던한 건가? 모던이 뭐지? 제목조차 가짜야. '부다페스트의 전치사들'이라니(꿈속의 신형철의 말을 들었어야 했다). 이 멍청한 배열은 뭐지? 넌 싫어하는 건 있지만 옳지 않은 건 무엇인지 몰라. 넌 끌리는 건 있어도 보통의 것이 무엇인지 몰라. 생각해야만 하는 사람이지. 아니 생각해도 몰라. 아니 생각을 할 줄은 알아? 그게 너야. 너는 가래야, 너는 지금 내가 뱉은 이 가래야. 너는 사람들의 입에서 뱉어진 가래야. 그래, 사실 나도 알고 있었다. 나는 줄곧 사람들을 속이고 있다고 생각했다. 그리고 나는 이제 내게 아무것도 없다는 것을 알고 있었다.

혹은 이런 생각을 했다. 수용소에서 태어난 아이. 처형을 받으러 수용소 외부의 자작나무 숲으로 끌려가는 아이. 그 아이는 맨발로 두 명의 병사를 따라간다. 아이의 맨발은 눈 속에 푹푹 빠지고, 동상에 걸려 빨갛다. 하지만 아이도 병사들도 이제 동상쯤은 개의치 않는다. 아이는 곧 죽을 거니까. 사위는 하얗다. 세 명의 어리고 늙은 남자들이 자박자박 걸을수록 수용소는 작아지고 자작나무 숲은 커진다. 아이는 멀리 보이는 하얀 지평선을 바라보며 조그맣게 말한다. 이게 세상이구나.

또 이런 생각도 했다. 이젠 매일 아침 거울을 보며 웃는 걸 연습하지 않아도 되겠구나. 이젠 해방이구나. 해방이라니, 해방이라니. 하지만 해방이었다. 나는 가라앉고 있었으니까. 이제 나는 더이상 웃지 않아도 된다. 나는 이제 웃지 않아도 된다. 나는 이제 정말 웃지 않아도 된다. 나는 웃지 않아도 된다. 웃지 않아도 된

다. 웃지 않아도 된다. 웃지 않아도 된다. 웃지 않아도 된다. 웃지 않아도 된다. 웃지 않아도 된다. 웃지 않아도 된다. 웃지 않아도 된다. 웃지 않아도 된다. 웃지 않아도 된다. 웃지 않아도 된다. 웃지 않아도 된다. 웃지 않아도 된다. 웃지 않아도 된다. 웃지 않아도 된다. 웃지 않는다.

그리고 내 몸 위로 무게가, 그들의 무게가 겹겹이 더해지고 나는 어느새 완전히 붉은 흙 속으로 들어오게 됐다. 저 위에서, 지상에서 두 남자의 말소리가 들렸다. 이봐, 참으라고 했잖아, 이제 어떻게 하지? 씨발 뭘 어떻게 해, 일단 여기서 뜨자. 그리고 급하게 멀어지는 두 남자의 발소리가 땅속으로 울려퍼졌다.

14

오랜 시간이 흘렀다. 달은 초승달이 되었다가 그믐달이 되었다. 수백 번을 그랬다. 그사이 땅 위에서는 총성이 울려퍼졌고, 많은 피가 땅속으로 흘러들어왔다. 누군가는 흐느꼈다. 누군가는 땅에 무언가를 박아 넣었다. 밀담을 나누는 소리, 음모를 꾸미는 소리도 들려왔다. 환호하는 소리와 아기 울음소리도 들려왔다. 새로운 건물을 세우는 소리와 낡은 건물을 부수는 소리가 정기적으로 들려왔다. 다시 총성이 울려퍼졌고, 또다시 많은 피가 땅속으로 들어와 흙과 내 몸을 흠뻑 적셨다. 이것들은 몇 번이고 반복됐다. 그리고 어느 날부터 아무 소리도 들리지 않았다. 나는 깊은 땅속에 있었다. 나는 이 안에 가라앉았다. 왜 아무 소리도 들리지 않지? 그들은 모두 어디 갔을까? 아무 소리도 들리지 않았지만 나는 시간이 가고 있다는 것쯤은 알고 있었다. 이 정적이 아주 오랫동안 이어져오고 있다는 것도 알고 있었다.

그때였다. 지상에서 누군가가 내게 소곤거렸다. 승훈아, 승훈아. 지금까지 한 번도 이런 일이 없었기 때문에 나는 숨을 죽인 채 아무런 대답도 하지 않았다. 그러자 다시 그는 말했다. 승훈아, 잘 들어, 잘 들어야 해, 이제 세상 사람들은 모두 죽었어, 아무도 없어, 사라졌어. 나는 대답했다. 거짓말이야! 그는 말했다. 아냐, 거짓말이 아냐. 지금 땅 위엔 시체 썩은 내가 풀풀 풍길 뿐이야. 땅은 죽음으로 검게 타들어가고 있지, 승훈아, 이제 세상은 더 좋아졌어. 나는 다시 말했다. 거짓말이야! 그는 말했다. 진짜야, 나는 진실이 아니면 말할 수 없게끔 태어났어. 나는 물었다. 그럼, 넌 누구지? 그는 대답했다. 나는 죽어가는 사람이야. 나는 지구의 마지막 사람이야. 그는 또 이렇게 말했다. 이제 나는 너에게 말하지 않을 수 없게 됐어. 나는 알고 있었어. 땅 위의 나와 땅속의 너, 이렇게 둘만이 남은 인류라는 걸 말이야. 이제 너가 내가 될 차례야. 나는 날카롭게 외쳤다. 아무도? 그는 가늘게 끊어지는 호흡으로 대답했다. 그래, 이젠 아무도. 그리고 그는 더이상 아무 말도 하지 않았다. 귀를 기울였지만 아무 소리도 들리지 않았다. 그렇지만 나는 의심이 많은 남자였다. 나는 숨을 죽인 채 기다렸다. 그러다 까무룩 잠이 들고 말았다. 꿈속에서 나는 물속을 헤엄치고 있었다. 물은 노랗고 오래 묵은 냄새가 났다. 어쩌면 오줌 같기도 했다. 나는 깊이깊이 헤엄쳐 들어갔다. 나는 바닥에 닿고 싶었던 것이다. 바닥으로 가고 싶다. 내 발로 서고 싶다.

잠에서 깼다. 잠에서 깨어나자마자 나는 모든 것을 믿게 됐다. 그 낯선 사람의 말이 모두 사실이라는 것을 믿게 되었다. 믿지 않을 수 없었다. 오랫동안 잊고 있었다. 오랫동안 잊고 있었지만 결코 잊을 수 없는 것들이 있었다. 그런 생각을 하는 순간 나는 참을 수 없는 기분이 되어 환호성을 내질렀다. 나는 환호성을 지르며 내 머리를 덮고 있던 흙을 파기 시작했다. 붉은 흙을 파기 시작했다. 보고 싶었다. 보고 싶다. 모두가 죽어버린 그 세상을. 보고 싶다. 나만 남은 그 광경을. 나 혼자 서 있고 싶다. 보고 싶다. 보고 싶어. 그리고 나는 깨달았다. 이제 지구는 없다. 이제 내가 혐오하는 그 지구는 없다. 나는 이제 지구라고 부르지 않을 거야. 이곳은 이제 지구가 아닌 거야. 중요한 건 그거였다. 내가 나가게 될 세상은 이제 지구가 아니었다. 나는 오랜 시간, 어쩌면 인류가 태어나고 사라졌던 긴 시간, 달이 초승달에서 그믐달이 되어갔던 그 시간 동안 지구를 미워했었다. 미워한 만큼 사랑했었다. 아니 사랑했기 때문에 미워했었다. 어쩌면 사랑받고 싶어서 미워했다. 하지만 이제 그 지긋지긋한 사랑도 미움도 근거를 잃고 흩어졌고, 이 제 내 마음은 환희로 가득차게 되었다. 나는 허겁지겁, 굶은 사람 처럼 내 머리 위의 흙을 파헤쳤다. 흙은 오랜 시간 피를 먹으면서 상당히 단단해졌기 때문에 한 움큼씩 팔 때마다 손톱이 뿌리째 뽑혀나갔다. 그 자리에 피와 흙이 뒤섞여 박혔고, 손끝의 고통은 내 온몸을 저릿저릿하게 만들었다. 하지만 그럼에도, 그럼에도 불구하고 나는 쉬지 않고 필사적으로 흙을 팠다.

위를 향해, 위를 향해.

2077년, 여름방학, 첫사랑

2077년, 인류는 모두 같은 얼굴로 살아가고 있다. 2015년, 한국에서부터 퍼진 전염병 때문이다. 이 전염병의 치사율은 0퍼센트. 어떤 물리적 고통도 없다. 다만 그 병에 걸린 사람들은 모두 같은 얼굴로 변할 뿐이다. 삼십대 중반의 한국 남자 얼굴. 그 얼굴은 다소 우울하고 신경질적으로 생겼다. 그 얼굴은 쉽게 찡그려지고 웃을 때는 온 힘을 다해야 근육이 작동했다. 그 얼굴은 결심과 후회로 범벅이 된 얼굴이다. 웃을 때보다 화낼 때가, 화낼 때보다 인내할 때가, 인내할 때보다 울 때가 더 어울리는 얼굴이다. 2016년 2월, 이 전염병은 일본과 중국으로 퍼졌다. 2016년 7월 독일과 오스트리아, 같은 해 9월 미국, 같은 해 9월 볼리비아와 아르헨티나, 같은 해 10월 스페인과 프랑스, 같은 해 10월 브라질, 다음해 2월 아프리카, 3월 중동까지 전염병은 퍼졌다. 전염병은 잠잠하다가 다시 나타났다. 어느 한 지역을 모조리 전염시켰다가 일이 년 사라지기도 했다. 하지만 골판지에 젖어드는 물처럼 이 기괴한 전염병은 인류를 조금씩 잠식해갔고, 결국 2028년 9월 27일 18시 2분, 인류의 마지막 다른 얼굴인 멕시코계 미국인 편집자 다니엘라 데 헤수스 코시오마저 삼십대의 한국 남자 얼굴로 변해버리고 말았다. 그녀의 남편과 두 아이의 얼굴은 일찌감치 변해 있었다. 뿐만 아니라 그녀를 둘러싼 모든 사람들, 그리고 전 인류가 변형을 일으킬 때까지도 그녀는 멀쩡했다. 그래서 미국 정부는 인류의 마지막 다른 얼굴인 코시오를 존스홉킨스대학 격리 병동에 입원시켜 연구하고 있었다. 다니엘라 데 헤수스 코시오, 메스티소, 유럽과 아메리카 대륙의 음울한 역사가 얼굴의 골마다 새겨진 아름다운 여자. 하지만 이 무시무시한 현상을 그녀도 피할 수 없었다. 그녀는 남편과 열다섯 명의 연구원이 지켜보는 가운데 얼굴의 단백질이 재편되었다. 이로써 인류는 단 하나의 얼굴만을 갖게 되었다. 그것은 지구 위에 내려진 거대한 메타포처럼 보였다.

그리고 다시 2077년, 서울. 민수는 성아와 카페에 있었다. 둘은 사귄 지 열 달이 됐다. 성아는 민수의 칠 년 지기 성훈의 여동생이었다. 둘은 그저께 처음으로 섹스를 했다. 어제 민수는 집에 있었다. 친구들과 게임을 했지만 집중할 수 없었다. 첫 섹스, 그건 목적도 과정도 모호한 세계였다. 민수는 허무했다. 성아는 시내를 걸어

다녔다. 걸으며 생각했다. 첫 섹스, 그것은 너무나 분명했다. 자신의 몸을 뚫고 들어오는 것을 견뎌야만 했다. 자신은 이제 또다른 세계로 들어가고 있다는 것을 그녀는 깨달았다. 성아는 말했다.

—아까 전화로 할말이 있다고 한 거, 지금 할게.

민수는 대답하지 않았다. 그가 말하지 말라고 한다고 말하지 않을 그녀도 아니거니와, 그가 말하라고 한다고 말할 그녀도 아니었다. 다만 그는 대답하고 싶지 않았다. 그제부터 시작된 이 상황을 그녀는 어떤 방식으로든 규정하고 싶어했다. 민수는 그게 무서웠다.

—일단 화내지 마. 약속해줘.

—알았어.

—절대.

—절대.

—일백 퍼센트.

—일백 퍼센트.

—알았어. 말할게. 나 성아가 아냐.

—그럼?

—성훈이야.

무더운 날이었다. 여름방학 중 가장 무더운 날이었다. 매미가 울고 있었다.

—무슨 소리야?

—니 친구 성훈이라고.

민수는 각오하고 있었다. 무엇이든 각오하고 있었다. 하지만 자기 애인이 친구의 여동생이 아니라 친구의 여동생의 오빠라는 사실을 각오한 건 아니었다.

—믿을 수 없어.

—믿어야 해.

—우린 섹스를 했어.

—그래, 내가 엎드렸고 넌 뒤에서 했지.

그래, 맞아. 민수도 그게 의아했다. 처음 하는데 다짜고짜 뒤에서 넣어달라고 하다니. 하지만 방안은 너무 어두웠고, 민수에겐 첫 섹스였다. 그는 성기가 들어가기에 넣었을 뿐, 그곳이 질인지 항문인지 알 도리가 없었다. 하지만 이런 일은 드물지 않았다. 어쨌든 인류는 모두 같은 얼굴이니까, 얼굴을 이용한 범죄는 아주 흔했다.

—이럴 수가. 성훈아, 니가 왜?

—너를 사랑했어, 오래전부터.

—그럼 성아는? 니 여동생은?

—걔는 널 싫어해.

—왜?

—내 동생은 멍청하고 역겹고 무식한 호모포비아 년이거든.

—너네 집에 처음 갔을 때 성아는 날 보고 생글생글 웃었어.

—니가 무서우니까. 그리고 니가 천하의 쌍놈처럼 친구 여동생

을 보고 침을 질질 흘리니까.

　―언제부터 너였던 거야?

　―처음부터, 우리가 첫 데이트 할 때부터.

　―이럴 수가, 성훈아, 이럴 수가.

　민수는 머리를 쥐어뜯으며 고개를 숙였다.

　―미안해, 민수야, 받아들여. 너는 어차피 나랑 키스하고 섹스하면서도 내가 누군지 몰랐잖아.

　하지만 민수는 대답하지 않았다. 카페 안에는 시벨리우스의 〈바이올린 협주곡 D단조〉가 흐르고 있었는데, 마침 그 순간 바이올린의 독주가 시작되었다. 그 연주는 심연에서부터 올라오는 비명처럼 느껴졌다. 한참을 그러다 민수는 입을 열었다.

　―나도 고백할 게 있어.

　―말해봐.

　―용서를 구하진 않을게. 이유는 알 거야.

　―알았어.

　―언젠가 너랑 전화로 싸우고 일주일 동안 연락하지 않다가 너네 집에 찾아간 적 있었어. 기억나?

　―기억나.

　그날 민수는 마치 투우 소처럼 말을 쏟아냈는데, 평소와 다르게 아주 신랄하고 논리정연했다. 결국 성훈은 참지 못하고 민수의 뺨을 주먹으로 때리고 말았다. 아주 추운 날이었다. 폭설이 내리는 날이었다. 성훈에게 얻어맞은 민수는 눈더미 속으로 나가떨어졌고, 그 순간 성훈은 펑펑 울면서 그에게 달려들어 키스를 퍼부었다.

　—그날 그건 내가 아니었어.

　—그래, 짐작대로네. 나도 언제나 그날이 마음에 걸렸어. 너답지 않게 너무 말을 잘했고, 그리고 결정적으로 빌어먹을, 키스를 너무 잘했거든. 누구였는데?

　—우리 반 담임 선생님.

　—매일 쓰레기장에서 오줌 싸는 체육 선생 짤룽이?

　—응.

성훈은 이를 악물었다.

　—어떻게 된 일인지 설명해봐.

　—우리 일주일 동안 연락을 안 했잖아. 그날 우연히 선생님을 만났어. 그리고 선생님께 고민을 털어놓았지. 너무 오래 연락을 하지 않았고, 나는 그걸 어떻게 풀지 몰랐어. 내가 말도 잘 못하잖아. 그래서 선생님이 대신 가준 거야.

성훈은 지난겨울 퉁퉁 부은 얼굴로 돌아다니던 체육 선생을 떠올렸다. 그는 말했다.

　—알았어. 어차피 내가 뭐라고 할 입장이 아니지. 그런데 이왕 이렇게 된 거 나도 고백할 게 하나 더 있어.

　—뭔데?

　—전에 니네 엄마가 나 초대해서 같이 식사한 적 있잖아.

—응.

　—그때 거기 간 사람, 우리 막내 외삼촌이었어.

　—어쩐지 너무 잘 먹는다 했어.

　—맞아. 니네 엄마 요리는 정말 토할 거 같거든. 막내 외삼촌은
어릴 때 병치레하고 나서 후각이 사라졌대. 외삼촌이 아니었으면
그날 그렇게 편하게 식사할 수 없었을 거야.

　—사실 그날 요리한 건 우리 엄마가 아냐. 아빠야.

　—무슨 소리야?

　—엄마는 나 어렸을 때 집을 나갔어. 아빠가 엄마 없는 거 사람
들이 알면 내가 기죽는다고 가끔 엄마 옷을 입고 돌아다녀.

　—니네 엄마, 아니 아빠가 나 니네 집에 놀러갈 때마다 엉덩이
예쁘다고 몇 번이나 만졌단 말이야!

　—어차피 넌 여자도 아니잖아.

　성훈은 화가 났다. 화가 났지만 화를 낼 수 없었다. 어쨌든 자신
은 자기 친구이자 애인의 첫 키스와 첫 연애와 첫 경험을 모두 망
쳤기 때문이다. 그는 떨리는 목소리로 물었다.

　—고백할 거 몇 개 더 있어?

　—일고여덟 개 정도? 어쩌면 몇 개 더 생각날지도 모르고. 너
는?

　—나도 일고여덟 개 정도. 나도 어쩌면 더 생각날 수도 있어.

　—그럼 이번엔 내가 먼저 말할게.

—민수야, 그전에 할말이 있어.

—뭔데?

—사랑해.

그 순간 민수는 마음이 아팠다. 성훈의 얼굴, 자신과 똑같은 얼굴, 우울한 얼굴, 육십이 년 전 혜화동에 살던 어느 소설가의 얼굴. 그 얼굴이 금세라도 부스러질 것 같은 표정으로 자신을 쳐다보고 있었다.

—나도 그래, 나도.

이렇게, 민수는 아주 조그만 소리로 중얼거렸다.

가혹한 소년들

1

사내가 잠에서 깨었을 때 그의 사지는 침대의 네 귀퉁이에 결박되어 있었다. 사지뿐만 아니라 몸통도 목도 단단히 묶여 몸의 어느 한 부분 옴짝달싹할 수 없었다. 더군다나 그 침대는 아주 작아 그의 머리와 다리와 양팔이 침대 밖으로 나뭇가지처럼 비어져나와 있었다. 사내는 기억을 더듬었다. 그는 분명 어젯밤 자기 방의 커다란 물푸레나무 침대에서 잠이 들었다. 두 다리와 양팔과 머리가 비어져나오지 않는 온전한 침대 위에서 잠들었다. 하지만 지금은 장난감 같은 침대 위에 목각인형처럼 묶여 있다. 그곳은 낡은 오두막이었다. 좁고 낡은 오두막이었다. 작은 원목 책장에 몇 권의 책이 꽂혀 있고, 커다란 창 두 개와 낮은 싱크대와 벽난로가 있는 오두막이었다. 침대 머리맡 협탁에는 굵은 초가 타고 있었다. 그가 고개를 움직일 때마다 촛불이 흔들거리며 방안의 명암을 이지러뜨렸다. 창밖으로 눈보라가 치고 있었지만 벽난로 때문인지 실내는 따뜻했다. 사내는 고민했다. 소리를 질러 도움을 요청해야 할까. 아니면 조금 더 상황을 두고 봐야 할까. 사내의 지난날은 언제나 고통스러웠지만, 고비마다 몇 가지 우연과 필연이 겹쳐 난국을 타개할 수 있었다. 사내는 자신은 늘 지독히 불행하면서도(늘 좋지 않은 일이 생겼으므로), 신의 보호를 받고 있다고(결국, 좋지 않은 순간을 넘겼으므로) 생각했다. 하지만 지금 상황은 어떨까? 과연 또다시 신이 자신을 돌봐줄 것인가? 사내가 자신의 처지를 가늠하고 있을 즈음, 오두막의 문이 열리고 몸집이 작은 남자가 커다란 자루를 끌면서 들어왔다. 자루가 무거운지 그는 자루를 문가에 세워두고 잠시 숨을 몰아쉬었다. 이윽고 남자는 성큼성큼 방을 가로질러 굵은 장작 두 개를 벽난로 안에 밀어넣고 쇠꼬챙이로 불씨를 몇 번 뒤집었다. 그의 등뒤로 그림자가 활활 타오르는 것처럼 보였다. 그러고 나서 남자는 사내의 곁으로 다가왔는데 촛불에 얼굴이 드러나자 뜻밖에도 열네댓 살쯤 되는 소년이었다. 소년은 말했다.

"어때요?"

사내는 앳된 얼굴과 마주하자 무슨 대답을 해야 할지 알 수 없었다. 소년은 다시 물었다.

"어때요?"

"어린 선생님, 선생님께서 저를 묶으셨습니까?"

사내는 일단 말을 시작하자 한결 긴장이 풀리는 기분이었다. 그
건 상대가 소년이기도 하고, 이 모든 게 비현실적이기도 해서였다.

"내가 묶었어요. 너무 힘들었어요."

"선생님, 저를 이만 풀어주시지 않으시겠습니까?"

"힘들게 묶었는데 풀어줄 필요가 있나요?"

"그럼 언제까지 저를 묶어두실 생각이신가요?"

소년은 사내의 말에 대답하지 않고 책장으로 다가가 책장 가장
아래 칸에 있는 커다란 도끼를 꺼냈다(책장이 삐걱삐걱 흔들렸
다). 그 도끼의 날은 소년의 머리통만했고, 자루는 소년의 몸통만
했다. 소년은 도끼를 벽난로 앞에 놓고 물을 가득 채운 대야와 커
다란 숫돌을 가져왔다. 그러곤 자신의 다리 길이에 맞는 낮은 의
자를 그 앞에 끌고 와 앉았다. 소년은 숫돌의 표면을 물로 닦더니
신중하게 도끼날을 갈기 시작했다. 숫돌에 도끼 가는 소리가 방안
에 가득찼다. 이에 지지 않겠다는 듯 눈보라 소리가 거세졌다. 사
내는 말했다.

"선생님."

소년은 뒤도 돌아보지 않고 대답했다.

"네, 말씀하세요."

"정말입니까? 정말로 저를 풀어주지 않을 생각이십니까?"

"그럼요."

"그렇다면 저를 어떻게 하실 작정인가요?"

"간단해요. 지금 제가 갈고 있는 이 도끼로 아저씨의 다리를 싹둑 자를 거예요."

마치 그건 머리카락에 검불이 붙었어요, 라거나 우유 다 마셨으면 이 컵을 치울게요, 라는 말처럼 들렸다.

"오 하나님, 다리라니요! 이럴 수가, 싹둑이라니요! 제발 농담이라고 말씀해주십시오."

"농담이라면 농담이겠지만, 농담이 아니라면 농담이 아니겠지요."

사내는 소년의 말이 결코 농담이 아니라는 걸 알았다. 소년의 말대로였다. 이 상황은 농담이라고도 할 수 있고, 농담이 아니라고도 할 수 있는 상황 아닌가.

"왜 다리입니까? 팔도 있고 손도 있고, 다리 사이에 난 이 꽤 쓸모 있는 녀석도 있습니다. 왜 다리입니까? 아니면 혹시 이 침대 밖으로 튀어나온 것은 모두 자르겠다는 생각이신가요?"

"아니에요. 그런 유치한 짓은 하지 않아요. 제가 원하는 것은 오직 아저씨의 두 다리뿐이에요. 아니 제 동생의 두 다리겠죠."

"그건 무슨 소리인가요?"

"무슨 소리냐고요? 그래요, 잘 들어보세요. 이제부터 얘기를 할게요."

　소년은 결코 뒤를 돌아보지 않았으므로 소년의 등은 그림자 속에서 웅웅거렸고, 벽난로의 불빛은 활활 타올랐으며, 창 너머로 거센 눈보라가 웡웡 몰아쳤다. 소년은 말했다.

2

　그날은 겨울이었어요. 그날은 여느 날과 다르지 않았어요. 아주 추운 날이었다는 말이에요. 동생과 나는 밤새 꼭 끌어안고 자면서 내일이 빨리 오길 기다렸죠. 우리는 하수관을 그리워하고 있던 거예요. 우린 하수관을 청소하는 아이들이었거든요. 이 도시의 하수관은 좁기 때문에 우리같이 키 작고 삐쩍 마른 아이가 아니면 누구도 청소할 수 없어요. 우리는 그 하수관을 그리워했던 거예요. 지하에 묻힌 하수관 안은 아무리 추운 겨울이라도 따뜻해요. 여름에는 반대로 시원하고요. 우리는 할머니 침대에 누워 알몸으로 끌어안고 자다가 너무 추워서 너무너무 추워서 두어 시간마다 잠에서 깼어요. 얇은 창문은 밤새 덜컹거렸고 벽은 얼어붙어 아주 낮은 음조로 찌억찌억 소리를 냈어요. 동생은 제 입술에 키스를 하고 말했죠. 오빠, 내일 오빠는 어디를 청소할 거야? 저는 도시의 북쪽을 청소할 거라고 했어요. 그러자 동생이 말했어요. 오빠, 내일 내가 그쪽을 하면 안 될까? 저는 안 된다고 했어요. 북쪽에는 외부로 노출된 38미터짜리 하수관이 있어요. 그곳은 땅속의 관과 다르게 겨울이면 아주 춥고 여름이면 아주 더운 곳이죠. 하지만 동물원 상공을 통과하기 때문에 어린 청소부들에게 인기가 많아요. 그들은 때때로 공중에 매달린 하수관의 작은 틈으로 동물들을 구경해요. 비쩍 마른데다가 언제나 피곤한 표정으로 잠만 자는 그 동물들을요. 왜 어린아이들은 동물을 좋아하는 걸까요? 저는 그곳을 청소하는 게 너무 싫어요. 동물 똥 냄새가 나는 것도 싫고 춥고 더운 것도 싫어요. 하지만 동생이 가는 것보다는 나아요. 저는 절대 안 된다고 했어요. 동생은 말했어요. 오빠, 내일 이상한 동물이 온대. 그 동물은 S국의 동물원으로 가기 전에 잠깐 우리 도시에서 쉬고 가는 거래. 그 동물은 고양인데 아주 큰 고양이래. 저는 말했어요. 안 돼, 너 그곳이 얼마나 위험한 곳인 줄 알아? 너처럼 덜렁거리는 애들이 가면 어떻게 되는 줄 알아? 동생은 다시 말했어요. 굵은 다리로 병사들의 머리를 쳐서 죽인대. 이빨이 내 손보다 크대. 아주 붉은 털에 검은 줄무늬를 가지고 있대. 한번 울면 도시 밖에까지 그 소리가 들린대. 저는 대답하지 않고 눈을 감았어요. 멀리서 도시가 얼어붙어가는 소리가 들려왔어요. 그러자 동생은 제 품으로 파고들면서 말했어요. 오빠, 나는 그 크고 강한 고양이를 보고 싶어. 사실 동생의 말은 저조차도 궁금하게 만들었어요. 그래서 저는 말했죠. 동물원 하수관에 물이 들어오는 시간이 몇시인지 알고 있어? 동생은 이미 제가 허락할 거라는 걸 알았기 때문에 큰 소리로 깍깍거리며 제 목을 끌어안았어요. 끌어안으며 대답했어요. 오빠, 알려줘, 알려줘. 두 번이나 반복해서 말했어요. 동생은 기분좋으면 언제나 그랬어요. 저는 말했어요. 잘 들어, 하루에 일곱 번 물이 나가. 동물원이라서 다른 곳보다 자주 내보내지. 일곱시, 아홉시, 열한시, 열두시 삼십분, 세시, 다섯시, 일곱시. 잘 기억해야 해. 특히 열두시 삼십분 말이야. 한시가 아냐, 알았지? 동생은 대답했죠. 알았어, 오빠. 일곱시, 아홉시, 열한시, 열두시 삼십분, 세시, 다섯시, 일곱시, 알아, 한시가 아냐, 열두시 삼십분이야. 그러고 나서 동생은 제가 사랑스럽다는 듯이 제 얼굴 여기저기에 키스를 했어요. 우린 꼭 껴안고 다시 잠이 들었어요.

3

　다음날 아침도 역시 추웠어요. 집을 나설 때 문이 얼어붙어 어깨로 세게 밀어야만 했죠. 하지만 하늘은 맑고 햇살이 강해서 얼어붙은 거리는 반짝거리며 빛났어요. 저는 동생의 손목에 제 시계를 채워줬어요. 그 시계는 아버지가 물려준 시계였어요. 언제나 동생이 탐을 내던 시계였어요. 저는 알람을 열두시 십분으로 맞췄죠. 잘 들어. 열두시 십분이 되면 딩동딩동 하고 두 번 알람이 울릴 거야. 그러면 그때 깡통에 들어가야 해, 알았지? 하수관에는 물이 들고 나갈 때 피할 수 있도록 대피 공간이 일정한 간격으로 설치되어 있었어요. 그 공간은 우리 같은 어린애들도 온몸을 욱여넣어야 겨우 들어갈 정도로 작아서, 우린 그걸 깡통이라고 불렀어요. 동생은 말했어요. 오빠, 걱정하지 마. 저는 단호하게 다시 한번 말했어요. 이 시계의 알람 소리는 작아. 귀를 기울여야 해. 동생은 대답했어요. 귀기울일게. 손목을 이렇게 귀에 붙이고 청소할 거야. 저는 동생을 안아줬어요. 동생은 말했어요. 내가 그 동물을 꼭 보고 오빠에게 말해줄 거야, 꼭꼭 말해줄 거야. 동생은 비슷한 말투로 자주 이렇게 말했어요. 오빠, 난 꼭 S국으로 갈 거야, 꼭꼭 갈 거야. 그곳은 전쟁이 벌어지지 않는 중립국이었어요. 그곳으로 가는 건 우리 모두의 꿈이었죠. 그렇지만 불가능에 가까운 꿈이었어요. 할머니도 평생 S국으로 가고 싶어했어요. 아가야, 우리 꼭 S국으로 가자. 그럼 저는 대답했어요. 할머니, 꼭 가자, 내가 데려가줄게. 할머니, 우리 꼭 행복해지자, 내가 오래전보다 오래오래 전보다 행복하게 해줄게. 하지만 할머니는 어느 날 군인에게 맞아 죽었어요. 하얗게 굳어 있는 할머니의 시체를 앞에 두고 저는 동생의 손을 잡으며 말했어요. 우리 꼭 S국으로 가자, 가서 우리 꼭 부자가 되자, 우리 꼭 행복해지자. 그러자 동생은 할머니가 제게 그랬듯 저를 끌어안고 제 입술에 키스를 해주었어요. 그래, 오빠.

저는 동쪽으로, 동생은 북쪽으로 갔어요.

그날 동쪽의 하수관에는 치울 게 너무 많았어요. 그쪽은 광장이 있는 곳인데다가 관이 일직선으로 이어지는 구간이 많아 평소에는 비교적 청소하기 수월한 곳이었어요. 저는 언제나 동생을 그곳에 보냈어요. 하지만 그날은 달랐어요. 그날은 도시에 주둔한 군대가 다시 전쟁터로 떠나는 날이었거든요. 며칠 전부터 군인들은 마구 먹고 마셨어요. 그들은 도시 곳곳을 돌아다니며 고함을 질렀고 때때로 물건을 때려 부수기도 했어요. 우리는 조용히 그 순간이 지나가길 기다렸어요. 왜냐하면 그들이 가야 할 곳은 아주 무섭기도 하고 슬프기도 한 곳이었으니까요. 그들 중 몇 명이 이 도시에 다시 돌아올까요? 우린 알 수 없었어요. 지난번에 떠난 부대는 한 명도 돌아오지 못했어요. 저는 E-3지구의 지하에서 잠시 쉬기로 했어요. 그곳은 하루 두 번 물을 내보내기 때문에 한참을 머물러도 되는 곳이었죠. 품속에서 딱딱해진 검은 빵을 꺼냈어요. 그 빵을 먹으면서 동생을 생각했어요. 열한시 이십칠분. 아마 동생은 그 동물을 구경하고 있을 거라는 생각을 했어요. 그 동물은 정말 주먹만한 이빨을 가지고 있을까요? 정말 커다란 발로 병사의 두개골을 깨부술 수 있을까요? 정말로 울음소리가 도시 밖까지 들릴까요? 그러면 내가 앉아 있는 이 지하까지, 이 하수관 속까지 들릴까요? 저는 멀리 들려오는 어느 커다랗고 붉은 짐승의 울음소리를 듣기 위해 눈을 감았어요. 하수관 멀리서 윙윙거리는 바람 소리가 들려왔어요. 그건 사실 하수관 안에 있으면 매일 듣는 소리였지만 어쩐지 저는 그게 포효하는 짐승의 소리처럼 들리기도 했어요. 그때였어요. 저기 위에서, 지상에서부터 거대한 울림이 퍼져오기 시작했어요. 그래요. 그건 떠나는 자들의 소리였어요. 전쟁터로 떠나는 자들 말이에요. 할머니는 전쟁터가 고요한 곳이라고 했어요. 할머니는 군인들은 거대한 고요로 떠나기 때문에 아주 시끄럽게 출발하는 거라고 했어요. 그들은 구령에 맞춰 마치 한 사람인 것처럼 발을 굴렀는데, 그럴 때마다 아주 묵직한 울림이 하수관을 흔들었어요. 그 발소리는 이 땅을 떠나기 싫은 것처럼, 아주 굵은 뿌리처럼 땅속으로 파고들었어요. 그렇게 한참을, 아주 긴 행렬이 움직이고 있었어요. 그들의 뒤를 따라 그들의 가족들이, 그 뒤를 창녀들이 따르고 있을 거였어요. 보지 않아도 알 수 있었어요. 아마 발소리에 맞춰 하늘에 총을 쏘고, 북을 두드리고 폭죽을 터뜨리며, 팡파르를 울리고 있을 거였어요. 그리고 눈물을 흘리겠죠. 우리 아버지도 그렇게 떠났고, 우리 어머니도 그렇게 떠났어요. 그 행렬은 이 도시를 두어 번 돌다 마지못해 도시 밖으로 나갈 거였어요. 그리고 그 슬픈 울림이 사라졌을 즈음 시계를 보니 한시였어요. 아저씨, 당신은 어떻게 생각하세요? 제 동생은 그 큰 짐승을 봤을까요?

시간은 금세 지났어요. 저는 퇴근하자마자 광장으로 갔어요. 그곳에는 마른 분수대가 있었어요. 오랫동안 물이 차본 적 없는 분수대라고 했어요. 그곳은 동생과 내가 퇴근하면 만나는 곳이었어요. 저는 그날도 분수대 앞에 앉아 동생을 기다렸어요. 광장 곳곳에는 색종이 조각과 리본이 떨어져 있었어요. 그 위에는 수많은 발자국들이 찍혀 있었고요. 그 발자국들에는 전쟁에 대한 두려움이, 삶에 대한 막막함이 아로새겨져 있었어요. 그걸 보니까 저도 왠지 쓸쓸해져 옷깃을 여몄던 기억이 나요. 하지만 어느새 해가 저물고 날씨는 더욱 추워지는데 동생은 오지 않았어요. 그 아이는 그런 아이가 아니었어요. 늘 배가 고픈 아이였기 때문에 퇴근시간을 정확하게 지키는 아이였어요. 일이 끝나면 누구보다 빠르게 약속 장소로 달려오던 아이였어요. 이상한 기분이 밀려왔어요.

저는 북쪽 하수관을 관리하는 사무실에 찾아갔어요. 마침 사무장이 나오는 중이었어요. 저는 그의 옷소매를 붙잡고 물어봤죠. 제 동생은 아직 퇴근하지 않았나요? 사무장은 대답했어요. 네 동생 말이냐? 글쎄다. 출근하는 것은 봤다만. 동생이 돌아오지 않았어요. 그 말에 사무장도 금세 불안한 목소리로 되물었어요. 집에는 가봤니? 저는 대답했어요. 아니요, 하지만 제 동생이 퇴근했다면 분명 광장으로 왔을 거예요. 사무장은 다시 물었어요. 네 동생은 북쪽이 오늘 처음이니? 저는 말했어요. 네, 처음이에요. 사무장은 말했어요. 따라오너라. 사무장은 재빠르게 앞서서 걸었지만, 그의 모습은 무척 불안해 보였어요. 저 역시 그랬고요. 왜냐하면 북쪽 하수관의 동물원 구간에서는 종종 사고가 났거든요. 그는 동물원 구간이 시작되는 지점으로 가서 하수관 상판을 들어올리고 제게 손전등을 건넸어요. 얘야, 네가 한번 들어가서 확인해봐야 할 것 같구나. 각오는 돼 있니? 저는 아무 대답도 하지 않고 그 안으로 들어갔어요. 곧 하수관은 동물원의 상공을 지나쳤어요. 하수관 저 아래에서는 피골이 상접한 낙타와 홍학과 코끼리가 다리 사이에 머리를 파묻은 채 웅크리고 있었어요. 그들은 끝나지 않는 전쟁 때문에 언제나 굶주렸고 겁에 질려 있었어요. 그들은 그래서 의심이 많았어요. 작은 소리에도 소스라치게 놀라 잠에서 깨곤 했어요. 그들은 제가 하수관을 기어가는 소리에 귀를 기울이다가 나직하게 소곤대기 시작했어요. 그것은 마치 이렇게 말하는 것처럼 느껴졌어요. 꼬마야, 앞으로 나아가지 마라. 꼬마야, 앞으로 나아가는 것이 언제나 옳은 건 아니란다. 하지만 저는 앞으로 가야만 했어요. 어떻게 가지 않을 수 있겠어요. 그때 저는 덜덜 떨리는 손으로 바닥을 짚으며 제 몸을 앞으로 끌고 갔어요. 그렇게 십 분 정도를 더 갔을까, 어느 순간부터 틱, 틱 하는 소리가 나기 시작했어요. 그 소리가 들려오는 하수관 저편은 아주 깊숙한 곳이었어요. 손전등의 불빛도 미치지 않는 곳이었어요. 틱, 틱, 그 소리는 너무 나직했어요. 마치 모래 한 톨이 조심스럽게 대리석 위로 떨어지는 듯한 그런 나직함이었어요. 저는 더욱 서둘러서 앞으로 갔어요. 하수관은 아주 길고 외로웠어요. 언제까지나 끝나지 않을지도 모른다는 두려움이 들기도 했어요. 그 순간, 저기 멀리 어둠 속에 제 동생이 웅크리고 앉아 있는 모습이 보였어요. 저는 외쳤죠.

뭐하고 있는 거야! 집에 갈 시간이잖아! 하지만 어둠 속에선 여전히 틱, 틱 하는 소리만 울려퍼졌어요. 저는 다시 한번 말했어요. 나 아까 낮에 그 동물의 울음소리를 들은 것만 같아! 동생은 여전히 대답하지 않았어요. 저는 조금씩 다가갔어요. 그리고 곧 동생의 곁에 이르렀을 때, 모든 상황을 깨달았어요. 동생은 아주 차갑고 딱딱했어요. 동생의 몸은 얼음이 되어 있었어요. 그 겨울의 모든 것처럼. 한밤의 우리집처럼. 그녀는 몇 번이나 물에 젖었다가 얼기를 반복한 듯했어요. 다만 그녀의 왼손에 채워진 시계만이 나직하게 움직이고 있었어요. 열두시 삼십분에서 삼십일분으로 가기 위해 분침이 틱, 틱 움직이고 있었어요. 하지만 그것은 미세하게 앞으로 갔다가 도로 삼십분으로 돌아왔어요. 저는 중얼거렸어요. 열두시 삼십분. 한시가 아냐. 그러자 하수관 아래에서 어떤 크고 무서운 동물이 대답하듯 으르렁거렸어요. 그 소리는 낮았지만 너무 무시무시해서 등줄기에 소름이 돋았어요. 저는 동생의 차가운 이마에, 입술에 키스를 했어요. 우리는 지난밤 알몸으로 부둥켜안은 채 고통을 견뎠어요. 동생의 몸은 언제나 따뜻했어요. 하지만 그 순간 제 입술에 닿은 건 무엇이었을까요? 그 딱딱하고 차가운 건 무엇이었을까요?

4

저는 따뜻한 물로 동생의 시신을 씻기고 할머니 침대에 눕혔어요. 그러곤 촛불 하나를 침대 머리맡에 켜놓고 의자에 앉아 그녀를 멍하니 쳐다봤어요. 아침까지만 해도 부드러운 분홍색으로 빛나던 동생의 피부는 창백하게 말라붙어 있었어요. 동생의 얼굴을 만지기 위해 손을 들어 그녀의 피부 위에, 그 피부 위에 제 손을 가만히 대려는데, 세상에 제 손이 떨리는 거예요. 마치 수많은 군인들이 마을을 가로질러 행군할 때 창문이 떨리듯, 벌벌벌, 벌벌벌, 이 손이 말이에요. 보이세요? 이 손, 제가 세상에서 가장 사랑했던 여자, 제 동생의 얼굴에 이 손을 대려는 그 순간에 말이에요. 그녀의 하얀 얼굴 위로 제 손의 떨리는 그림자가 드리워진 광경을 저는 무참한 기분으로 지켜봤어요. 그러고는 그 이해할 수 없는 떨림이 물결처럼 퍼져서 곧 제 손목이, 팔꿈치가, 어깨가, 등줄기가, 발끝이 후들후들 떨려왔어요. 저는 어느새 온몸을 주체할 수 없이 떨고 있었어요. 춥다. 추워. 그 순간 집이 얼어붙는 소리가 들려왔어요. 어젯밤처럼. 춥고 어두운 밤이었어요. 동생도 제 곁에 있었죠. 하지만 어제와 다르지 않기 때문에 어제와 너무 다른 밤이라는 걸 저는, 아니 제 손은 알고 있었어요. 동생은 죽었다. 열두시 삼십분에. 동생은. 열두시 삼십분. 죽었지. 그런데 이상하죠? 그렇게 몸을 떨고 있으면서도 저는 울지 않았어요. 눈물이 한 방울도 나오지 않았어요. 아저씨, 저를 보세요. 저는 아직도 눈물이 나지 않아요. 동생은 제게 남은 유일한 가족이었어요. 저를 사랑한다고 말해주는 유일한 사람이었어요. 그런 동생이 죽었는데도, 저는 울지 않았어요. 그렇게 그 밤을 지새웠어요. 저는 어둠 속에서 하얗게 빛나던 동생의 알몸을 지켜봤고, 새벽이 밝아오면서 그 알몸 위로 푸른빛이 드리워지는 것도 지켜봤어요. 저는 한숨도 자지 않았지만, 또 깨어 있는 것 같지도 않았어요.

다음날 제가 하수관을 청소하기 위해 출근했을 때 사무장은 말했어요. 꼬마야, 너무 슬퍼하지 마라. 저는 대답했어요. 슬퍼요, 하지만 받아들일 순 있어요. 사무장은 제 머리를 쓰다듬으며 말했어요. 내가 도와줄 일 있으면 언제든 말하려무나. 아마 사무장의 말은 진심이었을 거예요. 도시에는 누구 하나 가족을 잃지 않은 사람이 없었으니까요. 그들은 모두 상실에 익숙했어요. 그래서 다른 사람이 겪는 상실에 슬퍼했어요. 사무장의 두 아들 역시 이 년 전에 전쟁터에서 죽었다고 들었어요. 사무장의 아버지가 적군의 총에 맞아 죽은 그 골짜기에서 말이에요. 저는 말했어요. 혹시 동물원에 새로 들어왔다는 큰 동물을 볼 수 있을까요? 사무장은 대답했어요. 어제 들어왔다던 놈 말이구나. 안타깝구나, 그놈은 오늘 아침에 S국으로 떠났단다. 나도 보지 못했단다. 저는 사무장에게 다가가 물었어요. 사무장님, 정말 그 동물의 이빨은 주먹만한가요? 그 동물의 앞발은 병사의 머리도 박살낼 정도인가요? 그 동물은 불처럼 활활 타오르나요? 한번 울면 멀리멀리 이 도시 밖까지, 지하 깊숙이 하수관까지 들릴 정도인가요? 사무장은 내 볼을 쓰다듬으며 말했어요. 나도 모른단다, 꼬마야, 하지만 슬프구나, 네 동생도 어제 같은 걸 물었단다. 그 순간 저는 목이 메서 아무 말도 할 수 없었어요. 그러자 그는 저를 안아줬어요. 저는 그의 품에서 오래된 섬유 냄새를 맡으며 잠시 그대로 있었어요. 사무장은 말했어요. 꼬마야, 앞으로 더 힘들어질 거다. 하지만 그만큼의 고통은 신이 네게 내려준 축복이란다. 그건 요즘 우리 도시에 유행하는 어느 선생의 말이라는 걸 저는 알고 있었어요. 그 선생은 늘 이렇게 말했어요. 고통이 없으면 인생은 존재하지 않는다, 고통이 없는 것은 개돼지다, 너희의 고통은 그만큼의 축복이다, 그걸 이겨내야만 하는 것이 신이 너희에게 내려준 시험이다. 하지만 저는 마음속으로 이렇게 외쳤어요. 그럼 우린 왜 태어난 거죠? 사무장은 아무래도 마음이 놓이지 않았는지, 하수관으로 들어가는 제게 다시 한번 말했어요. 힘내야 한다. 축복이라고 생각해야 한다. 그 말은 철로 된 하수관 내부에서 웅웅 울렸어요.

5

　잠시 소년은 입을 다물고 도끼를 갈았다. 물을 잔뜩 머금은 숫돌에 도끼가 눅눅하게 갈리는 소리가, 방안에 가득 퍼졌다. 사아 사아 사아 사아 사아 사아 사아 사아 사아 사아 사아 사아 사 아 사아.

6

　들어보세요. 저는 동생을 묻을 수 없었어요. 동생은 할머니 침 대 위에서 하얗게 얼어붙어 있었어요. 저는 때때로 동생의 얼굴 을 쓰다듬으며 이렇게 생각했어요. 이 겨울이 언제까지나 계속됐 으면 좋겠다. 그럼 동생은 제 동생인 채로 썩지 않을 테니까요. 저 와 마주칠 때마다 사무장은 말했어요. 네 동생은 어디 있니? 시체 를 집에 오래 두면 안 된단다. 요즘 아이의 시체를 훔쳐가는 사람 이 너무 많단다. 저는 이렇게 대답했어요. 사무장님, 잘 알고 있어 요. 그럼요, 저도 잘 알고 있는걸요. 그러곤 하수관으로 쏙 들어갔 죠. 사무장 말은 일리가 있었어요. 확실히 며칠이 지나자 제 동생 이 죽었다는 것도, 동생의 시체를 집에 두고 있다는 것도 사람들 이 모두 알게 됐어요. 그들은 하나같이 사무장과 같은 말을 했죠. 전쟁에서 팔다리가 없는 사람들이 많이 돌아왔다고 말했어요. 그 사람들은 팔다리가 없는 자리에 아이의 시체를 훔쳐 갖다붙인다고 말했어요. 예전에는 전쟁터에서 굴러다니는 시체를 사용했는데, 아무래도 아이의 것이 더 잘 붙는다고 말했어요. 하지만 제가 어떻게 동생을 묻겠어요. 그런 말을 들은 날이면 저는 작은 촛불을 켜놓은 채 할머니 침대 위에 누운 동생을 지켜보며 밤을 지새웠어요.

그러던 어느 날이었어요. 중앙 구역의 하수관을 청소하는 날이었어요. 저는 작은 교회의 지하에 묻힌 하수관 속에 있었어요. 그 교회는 아주 오래된 교회로 오래전에는 신전이었고, 곧 가톨릭교회가 됐다가, 회교 사원이 됐다가, 다시 가톨릭교회였다가, 지금은 신교의 교회가 된 곳이었어요. 수차례의 파괴가 있었고, 몇 번의 화재가 있었다고 했어요. 언젠가는 교회에 가톨릭 신자들을 가둬놓고 불을 지른 적이 있다고 했어요. 또 언젠가는 회교 여자들을 가둬놓고 모조리 총으로 쏴 죽인 적도 있다고 했어요. 교회는 너무 오래됐기 때문에 지금의 교회 밑에 오래전의 교회가, 그 밑에 더 오래전의 교회가, 사원이, 신전이 켜켜이 쌓여 있다고 했어요. 저는 그 교회 아래에 있었어요. 그날은 일요일이었어요. 저는 품속에서 검은 빵을 꺼내 조금씩 뜯어먹으며 휴식을 취하고 있었어요. 문득 내 위인지 아래인지에서부터 아주 아름다운 음색의 노래가, 누가 들어도 신을 찬양하는 것 같은 노래가 들려오기 시작했어요. 저는 그 아름다운 노랫소리에 귀를 기울이다가 어느새 잠이 들고 말았어요. 하지만 잠 속에서도 꿈속에서도 노래는 계속됐고, 저는 실로 오랜만에, 동생과 부둥켜안고 잠들었던 그 밤 이후로 오랜만에 잠이 들게 됐어요. 이런 말 아세요? 달콤함은 너를 소경으로 만들지니. 제가 잠에서 깨어났을 때 시간은 어느새 여섯시였어요. 최근 들어 그렇게 오래 잔 적이 없었는데 말이죠. 저는 문득 불길한 예감에 사로잡혀 부리나케 하수관을 빠져나오기 시작했어요. 하수관은 아주 길고 구불구불했어요. 저는 도시 중앙을 뱅글뱅글 돌고 돌아 겨우 광장의 한쪽에서 빠져나올 수 있었어요. 그 꼬이고 꼬인 하수관을 빠져나오는 동안 제 불안감은 견딜 수 없을 정도로 커져갔고 저는 참을 수 없어서 하수관 벽을 두드리며 소리를 지르거나 기도를 하면서 이동했어요. 너무 서두르는 바람에 무릎과 손바닥에 빨간 피가 맺혔지만 저는 상관하지 않았어요. 그러곤 집으로 달려갔어요. 쉬지 않고 달려갔어요. 계단을 오르고 올라 삼층에 있는 집 앞에 이르렀어요. 저는 무서웠어요. 심장이 마구 뛰었는데, 그건 제가 달렸기 때문도 아니고 메마른 겨울 공기가 폐 안에 가득했기 때문도 아니었어요. 저는 덜덜 떨리는 손으로 열쇠 구멍에 열쇠를 넣고 돌렸어요. 하지만 열쇠는 돌아가지 않았어요. 열쇠는 전혀 돌아가지 않았어요. 왜냐하면 문은 이미 열려 있었기 때문이었죠.

저는 천천히 손잡이를 돌리고 집안으로 들어갔어요. 집안에 고개를 집어넣는 순간 저는 방안의 공기가 달라졌다는 걸 금세 깨달았어요. 그곳에는 낯선 냄새가 몇 가지 섞여 있었어요. 그건 아침까지만 해도 맡을 수 없던 거였어요. 하지만 저는 그 냄새를 알고 있었어요. 그건 병원 아래를 지나는 하수관에 언제나 고여 있던 냄새였어요. 아저씨도 알고 있는 바로 그 냄새 말이에요. 저는 천천히 천천히 앞으로 나아갔어요. 그리고 할머니의 침대, 언제나 할머니가 새벽이면 깨어나서 한숨을 쉬던 침대, 오래전 제 아버지가 전쟁터로 가기 전에 만들었다는 그 침대, 동생과 내가 부둥켜안고 겨울을 지내던 그 침대로 나아갔어요. 침대 위에는 동생이 있었어요. 하지만 동생은 없었다고 할 수 있었어요.

7

소녀의 몸은 돼지고기처럼 썰려 있었다. 두 팔과 두 다리가 없었고, 두 개의 안구와 두 개의 귀가 없었다. 몸통에 있는 대부분의 피부는 벗겨져 있었다. 그 솜씨는 너무 정교하고 정확해서 마치 소녀의 몸은 그 상태 그대로 이 세상에 태어난, 어떤 정물처럼 보였다.

8

사내는 말했다.

"그럼 어린 선생님의 말은 제 다리가 어린 선생님 동생님의 다리라는 것입니까?"

소년은 숫돌에 갈던 도끼를 내려놓고 그에게 다가왔다. 소년의 얼굴은 짐승 같았다. 늙은 짐승 같았다. 소년은 그의 눈을 쳐다보며 말했다.

"맞아요. 저는 당신을 찾기까지 너무 오래 걸렸어요. 다른 부위는 모두 찾았어요. 이제 다리만 남았어요. 저기 문가에 자루 보이세요?"

사내는 대답하지 않았다.

"저 자루에는 동생의 몸들이 있어요. 원래 몸들과 되찾은 몸들이요."

"선생님, 선생님! 하나님의 이름으로 이 다리가, 빌어먹을, 아니 죄송합니다. 빌어먹을이 아니고, 분명하게 선생님의 동생님 다리라는 증거가 있습니까?"

그러자 소년은 사내의 발을 움켜쥐고 다리를 꺾어 그의 눈앞에 발뒤꿈치를 들이밀었다.

"잘 봐요. 이건 동생이 다섯 살 때 군견에게 물어뜯긴 자국이에요. 그리고 잘 봐요."

소년은 옷을 내려 자신의 어깨를 사내에게 보였다. 소년의 어깨는 살점이 뭉텅 떨어져나가 푹 패어 있었다.

"이건 그때 제 동생을 감싸다가 개에게 물어뜯긴 자국이고요.

이런 내가 동생의 다리를 알아보지 못할 거 같아요? 자 이제 한번 말해보세요. 이 다리가 당신 거라고!"

소년이 잡아 뜯을 듯 사내의 다리를 비틀었기 때문에 사내는 식은땀이 뚝뚝 떨어질 정도로 고통스러웠다. 사내는 바들바들 떨며 간신히 말했다.

"그래요, 선생님 말씀이 모두 맞습니다. 그래요, 맞습니다. 절대 맞습니다. 저는 다리를 이식받았습니다. 아주 많은 돈을 내고 이식받았습니다. 오, 하지만 제 말을 들어보세요. 제 말을 제발 들어주세요. 제 얘기를 들어보고 결정해주세요."

"굳이 그럴 필요가 있을까요?"

"있습니다. 있고말고요. 선생님, 하나님을 믿지 않으십니까? 아합이 내 앞에서 겸비함을 네가 보느냐 저가 내 앞에서 겸비함을 인하여 내가 재앙을 저의 시대에 내리지 아니하고 그 아들의 시대에야 그 집에 재앙을 내리리라 하셨더라!"

그러자 소년은 한층 더 발목을 쥐어짜듯 꺾으며 말했다.

"흥, '후레자식, 호레이쇼' 이야기 몰라요?"

"선생님, 장군님, 오, 어린 선생님, 제발, 저를 이대로 저버리진 말아주십시오. 어리고도 현명한 선생님, 저도 선생님처럼 어릴 적에 하수관을 청소했었답니다!"

그 말에 소년은 발목을 잡은 손에 힘을 빼고 골똘히 생각에 잠기더니 말했다.

"좋아요, 해보세요."

9

　오, 하나님, 제 얘기를 들어주신다니 감사합니다. 어린 선생님, 저도 고아였습니다. 저는 도시 외곽에 있는 고아원에서 태어나고 자랐습니다. 그 고아원은 원래 전쟁중에 부모를 잃은 아이들이 수용된 곳이었다는데, 말이 고아원이지 그곳에 있는 사람의 삼분의 일 정도는 어른이었습니다. 저를 포함해서 그중 대다수는 그 고아원에서 태어난 자들이었습니다. 그들은 자기 부모가 그랬던 것처럼 대부분 이빨이 썩거나 부러져서 입안이 휑했고, 아이들 틈에 섞여 굽신거리며 배급을 받았고, 아무 생각 없이 아이를 낳았고, 그리고 또 자기 부모가 그랬던 것처럼 아이를 고아원에 방치했으며, 또 자기 부모가 그랬던 것처럼 누군가에게 두들겨맞거나 사소한 병에 걸려 시름시름 앓다가 한밤중에 느닷없이 시체가 되곤 했습니다. 그럼 그들은 자기 부모가 그랬던 것처럼 고아원 뒷산에 아무렇게나 던져져 짐승의 먹이가 되곤 했습니다. 그곳은 그런 곳이었습니다. 그곳에서 나고 자랐다면 누구든 어디로도 갈 수 없게 됩니다. 너무나 끔찍한 곳이기 때문에 그곳에 적응해버리면 도리어 바깥세상이 더욱 끔찍하게 느껴지는 겁니다. 어린 선생님, 이게 무슨 말인지 아시겠습니까? 우린 이층침대에 두세 명씩 끼어서 잤고, 그래도 자리가 모자라 바닥에 이리저리 포개어 잠이 들었습니다. 우린 이름이 없이 번호로 불렸고, 매일 반쯤 썩은 콩과 정체를 알 수 없는 누런 죽을 먹어야 했습니다. 그조차 아주 적은 양이어서 죽을 뜰 때 물수제비뜨듯 아주 얇게 뜨지 않으면, 숟가락이 챙강챙강 그릇 바닥에 부딪힐 정도였습니다. 우린 때때로 배가 너무 고픈 나머지 침대의 스펀지를 뜯어먹기도 했습니다. 그래서 매일 밤 점호를 할 때면 조장들이 아이들의 침대를 검사했습니다. 하지만 어느 침대든 잘 보이지 않는 한가운데나 구석은 이미 텅 비어 있었습니다. 그에 비한다면, 그나마 바퀴벌레는, 그건 정말 맛있었다고 말씀드리고 싶습니다. 스펀지에 비하면 바퀴벌레는 육즙이 있고 단백질도 있는 진짜 음식이었습니다. 오독오독 씹을 때마다 새로운 맛이 더해지는 그런 진짜 음식 말입니다. 그래서 아이들은 습관적으로 이렇게 말했습니다. 오늘은 바퀴벌레 좀 보았니? 이 말을 믿으시겠습니까? 하지만 우리 어린 선생님도 바퀴벌레를 서로 먹기 위해 아귀처럼 싸우는 아이들을 보셨어야 합니다. 그걸 먹지 못해 부러움에 엉엉 우는 아이들을 보셨어야 합니다. 역겨우신가요? 역겨우시겠죠. 알고 있습니다. 잘 알고 있습니다.

이런 우리를 누가 인간이라고 하겠습니까? 아니 사실 우리는 인간이라는 게 무엇인지도 몰랐습니다. 그러므로 고아원 선생들이 우리를 매일 두들겨팼던 건 당연했는지도 모릅니다. 짐승은 짐승처럼 다뤄야 하는 법입니다. 우리는 우리대로 말없이 맞았습니다. 순종적인 짐승이 되는 것이 우리의 미덕이고, 우리의 목표였습니다. 우리의 얼굴에 침을 뱉으면 고개를 숙이고, 발로 차면 엎드려서 선생님 죄송합니다, 를 연발했습니다. 왜 죄송한 걸까요? 그들이 때리기 때문에 죄송한 겁니다. 그들이 때리지 않으면 죄송하지 않은 겁니다. 물론 우리는 하찮고 무식했으므로 그 방법밖에 없기도 했습니다. 그들이 질서를 잡아주지 않았다면 개돼지 같은 우리는 서로 잡아먹었을 겁니다. 분명 그랬을 겁니다. 아멘, 아멘입니다. 왜냐하면 우리는 언제나 서로를 가장 미워하고 있었기 때문입니다. 우습지 않습니까? 우리가 미워하는 건 우리를 두들겨패는 선생들도, 매일 밤 자기의 커다란 놈(어린 선생님도 이게 뭔지 잘 아시겠죠)을 주물주물거리게 하는 원장도 아니었습니다. 우리가 미워하는 건 선생들의 총애를 받는 고아들이었고, 새로 들어와서 아직 엄마 냄새를 간직한 고아들이었고, 몸집이 작거나 힘이 약한 고아들이었습니다. 물론 가장 미워하는 건 나 자신이었습니다. 왜 나는 이것밖에 하지 못하는가? 왜 나는 고아들 중에 선발되는 고아가 되지 못하는가? 조장이 되고 싶다. 고아원 이발사의 보조가 되고 싶다. 선생님들의 심부름을 하고 싶다. 한겨울에 선생들의 구두끈을 매어주는 아이들의 자랑스러운 표정을 당신도 봤어야 합니다. 저는 언제나 열의 제일 앞에 서서 그 누구보다 빠른 속도로 달려가 공손하게 무릎 꿇고 선생들의 구두끈을 매어주는 상상을 했습니다. 또 저는 이발사의 뒤에 서서 수건을 든 채 두 시간 동안 꼼짝도 않고 미소를 짓고 있는 상상도 했습니다. 그러면 그들은 이렇게 말할 것입니다. 네 녀석은 마치 동상 같구나. 저는 이렇게 대답할 겁니다. 선생님, 동상 같다니요? 그럼 그들은 웃으며 제 어깨를 툭툭 치고 이렇게 말하겠죠. 꽤 폼이 난다는 말이다.

선생들의 곁에 있는 이들은 한겨울에 옷을 하나씩 더 받아 두 겹을 겹쳐 입었고, 매일 한 국자의 죽을 더 받았으며, 구멍이 나지 않은 신발을 신었습니다. 저는 그들이 부러웠습니다. 너무 부러워서 그들이 미웠습니다. 그런 우리의 마음을 알고 있는지 가장 악랄한 건 빌어먹을 그 고아 출신 조장들이었습니다. 그들은 잠에서 깨자마자 습관적으로 아무나 두들겨팼습니다. 고아원에서 나고 자란 어른이더라도 조장들을 무서워했습니다. 그들은 조장들을 선생님이라 부르며, 바닥에 엎드려 조장들의 발가락 사이를 핥으며, 머리를 바닥에 쿵쿵 찧으며 용서를 빌었습니다. 얼굴에 주름이 가득한 그들이, 가랑이 사이에 털도 나지 않은 그 어린애들에게 말입니다. 저는 제 눈앞에서 죽어간 아이들을 최소 스무 명은 알고 있습니다. 선생들보다 조장들이 더 많은 아이들을 죽였습니다. 고아원에 매일 한두 명의 아이가 새로 들어왔는데도 매일 한두 명의 아이가 죽었습니다. 그것이 우리가 매일 제자리에서 잘 수 있는 이유였습니다.

10

 그날은 부활절이었습니다. 부활절 새벽이면 언제나 원장은 고아원의 모든 사람들을 모아 예배를 드렸습니다. 그날은 아주 추운 날이었습니다. 겨울이, 한겨울이 다시 돌아온 듯했습니다. 예배당 안에는 굵은 초들이 넓은 간격으로 세워져 있었고, 해도 달도 없는 밤하늘은 먹을 칠해놓은 듯했습니다. 우리는 너무 추워서 손을 가랑이 사이에 넣거나 엉덩이에 깔고 잔뜩 움츠린 채 졸고 있었습니다. 우리를 감시해야 할 선생들도 벤치에 한쪽 엉덩이를 걸친 채 졸기는 마찬가지였습니다. 오직 원장만이 단조롭고 건조한 어조로 마태복음을 1장부터 28장까지 읽고 있었습니다. 그는 언제나 'th' 발음을 어려워했기 때문에 특별히 세심하게 공들여 발음했습니다. 하지만 원장의 낭독은 마치 깊은 바닷속에서 울리는 파도 소리 같았고, 예배당 안의 모든 사람들은 고요한 심해로 가라앉듯 점점 깊은 잠에 빠져들었습니다. 물론 저도 예외는 아니었습니다.

 꿈속에서 저는 갓난아기였습니다. 저는 어머니의 품에 안겨 젖을 빨고 있었습니다. 어머니의 젖은 크고 하얗고 따뜻했습니다. 겨울바람에 창문이 쉴새없이 덜컹거렸는데, 그것은 신음소리처럼, 혹은 비명소리처럼 들렸습니다. 제 뺨에 닿는 공기는 건조하고 차가웠고, 침대 시트 역시 거칠었습니다. 그럴수록 저는 어머니의 품으로 파고들어 힘차게 젖을 빨았습니다. 뜨거운 젖이 목을 타고 넘어와 내 위장 속으로 들어가는 느낌이 생생하게 전해졌습니다. 그때 어머니가 저에게 말했습니다. 얘야. 하지만 그 음성은 나를 안고 있는 여자의 입에서 나온 거라기보다는 꿈 전체를 통해 들려오는 것이었습니다. 다시 어머니가 말했습니다. 얘야, 깨어나렴, 날이 밝아오고 있단다. 얘야, 새벽이 물러가고 있단다.

저는 퍼뜩 잠에서 깨어났습니다. 그제야 저는 제 옆에 하마가 앉아 있다는 것을 알았습니다. 그녀는 제 어깨에 머리를 기댄 채 졸고 있었습니다. 하마는 언제 제 곁에 다가온 걸까요? 하마가 누구인지 이제야 말씀드리게 돼 안타깝습니다. 하지만 선생님, 호두를 먹으려는 자, 껍데기를 깨라, 라고 하지 않습니까? 제가 볼 땐 이게 올바른 순서입니다. 들어주십시오. 하마는 여자 고아들의 조장이었습니다. 그녀는 부드러운 피부와 끝내주게 커다란 엉덩이를 가지고 있었는데, 밤마다 선생들의 숙소에서 잠을 잤습니다. 사람들은 그녀가 고아원에 오기 전에 부잣집 딸이었다고도, 어린 창녀였다고도 말했습니다. 하지만 그건 아무 상관이 없는 겁니다. 왜냐하면 하마는 고아원 모든 남자들에게 밤의 요정이었기 때문입니다. 이게 무슨 말인지 아시겠습니까? 우리는 언제나 그녀에 대해 얘기했고, 그녀를 생각하며 가랑이 사이를 만져댔습니다. 그건 저 역시 마찬가지였습니다. 하지만 그녀는 지저분하고 비쩍 마른 고아원 아이들이 품을 수도, 감히 함부로 말을 걸 수도 없는 그런 여자였습니다. 성경이나 노래 속에 나오는 인물 같은 그런 여자였습니다. 그런 그녀가 제 어깨에 머리를 기대고 있었던 겁니다. 어떻게 그런 일이 있을 수 있을까요? 저는 무엇보다 그녀의 향기에 정신이 혼미해질 지경이었습니다. 다른 여자아이들의 머리카락에선 썩은 내가 났습니다. 그들이 씩 웃기만 해도 역겨운 입냄새가 풀풀 풍기곤 했습니다. 하지만 하마의 머리카락에서는 깨끗한 냄새가, 그녀의 숨소리에서는 희미한 우유향이 났습니다. 그녀는 역시 소문대로 선생들 숙소에서 매일 씻는 모양이었습니다. 오 세상에, 왜 그런 표정을 지으시나요? 어린 선생님은 이해하지 못하시는군요? 이게 얼마나 대단한 일인지 전혀 모르고 계시는군요? 고함을 질러라, 여호와께서 저 성을 너희에게 주셨다! 이렇게 말해도 될까요? 그 순간만큼은 저는 선생들의 구두끈을 매어주는 아이도, 이발사 뒤에서 수건을 들고 서 있는 아이도 부럽지 않았습니다. 물론 저는 수줍은 소년이었습니다. 저는 언제나 구석에 앉아 조용히 성경을 외는 소년이었습니다. 그래서 저는 그녀를 쳐다볼 수도, 아무 일도 없다는 듯이 마태복음을 읽는 원장을 쳐다볼 수도 없었습니다. 그렇다고 눈을 감을 수 있었을까요? 눈을 감으면, 하마의 살냄새가 너무 진하게 느껴져 정신을 차릴 수가 없었습니다. 제가 할 수 있는 일이란 고작 어깨가 흔들리지 않도록 허리를 꼿꼿이 세운 채, 고개를 돌려 예배당의 작은 창문, 하얗게 서리가 낀 겨울의 창문을 쳐다보며, 제게 다가온 행운을 조금씩 음미하는 것뿐이었습니다. 저는 심지어 원장의 목소리가 아름다운 음악처럼 들렸고, 마태복음이 영원히 끝나지 않았으면 좋겠다고 생각했습니다.

하지만 어머니 말씀대로였습니다. 어느새 날이 밝아오고 있었습니다. 예배당에는 조금씩 푸른빛이 차오르고 있었습니다. 저는 어둠이 소멸하는 과정을 슬픈 마음으로 지켜보고 있었습니다. 날이 밝으면 하마도 잠에서 깨어나겠지. 왜 빛이 있는 걸까? 왜 모든 것은 끝나는 걸까? 왜 여인들은 예수님의 무덤을 동트기 직전에 찾아갔을까요? 저는 알 수 있었습니다. 저는 눈물이 날 것만 같았습니다. 저는 기도를 했습니다. 하나님, 제게 이 어둠을 조금만 더 주십시오. 빛을 거두십시오. 이 순간이 계속되게 해주십시오. 그때였습니다. 밝아오는 먼 하늘에 아주 작은 점들이 점점이 박히기 시작했습니다. 처음에는 한두 개가 보이더니 잠시 후에는 열댓 개로 늘어났고, 그것은 곧 점묘화처럼 하늘을 까맣게 덮어 출렁거리기 시작했습니다. 그 물결은 우리를 향해 다가오고 있었는데, 보기엔 아주 느릿느릿 움직이는 것 같았으나, 실제로는 해일처럼 빠르게 밀려들었습니다. 저는 그제야 그것이 무엇인지 알아차릴 수 있었습니다. 그렇습니다. 그것은 비행기였습니다. 수천 대의 비행기였습니다. 적국의 비행기 군단이 우리 도시를 향해 진군해 오고 있던 것이었습니다. 그것을 깨닫자 저는 숨이 넘어갈 것 같은 소리를 냈고, 아이들은 하나둘 잠에서 깨어나기 시작했습니다. 그러

곧 곧 그들 역시 엄청난 수의 비행기가 이 도시로 몰려오고 있다는 것을 알게 됐습니다. 몇몇 아이들은 울음을 터뜨렸고 몇몇 아이들은 비명을 질렀습니다. 하지만 어린 선생님, 우리는 대체로 침착한 편이었습니다. 폭격기는 고아원이나 학교를 공격하지 않는다는 것을 알고 있었기 때문입니다. 그래서 비교적 나이가 많은 아이들과 선생들은 창문에 다닥다닥 붙어서 수천 대의 비행기가 오와 열을 맞춰 행군하는 모습을 감탄하며 구경했습니다. 심지어 원장도 낭독을 멈춘 채 그 엄청난 장관을 멍하니 지켜봤습니다. 그렇지만 곧 예배당에는 지독한 적막이 찾아왔습니다. 어쨌든 비행기는 너무 많았고 그 광경은 너무 무시무시했기 때문입니다. 누군가 제 손을 잡았습니다. 하마였습니다. 하마의 손은 부드러웠습니다. 마치 밀가루빵처럼 부드러웠습니다. 오, 하마의 피부는 제 예상과 똑같았습니다. 그녀의 향기와 똑같았습니다. 그녀의 손은 파르르 떨리고 있었습니다. 저는 그녀의 손을 꽉 쥐었습니다. 그러곤 마음속으로 이렇게 말했습니다. 걱정 마 하마야, 우린 손 잡고 있잖아, 우린 같이 있잖아. 이에 화답하듯 하마 역시 제 손을 꼭 쥐었습니다. 저는 희열에 몸이 부르르 떨렸습니다. 그때였습니다. 창문에 붙어 있던 한 아이가 소리쳤습니다. 저걸 봐. 저게 뭐지? 아이가 가리킨 곳으로 눈을 돌리자 믿을 수 없는 광경이 펼쳐지고 있었습니다. 그 광경에 우리는 모두 끔찍한 비명을 질렀습니다. 동이 터오는 하늘을 가득 메운 수천 대의 비행기에서 까만 점들이 떨어지고 있었습니다. 마치 검은 눈처럼. 온 세상에 빼곡히.

그건 폭탄이었습니다. 수백만 개의 폭탄이었습니다.

11

폭격은 삼 일 밤낮 계속됐다. 폭격으로 공업과 교통의 요충지였던 이 도시는 붕괴됐다. 도시의 80퍼센트가 파괴됐고, 인구의 삼분의 일인 이십삼만 명이 사망했다.

12

정신을 차려보니 병원이었습니다. 제 두 다리는 없었습니다. 두 다리가 무너지는 건물에 짓이겨졌다고 했습니다. 어린 선생님, 말씀드렸듯 저는 고아원에서 태어났습니다. 아마 저를 낳은 어머니도 고아원에 살았던 여자였을 겁니다. 하지만 제가 태어났을 때 그녀는 이미 없었습니다. 십중팔구 죽었을 거라고 생각됩니다. 어쩌면 저를 낳다가 죽었을지도 모릅니다. 왜냐하면 고아원에서 나고 자란 아이들은 모두 저처럼 작고 마르고 뼈가 무르기 때문입니다. 그래서 제 두 다리도 건물 사이에 끼자마자 아무런 저항도 하지 못하고 푸딩처럼 으깨진 것입니다. 저는 어차피 그런 놈이었기 때문에 제 다리가 사라진 건 당연한 겁니다. 하지만 어린 선생님, 제 옆 침대에 누워 있던 하마가 어떻게 됐는지 아십니까? 그녀는 두 팔과 두 다리가 모두 사라져 있었습니다. 그녀는 고아원에서 태어나지 않았습니다. 아마도 그녀의 어머니는 그녀를 소중하게 키웠을 겁니다. 그녀의 어머니가 거지새끼라고 할지라도 바퀴벌레를 주워먹던 저보단 사랑을 받았을 겁니다. 잘 먹고 자란 그녀의 뼈는 굵고 단단했습니다. 그 굵고 단단한 뼈에, 웅크린 그녀의 몸을 감싸고 있던 팔다리에, 수백 개의 폭탄 파편이 마구 박혔다고 했습니다. 팔은 그 자리에서 너덜너덜해졌고, 다리는 병원에서 절단했다고 했습니다. 그렇지만 폭격을 조사하러 온 군인은 우리에게 아주 운이 좋았다고 말했습니다. 왜냐하면 고아원에서 살아남은 사람은 우리 둘뿐이었기 때문입니다. 고아원 곳곳에는 수십 명의 아이들이 덩어리진 채 여기저기에 죽어 있었다고, 그 덩어리들은 사람의 기름과 재가 뒤섞이고 다시 불타고를 반복해서 도저히 사람들이 뭉쳐진 것처럼 보이지 않았다고, 그래서 너무 비현실적이었다고, 그래서 그곳은 적막했다고, 오 그 많은 사람이 모두 아이들이라는 거니? 믿을 수 없구나, 라고, 군인은 슬프게 말했습니다.

그 얘기를 들은 밤에 저는 하마에게 말했습니다. 울지 마, 너는 종일 울기만 했어. 하마는 제게 말했습니다. 넌 몰라, 넌 거기서 태어났으니까. 저는 대답했습니다. 그래, 하마야, 난 거기서 태어났어, 태어났으니까 더 모르겠지, 하지만 그래서 더 슬프다고 말할 수 있어. 그녀는 말했습니다. 이 멍청한 꼬마야, 날 하마라고 부르지 마. 나는 대답했습니다. 그래 알았어, 어떻게 부를까? 난 이런 걸 몰라. 난 조장님, 선생님을 제외하면 누군가를 번호로만 불러봤거든. 그녀는 대답했습니다. 날 당신이라고 불러, 그리고 날 떠나지 마. 나는 대답했습니다. 그래, 널 당신이라고 부를게, 널 떠나지 않을게. 그녀는 다시 말했습니다. 맹세해. 맹세할게. 무엇을 걸고? 내 사라진 두 다리를 걸고. 좋아.

그날 밤, 저는 두 팔로 제 침대를 내려가 바닥을 기어서 그녀의 침대로 다가갔고, 이빨과 두 팔을 이용해 침대 위로 올라갔습니다.

13

하마는 정말이지 까다로운 여자였습니다.

14

저는 계단을 기어내려가고 있었습니다. 구불구불한 수백 개의 계단을 내려가고 있었습니다. 산꼭대기까지 뱀처럼 이어진 계단 끄트머리엔 커다란 초승달이 걸려 있었고, 그 달 뒤에 하마와 제가 사는 집이 있었습니다. 하마는 저를 기다리고 있었습니다. 그녀는 초조한 마음으로 입술을 물어뜯으며 저를 기다리고 있었습니다. 그녀는 물어뜯을 게 입술밖에 없었으므로 입술을 물어뜯었습니다. 그녀의 입술은 언제나 피투성이였습니다. 하마가 저와 살기 시작한 초기, 그녀의 입술은 흠집 없는 분홍색이었습니다. 저는 매일 계단을 기어내려가 하수관을 청소했고, 퇴근해 집에 들어서면 그녀는 말했습니다. 이리 와, 내 입술에 키스해줘. 그러면 저는 그녀의 입술에 키스를 했습니다. 그녀는 다시 말합니다. 가지 마, 내 몸을 닦아줘. 그러면 저는 그녀의 기저귀를 벗기고 따뜻한 물로 그녀의 온몸을 닦아주었습니다. 그러곤 저도 옷을 벗고 하얗고 탄력 있는 그녀의 몸 위로 기어올라갔습니다. 그녀의 피부는 너무 부드러워서 자주 저는 그녀가 녹아버리지 않을까 두려웠습니다. 하지만 이제 그녀의 입술은 살점이 뜯어진 채 붉은 피가 덕지덕지 말라붙어 있었습니다. 그녀의 피부는 여전히 부드러웠지만 살이 잔뜩 올라 거대한 누에고치처럼 보이기도 했습니다. 그녀는 제가 들어서면 이렇게 말합니다. 이리 와, 내 입술에 키스해줘. 제가 키스하면 그녀는 울면서 말합니다. 너는 가짜로 키스하고 있어. 너는 키스하고 있지 않아. 저는 입술이 피범벅이 돼 대답합니다. 그렇지 않아, 당신아, 제기랄 당신아, 이건 키스야, 빌어먹을 이건 키스라고. 하마는 소리칩니다. 너는 내가 역겨운 거야, 너는 비열한 개새끼야, 너는 나를 떠날 거야, 너는 주제도 모르는 기둥서방일 뿐이야, 당신이라고 부르지 마, 당신이라고 부르지 말라고, 너는 아무것도 할 수 없어, 너는 벌레야, 내가 벌레라고 생각해? 벌레는 너야, 천한 놈이야, 이 위선자, 협잡꾼, 포주 새끼, 이 소름 끼치는 학살자! 니가 죽었으면 좋겠어, 폭탄에 온몸이 짓이겨졌으면 좋겠어, 왜 살아났어? 왜 내 옆에 누워 있었던 거야!

곧이어 그녀는 울면서 말합니다. 떠나지 마, 나를 떠나지 마, 그런 표정 짓지 마, 나를 용서해줘, 제발, 나를 사랑하지? 사랑한다는 걸 보여줘, 어서, 제발, 다른 곳을 보지 마, 당신이라고 불러줘, 나를 쓰다듬어줘, 내가 바라는 건 그거뿐이야, 손을 줘, 너의 작고 거친 손을 줘, 그 손은 내게 유일한 손이야, 어서, 내 냄새를 맡아줘, 비벼줘, 울어줘. 그러면 저는 하마의 가랑이 사이로 들어가서 혀를 날름날름거립니다. 그녀의 가랑이에서는 지독한 냄새가 납니다. 저는 몰래 코를 막을 수도, 숨을 멈출 수도 없습니다. 그걸 하마가 용납하지 않기 때문입니다. 어린 선생님, 여자의 가랑이 사이에서 날름날름거리는 게 뭔지 모르시겠죠? 이건 잘 알아두시는 게 좋을 겁니다. 여자들은 언제나 키스를 가장 좋아하거든요.

놀라지 마십시오. 하마는 원래 너무 다정하고, 너무 현명한 여자였습니다. 그녀는 갑자기 한꺼번에 할일이 백 개 생긴다 해도 무엇부터 해결해야 하는지 순식간에 정할 수 있을 정도로 영리한 여자였습니다. 그게 문제였습니다. 언제나 그렇습니다, 선생님, 빛이 나는 구멍에서 똥이 나오는 법입니다. 그때는 제가 몸이 커져서 하수관을 더이상 청소하지 못할 때였습니다. 저는 새로운 일을 찾으려고 했지만 여의치 않았습니다. 누구도 산꼭대기에서 몇 시간 동안 기어내려와야 하는 불쌍한 고아를 쓰려고 하지 않았기 때문입니다. 하마는 말했습니다. 내가 일할게, 꼬마야, 당분간은 내가 일할 수 있어. 저는 말했습니다. 당신이 어떻게 일해? 하지만 저는 알고 있었습니다. 팔다리가 없고 피부가 부드러운 여자가 무슨 일을 할 수 있겠니까? 그건 마치 비나 눈이 오고, 어린 선생님이 어린 선생님인 것처럼 너무 분명한 일이었습니다. 하지만 저는 물었습니다. 당신이 어떻게 일해? 하마는 대답했습니다. 나는 다리가 없지만 다리는 벌릴 수 있어. 저는 말했습니다. 나는 당신이 그런 일을 하는 게 싫어. 하마는 말했습니다. 지금 이 순간만이야. 너는 나를 다시 구해주지 않을 셈이야? 나는 말했습니다. 싫어, 나는 그걸 참을 수 없을 거야. 하마는 다시 말했습니다. 니가 싫다고 말해줬기 때문에 나는 즐겁게 할 수 있어. 저는 울면서 대답했습니다. 그러면 잠시만이야. 나는 열심히 할 거야. 당신, 내 당신, 당신은 곧 그 일을 그만두게 될 거야.

그렇게 하마는 갈보가 됐습니다. 물론 그녀는 언제나 최고의 갈보였지만 말입니다. 저는 어린 포주가 되어 매일 그녀의 몸을 깨끗이 닦았습니다. 우리는 가난해서 그녀의 가랑이 사이에 장미향은 뿌릴 수 없었기 때문에, 청량한 비누향이 나게끔 깨끗이 닦았습니다. 그러고 나서 저는 집밖으로 나가 그녀의 가랑이를 닦던 손으로 구두를 닦는 연습을 했습니다. 그녀가 갈보로 정해진 운명인 것처럼, 매일 기어다니는 저는 구두닦이로 운명이 정해졌기 때문입니다. 그녀에 대한 소문은 금세 퍼졌습니다. 사람들은 그녀를 산골짜기의 애벌레라고 불렀습니다. 남자들은 매일 찾아왔고, 저는 집 앞에 앉아 그들의 구두를 닦았습니다. 남자들이 가고 나면 저는 구두를 닦던 손으로 하마의 가랑이를 닦았습니다. 하마는 돈을 벌었습니다. 우리는 하마의 돈을 모아 깨끗한 냄비를 샀고, 하마의 돈을 모아 창문을 바꿨고, 하마의 돈을 모아 작은 계집애를 아침부터 저녁까지 집에 둘 수 있게 됐습니다. 그 계집애는 저 대신에 하마의 가랑이를 닦아주었습니다. 그러자 하마는 제게 말했습니다. 자, 이제 너는 매일 계단을 내려가 도시에서 구두를 닦는 거야. 나를 계속 몸 팔게 할 거야?

다음날부터 저는 매일 계단을 내려가서 광장으로 갔습니다. 저는 역시 타고난 구두닦이였습니다. 제게 구두를 맡긴 사람들이 다른 사람들을 데리고 왔고, 그리고 그 사람들이 또다른 사람들을 데리고 왔습니다. 사람들은 물었습니다. 자네, 솜씨가 좋군, 비결이 무언가? 저는 대답했습니다. 글쎄요, 선생님, 저는 선생님들보다 바닥에 가까운 사람입니다. 선생님이 아담이라면 저는 뱀이고 선생님이 자작나무라면 저는 미나리입죠. 저 같은 사람들은 언제나 이런 재주를 타고나는 법이랍니다. 그리고 그들이 쥐여주는 동전을 전대에 넣었습니다. 저는 전대에 있는 돈을 한푼도 쓰지 않았습니다. 언제나 식사는 말라붙은 검은 빵과 묽은 커피였습니다. 하마와 저는 이불을 덮고 누워 얘기했습니다. 낮은 곳에 있는 집을 사자. 일층짜리 집을 사자. 그 집에는 두 개의 방과 붉은 굴뚝이 있을 거야. 한 개의 방에는 좋아하는 것을 넣어둬야지. 그 목록은 깨끗한 거울, 깨끗한 빗, 두 마리의 고양이, 우아한 새장과 카나리아, 이발용 면도기, 소가죽 구두, 새하얀 소파, 이국적인 램프, 창가의 선인장, 바람개비, 바구니, 무화과, 보라색 커튼, 삐걱거리지 않는 흔들의자, 최상급 모르핀, 깨끗한 주사기, 아름답고 커다란 뻐꾸기시계, 뻐꾹뻐꾹, 하하하 그런 표정으로 흉내내지 마, 그리고 녹슬지 않은 이인용 휠체어. 나머지 한 개의 방에는 침대가 있어야겠지. 물론 그 침대는 좁은 침대일 거야. 당신과 나, 우린 사랑하니까.

우리는 화장실 옆에 있는 벽돌을 빼내 모은 돈을 그 안에 숨겼습니다. 우리집에는 수많은 남자들과 어린 계집이 출입했으므로 우린 그 돈을 사과라고 불렀습니다. 우리의 하루하루는 고통스러웠지만, 우리는 우리의 고통을 먹고 사과가 더욱 달콤하게 익어간다는 걸 알았습니다.

15

혹시, 어린 선생님, 제 입술에 물을 적셔주실 수 있겠습니까?

16

목표한 돈을 모두 모으는 데 이십 년이 걸렸습니다. 거기엔 이유가 있었습니다. 도시에는 저처럼 불쌍한 사람들이 많았고, 그런 사람들이란 모두 구두를 닦으려 들었기 때문입니다. 게다가 구두닦이로 버는 돈이라고 해봤자 아주 푼돈이었거든요. 또다른 이유는 하마입니다. 하마는 매일매일 더 뚱뚱해졌고 못생겨졌습니다. 하얗고 뽀얀 피부를 가졌기 때문에 애벌레라고 불리던 하마는 어느새 누에고치나 걸쭉한 푸딩으로 보였습니다. 그래서 하마는 점점 더 푼돈을 받고 몸을 팔아야 했습니다. 그렇습니다, 선생님, 하마는 계속 몸을 팔았습니다. 모든 여행자도 떠날 때는 의인이었다고 하지 않습니까. 저도 하마도 처음 마음과 다르게 어느새 그것에 익숙해져갔습니다. 물론 그건 괴로운 일이었습니다. 그래서 가끔 하마는 울거나 소리를 지르기도 했습니다. 그러면 저는 하마를 끌어안고 잘못을 빌었습니다. 그렇게 이십 년이 지난 것입니다.

우리가 염원하던 돈이 모두 모인 날, 벽돌 속에서 돈을 꺼내 바닥에 늘어놓았습니다. 하마는 그걸 몇 번이고 뚫어져라 쳐다봤습니다. 그녀는 감동한 것처럼 보이기도 했고, 무척 슬퍼 보이기도 했습니다. 우리는 한참 동안 아무 말도 하지 않았습니다. 정적을 깨고 하마가 말했습니다. 그날처럼 조용하네. 그날이 어느 날인지 저는 잘 알고 있었습니다. 우린 폭격이 있던 날을 언제나 그날이라고 불렀습니다. 그녀는 다시 말했습니다. 이상해, 무서워, 왜 무서운 걸까? 나는 대답했습니다. 그러게. 하마는 저를 쳐다봤습니다. 그녀의 커다란 눈은 벌겋게 충혈되어 있었습니다. 그녀는 저를 해부라도 하듯 노려보았습니다. 그녀는 말했습니다. 그러게라니, 그런 말밖에 못해? 나는 말했습니다. 그럼? 하마는 소리쳤습니다. 그럼이라니, 자긴 뭔데? 자긴 뭐야? 자기가 도대체 뭐냐고? 저는 하마에게 기어가 그녀의 얼굴을 껴안으며 말했습니다. 미안해, 정말 미안해, 나야 꼬마야, 당신의 꼬마야. 그렇게 말하면서 저는 검은 눈이 내리던 그날의 풍경을 떠올렸습니다. 그제야 하마는 씩씩거리는 숨이 잦아들며 진정이 되는 것 같았습니다. 하지만 선생님, 그럼에도 우리에겐 폭발할 것 같은 무언가가 있었습니다. 그것이 무엇인지 짐작하시겠습니까? 하마는 말했습니다. 자기야, 이제 내려가봐야지. 좀 있으면 날이 밝을 거야. 저는 아침 일찍 우리가 계약할 집주인과 만나기로 되어 있었습니다. 계단을 모두 내려가 시 외곽에 있는 그 집까지 기어가기 위해선 일찌감치 출발해야 했습니다. 저는 돈을 종이봉투에 담고, 그걸 다시 단단하게 천으로 감싸고, 그걸 다시 전대에 넣고, 그걸 다시 테이프로 돌돌 말아 허리에 차고, 그 위에 붕대를 감았습니다. 하마는 그런 저를 불안한 얼굴로 지켜봤습니다. 제가 문을 열고 집밖으로 나서려는데, 문득 하마가 이렇게 말을 했습니다. 자기야, 나가기 전에 당신이라고 불러줘, 나를 불러줘. 저는 말했습니다. 당신. 하마는 다시 말했습니다. 그리고? 저는 대답했습니다. 나의 당신, 아름다운 당신. 하마는 또다시 말했습니다. 그리고? 저는 말했습니다. 사랑하는 당신, 당신의 나, 우리, 우리, 우리 새벽으로 돌아갈 수 없을까? 하마는 대답했습니다. 돌아가다니? 그 끔찍한 날로? 나는 말했습니다. 응. 하마는 금방이라도 소리를 지를 것처럼 입을 벌렸습니다. 저는 그녀의 대답을 기다리지 않고 집을 나섰습니다. 그렇게 계단을 내려오게 된 것입니다. 구불구불 배를 끌면서 천천히 내려왔던 겁니다. 계단을 하나씩 세면서. 그날 저는 처음으로 계단이 모두 육백이십칠 개라는 걸 알았습니다.

17

"그런데 지난밤 저는 아저씨를 시내의 삼층집에서 데려왔어요. 저는 몇 번이나 확인했어요. 그 집에서 아저씨가 일 년째 혼자 살고 있다고 했어요."

"저는 그 육백이십칠 개의 계단을 내려갔고, 다시는 하마에게 돌아가지 않았습니다."

"왜죠?"

18

어린 선생님, 저는 구두를 신고 싶었습니다.

19

사내의 이야기는 모두 끝났다. 커다란 창밖으로 거리가 얼어붙는 소리가 들려왔다. 사내는 더이상 할말이 없었다. 소년도 그랬다. 이제 그들에게 말은 필요 없었다. 소년은 하얗게 날이 선 도끼를 들고 일어섰다. 어느새 날이 밝아오고 있었다. 사내는 알고 있었다. 자신은 한 번도 새벽에서 벗어나본 적이 없다는 것을 알고 있었다. 사내는 눈을 감았다. 그는 새벽의 빛깔로 물들어가는 하얗고 통통한 하마를 떠올렸다. 바람이 불 때마다 삐걱거리는 문 앞에서 기다리는 하마를 떠올렸다. 할 수 있어, 이건 익숙한 일이지. 소년은 중얼거렸다. 소년은 힘겹게 도끼를 들어올렸다. 도끼는 여느 때처럼 무거웠다. 굵은 소나무 자루에서 건조하고 외로운 기분이 소년의 손에 배어들어왔다. 들어올린 도끼가 머리 위로 치켜세워졌을 때, 소년은 생각했다. 생각하고 생각했다. 그의 생각은 길어졌지만, 사내는 눈치채지 못했다. 왜냐하면 그건 찰나였기 때문이다.

골키퍼 에릭 홀테의 고양이가 죽은 다음날

1998년, 시칠리아, 렌초 바르베라 경기장

훌리오 그룬도바, 이 스물세 살의 어린 가우초*는 조심스럽게 호흡을 가다듬었다. 그는 지름 22센티미터의 축구공을 뚫어져라 쳐다봤다. 그룬도바는 알고 있었다. 페널티킥을 찰 때는 골키퍼를 볼 필요가 없다. 페널티킥은 자기 자신과의 싸움일 뿐이다.

---

* 아르헨티나의 시인 알라바는 이렇게 말했다. "누구도 가우초를 이길 수 없지. 그들의 굵은 다리는 아르헨티나의 허리를 꽉 조이고 있거든." 일을 시키기 위해 말과 당나귀를 교배해 노새를 만들었듯, 스페인 사람들은 소를 몰게 하기 위해 스페인 사람과 인디오의 혼혈인 가우초를 만들었다. 가우초들은 자유를 위해 자유와 싸웠다. 그들은 들소를 쫓듯 미래를 쫓았다. 그들은 아르헨티나의 심장에서 태어났지만 어떤 자들은 그들이 존재하지 않는다고 말하기도 했다.

그의 맞은편에 에릭 홀테가 있었다. 그는 창백한 낯빛의 네덜란드 골키퍼였다. 지금 그는 자신이 죽어간다고 느꼈다. 등뒤의 골대가 점점 커지고 있다고 느꼈다. 페널티킥은 거대한 폭력이라고 느꼈다. 그에게 페널티킥이란 세상과의 싸움이었다. 그것은 벗어날 수 없는 운명이었으며, 영원히 반복되는 형벌이었다.

심판이 휘슬을 불었다. 그룬도바는 축구공에 오른발을 박아 넣었다. 마치 응축된 먼지가 우주로 폭발하듯 공은 격렬하게 회전하면서 골문을 향해 쏘아졌다. 에릭 홀테는 이미 몸을 날리고 있었다. 그의 동물적 탄성은 허벅지 근육에서부터 두 개의 손끝에까지 삽시간에 다다랐다. 축구공의 속도는 시속 110킬로미터. 0.36초면 골대 안으로 빨려들어갈 것이다. 0.36초 뒤에 그룬도바의 SSC 나폴리와 홀테의 US 치타 디 팔레르모의 운명이 결정될 것이다.

라이벌

나폴리를 연고로 하는 소시에타 스포르티바 칼초 나폴리(이하 SSC 나폴리 혹은 나폴리)는 세리에 A(1부 리그) 최고의 인기 팀 중 하나였다. 그들은 80년대에 리그 우승을 여러 차례 차지했으며, 유러피언 컵*에서도 한 차례 우승한 적이 있었다. 하지만 나폴리는 마라도나를 잃은 후 급격히 쇠락했고, 1998년 현재 그 시대의 영광을 다시 찾지 못하고 있었다.

반면 시칠리아를 연고로 하는 우니오네 스포르티바 치타 디 팔레르모(이하 US 팔레르모 혹은 팔레르모)는 대부분의 시간을 세리에 B(2부 리그)에서 보냈으며 심심찮게 세리에 C1(3부 리그)으로 떨어지기도 했다. 심지어 80년대에는 세리에 C2(4부 리그)까지 추락한 적이 있었다.

지금 SSC 나폴리와 US 팔레르모는 시즌 마지막 경기를 하고 있다. 그들은 나란히 리그 최하위권이며, 이 경기에서 패배한 팀은 2부 리그로 강등될 것이다. 나폴리는 무승부만 거둬도 세리에 A에 남을 수 있다. 반면 팔레르모는 반드시 이겨야만 살아남을 수 있다.

팔레르모와 나폴리는 누구나 아는 라이벌이다. 그들은 서로를 증오한다. 그들은 서로의 죽음을 기원한다. 팔레르모는 나폴리가 불행해진다면 무엇이든 할 것이다(만약 그게 팔레르모의 패배를 필요로 한다면, 그들은 최선을 다해 패배할 것이다). 그리고 그건 나폴리도 마찬가지이다. 하지만 오늘은 둘 다 자신의 생존을 위해, 자신의 삶을 위해 싸워야 한다. 이 경기장에는 자비와 화해, 공생은 존재하지 않는다. 반드시 둘 중 하나는 죽어야 한다. 상대의 죽음이 내 생명이다.

오랜 시간 동안 US 팔레르모의 가장 큰 적은 SSC 나폴리가 아

* 세상에서 가장 아름다운 무대. 유럽 모든 나라의 최고 클럽 팀들이 모여서 벌이는 각축전. 현재는 챔피언스 리그라고 불린다.

닌 같은 시칠리아섬에 있는 칼초 카타니아였다. 이 시칠리아 남자들은 열두 살이 되면 축구의 세례를 받았다. 세례자는 대부분 그들의 아버지였다. 소년들은 아버지의 손을 잡고 들어선 경기장에서 자신의 심장에 새길 팀과 조우했고, 그것은 운명이라 할 수 있었다. 하지만 자존심 강한 시칠리아 소년들은 곧 이 섬에 또다른 팀이 있다는 것을 알게 됐다. 그 팀 또한 열성적인 신도를 보유하고 있으며, 그 신도들도 믿음을 위해 온몸을 바칠 준비가 되어 있었다(때론 목숨까지). 과연 그들이 서로를 증오하지 않을 수 있겠는가? 그들은 십자군을 자처했으며, 언제든 이교도들과 백 년 동안이라도 전쟁을 치를 것처럼 굴었다. 어쩌면 이것 또한 운명이라고 할 수 있었다. 팔레르모와 카타니아의 더비전이 벌어질 때면, 시칠리아에는 한 달 전부터 전운이 감돌았다. 곳곳에서 폭행과 소요가 잇따랐다. 그리고 시합 당일에 그들은 작은 칼과 쇠파이프를 들고 경기장으로 향했다.

물론 팔레르모처럼 카타니아도 대부분의 시간을 하부 리그에서 보냈다. 그들의 맞대결은 빛나는 무대, 저 세리에 A에 봉헌되지 못했다. 하지만 그보다 어두운 곳에서 그들은 치열하게 싸웠다. 어느 해인가 두 팀은 동시에 1부 리그에 등장했다. 시칠리아는 한 해 동안 술렁거렸다. 남자들은 폭발하는 호르몬을 견디지 못해 술을 마시고 가로등을 들이받았고, 소년들은 거울 앞에서 구겨진 표정으로 아버지의 욕설을 따라 했으며, 여자들은 남편과 아들의 유니폼을 버리기 위해 시즌이 끝나기만 기다렸다. 그리고 결국 그날이 찾아왔다.

두 팀이 맞붙는 날, 시칠리아섬의 모든 경찰들은 경기장의 안과 밖에서 그들을(그들을 울트라스*라고 불렀다) 에워쌌다. 시합은 치열했다. 선수들은 마치 도살자들처럼 뛰어다녔다. 거대한 스타디움에 울트라스들의 거센 호르몬이 차오르고 또 차올랐다. 결국 그날 주심의 오프사이드 판정을 인정하지 못한 카타니아의 울트라스들이 폭발했다. 그들은 가장 가까이에 있는 팔레르모의 울트라스들에게 달려들었다. 카타니아의 유니폼** 색깔인 푸른색***과 팔

---

* 그들은 그 무엇보다 축구를 사랑했다. 어머니보다 아버지보다 부인보다 아들보다 섹스보다 도박보다 술보다 담배보다. 그래서 외롭고 그래서 우울했다. 외롭고 우울해서 그들은 술을 마셨고 담을 부수었고 차를 불질렀고 가로등을 쓰러뜨렸고 축구장에 갔다. 축구장에서 그들은 고통에 찬 환희를 질렀노라. 그 환희를 들어보라. 그것은 울음소리다. 수없는 울음소리다.

** 최초의 축구선수들은 흰색 셔츠에 흰색 니커스 팬츠를 입고 우아한 표정과 우아한 동작과 우아한 말투로 축구를 해야만 했다.

*** 그해의 칼초 카타니아는 십팔 년 만에 세리에 A에 돌아온 거였다. 그들은 새로운 시즌을 야심차게 준비했는데, 그중 하나가 새 스폰서와 새 유니폼이었다. 특히 새로운 유니폼은 카타니아의 상징이었던 청색과 적색의 세로 스트라이프 무늬 대신 상하의가 새파란 민짜 무늬였다. 그건 새로운 미래, 푸른 선언과 같았다. 울트라스들은 그 선언을 기쁘게(하지만 불안하게) 받아들였고, 경기장은 푸른색으로 뒤덮였다. 하지만 카타니아는 그 시즌을 최하위로 마감하면서 일 년 만에 다시 2부 리그로 강등됐다. 그들은 푸른 유니폼을 창고에 처박았고, 다시 청적 스트라이프 유니폼을 꺼내들었으며, 지난 십팔 년간 그랬던 것처럼 2부 리그에서 4부 리그 사이를 전전했는데, 당시 카타니아의 푸른 유니폼을 목격했던 아버지들은 아들들에게

레르모의 유니폼 색깔인 분홍색이 뒤엉키기 시작했다. 경찰들은 고함을 질렀다. 곳곳에서 욕설과 신음과 비명이 들렸다. 그리고 곧 폭발음이 연이어서 들려왔다. 팔레르모의 울트라스 중 몇 명이 사제폭탄을 던진 것이었다. 이 폭탄에 얼굴을 맞은 젊은 경찰관 한 명이 죽었다. 경기는 사십 분간 중지됐고, 두 팀은 네 번의 무관중경기*를 치르는 징계를 받았다.

하지만 최근 US 팔레르모의 라이벌은 SSC 나폴리이다. 시작은 아주 단순했다. 몇 년 전 팔레르모의 주전 공격수는 서른한 살의 북부 출신 루도니 토스카니였다. 그는 과묵하고 낯선 것을 불편해하는 남자였다. 그는 혼자 있는 시간을 좋아하는 남자였고, 지나칠 정도로 신중한 남자였다. 하지만 그의 발은 신중하지도 과묵하지도 않았다. 시즌 내내 그는 상대 팀의 골망에 쉴새없이, 그리고 폭발적으로 골을 처박았다. 그의 활약에 고무된 구단주 발렌타는 감독에게 말했다. 이봐, 저 녀석 아주 괜찮잖아. 난 한물간 놈인 줄 알았는데 말이야. 다음주 수요일에 식사 좀 같이하자고 전해. 감독은 대답했다. 글쎄요. 그 친구가 워낙 데면데면해야 말이

그 전설의 유니폼과 전설의 한 해를 틈이 날 때마다 들려주었으며, 아들들은 다시 한번 안젤로 마시미노(카타니아 홈구장)가 푸른색으로 물들 때를 기다리고 또 기다렸다.

* 울트라스에게 가해질 수 있는 가장 큰 고통. 고요 속에서 스물두 명의 축구선수들은 볼을 찬다. 거대한 스타디움 안에는 서른두 장의 가죽을 이어붙인 축구공이 내는 파열음만이 이 고통을 환기시킬 뿐이다.

죠. 저랑도 세 문장 이상은 대화한 적이 없습니다. 구단주는 말했다. 그건 자네가 요령이 없어서 그래. 내가 기운을 북돋아줄 테니까 다음주로 시간을 잡아봐. 하지만 토스카니는 단칼에 그 제안을 거절했다. 그는 첫 대면에서부터 발렌타가 마음에 들지 않았다. 발렌타 특유의 천박함과 무례함을 도저히 견딜 수 없었던 것이다. 토스카니는 말했다. 전 개인적으로 계획한 훈련이 있고 다음주에는 그 훈련을 모두 마치고 싶습니다.

발렌타는 다시 한번 감독에게 말했다. 이봐, 전에 그 녀석 말이야. 내가 다시 한번 시간을 잡아보려고 하는데 말이야. 어때, 그 녀석을 배려해서 이 주 후로 약속을 잡아보지그래. 감독은 대답했다. 글쎄요, 그 친구가 워낙에 낯을 가려서. 저도 그 친구와 오 분 이상 마주본 적이 없습니다. 발렌타는 말했다. 그건 자네가 워낙 사람 대할 줄 모르니까 그렇지. 전술을 만드는 것만이 감독의 임무가 아냐. 내가 어떻게 해야 하는지 보여주지. 하지만 토스카니, 이 북부의 조용한 사나이는 이번에도 거절했다. 이 주 후에 어머니와 이모 두 명이 시칠리아에 놀러오기로 했다고 말했다. 그러곤 그날 저녁 토스카니는 어머니에게 전화를 걸어 이 주 뒤에 시칠리아로 관광하러 오는 것이 어떠냐고 물었다. 이것이 시작이었다. 두 번의 식사 거절, 아니 그것은 영원한 거절이나 다름없었다. 세 번째 제안 역시 거절할 것이므로. 그리고 수순처럼 발렌타와 토스카니는 점차 서로를 미워하게 됐다.

그 시즌에 토스카니는 열네 골을 터뜨렸다. 그럼에도 불구하고 발렌타는 토스카니를 팔기 위해 시즌이 끝나기 전부터 움직였다. 그는 자신과 사이가 좋은 밀라노의 구단주 베를루스코니를 여러 차례 방문해 토스카니의 영입을 제안했다. 하지만 밀라노의 구단주는 특유의 그 능글능글한 어조로 말했다. 니네 팀 빨갱이* 새끼를 나한테 보내려는 거야? 이봐, 난 언젠간 총리가 될 사람이라고. 빨갱이를 우리 팀에 넣을 순 없단 말이지. 밀라노는 건실한 사람들의 팀이거든. 그사이 토스카니도 움직이고 있었다. 에이전트를 통해 나폴리와 몰래 교섭을 하기 시작한 것이다.

이적 시장이 열렸다. 토스카니를 이적 시장에 내놓자마자 몇 개의 중하위권 팀들이 관심을 보였다. 그때마다 과묵하지만 어머니와 대화하는 걸 즐기는 이 사나이는 자신에게 들어오는 제안들을 신중한 태도로 저울질했다. 몇몇 성질 급한 팀들은 토스카니의 결정을 기다리지 못하고 다른 공격수를 영입했다. 그리고 나폴리에서 오퍼가 들어왔다. 나폴리의 제안은 아주 절묘했다. 다른 팀들보다 조금 더 많게, 그러나 과하지 않은 이적료를 제시했으며, 토스카니의 주급 또한 다른 팀에서 부른 것보다 아주 미세하게 높았다. 유능한 공격수를 방출하기 위해 이사회와 감독과 팬들을 상대로 쉴새없이 싸우느라 지쳤던, 그래서 더더욱 토스카니가 지긋지

---

* 둘 다 빨갱이를 혐오하는 진정한 애국주의자라는 측면에서 베를루스코니와 발렌타는 늘 궁합이 잘 맞았다.

굿하게 싫었던 발렌타는 이 기회를 놓칠까 두려워 서둘러서 나폴리와 합의를 했다. 토스카니 또한 이전의 경우들과 다르게 속전속결로 나폴리와 계약을 마쳤다.

모든 협상이 끝난 날 밤, 침대에 누워 있던 발렌타는 불현듯 어떤 직감이 떠올랐고, 그 직감이 사실이라는 확신을 가졌으며, 그러자 참을 수 없이 화가 나서 몸을 벌떡 일으켰다. 그제서야 그는 자신이 그 조용하고 나이 많은 공격수의 손아귀에 놀아났음을 깨달은 것이다. 하지만 이젠 돌이킬 수 없었다. 계약서의 잉크는 말라버렸다. 그가 할 수 있는 일이라곤 자고 있던 팔레르모의 수비수이자 소심한 주장인 마초니에게 전화를 걸어, 터무니없는 꼬투리를 잡아 욕을 퍼붓고 들들 볶으며 분풀이를 하는 것뿐이었다(그것도 세 시간 동안).

나폴리로 이적한 토스카니는 그해에 스물세 골을 몰아 넣으며 득점왕을 차지했다. 발렌타는 울트라스들에게 온갖 욕을 먹어야 했고 그럴수록 발렌타는 토스카니를 더 미워했다. 그는 공개적인 자리에서 토스카니와 나폴리를 비열한 협잡꾼들이라고 비난하기도 했다. 다음날 그의 벤틀리에 빨간색 스프레이*로 이렇게 쓰여 있었다. '닥쳐, 얼간아.'

이것은 시작에 불과했다. 그다음 시즌 겨울 이적 시장에서 나폴

---

* 외롭고 고독한 울트라스들에게 주어진 가장 재치 있고 활기찬 의사 표현 도구.

리는 팔레르모와 협상중이던 스위스 리그 최고 미드필더 마린코비치를 가로챘다. 마린코비치는 팔레르모와의 협상에서 사인만을 남겨놓은 상태였다. 발렌타는 그 소식을 듣고 들고 있던 터키제 에스프레소 잔을 벽에 던졌다. 팔레르모의 울트라스들은 그들의 술병을 술집 벽에 던졌다.

같은 해 시즌중이었다. 나폴리와 팔레르모의 경기중에 팔레르모의 수비수 쿠오모가 나폴리의 공격수 마르키올로와 헤딩 경합을 벌이다 그라운드 위에 쓰러졌다. 쿠오모의 발목은 보기에도 끔찍할 정도로 부풀어올랐다. 하지만 프로 축구 무대의 신사적 협정* 을 망각한 나폴리의 코베시가 날렵하게 볼을 몰고 들어가 팔레르모의 골문에 골을 넣었다. 그것도 모자라 그는 팔레르모의 관중석을 향해 새빨간 혀를 내밀고 덩실덩실 춤을 추는 세리머니를 했다. 코베시의 무례함에 화가 난 팔레르모의 선수들은 연달아 실수를 했고, 코베시는 마치 피겨스케이팅을 하듯이 그들 사이를 빠져나가 두 골이나 더 넣었다. 울트라스들의 분노는 극에 달했다. 그들은 그날 밤 시칠리아의 옛 수도, 자존심과 독립심이 도로 곳곳에 밴 도시 팔레르모에서 밤새 고함을 지르며 행진을 했고, TV 카

* 축구에는 공식 규정 외에도 관례적으로 지켜야 할 규칙들이 있다. 그 대부분은 인간에 대한 예의를 바탕으로 한 것이다. 이를테면 상대 팀 선수가 부상을 당할 경우 공을 그라운드 밖으로 찰 것, 자신이 몸담았던 팀에 골을 넣을 경우 세리머니를 하지 않을 것, 상대 팀을 모욕하는 세리머니를 하지 않을 것, 볼보이가 아무리 화나게 해도 발로 차지 않을 것(아자르의 경우를 찾아보자) 등이다.

메라 앞에서 SSC 나폴리의 깃발을 불태웠다.

발렌타는 언론과의 인터뷰에서 이렇게 말했다. 코베시, 이 영악하고 비열한 집시 같은 자식, 루마니아 놈들이 다 그렇지! 이에 루마니아 축구협회는 이탈리아 축구협회에 강력하게 항의했다. 그러자 발렌타는 ANP와의 인터뷰에서 이렇게 말했다. 전 그를 가리켜 영리한 작은 집시라고 묘사했습니다. 전 단순히 그의 대단함을 말해보고 싶었을 뿐이에요. 저는 형제의 나라 루마니아를 좋아했습니다. 드라큘라와 코마네치와 차우셰스쿠는 언제나 내게 깊은 영감을 줘왔죠.

두 해가 지나고 이번에는 팔레르모의 주전 공격수 카푸아노가 전반 십구분에 공중에 뜬 공을 천연덕스럽게 손*으로 쳐서 골인시켰다. 당시 주심은 그걸 보지 못했고 그 상태로 팔레르모는 나폴리에게 이길 수 있었다. 나폴리의 감독인 레페티에로는 언론과의 인터뷰에서 카푸아노는 적어도 다섯 경기 출장정지를 받아야 한다고 말했다. 또한 부끄러움을 모르는 팔레르모도 반성해야 할 것

---

* 상대의 다리를 두 동강 내는 것보다. 다이빙(할리우드 액션, 클린스만이 1990년 월드컵 결승전에서 아르헨티나를 상대로 한 다이빙을 참고할 것. 이 다이빙을 기점으로 아르헨티나는 급격히 무너지며 독일에게 패배한다. 1986년 월드컵에서 '마라도나의 손'으로 잉글랜드를 꺾은 아르헨티나가, 사 년 뒤 클린스만의 다이빙에 의해 우승을 놓친 것은 그야말로 그리스적 비극이라고 할 수 있다)보다, 손을 쓰는 것이 더 비겁하다. 축구는 발의 종교이다. 그러므로 축구계는 이 종교의 본질을 훼손하는 행위 앞에서 공포에 질린다. 마라도나의 손은 신의 손이라 불리고 수아레스의 이는 악마의 이빨이라고 불리는 이유다.

이라고 말했다. 그러자 발렌타는 기자에게 이렇게 말했다. 축구는 사나이의 스포츠거든. 레페티에로는 도무지 그걸 몰라. 맨날 계집애들처럼 징징거리기만 하지. 이에 기자가 징계는 정당한 처분이며, 그건 성차별적인 발언이라고 말하자 발렌타는 대답했다. 이 빨갱이 돼지 새끼, 당장 내 방에서 꺼져. 하지만 결국 카푸아노는 이탈리아 축구협회로부터 두 경기 출장정지 징계를 받았고 팔레르모와 나폴리의 감정의 골은 더 깊어졌다.

발렌타가 SSC 나폴리를 얼마나 싫어하는지 보여주는 일화가 있다. 팔레르모는 주전 수비수 그릴리를 팔기로 했다. 그는 뛰어난 재능을 가졌지만 팔레르모에서 보낸 세 시즌은 형편없었다. 이때 그릴리에게 가장 큰 관심을 보인 곳이 나폴리였다. 나폴리는 어떤 팀보다 높은 이적가를 제시했다. 하지만 발렌타는 그보다 훨씬 낮은 가격에 독일의 FC 쾰른과 이적 협상을 했다.

에릭 홀테

골대 앞의 에릭 홀테는 지난밤 뜬눈으로 밤을 지새웠다. 그의 고양이 고다가 죽었기 때문이다. 고다는 에릭 홀테가 네덜란드에서 할머니와 함께 살 때부터 키웠던 잿빛 고양이였다. 고다의 나이는 짐작할 수 없이 많았으며,* 할머니처럼 밭은 숨을 내쉬며 울었다.

홀테는 할머니와 둘이 살았다. 아주 어릴 적부터 그랬다. 그의 부모는 홀테가 세 살 때 교통사고로 죽었다. 다행히 할머니는 부유했고 부모님의 유산 또한 넉넉했다. 하지만 할머니는 어린아이와 어울리는 법을 모르는 인간이었다. 그녀는 일찌감치 남편을 여의고 홀테의 아버지를 혼자 키웠다. 2차세계대전 당시 나치에게 부모를 모두 잃고 홀로 삶을 꾸려왔던 그녀는 원래도 고지식하고 억척스러웠지만 홀로 아들을 키우면서 자신에게나 타인에게나 지나치게 엄격하고 까탈스럽게 변해갔다. 특히 홀테가 맡겨질 시기의 그녀는 노인 특유의 예민함까지 겹쳐 상대하기 아주 까다로운 사람이 되어 있었다. 그녀는 자기 아들에게 그랬던 것처럼 손자에게도 쉴새없이 잔소리를 했고, 앓는 소리를 냈으며, 소리를 질렀다. 때때로 홀테의 뺨을 사정없이 때리기도 했다. 홀테는 그런 할머니가 무서워 집안에서 고양이처럼 걸어다녔다. 그리고 그의 뒤를 잿빛 고양이가 따라다녔다. 홀테는 책을 읽다 문득 고다를 안고 슬픔을 속삭였고, 고다는 홀테의 귀를 핥아주었다. 남자다운 손자를 원했던 할머니는 언제나 집에 처박혀 고양이를 안고 책을 읽는 그를 인근 유소년 축구 클럽에 가입시켰다.

그렇지만 홀테는 남과 어울리는 법을 모르는 소년이었다. 그는

---

* 심지어 홀테는 자신의 아버지가 어린 시절 고다와 똑같이 생긴 고양이를 안고 있는 사진을 본 적이 있다.

점차 누군가와 뛰어다니며 공을 주고받는 것보다 골대 앞에 혼자 서 있는 게 편안하다는 것을 깨달았다. 친구들은 누구나 골키퍼를 하지 않으려 했기에[*] 그가 골키퍼 포지션을 독점하는 것은 쉬웠다.

에릭 홀테가 뛰어난 골키퍼라는 것은 금방 증명됐다. 그가 골대를 지키고 있는 팀은 언제나 안심하고 수비수까지 공격에 참여하곤 했다. 몇 가지 우연이 하나의 인생을 만들듯 그 역시 몇 가지 무심한 선택들이 그의 숨겨진 재능을 일깨운 것이다. 그는 열여섯 살에 명문 팀의 유소년 아카데미에 입단했고, 스무 살에 로테르담에 있는 엑셀시오르 2군에서 데뷔했다.

홀테의 집은 덴헬더르였기 때문에 그는 로테르담에 숙소를 잡았다. 그가 짐을 싸서 로테르담으로 이사하던 날, 그의 할머니는 유독 잔소리가 심했다. 그는 이 까다로운 노인네에게서 벗어났다는 점이 가장 마음에 들었다. 이제 정말 자신만의 인생을 살 수도 있을 것만 같았다. 어쩌면 자신에게도 친구가 생길지 몰랐다.

물론 그의 기대대로 되지 않았다. 홀테의 할머니는 87년산 피아트 자동차에 잿빛 고양이 고다를 태우고 매주 두 번 한 시간 사십분 거리를 왕복하여 그를 보러 왔다. 그녀는 여전히 소리를 질렀

---

[*] 세상의 모든 소년은 세상의 모든 공격수가 되고 싶어한다. 펠레도 마라도나도 호나우두도 앙리도 공격수이지 않은가. 축구란 단 한 골을 위한 축제, 골키퍼란 야곱의 염소처럼 신성한 제물이다. 그러므로 소년들은 저 깊은 곳, 심연에 가까운 곳에서 두 팔을 벌리고 서 있는 골키퍼 자리에 있는 것을 치욕으로 여긴다. 하지만 누가 알겠는가. 골키퍼가 어쩌면 우리의 본질에 더 가까울 수도 있다.

고 끊임없이 잔소리하면서 그의 방을 치우고 빨래를 했다. 때때로 그가 아끼는 물건을 버렸다. 그러면 홀테는 우울한 표정으로 고다의 배 아래에 한쪽 손을 댄 채 축구 전술 책을 읽었다.[*]

육 년 후 맨체스터의 중하위권 팀에 입단하면서 홀테는 영국으로 가게 됐다. 그곳에서의 삶은 만족스러웠다. 친구도 생겼고 농담도 배웠다. 그의 미소는 여전히 딱딱했지만 그런 그의 웃음을 좋아하는 여자도 생겼다. 여자의 이름은 린스트라였다. 그들은 동거를 생략한 채 석 달 후 결혼을 했다. 결혼식장에 고양이 고다와 나란히 앉은 할머니는 날카로운 유머와 잔소리를 번갈아서 했다. 고다는 내내 홀테의 뒤를 쫓아다니다 피로연장에서 홀테의 무릎 위에 누워 길게 하품을 했다. 홀테는 행복하다고 생각했다.

린스트라는 말이 없고 현명한 네덜란드 남자를 사랑했다. 하지만 홀테는 과묵한 게 아니라 침울했고, 현명한 게 아니라 까다로웠다. 그는 할머니가 만든 청결의 세계, 모든 것이 일목요연하게 정리된 세계에서 길러졌다. 그는 그 세계의 법칙에서 벗어나는 것을 두려워했다. 홀테는 말을 할 때도 정확한 어순으로 말하는 것을 좋아했다. 특히 부사와 형용사를 섬세하게 사용했다. 그는 누군가가 두루뭉술하게 말하면 곧바로 그 부분을 지적하거나 때때로 신경질적으로 반응하기도 했다. 홀테는 며칠씩 몇 마디 말을 하지

---

[*] 네덜란드의 지적인 남자들은 모두 축구 전술을 공부한다. 만약 축구 전술이 지성이 아니라면 무엇을 지성이라 불러야 할까.

않을 때도 있었으며, 집에 있을 때도 책을 읽는 것을 좋아했다.

반면 린스트라는 전형적인 축구선수 아내의 삶을 원하지 않았다. 그녀는 비록 목적어를 자주 생략한 채 말했고, 형용사와 부사는 과장됐으며, 동사의 시제를 헷갈렸지만 자신이 무엇을 원하는지 분명하게 알았다. 그녀는 행복, 그것도 따뜻한 행복을 바랐다. 그 행복한 세계에서는 한낮에 집안에서 쿵쿵거리며 걷는다고 타박을 받거나, 올바르지 않은 시제를 사용했다는 이유로 신경질적인 지적을 받지 말아야 했다.

홀테와 린스트라가 방을 따로 쓰기 시작한 지 여섯 달 뒤, 홀테의 할머니가 죽었다. 그녀는 평소 성격답게 관과 비석과 자신을 위해 기도해줄 목사를 모두 준비해두었다. 할머니의 장례를 치르고 홀테는 자신이 어린 시절을 보낸 집에 들어섰다. 칠 년 만이었다. 네덜란드를 떠난 뒤 한 번도 집에 오지 않았다. 집안에 들어서자 빨래 냄새와 노인의 냄새가 뒤섞인 공기가 풍겨왔다. 홀테는 진저리치며 커튼을 걷어내고 창문을 열었다. 덴헬더르 밤의 푸른 빛이 커다란 두 개의 창을 통해 거실에 드리워졌다. 그때 어두운 거실 모퉁이에서 야옹, 하는 소리가 떨리듯 들려왔다. 홀테가 그곳을 쳐다보자 잿빛의 통통한 고양이가 홀연히 나타났다. 그 늙은 고양이는 아주 천천히 홀테를 향해 걸어왔다. 달이 창에 걸렸다가 사라지고 걸렸다 사라지는 동안에도 고양이는 조금씩 그에게 다가왔다. 그렇게 밤새 걸어온 고양이는 홀테의 발치에 다가와 머리를 부볐다. 그는 어린 시절처럼 늙은 고양이를 안아올렸고 윤기가 사라진 잿빛 털의 나이 많은 고양이는 홀테의 귀를 핥았다. 홀테는 이제 자신에게 고양이만이 남았다는 것을 깨달았다. 그는 영국으로 돌아가기 두려웠다.

홀테가 고다를 데리고 영국으로 돌아오자 린스트라는 더는 견딜 수 없다고 말했다. 홀테는 이 상황을 예상하고 있었기 때문에 놀라지 않았다. 다만 그는 이렇게 대답했다. 당신의 생각이 그렇다면. 그러고는 그녀를 묵묵히 응시했다. 그녀는 고개를 돌렸다. 결국 그들은 결혼 삼 년 만에 이혼했으며 홀테는 고다와 함께 집을 나왔다.

홀테는 영국에서 계속 지내는 것이 힘겨워졌다. 영국의 우중충한 날씨도 영국식 축구*의 강압적인 규율도 명확한 외침도 모두 듣기 싫었다. 그는 구단에 이혼 사실을 밝혔으며 영국 생활의 괴로움을 토로했다. 구단은 그의 요구를 수용했고, 다음 시즌에 그를 이탈리아의 팔레르모로 이적시켰다.

시칠리아에 도착하고 이튿날 저녁, 홀테는 팔레르모의 구단주와 단장과 감독, 몇 명의 이사, 그리고 새롭게 이적한 네 명의 선

---

* 과거 영국 축구선수들은 열심히 뛰고, 열심히 부딪치고, 머리는 헤딩할 때만 쓰고, 경기가 끝나면 맥주를 마셔야 존경받았다. 하지만 현대의 영국 축구선수들은 머리를 써서 열심히 뛰고, 머리를 써서 열심히 부딪치고, 경기가 끝나면 체계적으로 휴식을 취하고, 감독의 말을 열심히 따라야 존경을 받는다. 그들의 우직한 헌신은 과거보다 섬세해진 규율에 맞춰 섬세한 헌신으로 전환되길 요구받고 있다.

수와 주장 마초니와 식사를 했다. 그날 홀테는 누군가가 말을 걸 때 어쩔 수 없이 한두 마디 대답하는 걸 제외하면 전혀 입을 열지 않았다. 그의 창백한 얼굴은 누가 봐도 가까이하고 싶은 마음이 싹 달아날 정도로 우울했다. 발렌타는 홀테를 보면서 과거에 자신을 우롱했던 늙은 공격수 토스카니를 떠올렸다. 그래서 그는 쉬지 않고 와인을 퍼마셨고, 감독이든 이사든 선수에게든 욕을 하고 빈정댔다. 특히 화려한 은퇴식을 넌지시 바랐던 마초니에게 이십 분 동안 폭언을 쏟아부었다. 발렌타는 마초니의 이혼을 몇 차례나 언급했는데, 그걸 듣고 있던 심약한 마초니는 눈물만 흘리지 않을 뿐이지 너무 괴로운 나머지 몇 번이나 울먹이며 이렇게 말했다. 하지만 발렌타, 그건 오해예요. 그러면 발렌타는 마초니의 말을 자르고 이렇게 말했다. 이봐, 빌어먹을 존경하는 주장님, 닥치고 내 말이나 더 들어보라고. 그날 식사를 끝내고 돌아오는 길에 발렌타는 베도바 감독에게 이렇게 말했다. 앞으로 저 키만 멀대처럼 큰 놈이 나한테 밥 먹자고 제의하려고 하면, 한번 말해보게. 그러면 자네도 저놈과 함께 이적시켜버릴 테니까.

홀테는 까다로운 남자였다. 그는 자신의 섬세함을 채워줄 몇 가지, 이를테면 집안의 벽을 다시 칠한다든지, 혹은 고서점을 찾는다든지, 혹은 정원을 꾸밀 좋은 모종을 구한다든지와 같은 일을 원활하게 처리할 수 있길 바랐다. 홀테는 네덜란드어와 몇 가지 프랑스어, 기본적인 독일어와 유창한 영어를 구사할 수 있었지만,

138

이탈리아어는 하지 못했다. 그리고 대부분의 시칠리아인들은 영어를 하지 못했다. 그는 구단에 몇 번에 걸쳐 자신의 생활을 도와줄 사람을 고용해달라고 부탁했다. 하지만 그때마다 구단은 내부적으로 조율해보겠다는 말만 반복한 채 한 시즌이 거의 끝나갔다.

그사이 홀테는 나날이 더 우울해져갔다. 그는 시칠리아에 와서 제대로 대화해본 적이 한 번도 없었다. 그는 훈련이 끝나고 나면 과묵한 할머니 고양이를 무릎에 올려놓고 책을 읽거나 축구 전술을 연구했다. 네덜란드인들은 언제나 축구 전술을 지성의 한 부분, 연구의 한 분야로 대했지만 홀테는 그보다 더 심각하게 그런 시간을 반복했다. 그는 외로웠다. 무엇 하나 그의 마음에 드는 것이 없었다. 지난 일 년간 이탈리아 생활은 최악이었다. 집안의 벽은 아무리 봐도 마음에 들지 않는 초록색이었고, 그는 이탈리아식 고서점도 구경하지 못했으며, 정원에는 잡초만 무성했다.

영국에서는 이렇지 않았다. 영국은 날씨가 어둡고 우울했지만, 구단의 체계는 아주 잘 잡혀 있었다. 할머니가 죽기 전까지, 린스트라와 이혼하기 전까지 그는 영어로 농담을 하기도 했다. 하지만 이탈리아의 낡은 경기장*과 폭력적인 관중, 놀랄 만큼 비효율적이고 전근대적인 구단 시스템, hamburger를 암부르게라고 발음하는 시칠리아 사람들, 강한 햇빛이 그를 지치게 했다.

---

* 이탈리아의 축구 스타디움은 도시의 소유로 축구팀들은 경기장을 대여해 사용한다. 그래서 축구팀은 경기장을 함부로 개보수할 수 없다.

그 무렵 홀테는 그 어느 때보다 고다, 때때로 할머니라고 부르는 잿빛 고양이와 더 가까워졌다. 홀테가 어릴 적의 고다도 나이가 많았다. 그래도 그때는 가끔 뛰어다니곤 했다. 하지만 이제 이 초고령의 고양이는 아주 느린 걸음으로 홀테의 뒤를 따라다녔다. 그가 집안의 어딜 가든 한참을 기다리면 고양이가 그를 찾아왔다. 마치 일주일에 두 번 그를 찾아오던 할머니처럼. 이 늙은 고양이는 홀테의 머리맡에서 잠드는 걸 좋아했다. 홀테는 고양이의 몸에서 나는 노인 냄새를 맡으며 자는 것을 좋아했다. 때때로 홀테는 외로움에 지쳐 잠에서 깼다. 그럴 때면 할머니 고양이도 잠에서 깨 그의 귀를 핥아주었다.

그 고양이가 죽었다.

크루이프적 전술

팔레르모는 최근 5전 무패였다. 두 번의 연승도 있었다. 새로운 감독이 온 직후부터였다. 팔레르모는 시즌 중에 다섯 번의 감독 교체를 단행했다. 첫번째 경질은 베도바였다. 그는 지난 시즌 중반에 투입된 인물이었다. 그는 화장실에서 경질을 통보받았다. 개막전에서 우디네세에게 3 대 1로 패한 날 밤 자정이었다. 베도바 경질 사흘 후에 피사피아가 감독으로 선임됐다. 피사피아는 이미 발렌타에게 한 차례 경질된 전력이 있었다. 그는 지난 시즌 중반까지 팀을 이끌다 쫓겨났다. 이번에도 피사피아는 시즌 열 경기가 지나자 경질됐다. 발렌타는 팔레르모의 수석 코치 알베르토를 감독에 앉혔다. 하지만 알베르토 역시 세 경기 만에 경질됐다. 발렌타는 다시 한번 베도바를 불렀고, 열한 경기 만에 내쫓았다. 그리고 이 변덕스러운 구단주는 또다시 피사피아를 불러들였다.

세번째 부임 후 여덟 경기를 치른 저녁, 피사피아는 아내와 장모와 두 명의 자녀들과 저녁식사를 하고 있었다. 그날의 경기는 무승부였다. 그는 부임 초반에 2연승을 했지만 그 이후 단 한 번도 이기지 못했다. 그때 집으로 전화가 왔다. 발렌타였다. 발렌타는 말했다. 미안하네 친구, 아무래도 자네에게 더이상 팀을 맡길 수 없겠구먼. 나를 이해해주리라 믿네. 위약금은 내일까지 마리아가 통장으로 넣어줄 걸세. 피사피아는 담담하게 해임 통보를 받아들였다. 그는 아무 말 없이 저녁식사 자리로 돌아왔고, 잠들기 전에 아내에게 또다시 팔레르모에서 경질됐다는 말을 했다. 아내는 그를 안고 등을 쓰다듬어줬다. 그러곤 둘은 금세 잠들었다. 이날의 경질은 아주 갑작스러워서 이사들과 단장도 당일에서야 알았다. 그들은 불쾌함을 참을 수 없었지만, 무어라 말할 수도 없었다. 발렌타는 마지막으로 피사피아를 해임하면서 이렇게 인터뷰했다. 내 팔을 자르는 기분이었지. 어쩔 수 없었어. 나를 봐, 난 지금 심장으로 울고 있네.

새로운 감독은 빌라르도였다. 그는 아르헨티나 혈통의 이탈리아 감독이었다. 그 역시 많은 이탈리아 감독처럼 전술에 해박했다.[*] 그는 두 번이나 축구 전술에 관한 논문을 썼다. 그 논문은 모두 크루이프[**]적 전술에 대한 연구였다. 그는 크루이프의 광신도였다. 그의 부임 이후 팔레르모는 다섯 번의 시합을 모두 훌륭하게 치렀다. 특히 마초니와 로시의 수비 라인은 다섯 경기 동안 두 골만을 허용했을 뿐이다.

감독 교체만으로 어떻게 이런 결과를 가져올 수 있었을까? 빌라르도가 한 일은 아주 간단했다. 전술에 선수를 맞춘 게 아니라 선수에 전술을 맞췄을 뿐이었다. 전문 윙어가 한 명밖에 없는 팔레르모에 위대한 밀란이 선보였던 4-3-1-2 포메이션[***]과 크루이

---

[*] 이탈리아에는 코베르차노라는 감독 연수원이 있다. 이곳을 통과해야 감독 자격증이 수여되는데, 통과하기 위해 필수적으로 축구 전술에 관한 논문을 제출해야 한다. 이런 제도를 유지하는 곳은 이탈리아가 유일하다. 안토니오 콘테 감독의 논문을 추천한다.

[**] 크루이프, 축구 역사상 가장 뛰어난 철학자. 그는 말했다. 나는 실수하기 전까지는 실수하지 않는다. 그는 또 말했다. 찬스는 논리적인 것이다. 그는 또 말했다. 내가 나머지 사람들보다 먼저 뛰기 시작하면 내가 빠른 것처럼 보인다. 크루이프는 그라운드 위에서 누구보다 뛰어난 지능과 누구보다 정교한 상상력을 발휘했다. 선수보다 빈 공간이 중요하다는 미헬스의 개념을 크루이프만이 이해했다. 크루이프는 팀의 두뇌였고, 피血였다. 그가 움직이면 팀도 움직였고, 그가 멈추면 팀도 멈췄다. 펠레와 마라도나는 경기의 개념을 바꿀 수 있는 존재들이었다. 하지만 크루이프는 축구의 개념을 바꿨다.

[***] 바로 아리고 사키의 포메이션이다. 이것은 모든 선수의 간격을 짧게 잡아 강한

프적인 패스 플레이를 주문한 것이다. 이전까지 어울리지 않게 중앙 미드필더로 뛰었던 롬바르디를 공격형 미드필더로 옮겼고, 억지로 날개 역할을 하면서 쉴새없이 상대의 측면으로 달려야 했던 달리마를 중앙에서 흐름을 연결하게 했다. 그리고 활동력이 좋지만 다소 수비가 약했던 반델을 밀란의 가투소와 비슷하게 활동적인 수비형 미드필더를 보게 했다. 또한 라니에리에게는 후방에서의 볼 배급과 전체적인 경기의 조율을 맡겼다. 마지막으로 빌라르도는 모든 선수가 경기 내내 쉬지 않고 움직이며 유기적으로 흐름을 유지하길 바랐다. 이 모든 것은 선수들이 원하던 결과였다. 그들은 자신들의 장점을 최대한 발휘했고 다른 선수의 단점을 보완했다. 선수들은 모두 감독의 지도력에 만족했다. 다만 그가 네 박자로 손뼉을 치면서 끊임없이 외쳐대는 크루이프적 패스, 크루이프적 압박, 크루이프적 움직임, 크루이프적 호흡, 크루이프적 슈팅, 크루이프적 자신감, 크루이프적 전술 이해 등등은 모두가 듣기 싫어했다.[*]

팔레르모는 무서운 기세로 승점을 쌓아갔다. 발렌타는 그제야

압박과 유기적 역할 변화를 요구하는 포메이션이다. 이것은 크루이피즘의 이탈리아식 완곡 화법이다.

[*] 사실 선수들이 더 싫어했던 건 120킬로그램이 넘는 거구인 빌라르도가 크루이프의 헤어스타일과 패션을 하고, 크루이프처럼 담배를 입에 문 채, 크루이프 특유의 오만한 표정을 흉내내면서 이런 말을 하는 것이었다. "이보십시오, 축구는 머리로 하는 겁니다."

자신의 독단적 결정에 불만을 표하던 이사진과 단장에게 이렇게 말했다. 잘 봐, 이게 바로 크루이피즘이지. 모든 결과는 합당한 과정 속에서 도출되는 거거든. 언뜻 놀라워 보이는 결과라도 합리적인 결정이란 말이야.

나폴리와의 경기에서도 팔레르모는 선제골을 터뜨렸다. 그들은 시즌 후반까지의 부진했던 자신들의 플레이를 잊은 것처럼 보였다. 가볍고 자신 있는 동작으로 패스를 주고받았으며 상대에게 볼을 뺏기면 아귀처럼 달려들어 볼을 다시 탈취했다. 그들의 체력은 무한한 것 같았다. 그렇게 전반전이 지나고 후반전도 거의 끝나갈 무렵이었다.

후반 사십사분 수비수 마초니는 지쳐 있었다. 그는 삼십대 중반이었고, 빌라르도 감독의 요구에 따라 쉴새없이 뛰는 것이 힘들었다. 그는 크루이프적 플레이보다는 전통적인 이탈리아의 축구를 좋아했다. 빌어먹을 크루이프, 라고 그는 끊임없이 생각했다. 하지만 이제 삼 분 정도만 더 버티면 된다고, 이제 집에 가서 어머니가 만들어준 스파게티를 먹고 침대에 누울 수 있다고 그는 자신을 위로했다. 이번 시즌은 이렇게 살아남았고, 내년까지만 뛰다가 은퇴했으면 좋겠다고 생각했다. 그는 전술에 관심이 많았고 은퇴 이후에 코베르차노에서 감독 연수를 받을 계획이었다. 어쩌면 팔레르모에서 그를 코치로 써줄지도 모른다고 생각했다. 수비 코치는 경력으로 보나, 팀에 대한 공헌도로 보나 그가 가장 적합했다. 그가 후배들을 지도하면서 어떤 억양과 표정으로 대해야 하는지 고민하는 사이, 나폴리에 이번 시즌 영입된 스물세 살의 젊은 공격수 훌리오 그룬도바가 저돌적으로 마초니에게 돌진해 그의 발에 있는 공을 훔쳐갔다. 소스라치게 놀란 마초니는 필사적으로 그룬도바를 쫓아갔다. 하지만 그룬도바는 젊었고 야심만만했다. 이 젊은 아르헨티나 공격수는 빠른 속도로, 아주 빠른 속도로 팔레르모의 골문으로 돌격했다. 그의 돌진은 베수비오 화산의 폭발과 같았고, 마라도나의 재림*과 같았다. 그는 폭력적이고 압도적인 기세로 팔레르모의 선수들을 따돌렸다. 황량한 항구도시, 나폴리의 울트라스들은 눈의 실핏줄이 터져라 소리를 질렀다. 그들은 오래전 자신들의 영웅, 나폴리의 가장 소중한 보물**과 재회한 기분이었다.

---

* 아르헨티나 사람들은 언제나 제2의 마라도나를 기다렸다. 재능이 출중한 선수들은 늘 마라도나라는 형용사를 받았고 그들의 활약은 언제나 마라도나에 비교당했다. 그로 인해 수많은 뛰어난 선수들이 평가절하를 감수해야만 했다. 디에고 라토레, 아리엘 오르테가, 마르셀로 가야르도, 후안 로만 리켈메, 파블로 아이마르, 하비에르 사비올라, 카를로스 테베스, 세르히오 아게로, 에세키엘 라베치, 마우로 사라테 등이 그랬다. 아르헨티나인들의 재림에 대한 믿음은 기독교인들의 메시아 사상과 비슷했다. 그들은 해방의 그날을 위해 수없는 참칭자들을 거쳐야만 했다. 그리고 이제 메시가 나타났다. 메시, 위대한 영웅. 메시, 약속된 구원자. 메시가 아르헨티나에서 왜 메시아로 불리는지 이제 알겠는가?
** 마라도나, 그는 나폴리의 보물이었다. 그는 루드 훌리트, 마르코 반 바스턴, 프랑크 레이카르트의 오렌지 삼총사, 천재 감독 아리고 사키가 이끌었던 '위대한 밀란'과 프랑스 축구 역사상 최고의 천재 미셸 플라티니가 활약한 유벤투스를 누르고 만년 하위권 팀 나폴리를 우승시켰다. 나폴리의 세리에 A 우승 기록은 마라도나

마초니는 그룬도바의 뒤를 쫓고 있었다. 빌어먹을 개 같은 크루이프, 역겨운 아르헨티나 놈들, 이라고 그는 생각했다. 무시무시한 발렌타 구단주의 얼굴도 떠올랐다. 멀어져가는 코치 자리가 떠올랐다. 울트라스들에 의해 박살이 날 게 뻔한 자신의 최신형 벤츠도 떠올랐다. 깨진 유리창과 울고 있는 어머니의 모습이 떠올랐다. 너무 많이 뛰었다. 욕지기가 밀려올라왔다. 그럴수록 그는 이를 악다물고 뛰었다. 저 남미 놈 앞으로 어깨라도 밀어넣을 수 있다면 얼마나 좋을까. 하지만 약삭빠른 남미 선수답게 그룬도바는 어깨가 잡힐 만하면 교묘하게 방향을 틀었다. 마초니는 애원하듯 손을 뻗었다. 저 쥐새끼 같은 놈의 옷자락을 조금만 쥘 수 있다면 개똥이라도 핥을 수 있을 것 같았다. 조금만 더 조금만 더. 하지만 손끝이 그룬도바의 유니폼에 닿을 듯 닿지 않았다. 어느 순간 그룬도바의 속도가 조금 늦춰졌다. 이놈 잡았다. 마초니는 외쳤다. 그리고 아르헨티나 공격수의 옷자락을 잡아챘다. 그 순간 그룬도바가 뒤로 붕 뜨더니 격렬하게 굴렀다. 심판의 휘슬 소리가 들렸다. 마초니는 멍하니 자신의 손을 쳐다봤다. 어느 순간 마초니와 그룬도바는 팔레르모의 페널티 에어리어 안에 들어와 있었다. 페

시절이 유일했다. 나폴리 사람들은 부유한 북부를 무찌른 그를 기려 '성 마라돈나(마라도나와 마돈나의 합성어이다)'라고 불렀으며, 예수의 모습에 마라도나의 바지를 입힌 성상을 팔았다. 나폴리의 어린아이들은 마라도나의 가발을 쓰고 축구를 했고, 포세이돈 석상에 마라도나의 유니폼을 입혀놓았다. 그는 오를레앙의 잔 다르크처럼 리버풀의 비틀스처럼 나폴리의 마라도나였다.

널티킥이었다.

훌리오 그룬도바

그룬도바는 스물세 살의 공격수였다. 그는 아르헨티나의 보카 지역에서 태어나 보카 주니어스* 유소년 팀에서 축구를 배웠다. 하지만 그의 성인 무대 데뷔 팀은 아르세날이었다. 영국의 아스널 과 철자가 똑같은 팀이었다. 그는 아르세날에서 금세 두각을 나타냈다. 그해에 다섯 개의 어시스트와 열 개의 골을 성공시켰다. 성공적인 데뷔 시즌이었다. 시즌이 끝나갈 무렵 그는 자다가 꿈을 꿨다. 바로 보카 주니어스에서 자신에게 영입 제의를 하는 것이었다. 보카에서 태어난 소년들이라면 누구든 이탈리아인들이 세운 위대한 클럽 보카 주니어스를 사랑했다. 그룬도바 역시 그랬다. 하지만 보카 주니어스는 그에게 손을 내밀지 않았다.

그사이 클럽은 그의 소유권을 ASC라는 회사에 넘겼다. 이건 아주 흔한 일이었다. 남미의 재능 있고 어린 축구선수들은 클럽 소

---

* 아르헨티나에서 가장 위대한 클럽. 마라도나가 뛰었던 클럽. 아르헨티나의 가난한 사람들은 모두 보카 주니어스를 사랑한다. 보카 주니어스는 아르헨티나인들에게 계율을 내려주고, 아르헨티나인들은 보카 주니어스가 보낸 예수, 마라도나를 숭배한다.

유가 아니라 회사 소유가 됐다. 특히 아르헨티나 선수들의 경우 그 정도가 심했다. 그룬도바도 선배들의 전철을 밟았다. 그리고 이제야말로 그의 진짜 축구 인생이 시작되는 것이었다.

ASC의 주요 사업은 중남미의 재능 있는 선수들을 유럽에 팔아 돈을 버는 거였다. 선수들은 자신의 의지보다 ASC의 이익을 위해 이적을 거듭해야 했다. 그래서 ASC는 훌리오 그룬도바가 스물두 살이 될 때부터 유럽의 스카우터들에게 그룬도바의 영상을 보내기 시작했다. 곧 유럽 각지의 중하위권 클럽 몇 곳에서 이 어린 공격수에게 관심을 보였다. 그중 몇 가지의 제안을 검토한 끝에 ASC는 그룬도바를 나폴리로 보냈다. 처음부터 ASC에겐 이탈리아 무대가 가장 이상적인 곳이었다. 왜냐하면 이탈리아 축구협회는 유럽에서 유일하게 선수의 공동 소유를 합법적으로 인정했기 때문이었다(물론 합법적으로 인정하지 않아도 방법이 없는 것은 아니었다). ASC는 그룬도바에 대한 소유권을 50퍼센트만 나폴리에 팔았다. 그들은 앞으로 그룬도바의 몸값이 점점 높아지고 어느 순간 천정부지로 뛰어오를 것이라 확신했다. 어쩌면 아주 오랜 시간 동안 그룬도바는 ASC의 손아귀에서 벗어날 수 없을 것이었다. 하지만 그것은 남미 축구선수들의 운명이었다.

그룬도바는 이에 동의했다. 그에겐 다른 선택지가 없었다. 그에겐 어머니와 할머니와 할아버지가 있었고, 한쪽 다리가 없는 아버지가 있었으며, 두 명의 남동생과 세 명의 여동생이 있었다. 그들의 집은 철도 옆에 있었으며, 전기를 아끼기 위해 일찌감치 불을 꺼야만 했고, 한 개의 알파호르*를 동생들과 나눠 먹어야 했다. 그룬도바는 어머니가 헝겊을 뭉쳐 만들어준 축구공을 차면서 놀았다. 친구들과는 마을 공동 소유인, 수십 군데를 기우고 기운 축구공을 가지고 놀았다. 그는 매일 밤 잠들기 전 마라도나의 사진** 앞에 앉아 보카 주니어스에서 뛰게 해달라고 기도를 했고, 자신의 발이 가족들에게 얼마나 소중한 미래인지 되새김질했다.

소중한 미래, 그것은 그의 아버지가 그의 발을 어루만지며 하는 말이었다. 5부 리그의 축구선수였던 그룬도바의 아버지는 그가 보카 주니어스의 유소년 팀에서 뛸 때, 밤마다 그의 발을 닦아주었다. 발을 닦고 그의 발등에 키스하며 말했다. 오, 훌리오, 우리의 소중한 미래, 우리의 유일한 보물, 너는 우리의 마라도나란다.

그룬도바는 팔레르모의 골대를 향해 달려가면서 아버지의 키스를, 마라도나의 얼굴을, 보카의 황량함을, 다섯 명의 동생을, 매일 눈물을 흘려 눈곱이 가득 낀 어머니를, 축구공보다 작게 쪼그라든

---

* 둥근 두 개의 비스킷 사이에 과일잼이나 캐러멜을 넣고 바닐라나 초콜릿으로 전체를 덮은 남미식 초코파이. 아르헨티나 사람들이 특히 좋아해서 언제 어디서나 알파호르를 먹는다. 마르델플라타에서 개업한 카페 체인점 '아바나'의 것이 가장 유명하다. 그룬도바는 언제나 입에 물리도록 알파호르를 먹고 싶었다. 그는 아르세날와 계약한 날, '아바나'의 알파호르 다섯 상자를 사들고 집에 왔다.
** 아르헨티나의 많은 빈민들은 집안에 성 마라도나의 조각과 사진을 걸어놓고 기도를 한다. 그들에게 마라도나는 예수의 도래였고, 재림의 약속이었다. 그들은 마라도나를 사랑하고, 마라도나도 그들을 사랑한다.

할머니를 생각했다. 그는 폭발했고, 미래를 향해 달려갔다. 뒤에서 마초니의 욕설이 들려왔다. 마초니의 손톱이 등에 수없이 스치며 서늘한 통증이 올라왔다. 그룬도바는 페널티 에어리어에 가까워질 무렵 일부러 속도를 늦췄다. 그는 곧 페널티 박스 안으로 진입했고, 자신의 옷자락을 잡아채는 마초니의 손길을 느꼈다. 그 순간 그룬도바는 다리에 힘을 주며 뛰어올라 격렬하게 뒹굴었다. 그러곤 머리를 부여잡은 채 고통스러운 신음을 내질렀다. 마초니는 믿을 수 없다는 표정으로 커다란 손을 들어올렸다.

골키퍼

　홀테는 젊은 아르헨티나인을 응시했다. 마라도나처럼 그도 가우초였다. 그는 골키퍼 따윈 존재하지 않는다는 듯 축구공만을 뚫어져라 노려보고 있었다. 그의 다리는 가우초스럽게 짧고 굵었으며, 서 있는 모습은 마치 고대의 기둥 같았다. 그에게 현재란 무엇보다 하찮아 보였다. 그는 온몸으로 미래를 불러오고 있었다. 그를 보고 있자니 홀테는 자신이 수치스러워졌다.
　홀테는 늘 자신은 골키퍼로 태어났다고 생각했다. 그라운드 위에 있을 때면 어두운 골대 아래에 숨어 사는 괴물처럼, 광휘와 영광을 흩뿌리며 돌진하는 선수들을 훔쳐봤다. 그들이야말로 진짜

전사들이었다. 그들이야말로 진정한 사제들이었다. 인간의 문명이 손의 역사라면, 그것에 반하는 것은 축구다. 축구는 발의 문명, 발의 종교다. 그래서 축구는 반항적이다. 제도권 외부의 신앙이다. 그들은 손의 문명을 저주한다. 손의 자부심을 혐오한다. 손은 부정의 상징이고, 손은 적그리스도의 문장이다. 그러므로 그라운드 위에서 골키퍼는 이교도다. 나는 이교도다. 나는 이방인이다. 홀테는 늘 자신이 이방인이라고, 이 세계는 참을 수 없다고 생각했다. 나는 늘 혼자였다고 언제나 삶은 고통스러웠다고.

어젯밤, 할머니 고양이는 홀테의 품속에서 죽었다. 그녀의 생명이 꺼져가면서 빳빳한 잿빛 털은 하얗게 셌고, 앙상한 다리는 차갑게 굳어갔다. 그리고 문득 홀테는 고다의 무게가 확연히 줄어들었다는 것을 알았다. 홀테가 쳐다보는 와중에도 고다는 무게를 잃어가고 있었다. 마치 미뤄왔던 시간이 한꺼번에 진행되듯 고다는 빠르게 침묵으로 변해갔다. 그는 미리 준비한 관에 고양이를 눕혔다. 그제만 해도 고다는 몸이 붓고 살이 늘어진 통통한 늙은 고양이였다. 하지만 지금 고다는 가을의 낙엽처럼 위태롭게 누워 있었다.

홀테는 거실의 불을 끄고 테라스로 난 문을 열었다. 시칠리아는 네덜란드보다 따뜻했다. 영국보다 밝았다. 하지만 홀테는 시칠리아의 낮이 지나치게 짧다고 느꼈다. 언제나 문득 눈앞을 보면 해가 지고 있었다. 그에겐 시칠리아는 밤과 밤이 연달아 계속되는 도시였다. 그는 테라스에 고다의 관을 놓았다. 관 속으로 달빛이 푸르게 쏟아졌다. 시칠리아의 달은 그가 살았던 다른 도시들보다 유독 컸다. 그는 의자에 앉았다. 차가운 철제 의자의 냉기가 엉덩이에 전해졌다. 그리고, 홀테는 이제 자신에게 아무도 없다는 것을 깨달았다.

홀테는 한 발 앞으로 내디뎠다. 페널티킥. 그게 어느 쪽이든 홀테는 뛰어들어야만 했다.

키커

그룬도바는 디딤발을 정확한 위치에 놓았다. 그는 페널티킥을 찰 때면 언제나 왼쪽 다리를 땅속 깊숙이 쑤셔넣었다. 그러고는 거대한 추를 흔드는 것처럼 오른발로 공을 찼다. 그룬도바는 알고 있었다. 이것이 자신의 운명을 만들어줄 거라는 걸 알고 있었다. 그는 항상 미래를 향해 뛰어나갈 준비가 돼 있었다. 그러므로 그에게 운명이란 의지의 다른 이름이었다. 그는 의지가 강할수록 운명도 강해진다고 믿고 있었다. 또한 자신이 의지를 멈출 때면 자신의 다리에 매달린 아홉 마리의 짐승도 함께 죽는다는 것을 알고 있었다. 그는 혼자이되, 혼자이지 않았다. 그의 선택은 그만의 선택이 아니었다.

그룬도바는 무거운 다리를 들어올렸다. 그는 모든 짐승을 떼어

내겠다는 듯이 공의 왼쪽을 강하게 때렸다. 축구공 깊숙이 그룬도 바의 오른발이 박혔다. 도넛처럼 압축된 축구공이 곧 굉장한 파열 음과 함께 그룬도바의 발끝으로부터 발사됐다. 공은 소름 끼치는 기세로 골대에 빨려들어갔다. 훌리오 그룬도바에게 골대 너머는 금빛으로 반짝이고 알파호르의 향기가 흐르는 약속의 대지였다. 그곳을 향해 공이 탐욕스럽게 뻗어갔다.

적그리스도

홀테는 날아올랐다. 그의 표정은 절망적이었지만 그의 주먹은 정확하고 예리했다. 그룬도바의 슛은 홀테의 펀칭에 맞아 골대의 반대편으로 튕겼다. 마초니는 울 듯한 표정으로 공을 향해 뛰어갔 다. 마초니의 패스는 빠르게 로시에게 갔고, 다시 라니에리에게, 달리마에게, 롬바르디에게 갔다. 공은 마치 정신 나간 강아지처럼 그들 사이를 맴돌았다. 그리고 경기는 끝났다. 마초니는 울었다. 토하면서 울었다. 그의 벤츠를 부수고 있는 동료들에게 울트라스 들은 전화했다. 이봐 그만해, 우리가 이겼어, 마초니를 용서해주 자고.

홀테는 녹색의 잔디를 밟고 우뚝 서 있었다. 그의 주먹은 부들부 들 떨리고 있었다. 그는 돌아왔다. 그는 살아났다. 그를 향하던 총구는 처참하게 망가졌다. 그는 다리에 힘이 풀리는 것을 느꼈다.

그룬도바는 잔디 위에 드러누웠다. 자신의 꿈이 또다시 손아귀에서 빠져나갔다는 것을 알았다. 그는 이 팀에 더는 있을 수 없다는 것을 깨달았다. 항구의 사나이들은 자신을 용서하지 않을 것이다.

발렌타는 느긋한 걸음으로 나폴리의 구단주에게 다가가서 담배한 대를 권했다. 그러고는 한마디 했다. 이봐, 너무 우울해하지 말게, 세리에 B야말로 자네 고향이 아닌가, 이제 편하게 지내란 말야, 여기서 자네는 십 년은 늙었을 거야.

삶

SSC 나폴리는 다음해에 2부 리그로, 또 그다음 해에 3부 리그로 강등됐다. 세리에 A로 다시 올라오기까지 육 년의 세월이 필요했다.

US 팔레르모도 다음해에 강등당했다.

발렌타는 그 이후 십이 년을 더 팔레르모에서 구단주로 있었는데, 그가 구단주로 재직하는 동안 경질한 감독은 사십팔 명이었다. 그는 시칠리아 마피아인 '로 피콜로'측에서 구단 운영에 자신들의 자금을 투입하라고 요구하자, 일언지하에 거절하고 그들을 경찰에 신고했다. 이에 격분한 로 피콜로는 발렌타의 차를 폭발시켰고, 잘린 양의 머리를 그의 집에 소포로 보냈으며, 언제나 그의 주변을 서성이며 시비를 걸었다. 이 모든 것에 지친 발렌타는 결국 구단주 자리에서 물러나게 됐다. 그는 물러날 때 이렇게 말했다. 빌어먹을 이탈리아, 이 나라는 결국 훌륭하고 정직한 사람이 피해를 보게 돼 있어.

그룬도바는 다음 시즌 나폴리 어느 술집에서 자신을 조롱하는 나폴리의 울트라스 다섯 명과 치고받고 싸웠다. 작고 단단한 가우초의 후예답게 그룬도바는 덩치가 큰 항구의 남자들을 반쯤 죽였다. 그리고 그해 겨울, 이탈리아 북부의 토리노로 이적했다. 이후에도 그룬도바는 한 팀에서 이 년 이상 머물지 못했다. ASC는 그를 끊임없이 이적시켰고, 그때마다 그의 몸값은 조금씩 높아졌다. 그는 유럽 전역의 하위 팀을 맴돌다 서른 살이 되었을 때 ASC의 손에서 벗어날 수 있었다. 그리고 일 년 뒤 그는 아르헨티나의 친정 팀인 아르세날로 이적했고, 그곳에서 사 년 동안 선수생활을 하다가 은퇴했다. 그룬도바는 보카 주니어스에서 한 번도 뛰지 못했다. 하지만 그는 매일 알파호르를 먹을 수 있어 만족했다.

홀테는 다음해에 사망했다. 그는 술에 취해 운전하다 교회를 들이박았다. 홀테는 탄환처럼 앞유리를 뚫고 나가 십자가 옆에 처박혔다. 그는 할머니 옆에 묻혔다. 린스트라는 홀테의 집에서 고다의 유골함을 가져와 홀테의 무덤 옆에 묻었다. 린스트라는 매년 두 번, 홀테와 그의 할머니와 할머니라 불렸던 고양이의 무덤을 찾아가 이탈리아산 화이트와인을 마셨는데, 그것이야말로 홀테가 가장 바라던 삶이었다.

이서진을 닮은 탐정
—새가 된 아내

1

승훈은 이서진을 닮은 탐정이었다. 그날은 토요일 오후였다. 사내는 말했다.

―아내를 찾아주십시오.

사내는 어두운 오크나무 책상 맞은편에 앉아 있었다. 그는 손톱 끝을 세워 오른쪽 다리에 낀 의족을 신경질적으로 두드렸다. 승훈은 물었다.

―가출입니까?

―네.

그렇게 말할 때 사내의 이마에 진 깊은 주름이 꿈틀거렸다. 피곤한 표정이었다. 그는 전날 잠을 자지 못한 것 같았다.

승훈은 만년필(구형 오마스 블루 파라곤이었다)로 노트에 '가출'이라고 썼다. 그리고 또 '남자, 오십대, 날카로운 인상, 정확한 비율로 잘린 머리카락, 손끝의 굳은살, 헐렁한 감색 양복, 싸구려 의족'이라고 썼다. 그의 책상에는 명패('탐정 임승훈'이라고 적혀 있었다)와 북 스탠드와 몇 권의 시집(그는 한때 시인이 꿈이었다)과 십수 권의 체스 문제 풀이집과 작은 노트북과 세로로 세워진 27인치 델 모니터 두 대와 커다란 체스 나이트 모양의 문진과 14인치 접이식 체스판과 입식 필통과 톨로메오 스탠드(아름다운 스탠드였다)가 있었다. 승훈은 고개를 숙인 채 노트에 계속 만년필을 놀렸다.

— 사진은 가져오셨습니까?

— 네, 근데…… 문제가 하나 있습니다.

— 어떤 문제죠?

승훈은 '문제'라고 썼다. 그러고는 밑줄을 몇 차례 그었다. 그에게 찾아오는 의뢰인들이 '작은 문제'가 있다고 하거나 혹은 '문제가 하나' 있다고 하면, 그건 대부분 어처구니없이 큰 문제였다. 사내는 말했다.

— 일단, 사진을 보시죠.

그는 서류 가방에서 4×6 사이즈의 사진 한 장을 꺼냈다. 사진에는 새 한 마리가 있었다. 그 새는 온몸이 화상이라도 입은 것 같왔다. 듬성듬성 난 털 사이로 붉은 살이 부풀어 있었다. 부리는 왼쪽으로 휘어졌으며 끝이 조금 깨져 있었다. 그 새는 썩은 고깃덩어리를 마구 짓이겨놓은 것만 같았고, 혹은 세상의 온갖 악덕과 연민을 압축해놓은 것만 같았다. 승훈은 얼굴을 찡그리며 물었다.

　—아내분은 이 사진 어디 계십니까?

　—그 새입니다.

　—농담이시죠?

　—농담 아닙니다.

승훈은 '새'라고 적었다. 크게 적었다.

　—새와 결혼할 순 없습니다.

　—저는 새와 결혼하지 않았습니다.

　—이건 샙니다.

　—맞아요. 새이기도 하고, 제 아내이기도 합니다.

사내는 말했다. 그의 아내는 반년 전 새가 됐다. 자고 일어나보니 새가 되었다. 새는 침대 머리맡에서 쌔근쌔근 잠들어 있었다. 승훈은 물었다.

　—이 새를 아내라고 확신하는 이유가 있습니까?

　—있습니다. 제가 깨어나서 새를 물끄러미 쳐다보자 새가 잠에서 깨어나 이렇게 말하더군요. 어머, 여보? 아시겠습니까? 어머, 여보라고 했습니다. 정확히 말하면 새가 우는 소리였지만, 그 억양이 아내의 억양과 똑같았습니다. 아내도 평소에 그와 똑같은 억

양으로 어머, 여보라고 말했습니다. 아시겠습니까? 아내와 똑같은 억양으로, 어머, 여보, 라고 했다는 겁니다. 어떤 사람들에게는 그저 새가 구슬프게 우는 것처럼 들리겠지만, 제겐 분명 들렸습니다. 아내가 말하는 걸 들을 수 있었습니다.

그들 부부는 그 상황을 이해할 순 없었지만 그렇다고 받아들이지 않을 수도 없었다. 왜냐하면 그 새가 사내를 보고 "어머, 여보?"라고 말했기 때문이다(라는 것처럼 울었기 때문이다). 사내는 아내의 회사에 전화를 걸어 휴직계를 냈다. 하지만 삼 개월이 지나도록 그녀는 사람으로 돌아오지 못했고, 결국 휴직계는 사직계가 됐다.

종종 있는 일이었다. 승훈의 홍신소에는 정신 나간 사람들이 자주 왔다. 그는 이런 일에 당황하지 않았다. 그는 베테랑 탐정이었다.

—어떻게 사라진 겁니까?

—퇴근해서 돌아와보니 없어졌습니다.

—전조가 있었나요?

—사라지기 석 달 전부터 자꾸 베란다 앞에서 서성거렸습니다. 제가 언제나 문을 단단히 잠그고 다녔기 때문에 나가진 못했지만, 그 앞에서 푸드덕거리며 날아오르다가 내려앉아 왔다갔다 했습니다. 한번은 자정에 베란다 창문 사이로 부리를 쑤셔넣고 발버둥치는 걸 제가 잡아오기도 했습니다. 저는 말했습니다. 함부로 나가려고 하지 마라. 세상은 니가 아는 그런 곳이 아니다. 너도 니

가 아는 니가 아니다. 그러면 아내는 특유의 그 새소리로, 정신없는 높낮이의 새소리로 마구 지껄였습니다. 나를 구속하지 말라고, 나는 내 생각이 있고, 내 다리가 있다고, 당신은 늙고 병들었다고, 당신은 역겨운 남자라고. 아내는, 아내는 또 이렇게 말했습니다. 당신의 피부는 가뭄의 논바닥처럼 쩍쩍 갈라졌고, 당신의 입에서는 썩은 내가 난다고, 이젠 참을 수가 없다고, 이젠 용서할 수 없다고, 이제, 어쩌면 이제 그만 헤어지자고 말했습니다. 저는 무서웠습니다. 헤어지자고 하다니. 그녀와 헤어지면 저는 견딜 수 없다고, 그렇다고, 매일 생각했습니다.

사내는 바들바들 떨리는 입술로 말했다.

—아내에게 무슨 일이 생긴다면, 저는 견딜 수 없을 겁니다. 이럴 수가, 정말 그런 일이 생긴다면 어떻게 하죠? 제발 도와주십시오. 압니다, 저를 미친놈으로 보고 계시죠? 그래서 경찰에게 도움을 청하지 못하고 여기로 찾아온 겁니다. 새를 찾아달라고, 그건 제 아내라고 할 수 없지 않습니까? 탐정님, 제발 저 좀 도와주십시오.

승훈은 말했다.

—걱정하지 마십시오. 그게 제 일입니다. 사실 종종 애완동물을 찾아달라는 의뢰가 들어오기도 합니다. 개나 고양이 따위 말이죠. 한번은 고슴도치를 찾은 적도 있습니다. 저는 그놈을 이틀 만에 하수구에서 잡았습니다.

—제 아내는 애완동물이 아닙니다.

―압니다. 선생님, 걱정하지 마십시오. 단, 실종자를 찾는 건 돈이 좀 듭니다. 우선 실종자의 새로운 연락처, 그러니까 새로운 핸드폰을 등록했는지 알아보는 데 사십만원이 듭니다.

―새가 핸드폰을 새로 개통할 리 없잖소. 그건 뺍시다.

―네, 그렇군요. 그럼, 연락처 알아보는 비용 사십만원은 제하겠습니다. 하지만 역시 이 사건은 특수한 경우네요. 이런 사건은 추가 수임이 붙습니다. 실종자 수색(승훈은 노트에 '애완동물 찾기'라고 썼다)의 경우, 일단 일주일 진행비가 육십만원입니다. 그이후에는 하루에 칠만원입니다. 의뢰 기간이 사 주 이상 길어질 경우 10퍼센트 할인에 들어가고, 육 주 이상 이어질 경우에는 20퍼센트, 석 달 이상이면 35퍼센트 할인됩니다. 그리고 계약금 조로 기본 일주일 진행비의 30퍼센트를 선불로 지불하셔야 합니다. 괜찮습니까?

사내는 머리를 쥐어뜯으며 고개를 숙였다. 얼마 남지 않은 그의 머리카락이 가느다란 손가락 사이에서 팔랑거리며 늘어졌다. 그는 거의 울 듯한 목소리로 말했다.

―상관없습니다. 아무 상관 없습니다. 제발 찾아만 주십시오.

―걱정 마십시오, 선생님. 잘 찾아오셨습니다. 아주 잘 찾아오신 겁니다.

승훈은 고개를 푹 숙인 채 말했다.

2

다음날 아침, 승훈은 창신동 시장을 가로질러 낮은 건물들과 싸구려 음식점들을 지났고, 노인들이 가득한 거리를 지났다. 가느다란 비가 쉬지 않고 내리고 있었다. 빗발이 너무 미세해서 마치 공기중에 물방울들이 뿌옇게 차오르는 것처럼 보였다. 승훈은 우산 대신 중절모를 쓰고 트렌치코트 주머니에 손을 찔러넣은 채 걷고 있었다. 그의 온몸이 축축하게 젖어들었다. 그동안 지대는 점차 높아졌다. 창신동 일대가 낙산의 경사면에 형성되어 있기 때문이었다. 이윽고 승훈은 어느 골목길 어귀에 다다랐다. 골목길은 급격한 경사를 따라 이어졌다. 그 길을 둘러싸고 낡고 붉은 빌라들이 무계획적으로 빼곡하게 들어차 있었다. 빌라들의 방향은 제멋대로였고, 때때로 땅을 뚫고 갑자기 자라난 것처럼 보이기도 했다. 그 사이사이로 숨길 수 없는 수치처럼, 쪽방들이 있었다. 그런 동네였다.

골목 깊숙이 들어가자 사내의 빌라가 나타났다. 빌라 한쪽은 대략 3미터 정도의 낭떠러지에 걸쳐져 있었다(이런 괴상한 구조는 이곳에선 아주 흔했다). 승훈이 그곳에 도착했을 때, 사내는 초조한 표정으로 빌라 앞에서 담배를 피우고 있었다.

—왜 이렇게 늦게 오셨습니까?

승훈이 시계를 보니 오전 여덟시 삼십이분이었다. 약속 시간보다 이 분 늦은 거였다. 하지만 사내의 어깨가 흠뻑 젖은 걸로 보아 밖에서 이십 분 이상 기다린 것 같았다.

—죄송합니다.

—집에 들어가서 얘기합시다.

사내의 집은 오층이었다. 빌라 계단은 좁고 어두웠으며 경사가 급했다. 사내는 의족이 천근이나 되는 듯 힘겹게 계단을 올라갔다. 그가 발을 내디딜 때마다 의족에서는 삐이걱, 삐이걱 소리가 계단을 따라 울려퍼졌다. 사내의 걸음은 고통스러워 보였고, 심하게 비틀거려 승훈이 몇 번이나 뒤에서 받쳐줘야만 했다. 집에 들어서자 사내는 지친 듯 소파에 푹 주저앉았다. 거실은 커다란 암막 커튼이 드리워져 있어 마치 새벽처럼 어두웠다. 하지만 승훈의 신경을 곤두서게 만든 건 어둠이 아니라 악취였다. 현관문을 열기 전부터 진득진득한 악취가 풍겨나오고 있었다. 무언가 오래된 것들이 집안에 가득한 것만 같았다.

—탐정님, 앉으십시오.

—서 있는 게 편합니다.

여전히 트렌치코트 주머니에 손을 찔러넣은 채 승훈은 그렇게 대답했다. 사내는 또 권하지 않았다. 소파 테이블 위에는 곤충 채집통과 입구가 묶인 비닐봉지와 수건과 새의 사진, 그러니까 사내의 아내 사진이 대여섯 장 있었다. 사내가 곤충 채집통과 비닐봉지를 가리키며 말했다.

―이 통에 아내를 넣어 오시면 됩니다. 봉지에는 아내가 좋아하던 사료가 있습니다. 이 수건도 아내가 좋아하던 겁니다. 그 위에서 낮잠을 자곤 했습니다.

하지만 승훈은 서류 가방에 접이식 새장과 조립식 뜰채(이걸로 고슴도치를 잡은 적이 있었다)와 마취총을 준비해 온 상태였다. 그래서 사료와 수건만 챙겼다. 수건에는 푸른 새털이 잔뜩 묻어 있었다. 그는 털 한 올을 집어 눈앞에 들어올렸다. 사내가 말했다.

―아내의 털입니다.

―사모님은 어떤 새로 변한 겁니까?

―잘 모르겠습니다.

승훈은 말했다.

―사모님이 지내던 곳은 어딥니까?

―안방에 새장이 있습니다.

―한번 살펴봐도 되겠습니까?

―마음대로 하십시오.

그러면서 사내는 손을 휘휘 저었다.

안방에는 붙박이장과 퀸 사이즈 침대와 커다란 황금색 새장이 있었다. 그 새장은 가늘고 긴 네 개의 다리에 얹혀 있었다. 새장의 지붕은 뾰족했고, 사면에 달린 창문 문양은 고딕 양식이었다. 마치 동화에 나오는 성 같았다. 무릎 높이의 가냘픈 다리 위에 있어서 더욱 그랬다. 서늘하고 아름다운, 하지만 불안하고 슬픈 동화, 그런 동화의 시작일 것만 같은 산꼭대기의 황금 성. 새가 사라진 이후에도 매일 닦아왔는지 그 황금 성은 먼지 하나 없이 반짝거렸다.

승훈은 트렌치코트의 왼쪽 주머니에서 줄자를 꺼내 새장의 크기를 쟀다. 다리를 제외한 높이는 98센티미터, 너비는 46센티미터, 깊이는 34센티미터였다. 열린 새장 문에 손바닥 길이의 철사가 걸려 있었다. 새가 있을 적에는 철사로 문을 묶어서 잠그는 모양이었다. 바닥에는 톱밥이 두껍게 쌓여 있었고, 홰는 두 개였다. 그는 코트 오른쪽 주머니에서 커다란 돋보기를 꺼내 톱밥을 관찰했다. 톱밥은 나무 톱밥과 잘게 자른 종이를 섞어 만든 것이었다. 종이 대부분은 신문지였지만, 중간중간 펜으로 글자가 쓰인 하얀 종잇조각들도 보였다. 아마 다 쓴 노트를 찢어 넣은 것 같았다. 어찌나 잘게 찢었는지 문장은커녕 온전한 단어도 발견하기 힘들었다.

ㅡ뭐하는 겁니까?

사내가 문틀에 기댄 채로 승훈을 지켜보고 있었다.

ㅡ사모님이 생활하던 공간을 관찰하고 있습니다. 추적을 위해서는 필수적이죠.

ㅡ이제 그쯤 보면 되지 않았습니까?

ㅡ네, 알겠습니다.

승훈이 새장에서 물러난 것을 확인하고서야 사내는 몸을 돌렸다. 사내가 걸을 때마다 거실 바닥에 그의 의족이 부딪히면서 둔탁한 무기질적 소리가 울렸다. 삐이걱 삐이걱. 문득 승훈은 새장

뒤쪽으로 삐죽 튀어나온 기다란 종이를 발견했다. 그는 잽싸게 그걸 주머니에 넣고 사내를 따라 거실로 나왔다. 사내는 다시 소파에 앉아 있었다.

—돋보기는 왜 가지고 다니는 겁니까?

—탐정의 필수품입니다.

사내는 이마를 찡그리며 신경질적으로 말했다.

—저 사진들 챙겨서 이제 그만 제 아내를 찾으러 가야 하지 않겠습니까?

승훈은 테이블 위에 있는 사진을 살폈다. 사진은 여섯 장이었는데, 다섯 장은 집안 곳곳에 앉아 있는 새를 부감으로 찍은 거였다. 그중에는 새장 안에 앉아 물을 먹는 모습도 있었다. 나머지 한 장은 수건 위에서 졸고 있는 모습이었다. 정말 못생긴 새였다. 사내는 말했다.

—졸고 있는 사진 뒷면에 마지막으로 아내를 봤다는 아주머니 연락처를 적어놓았습니다. 아주머니와 어제 통화해뒀으니까 이따 연락해보시면 될 겁니다.

—둘은 어디서 마지막으로 본 거죠? 아주머니 집인가요? 사모님의 마지막 표정은 어떻다고 합니까? 무슨 옷을 입었다고 합니까?

—무슨 말씀입니까? 아내가 날아가는 장면을 봤다는 겁니다.

조금 생각한 후에야 승훈은 사내가 무슨 말을 하는지 이해했다. 문득 다시 악취가 진해졌다. 그는 더이상 이 집에 머물고 싶지 않았다.

　―그럼 이제 나가보겠습니다.

　―네, 부탁합니다. 저는 이대로 좀 쉬다가 출근하겠습니다.

　사내는 소파에서 일어서지도 않은 채 손을 흔들었다. 그러곤 손을 툭 떨어뜨리고 소파에 더 깊이 몸을 파묻었다. 승훈은 서둘러서 집을 빠져나왔다.

3

　빌라를 빠져나오자마자 승훈은 담배를 입에 물고 불을 붙였다. 코트의 벨트를 단단히 조여 매고 중절모를 푹 눌러썼다. 서류 가방에서 뜰채를 꺼내 조립했다. 그러고는 사내의 새장에서 발견한 기다란 종잇조각을 꺼냈다. 거기에는 '……태어나고 싶어, 태어나고 싶어, 이곳에서……'라고 적혀 있었다. 종이 위로 물 한 방울이 떨어졌다. 그러자 '싶어'가 뿌옇게 번졌다. 승훈은 고개를 들어 물방울이 떨어진 곳을 찾았다. 물방울은 빌라 꼭대기의 듬성듬성이가 나간 기와지붕에서 떨어진 것이었다. 빌라는 층고가 낮아서 오층인데도 그렇게 높아 보이지 않았다. 사내의 집은 커튼으로 꽁꽁 싸여 있어 베란다 창이 먹먹하게 반짝거렸다. 사내의 아내가, 아니 그 흉측한 새가 저 베란다 창 앞에서 서성거렸던 것이다. 새는 구슬프게 운다고 했다. 승훈은 베란다 창틀으로 몸을 욱여넣으려 몸부림치는 털 빠진 새를 떠올렸다. 그리고 다시 사내의 작은 새가 날거나 앉았을 주변 사물들을 관찰했다. 기와지붕 위로 삐죽 튀어나온 빨래 건조대, 가로등이 달린 전봇대, 낮고 앙상한 두 그루의 나무, 시멘트 낭떠러지, 소용돌이처럼 돌고 있는 철제 계단, 잿빛 하늘과 잿빛 하늘을 수십 갈래로 가로지르는 전깃줄, 빌라 앞의 빌라, 빌라 뒤의 빌라…… 끊임없이 이어진 빌라들은 점차 높아져 작은 산 하나를 가득 채우고 있었다. 멀리 산꼭대기의 낡은 교회가 보였다. 저 너머로 사내의 아내가 날아갔구나, 라고 승훈은 중얼거렸다. 곧 그는 자신이 '사내의 아내'라는 표현을 사용한 것을 반성했다.

담배를 다 피우고 승훈은 사내가 알려준 연락처로 전화했다. 전화를 받은 여자는 사내의 집 아래, 그러니까 낭떠러지 밑의 빌라에 살고 있다고 말했다.

―누군지 어떻게 알아보죠?

―저는 이서진을 닮았습니다.

통화하며 그는 낭떠러지 끄트머리에 있는 철제 계단으로 내려갔다. 그가 계단에 발을 디디자 오래된 계단은 신경질적으로 끼익 끼익 소리를 냈다. 그때 아래쪽 빌라의 이층 창문이 열리더니 머릿수건을 두른 뚱뚱한 중년 여자가 손을 흔들었다. 그녀는 전화기를 든 채 말했다.

—어머머, 정말 이서진을 닮았네. 여기예요, 여기.

목소리가 커서 굳이 전화기에 대고 말할 필요가 없는데도 그녀는 전화기를 입에 꼭 붙이고 다시 한번 말했다.

—어머머머, 정말 닮았어. 이걸 어째. 탐정씨 여기로 와요!

4

—가까이서 보니 이서진보다는 못생겼네요.

승훈은 중년 여자가 자신의 얼굴을 한참 뜯어본 후 그 말을 뱉을 때까지 신발장 앞에 우두커니 서 있어야 했다. 그 말을 하고서야 여자는 정신을 차린 듯 말했다.

—어머머, 미안해요. 탐정씨, 이리 들어오세요.

그가 들어서자 부엌 식탁에는 커피 두 잔이 준비되어 있었다. 여자는 의자에 앉으며 자신의 이름은 금보라라고 말했다. 하지만 보라라고 불러달라고 했다. 그러고는 진하게 화장을 한 눈을 깜빡이며 웃었다.

—저 집 아저씨한테 용건은 들었어요. 새를 찾는다고요?

—네.

—어머머머, 별일이야, 진짜. 왜 자기 마누라는 안 찾고 새 찾는 데 돈을 쓴대?

승훈은 주머니에서 수첩을 꺼내면서 물었다.

─부인은 그 집 사모님과 잘 아시는 사입니까?

─보라씨라고 불러줘요.

─보라씨는 그 집 사모님과 잘 아시는 사입니까?

─그럼요, 알다마다요. 같이 알로에도 한다니까요.

─알로에요?

─응, 남양 알로에.

그녀는 식탁 한편에 있는 알로에 제품을 그의 앞으로 내밀었다.

─이 제품 좋아요. 알로에 골드라는 건데, 탐정씨처럼 얼굴이 허여멀건 사람들이 먹으면 좋아요. 간에도 좋고 심장에도 좋고 위에도 좋고.

─그렇군요. 그 사모님은 언제부터 안 보이셨는지 아세요?

식탁 위의 작은 종이 상자를 뒤적거리던 금보라는 대답 대신 얇은 팩 하나를 그에게 내밀었다.

─먹어봐요. 이게 알로에 골드 샘플이에요. 하지만 샘플이라도 알로에 골드는 알로에 골드예요. 금방 느껴질 거예요.

그녀는 한 팩을 더 꺼내더니 한쪽을 쭉 뜯어서 쪽쪽 빨아먹었다. 승훈이 망설이자 그녀는 한쪽 눈을 찡긋하며 애교 섞인 화난 표정을 지어 보였다. 그는 팩을 조심스럽게 뜯어 즙을 살짝 빨았다. 그건 정말 역겨운 맛이었다. 표현할 길 없이 비리고 떫었다. 그는 그만 구역질을 하고 말았다. 그 모습을 보면서 금보라는 깔깔깔 웃었다.

─탐정씨, 정력이 안 좋나봐. 그거 구역질을 하는 게 효과 보는 거예요. 참고 다 먹어야 해요.

그녀는 이미 한 팩을 다 빨아먹고 팩의 앞뒷면을 뜯어서 내부에 묻은 즙을 정성스럽게 혀로 핥고 있었다. 승훈은 조심스럽게 자신이 먹던 팩을 봉해서 주머니에 넣었다.

─보라씨, 이따 돌아다니다 힘들 때 먹겠습니다. 감사합니다. 아까 그 아내분 얘기 더 해주실 수 있겠습니까?

─그래요, 그래, 탐정씨는 예의가 바르네. 알았어, 그래. 아깐 내가 어디까지 얘기했더라?

─아무것도 말씀하시지 않았습니다.

─어머, 그래, 그래, 탐정씨는 기억력도 좋아. 그래, 그래, 알았어요. 음, 그래요. 동생은 대략 서른셋인가 서른넷인가 됐고, 어쩌면 서른다섯일 수도 있어요. 맞아, 맞아. 그리고 동생네 아저씨는 도장가게를 해요. 저기 언덕 내려가서 족발가게 옆에서 말이에요. 도장가게긴 한데 열쇠도 하니까 뭐 열쇠가게이기도 하죠. 그 아저씨는 아마 오십둘인가, 오십셋인가, 넷인가, 다섯인가 그럴 거야. 그리고, 음, 저 둘은 결혼한 지 육 년 정도 됐고. 맞아, 아저씨는 군대에서 지뢰를 밟아서 한쪽 다리가 없다고 하고, 그리고 또 뭘 말하지?

─애는 없나보죠?

─저요?

─아뇨, 저 집 부부 말씀입니다.

─네, 없어요. 전에는 있었다고 한 거 같아요. 동생이 말을 잘 안 해요. 아니 말이 없는 건 아닌데, 어머, 생각해보니까 조곤조곤 말을 많이 하긴 해. 생각해보니까 그러네. 근데 어떤 얘기는 거의 안 해요. 전에 있었다고 한 거 같아요. 근데 어떻게 된 건지는 잘 모르겠어.

갑자기 그녀는 목소리를 낮추더니 말했다.

─동생이 재혼이잖아. 그러니까 애가 재혼 전 애일 수도 있고, 아니면 아저씨 사이에 있었던 앤데 무슨 사정으로 없을 수도 있고.

─둘 사이는 좋았나요?

─나랑 동생?

─아니요, 저 집 부부요.

─좋은 편은 아니었지. 남자가 도장 파고 열쇠 판다고 생각해 봐. 그렇게 의자에 앉아서 수그리고 뭐 하는 사람들이 얼마나 반 푼이들인데. 그 사람도 정말 꼬장꼬장한 사람이야. 동생이 가끔 우리집에서 수다떨다가 저녁이 되면, 저 집 아저씨가 정색이 돼 서 찾아온다니까. 저 집 아저씨는 초인종도 한 번만 누르는 게 아 냐. 땅동땅동땅동땅동 땅동땅동땅동땅동, 이렇게 누른 다니까. 그러면 나도 동생도 얼굴이 사색이 되는 거야. 나는 맞아, 그러니까 동생이 사색이 되니까 그걸 보고 있으면 어머, 나도 사

색이 되는 거야. 그래서 제가 문을 열고, 아유, 아저씨, 우리 얘기 하다보니까 시간이 이렇게 된 것도 몰랐네, 하고 웃으면, 저 집 아 저씨는 무서운 얼굴로, 그래요, 라고 한마디 하고 뚱하니 서 있어. 그럼 동생은 도살장 끌려가는 소처럼 집으로 가곤 했지. 그러네, 참 그래, 그렇게 불쌍하게 돌아갔어.

—사이가 많이 안 좋은 편이었나요?

—그래, 근데, 참 또 이런 적이 있어요. 한번은 우리 둘이 남양 알로에 사무실까지 걸어가는데, 거기가 저기 동대문에 있거든요, 아무튼 거기 가는 길에 동생이 불쑥 이렇게 말하는 거야. 언니, 그 래도 아저씨가 나를 엄청 사랑하긴 해줘요. 언니, 난 그 사람밖에 없어요. 이러는 거야. 그러다가 십 분 뒤에 또 이래. 정말이에요, 언니. 그래서 나는 말했지. 그래, 알아, 알아, 니 마음을 모르겠니. 그러고는 또 십 분 뒤에 갑자기 동생이 이러는 거예요. 언니, 안 되겠어요. 지금 우리 아저씨 의족 찾으러 가야겠어요, 라고 말하 곤 집으로 돌아갔어요. 그 전날 그 집 아저씨가 술 마시고 집에 업 혀 왔는데 의족이 없어졌더란 말은 들었거든요. 근데 지금 생각해 보니까 어머머, 그럼 그렇게 사이가 안 좋은 것도 아닌가봐.

—그리고 또 있나요?

—또 뭐가 있을까나? 잠깐만, 나보다 저 너머 빌라에 사는 피터 엄마가 더 친했거든. 그 언니한테 연락해줄게요. 근데 탐정씨, 새 찾는 거 아니에요?

―네, 맞습니다.

승훈은 코트 안주머니에서 사진을 꺼내 그녀에게 내밀었다.

―부인, 이 새가 부인이 보신 새가 맞습니까?

―아유, 보라씨!

―죄송합니다. 보라씨, 이 새가 맞습니까?

―맞아요, 이 새였어요. 이 덕지덕지 붙은 살 딱지들, 어찌나 끔찍하던지. 나는 살다 살다 이렇게 무섭게 생긴 새는 처음 봤어요.

―어디서 보셨나요?

―가만있어봐. 그래. 그래. 맞아. 그 일주일 전 수요일이었어요. 알로에 사무실 가려고 나왔는데, 저기 탐정씨가 내려온 계단 있잖아요. 거기에 어머, 그 더러운 새가 앉아 있지 않겠어요? 그래서 제가 깜짝 놀라서, 어머, 이게 뭐야, 라고 소리를 질렀어요. 그랬더니 세상에, 새가 내 말을 알아들은 것처럼 고개를 끄덕이더니 슬픈 표정으로 지그시 쳐다보는 거예요. 그래서 저는 미안한 마음이 조금 들지 않았겠어요? 가만히 보니 새가 불에 타다 만 것처럼 끔찍해도 남은 푸른 털이 꽤 곱더란 말이에요. 그래서 제가 부드럽게 말했어요. 새야, 새야, 미안하구나, 어머, 참, 너도 이렇게 태어나고 싶어 태어난 것도 아닐 텐데. 그러자 이번에는 새가 또 고개를 끄덕이며 낮지만 아주 아름다운 목소리로, 두 발로 저 계단을 꽉 움켜잡고 노래를 했어요. 그 노래가 어찌나 슬프던지, 저는 그만 울고 싶어졌어요. 오래전에 묻어뒀던 슬픔들이, 이젠 퍼석퍼

석해진 슬픔들이, 마치 그 당시처럼 새삼스럽게 치밀어올랐어요. 저는 오래전 돌아가신 엄마를 생각했어요. 우리 엄마는 치매에 걸려서 이십 년 동안 서서히 가족들을 잊어버렸어요. 형제들끼리 돌아가면서 돌봤는데, 엄마가 죽기 몇 년 전에 저는, 엄마의 똥이 묻은 옷을 빨면서, 울면서, 차라리 저럴 거면 죽는 게 낫지 않을까, 그런 생각을 한 적도 있더랬어요. 그런 생각들이 쉴새없이 밀려왔어요. 그래서 저는 눈물이 그렁그렁해져서 말했어요. 새야, 이제 그만 울어주면 안 되겠니? 새야, 너무 슬프단다. 하지만 새는 기어코 제 눈에서 눈물이 흐를 때까지 노래를 불렀어요. 눈물이 맺혀서 못생긴 새가 뿌옇게 흐려져, 푸르고 작고 아름다운 새로 보일 때까지 노래를 불렀어요. 새는 제가 눈물을 흘리며 훌쩍거리니까 돌연 슬픈 표정으로 고개를 끄덕거리곤, 뽀로롱 날아올라 제 머리 위에서 두어 바퀴 돌다가 사라졌어요. 어머, 그 새의 노래를 생각하니까 다시 슬퍼져요.

금보라는 잠시 입을 다물었다. 그녀의 눈은 붉게 충혈되어 있었다. 그녀는 티슈로 눈물을 찍어 닦아내고는 말했다.

─그날 이후로 매일 슬픈 생각만 해요.

간신히 그 한마디 말을 하고 금보라는 일주일 전의 슬픈 시간으로 돌아간 것처럼 얼굴을 잔뜩 찡그린 채 훌쩍거렸다. 그녀를 지켜보던 승훈은 주머니에서 알로에 팩을 꺼냈다. 그는 그것을 금보라가 그랬던 것처럼 빨아먹었다. 도중에 몇 번이나 구역질을 했지만, 어쨌든 끝까지 먹었다. 그러고는 말했다.

—확실히, 알로에 골드는 알로에 골드입니다.

그 소리에 금보라는 깔깔깔 웃었다.

—탐정씨는 참 웃긴 사람이네. 그래요, 참, 탐정씨 덕분에 갑자기 기분이 좋아졌어요. 또 뭐 물어보려고 했죠?

—그렇습니까? 그러면 다행입니다. 보라씨, 새는 어느 쪽으로 날아갔습니까?

—저기 뒤편으로, 그러니까 언덕을 따라 올라갔어요.

—혹시 그 새가, 무슨 말을 한 건 없습니까?

—말이라니? 새가 말을 해요?

—말이라기보다, 말처럼 들리는 울음소리일 수도 있습니다.

—탐정씨, 이상한 걸 물으시네. 뭐 굳이 꼭꼭 집어 따져보면, 뭐랄까, 뭐뭐해, 라고 말하는 듯도 했어요.

승훈은 수첩에 '○○해'라고 적었다.

—저 집 사모님 성품은 어땠습니까?

—참 착했죠. 세심하고. 내가 낯빛이 안 좋으면, 어머 언니 왜 그래요, 하면서 내 손을 잡고 여기 있잖아요, 체할 때 주무르는 곳, 여길 꾹꾹 주물러주곤 했어요. 제가 이래 보여도 위가 참 안 좋거든요.

—알겠습니다. 그럼 지금 그 피터 엄마라는 분한테 연락해주실 수 있을까요?

—근데 탐정씨, 새 찾는 거 아니에요? 왜 자꾸 우리 동생한테 관심을 가져요?

—글쎄요. 직감입니다. 피터 엄마분을 만나서 얘길 들어봐야 할 거 같습니다.

—알았어요. 지금 연락할게요.

금보라는 피터 엄마에게 전화를 걸어 승훈의 사정을 말했다. 그녀는 전화하면서 몇 번이나, 승훈이 이서진을 닮은 것을 강조했다. 전화를 끊고 그녀는 말했다.

—탐정씨, 언니가 오늘 일이 있다는데 내일 다시 찾아올 수 있을까?

—네, 알겠습니다. 그럼 돌아가보겠습니다.

—알았어, 근데, 어머, 이상도 하지. 얘기하다보니까 탐정씨가 이서진보다 잘생겨 보여. 어머, 나 어떡해?

—보라씨, 고맙습니다.

그렇게 말하고 승훈은 고개를 숙였다.

5

어느새 비는 그쳐 있었다. 승훈은 금보라가 새가 날아갔다고 한 방향으로 걸어올라갔다. 하지만 눈에 보이는 방향으로 쉽게 갈 수 없었다. 마치 깊은 숲처럼 울창한 빌라와 골목길이 기괴하게 얽혀 있었기 때문이다. 막다른 길은 예사로 나왔고, 어떤 계단은 무의미하게 뱅글뱅글 같은 자리를 돌았다. 건물 사이로 햇빛이 잘 들지 않아 대부분의 길 위에는 이끼가 엷게 자라 있었다. 그러니까 이 동네에는 배열과 배치라는 게 없어 보였다.

쌀쌀한 날이었다. 승훈은 트렌치코트 주머니에 넣은 손을 쥐었다 폈다 하며 앞으로 걸어갔다. 골목길 곳곳에서 밥 짓는 냄새가 났다. 하수구에선 눅진한 수증기가 올라왔다. 그리고 색이 바랜 빨래, 전봇대에 쇠사슬로 묶여 있는 손수레와 쌓여 있는 폐품들, 장기를 사고판다는 스티커, 일용직을 구한다는 벽보, 차가운 공기, 삐뚤빼뚤한 담벼락. 어디선가 아이가 울었고, 어디선가 철을 두드리는 소리가 들렸다. 그렇지만 사람은 보이지 않았다. 그는 고개를 들었다. 빌라에 에워싸인 그에겐 좁은 하늘이 보일 뿐이었다. 하늘은 여전히 잿빛이었다.

골목을 돌자 드럼통에 물건을 태우는 중년 여자가 있었다. 그는 그녀에게 다가갔다.

—실례합니다.

여자는 울었는지 눈이 벌게져 있었다. 그녀는 말했다.

—무슨 일이죠?

—여쭤볼 게 있습니다.

—말씀하세요.

승훈은 코트 속주머니에서 사진을 꺼내 그녀에게 내밀었다.

─혹시 이 사진 속의 새를 본 적이 있으신가요?

그 사진을 보고 여자는 짧게 탄성을 내질렀다. 승훈은 다시 물었다.

─보신 적 있으십니까?

─없어요. 저는 여기 살지 않아요. 하지만 그게 무슨 새인지는 알아요.

─새의 종 말씀이십니까? 이 새가 무슨 종이죠?

─아마 앵무새의 한 종류일 거예요. 커다란 부리와 긴 발가락을 보니 그래요. 근데 그 새에게 무슨 일이 있었던 걸까요? 너무 끔찍한 모습이네요.

─앵무새에 대해 잘 아시나봐요?

─제 동생이 사자나미라는 앵무새를 구 년 동안 키웠거든요. 새가 죽을 때 그애가 울던 모습이 기억나요. 아마 서울에 올라와서도 또 새를 키운 걸로 알고 있어요.

─동생분은 어디 계십니까?

─죽었어요.

승훈은 그제야 그녀가 태우는 게 상복이라는 걸 알았다.

─죄송합니다. 동생분 물건을 태우는 중인가요?

─네, 어쩌면 지금 태우고 있는 것들 속에 앵무새 사진도 많이 있을 거예요.

그 말에 승훈은 드럼통 안을 자세히 들여다봤다. 여자는 승훈이 보기 편하게 한편으로 물러나 꼬챙이로 안의 내용물을 들춰주었다. 아직 불길이 크지 않아 무엇이 있는지 어렴풋하게 보였다. 그 안에는 몇 권의 노트와 수많은 사진과 의족 하나와 여자 상복 두 벌과 몇 가지 옷, 그리고 몇 개의 상자와 신발 등이 있었다.

—동생분은 어쩌다가……

—저기 위에 성벽 있잖아요. 거기서 떨어졌대요.

—다리가 불편하셨나보죠?

—아니요. 이 의족은 제 동생 게 아니에요. 누구 건지 모르겠어요.

여자는 말을 끊었다가 다시 말했다.

—그애는 착한 애였어요. 착하지 않았을 때도 있었지만, 지금은 착했던 기억만 나요.

승훈은 말했다.

—담배 하나만 피워도 되겠습니까?

—그러세요. 저도 하나 주세요.

승훈은 여자에게 담배를 건넸다. 여자는 아무 말 없이 담배를 피웠다. 그러다 문득 말했다.

—오늘 사망신고를 했어요. 사망신고서를 매일 갖고 다녔는데, 오늘 냈어요. 저는 이상해요. 동생을 땅에 묻을 때보다 오늘이 더 슬퍼요. 너무 슬퍼서 울 수도 없어요.

승훈은 계단에 서류 가방을 뉘어놓고 주머니에서 손수건을 꺼내 그 위를 깨끗하게 닦았다.

─사모님, 여기 앉아서 쉬십시오. 이건 제가 태우겠습니다.

그의 목소리에는 묘한 설득력이 있었다. 여자는 그의 말에 따라 서류 가방 위에 앉았다. 승훈이 주변에 버려진 종이와 주머니에 있던 몇 가지 인화물질을 드럼통에 넣자 불꽃은 기세 좋게 치솟았다. 여자는 손을 내밀어 열기를 매만지듯 손을 쥐었다 폈다 했다. 둘은 별말을 하지 않았다. 드럼통의 물건들이 모두 재가 될 때까지 지켜보다가 승훈은 그 자리를 떠났다.

6

다음날에도 새벽부터 비가 왔다 그쳤다를 반복했다. 오후쯤에는 비가 오지 않았지만 여전히 거리는 눅눅했다. 승훈은 뜰채를 어깨에 걸친 채 골목길을 헤매고 있었다. 벌써 한 시간째였다. 피터 엄마의 빌라로 가는 길은 금보라의 설명보다 복잡했다. 하지만 승훈은 침착하게, 마치 복잡하게 꼬인 실뭉치를 풀듯이 차근차근 앞으로 나아갔다. 결국 삼십 분이 더 걸려서야 목적지에 도착할 수 있었다.

빌라 앞에는 삐쩍 마른 늙은 여자가 한쪽 팔로는 삐쩍 마른 늙은 몰티즈를 안고 다른 쪽 손으로는 커다란 양은 냄비를 든 채, 가로등 아래 쌓인 쓰레기들을 살펴보고 있었다. 그곳에는 식물 없이 흙만 채워진 화분 두 개, 비스듬히 세워진 수레와 버려진 휠체어가 있었다. 쓰레기 뒤쪽 벽면에는 검은색 스프레이로 SEX라고 쓰여 있었다. 승훈이 가까이 가자 몰티즈가 짖어대기 시작했다. 그늙은 개는 꽹과리 치듯 컁컁컁컁 하고 짖었다. 어찌나 필사적으로 울부짖던지 마치 피를 토하는 것만 같았다. 그러다가 급작스럽게 감전이라도 된 것처럼 몸을 떨었고, 떨고 난 뒤 다시 눈을 허옇게 뒤집어 까고 짖어댔다. 그 꼴을 지켜보던 늙은 여자는 들고 있던 냄비로 몰티즈의 머리를 세차게 후려쳤다.

─피터, 조용히 해.

개는 낑낑대며 입을 다물었다. 여자는 승훈을 보더니 알은체를 했다.

─어머, 동생 얘기가 진짜네. 진짜 이서진을 닮았네.

─혹시, 길선자씬가요?

─맞아요. 제가 길선자예요. 잠깐만요, 총각.

그러고는 길선자는 들고 있던 냄비를 살펴보기 시작했다. 한참을 그러다가 승훈을 향해 말했다.

─그 도장집 새댁에 대해 물어본다고?

─네.

─왜 물어보고 다니는 거예요?

─직감입니다.

—총각은 그 집 남편이 돈 주고 부른 거라며? 새 찾으려고 부른 거라며? 그놈도 이상한 놈이야. 지 마누라나 찾을 것이지.

그녀가 신경질적으로 말을 뱉자 다시 개가 짖었다. 개는 몇 차례 짖다가 발작하듯 고통스럽게 몸을 떨었다. 승훈은 어깨에 걸치고 있던 뜰채를 바닥에 내려놓고 수첩을 꺼냈다.

—도장집 사모님이 사라진 지 꽤 됐나요?

—꽤 됐어요. 새댁네 아저씨는 새댁이 캐나다에 공부하러 갔다고 하는데, 그 말을 누가 믿느냐고. 그 전날까지 나랑 한참 수다떨다가 들어갔는데.

—그럼 선생님께서 가장 마지막으로 본 건가요?

—아마 그럴 거예요. 새댁이랑 저녁 여섯시까지 놀았으니까. 그러고는 집에 돌아갔거든. 왜 잘 아느냐면 그 집 남편 가게랑 우리집 남편 가게랑 마주보거든. 둘이 같이 퇴근해요. 우리집은 지퍼 가게, 그 집은 도장가게.

—그날 이상한 점은 없었나요?

—글쎄, 생각해보면 없잖아 있었어요. 이게 무슨 말이냐면, 별다른 게 없다고 생각했는데, 또 생각해보면 그게 그런 게 아닌가 하는 생각을 하곤 하잖아요? 그날이 그랬어요.

길선자는 길게 한숨을 내쉬었다.

—뭐 총각도 알아야 하는 거니까 말할게요. 새댁이 지 남편한테 자주 맞았거든요. 그래서 몸에 멍이 사라질 날이 없었는데, 그

날도 종아리에 멍이 있었어요. 바짓단이 올라가서 살짝 보였어요. 무슨 회초리를 맞은 것처럼 있더라고. 그래서 내가 아유, 너 또 맞았어? 이러니까 슬그머니 바짓단을 내리는 거예요. 이게 평소와 달랐던 점이에요.

—평소엔 어땠습니까?

—어땠냐면, 걔가 좀 푼수 같은 구석이 있었어요. 팔뚝에 멍이 있어서, 너 이거 또 두들겨맞았지, 이렇게 물으면 그 멍을 꾹 누르며 어때요, 언니, 이거 이렇게 누르면 하얘져요, 라고 하고는 쿡쿡 웃는 그런 아이였거든요. 근데 이상하게 그날은 얼굴이 새빨개져서 바지를 내리더라니까.

—그렇군요. 도장집 사모님은 평소에 낙천적인 성격이었나봅니다.

—그렇게 보이기도 했어요. 조용한데 조곤조곤 할말 다 하고, 맛있는 거 있으면 무시로 찾아오고. 그러니까 우리집에 맛있는 게 있으면 말이에요. 그 맛있는 게 다 떨어질 때까지 매일 와서 먹곤 했어요. 먹으면서, 이거 너무 맛있어요, 언니, 왜 이렇게 맛있지, 를 연발했어요. 그 아이 입이 워낙 작았는데, 아마 총각의 반도 안 될 거예요. 그 입으로 작은 새처럼 오물오물, 그렇게요, 그렇게 먹었어요. 키도 작은 애가 뭐 그리 먹성이 좋았는지 몰라요.

그녀는 잠시 뜸을 들이다 말했다.

—나는 그게 좋아서 그 아이가 좋아하는 음식이 있으면 더 푸

짐하게 하고, 남편 못 먹게 숨겨두고 그랬거든요.

─오랫동안 친했습니까?

─그랬죠. 그 아이가 남편이랑 이 동네에 오고부터 친해졌으니까. 그 아이 남편이 내 남편 후배거든요. 맞은편 가게 얻고 하면서 그 아이랑 나랑 홀딱 가까워졌어요. 처음 볼 때부터 왠지 남 같지 않고 그렇더라고요. 그 아이도 말했어요. 왠지 언니랑 나랑은 전생에 부부였을지도 모른다고.

이 말을 하면서 길선자의 눈이 시뻘게졌다. 지쳐서 축 늘어져 있던 늙은 개가 고개만 까닥 들더니 승훈을 향해 으르렁거렸다.

─총각, 탐정 총각. 제발 그 아이 좀 찾아줘요, 응? 캐나다에 갔을 리가 없어요. 갔으면 내가 모를 리가 없어요. 그 집 아저씨가 어떤 사람인데 지 마누라를 혼자 캐나다에 보내요. 자기 마누라에 대해 속속들이 알지 못하면 미치는 양반이야. 지 손에 쥐고 흔들지 못하면 미치는 양반이라구요. 하루는 이런 일도 있었어요. 하루는 말이야……

돌연 길선자는 입을 다물었다.

─무슨 일이 있었습니까?

─말해도 되나 몰라? 그 집 남편 얘긴데, 그 아저씨한테 말 안 할 거죠?

─안 하겠습니다.

─어떻게 믿어요? 그 집 아저씨 보통이 아닌데. 총각 그 아저씨

한테 돈 받고 온 거라면서? 내가 총각을 믿을 이유가 없잖아.

─음, 그도 그렇네요. 그럼 말씀하시지 않아도 좋습니다.

─아니 그러지 말고, 맹세해요.

─어떤 맹세를 하면 되겠습니까?

─총각한테 가장 소중한 걸 걸고 맹세하는 거예요.

그러자 승훈은 심각한 얼굴로 골똘히 생각에 잠겼다. 잠시 후, 그는 말했다.

─그럼 저는 제 얼굴을 걸고 맹세하겠습니다.

그 말에 길선자는 깔깔깔 웃더니, 승훈의 얼굴을 뚫어져라 쳐다봤다. 승훈은 여전히 심각한 표정으로 길선자의 눈길을 받아냈다.

─어머, 이 총각 나를 웃기네. 총각 은근히 재미있어.

─농담이 아닙니다.

─그래요. 알았어요. 그래, 이서진보다 못하지만, 이서진보다 나은 부분도 있어요. 눈이 슬프네. 이런 눈빛을 여자들은 좋아하거든요.

─고맙습니다.

─그래, 알았어요. 말할게요. 어느 날이었어요. 그 아이네 팀 사람들이, 그 아이가 알로에 다니는 건 알고 있죠? 그 알로에 팀 사람들이 회식을 했대요. 그렇지만 집이 그런 집이잖아요. 새댁은 저녁 아홉시쯤 집에 돌아갔는데, 세상에 그 집 아저씨가 빌라 앞에서 기다리고 있었던 거야. 그날 영하 이십오 도였는데도 말이에

요. 멀리서부터 계단 위에 시커먼 무언가가 우뚝 서 있는데, 새댁은 그게 자기 남편인지 단박에 알았대요. 그래서 계단을 오르면서 춥기도 춥지만, 너무 무서워서 달달달 떨었대. 달달 떨면서 새댁은 말했대요. 거기, 여보예요? 하지만 계단 위에 서 있던 그치는 아무 말도 하지 않았대요. 그래서 새댁은 다시 말했대요. 여보, 거기서 뭐해요? 여보, 맞죠? 하지만 역시 남자는 말이 없었던 거지. 그렇게 어둠 속에서, 여기저기 쌓인 눈마저도 꽝꽝 얼어붙는 그런 어둠 속에서 새댁은 떨면서 계단을 올랐던 거지. 그리고 가보니까, 정말 남편이었던 거예요. 새댁은 막상 자기 남편인 걸 확인하자 아무 말도 할 수 없었대. 그녀는 비틀거리며 그 아저씨 앞으로 다가갔대. 그러자 그 집 아저씨가 입을 꾹 다물고 뒤돌아서서 집으로 올라가더라는 거야. 절뚝거리면서 올라가더라는 거야. 새댁 역시 따라 올라갔대. 그 집에 가보셨는진 모르겠지만, 그 집 빌라 계단이 유독 좁고 가팔라요. 그 계단을 한마디 말도 없이 부부가 자박자박 올라갔던 거야. 그렇게 집에 들어갔던 거야. 그다음에 무슨 일이 있었는지 알아요?

승훈의 대답을 기다리지 않고 길선자는 말을 이었다.

—집에 들어서자마자 아저씨는 커튼을 쳤대요. 새댁은 죄인처럼 입 다물고 아저씨 뒤를 졸졸 따라다녔고. 아저씨가 커튼을 치고 그 아이를 무섭게 노려보더니 이렇게 말하더래요. 팬티 벗어. 새댁이 무슨 말인지 몰라서 멀뚱멀뚱 쳐다보자 그 아저씨가 다시

말하더래요. 팬티 벗어. 이번에는 새댁도 알았대요. 아, 이 양반이 내 팬티를 검사하려는 거구나. 하지만 새댁은 선뜻 움직이지 않았다나봐요. 잘은 모르지만 새댁도 뭔가 싫은 마음이 있었지 않겠어요? 아무튼 이러저러해서 새댁이 꾸물거렸나봐요. 그러니까 아저씨가 이를 악물더니 새댁의 뺨을 후려쳤다는 거 아니겠어요? 새댁이 얼마만한지 알아요? 아마 키가 150도 안 됐을 거예요. 삐쩍 마르기는 또 얼마나 말랐는데요. 그런 아이였어요. 그런 아이가 어른 남자가 온 힘을 다해 때리는데 어떻게 됐겠어요. 아무런 채비 없이 맞고는 그대로 텔레비전으로 꼬꾸라지면서 머리를 모서리에 찧었대요. 이마에서 피가 줄줄 흘렀대요. 근데도 그 아저씨는 다른 말 없이 다시 말했대요. 팬티 벗어. 이번에는 얘도 아저씨 말이 끝나기 무섭게 바지랑 팬티를 후다닥 벗었대요. 내가 그랬어요. 아니 그런다고 또 팬티를 벗어줬어? 그걸 참아? 그러니까 그 아이가 깔깔깔 웃으면서 이렇게 말하지 않겠어요? 아니 그럼 때리면서 벗으라는데 안 벗어요? 그리고 전 또 다른 거 하려는 줄 알았죠. 제가 말했어요. 다른 거라니? 그 아이가 말했어요. 그거 말이에요, 언니, 그거. 그러곤 쿡쿡 웃었더랬죠. 아무튼 그애가 팬티를 벗자 그 집 아저씨는 새댁보고 무릎을 꿇으라고 하더래요. 그리고 어머 망측해라, 그 아이의 팬티에 코를 박고 냄새를 맡았대요. 그 말을 그 아인 내 앞에서 웃으면서 하는 거예요. 언니, 우리 아저씨 진짜 변태 같지 않아요, 라고 하면서 웃었던 거예요.

―그분도 대단하시군요. 너무 자주 맞아서 그런 건 사소한 일이었나봐요.

　―아니에요, 총각, 총각은 너무 어려. 그 아이는 평소에 자주 이렇게 말했어요. 아무런 일이 없는데도 종종 이렇게 말했어요. 언니, 안아줘요, 피터 안아주듯이 나도 안아줘요, 언니, 울지 말고 안아줘요, 피터처럼 안아줘요. 그러고서 우린 꼭 껴안고 한참을 있곤 했어요. 그 아인 울지 않았지만, 나는 그럴 때마다 눈물이 났어요. 그러면 그 아이는 마치 내가 슬픈 일이 있는 사람처럼, 나를 위로해주는 것처럼 내 등을 쓰다듬어줬어요. 언니, 울지 마요, 언니는 정말 애 같아요, 그래서 언니, 나는 다음 생에는 언니의 강아지로 태어나고 싶어요, 피터처럼 언제나 언니 우는 걸 지켜보고 싶어요, 언니, 울지 마요, 언니. 이렇게 말했어요. 총각은 그런 걸 아직 모르는 거예요. 그게 그런 게 아닌 거예요.

　울먹거리던 길선자는 결국 울음을 터뜨리고 말았다. 승훈은 뒷주머니에 있는 손수건을 꺼내 길선자에게 건넸다. 자신의 몸 가까이로 뻗은 남자의 손이 무서웠는지, 몰티즈는 또다시 짖기 시작했다. 이번에는 온몸의 영혼을 토해내듯 짖었다.

　컁컁컁컁컁컁컁컁컁컁컁컁컁컁컁컁컁컁컁컁컁컁컁컁컁.

　그러다 이번에도 느닷없이 몸을 뻣뻣하게 뻗더니 부들부들 떨었다. 하지만 이번 경련은 이전보다 훨씬 더 무시무시한 기세였다. 너무 격렬하게 떨어서 당장이라도 뼈 마디마디가 튀어나올 것 같았다. 흰자위는 불거진 실핏줄로 가득했으며, 눈동자는 상하좌우로 미친듯이 요동쳤다. 그리고 입에서는 거품이 부글부글 끓어올라 턱까지 흘렀다. 너무 끔찍하고 고통스러운 모습이었지만, 길선자는 그 모습도 익숙한 듯 냄비로 몰티즈의 머리를 몇 차례 호되게 내리치곤 눈물을 계속 닦았다. 어찌나 세게 내리쳤는지 양은 냄비 한쪽이 우그러질 정도였다. 그러자 몰티즈는 부들부들 떨면서도 낑낑 소리를 냈는데, 하도 떨어서 그 소리는 낑낑이 아니라 낑드드드로 들릴 정도였다.

7

그때, 빌라 사이에 있는 작은 토굴 같은 쪽방에서 덩치 큰 남자가 나왔다. 그는 반바지에 러닝셔츠를 입고 있었는데, 러닝셔츠 사이로 상반신 가득 새긴 문신이 드러나 보였다.

─이보쇼, 할머니. 그 개새끼 조용히 못 시켜? 하루이틀도 아니고, 씨벌, 허구한 날 왜 이러는겨?

─아니 이 아저씨가 남의 집 아들한테 개새끼라니, 개새끼라니!

─어이구, 이 노인네가 진짜. 그럼 개새끼를 개새끼라고 하지, 도련님이라고 하나? 정신 좀 차리쇼.

길선자는 끙하고 입을 다물었다. 그러자 이번에는 남자가 승훈에게 다가왔다.

　—이봐, 뭐여. 뭐하는 놈인디 여기서 얼쩡거려?

　길선자가 말했다.

　—이 총각은 탐정이에요.

　—탐정? 뭔 놈의 탐정? 뭔 씨발, 좆같은 뒷조사를 하고 다니는
겨?

　그 말에 승훈은 침착하게 대답했다.

　—새를 찾고 있었습니다.

　그는 품에서 사진들을 꺼내 남자에게 내밀었다.

　—이 새를 찾고 있었습니다.

　이번에도 길선자가 끼어들어 말했다.

　—저기 도장집 아저씨네 새래.

　남자는 승훈의 손에서 사진들을 낚아채듯 빼앗아 한 장 한 장
꼼꼼히 살폈다.

　—이 새, 나도 본 적이 있어.

　그제야 길선자도 슬금슬금 남자 곁에 가서 그의 손에 있는 사진
을 훔쳐봤다. 뜻밖의 단서였다. 승훈은 자기도 모르게 두 발짝 다
가가며 물었다.

　—그 새를 본 게 언제입니까?

　—워워, 이 냥반아, 왜 갑자기 다가오능겨. 나는 갑자기 내 앞
으로 오는 것들은 아구창을 날려버려야 속이 시원한 사람이란 말

여. 저리 떨어져.

　그 말에 승훈은 뒤로 물러서며 다시 물었다.

　―그 새는 언제 보신 겁니까?

　―영화에서 보면 이런 거 말할 때 돈 좀 받던디.

　―보통 새를 찾는 데 돈을 주진 않습니다. 마약이나 배신자를 찾을 때는 주겠죠.

　―만원도 없나?

　―만원은 있습니다.

　―이만원은?

　―삼천원 더 있습니다.

　―그거 주면 얘기하지.

　―알겠습니다.

　승훈은 만삼천원을 꺼내 남자에게 내밀었다.

　―그려, 고마워. 돈 받았으니까 말해주겠단 말여. 일주일 전에 봤어. 여기 앞에서.

　―앞이면 어딜 말씀하시는 겁니까?

　―저기 저 난간에 앉아 있더라구. 새벽 세시쯤 됐나? 아무튼 그 랬단 말여. 내가 가만히 보고 있으니까능, 어유 새가 어찌나 못생겼던지, 불에 타다 만 것처럼 말여. 이 사진보다 훨씬 심햐, 아유 심햐. 아무튼 가만히 보고 있으니까능, 갑자기 푸드덕푸드덕 날아오르는거. 그리고 이 노인네 집 앞에서 몇 번 돌면서 울더라구.

남자는 눈앞에 있는 빌라 삼층을 가리켰다. 그 집은 길선자의 집이었다. 그러고 나서 남자는 입을 다물었다. 기억을 떠올리는 것도 같았고, 말을 고르는 것도 같았다. 잠시 후 그는 다시 말했다.

　―그게 참, 그 새는 정말 못생겼어. 살면서 본 새 중에 가장 못생겼어. 아니 살면서 본 살아 있는 것들 중에 가장 못생겼단 말여. 아니 못생겼다는 말로도 부족햐. 씨발, 뭐라고 허야 하나, 정말 똥통에서 올라온 괴물이 있다면 저런 게 괴물이겠다 싶더라니까. 근데 참 이상하단 말이시. 그래, 그 새가 우는데 말여, 어찌나 예쁜 목소리로 구슬프게 우는지. 참 나는 말이네, 젊었을 때 배를 탔단 말여. 별별 일을 다 겪었지. 어이 이봐, 당신도 알고 있지 않능가, 뱃사람들이 얼마나 싸나이들인지. 이봐요, 할머니, 할머니는 잘 알지 않으요? 어릴 적에 바다에서 살았다믄서.

　―알다마다. 배 타는 남자들만큼 독한 것들도 없지. 근데 더 독한 건, 뱃놈들 마누라들이지.

　―그려요, 맞어, 그것도 일리가 있소. 아무튼 나는 엥간해서는 울지를 않어. 엥간해서는 어허 슬프다 할 것도 없단 말여. 툭툭 털어버린다구. 하지만 그 새가 우는 소리를 들으니까능 가슴 깊은 곳에서 뜨거운 게 올라오지를 않었어? 도망가버린 마누라 년이랑 내 아들놈이 생각나지 않었어? 할머니, 뱃놈 마누라가 지독하다고 하지 않았소? 맞소, 정말 맞소. 정말 지독한 년입니다. 아니 내 아들 데리고 도망가뿔고는 죄우 찾었더니만, 우리는 법적으로 이혼

한 사이라 합디다. 그게 어찌된 건지는 모르겠지만, 고 법이란 거시, 어떻게 우리를 갈라진 넘넘으로 만들어놨지 않겠소. 그러믄서 이렇게 말하더란 말입니다. 느그 아들 찾지 마라, 느그 아들은 이제 다른 남자를 아버지로 알고 자라고 있다, 정말 니가 아들을 사랑한다면, 니가 아들의 장래를 생각한다면 참아라, 그게 진짜 아버지다, 그게 진짜 부성이다. 나는요, 어릴 적부터 아버지가 없이 자랐소. 우리 아버지도 배를 타고 나가서 뒈져버렸소. 그래서 늘상 아버지를 그리워하며 자라지 않았겠냔 말입니다. 그래서 언제나 아들이 생기면 진짜 아버지가 돼야지, 진짜 누구나 우러러보는 아버지가 돼야지 했지 않겠습니까. 그런데 그 여자가 그렇게 말한 거요. 진짜 아버지가 되려믄, 진짜로 아들을 사랑한다믄, 참으라고. 그래서 나는 늘 참고 살았소. 아들 사진 몇 장만 가지고 참고 살았소. 할머니도 알지 않소. 뱃사람들이 다 이 가슴 한구석에 슬픔을 찌그려두고 바다 우로 나가는 거 알지 않소. 때로로 그걸 이기지 못한 못난 놈들은 바다로 뛰어든다는 것도 알지 않소. 뛰어들지 않은 놈들은 배를 떠나 살아도 언제나 바다 우에 있는 것처럼 살아간다는 걸 알지 않소.

　—내 알지 알지. 뭐 그래봐야 여자들만 하겠냐마는.

　—그려요, 그 말 일리가 있소만, 아무튼 말요, 그 새가 우는 소리를 들으니까 도저히 참을 수 없이 슬퍼지고 아들놈이 너무 보고 싶어서 견딜 수가 없는 거요. 그게 너무 고통스러워서 나는 말했

단 말여. 쉬이, 이 잡것아, 쉬이, 이 불길한 놈아, 꺼져라, 꺼져라! 하지만 내가 뭘 생지랄을 하든 말든 그놈은 공중에서 나를 지그시 쳐다보면서 울고 있었단 말여. 내가 아무리 욕을 혀도 전혀 반응하지 않고, 어이 이 상것아 니는 지껄여라, 나는 내 할일을 할 테니께, 라는 태도로, 내 마음속을 쳐다보는 것처럼 눈깔 부라리며 울었더란 말이요. 그러다 결국 내 눈에서, 이 이현호의 눈에서 눈물이 흐르지 않았겠소. 근데 고놈이, 그 얌시런 놈이 그걸 어떻게 알았는지, 그제야 입을 꾹 다물더니만 내 주변을 둥실둥실 돌더란 말이요. 그렇게 몇 바쿠를 돌다 돌연 저 우로 올라 더 우로 올라 이 빌라를 넘어 산으로 훨훨 날아가버렸소.

길선자가 말했다.

─아저씨, 그 새가 우리집 앞에서 계속 머물렀다고 했지 않아요?

─그리 말했지요.

그 말에 길선자가 또다시 울면서 말했다.

─그 아이가, 나를 보러 왔나봐. 정말 그 집에서 왔나봐.

승훈은 물었다.

─혹시 그 새가 무슨 말을 하지 않았습니까?

─새가 말이라니?

─말처럼 들리는 울음소리라고 생각하셔도 좋습니다.

─글쎄, 말이라기보다는 뭐랄까, 한숨이랄까, 트림이랄까, 그런 소리를 냈던 것도 같소.

—구체적으로 말씀해주실 수 있겠습니까?

—하아아, 이런 느낌의 소리였다고나 할까? 끝 음을 길게 내더라구.

길선자가 계속 흐느끼자 또다시 몰티즈가 컁컁컁 울 준비를 했다. 목울대에 한껏 힘을 모으고 몸을 움츠렸다. 곧 뛰쳐나갈 것처럼. 그러자 이현호는 몰티즈를 못마땅한 눈으로 노려봤다. 그 모습에 길선자는 몰티즈의 목을 꽉 움켜잡았다. 몰티즈가 캑캑거리며 콧물을 흘렸지만, 그녀는 아랑곳하지 않고 더 세게 목을 쥐었다.

—총각, 이제 다 물어봤어요? 다 물어본 거면, 난 이만 올라가 보려는데.

—저기, 혹시 그분 사진이 있으면 받을 수 있겠습니까?

—새댁? 아 있죠, 있어요. 나랑 같이 찍은 거긴 하지만 핸드폰에 이거저거 있지. 근데 내가 핸드폰을 집에 두고 나왔지 뭐예요. 이 아저씨하고 얘기하고 전화해요. 이따 줄게요.

—네, 알겠습니다. 고마웠습니다.

—그리고 나중에 우리 새댁 소식 듣게 되면 나한테도 말해줘, 꼭.

—네, 그러겠습니다.

길선자가 올라가자, 이현호는 품에서 담배 두 개비를 빼내 하나
는 입에 물고 하나는 한 손에 쥐었다. 그리고 말했다.

—거, 라이타 좀 빌립시다.

승훈이 라이터를 내밀자 이현호는 담배에 불을 붙이고 연기를
크게 내뱉었다. 승훈도 담배를 피웠다. 둘은 한동안 주거니 받거
니 연기를 뱉어냈다. 이현호가 말했다.

—어이, 이봐, 저기 그 새가 도장집 새란 말요?

—그렇습니다.

—그 도장집 새끼 말여.

—네.

—그 새끼, 상또라이 새끼여. 열대여섯 살 어린 마누라 맨날 두
들겨패기나 하고. 근데 씨발 당신도 알지? 그 집 마누라가 없어졌
잖여. 그 새끼가 죽인 게 확실해.

—그렇게 생각하는 이유가 있습니까?

—있지, 암 있고말구. 나만 그리 생각하는 줄 아는가? 아마 모
르긴 몰라두 저 노인네도 그리 생각할껴. 분명햐.

—그 도장집 사장님과 잘 아십니까?

—알지, 잘 아는 편이라고 할 수 있지, 우린 카드를 치는 멤바
거든.

이현호가 손에 든 담배까지 다 피우자, 승훈은 품에서 담배를 꺼내 그의 입에 물려주고 불을 붙였다.

—계속 말씀해주십시오.

—그런데, 자네 누구 닮았다는 말 많이 듣지 않나?

—누구 닮았다고 생각하십니까?

—그 누구 있는데, 이정진인가?

—이서진일 겁니다.

—그래, 그 친구, 닮았어. 근데 묘하게 자네가 더 인상에 남겠어. 나는 말여, 젊을 때부터 배를 타믄서 별놈을 다 만나봤지. 꺼먼 놈, 흰 놈, 누런 놈, 별별 놈을 다 만나봤단 말여. 나는 사람을 보믄 딱 안단 말여.

—그렇습니까? 그분과 카드 칠 때의 얘기를 더 해주십시오.

—그래, 아까 봤던 그 할머니네 아저씨랑 나랑, 부동산 하는 저기 명식이라고 있어. 그 새끼랑, 또 우체국 다니는 경철이 성님이랑, 우린 포커 멤바였다는 거지. 우리가 이기고 지고는 하루 다르고 또 하루 다르고 했소. 그래도 굳이 따지자믄 나가 가장 잘 치는 편이었고, 명식이랑 지퍼집 아저씨랑 경철이 성님이 엎치락뒤치락했고, 그다음이 그 새끼였소. 그 또라이 새끼는 다섯 번 치믄 세 번은 엥꼬가 나곤 했으니까 말요. 이보, 포커 좀 칠 줄 아나?

—그냥저냥입니다.

—그래, 포커란 말여, 사실 잘 죽는 사람이 이기는 게임이여.

잘 죽으면서 원 페어 투 페어로 야금야금 먹어가는 거지. 포커는 말여, 절대 사나이의 싸움이 아녀. 포커는 인간의 싸움이여. 신중하고 집요한 사람이 이기는 게임이란 말여. 그릇이 큰 사람은 일찌감치 엥꼬가 나버린단 말이지. 인생이란 것도 그렇지 않은가. 살믄서, 배포 크다고 떵떵거리는 놈치고 쪽박 차지 않은 놈을 보지 못했네.

그날도 우리는 낮부터 소주를 마시며 포커를 치기 시작혔어. 유독 해가 일찌감치 지던 날이었다. 판은 5구*까지 돌아갔고, 나랑 명식이랑 그 새끼가 살아 있었단 말여. 지퍼집 아저씨랑 경철이 성님은 일찌감치 죽었구. 그때 나는 빵꾸 스트레이트**를 쥐고 있었소. 그 새끼는 퀸 두 장을 판에 깔고 있었구 명식이는 다이아 포 플러시를 깔고 있었지. 어쨌든 한 명은 퀸 페어, 한 명은 포 플러시를 일찌감치 깔아주니까 레이즈가 핑핑 돌았단 말이시. 그렇게 몇 번 돌고 돌고 돌고 순식간에 그 새끼가 엥꼬가 난겨. 나는 생각혔지. 하, 저 새끼가 달리는 꼴을 보니 틀림없이 퀸 트리플이다. 하, 트리플로 지금 무서울 게 없다. 잘 들어두쇼. 포커에서 트리플이 들어오믄 그 판은 먹었다고 보면 되는 거요. 5구 이전에 포 플러시가 들어오믄? 그 판은 버리는겨. 바닥에 깔고 치는 포 플러

---

* 세븐 카드 스터드 포커(일명 세븐 오디)에서 카드가 다섯 장째 들어온 시점.
** 포커에서 카드 다섯 장이 연속된 숫자일 경우 스트레이트라고 한다. 다섯 개의 연속된 숫자 중 중간 숫자 몇 개가 비어 있을 경우 빵꾸 스트레이트라고 한다.

시는 쓰레기거등. 무조건 버리쇼. 하지만 나는 3, 5, 7, 8 빵꾸 스트레이트를 깔고 있는데다가 내 손에는 6이 있었단 말이시. 나는 씨발, 달리기로 혔소.

사실 이즈음에서 솔직허게 말하겄소. 그 새끼랑 나는 사이가 좋지 않았소. 나보다 생일이 죄우 오 개월 빠르면서 형이랍시고 가오 잡는 꼴이 영 좆같았소. 그래서 그때 내가 그 새끼한테 말혔소. 성님, 마누라 잘 지키십쇼. 마누라가 뭐요? 퀸이 마누라 아뇨? 그러자 그 새끼가 이렇게 말혔소. 씨발, 꼬우면 니가 데리고 살든가. 그래 나는 대답혔소. 성님이 데리고 오믄 저야 잘 먹겄십니다. 어린 마누라 좋지. 보들보들하고. 씨발, 성님 꼭 데리고 오소. 나가 만날 여보 여보 하게 해줄 자신이 있으요. 그러니까 그 새끼가 이를 뿌득뿌득 가는 게 아니겄나. 나는 또 말혔지. 성님 차렙니다. 엥꼬 났으면 빠지시고. 그러자 그 새끼가 소주를 한 잔 냅따 들이붓더니 이렇게 말하였소. 그래, 받고, 내 마누라 건다. 그래서 나도 냉큼 말하였소. 어이쿠, 대장부 납셨네. 콜입니다요. 자네한테도 보여주고 싶단 말여. 그 새끼가 의족을 달달 떨던 모습을 보여주고 싶단 말여. 그땐 원래 쓰던 의족도 잃어버리고 어디서 넘이 쓰던 다리를 주워서 대롱대롱 달고 있었어. 의족이 고물이라 그런지 움직일 때마다 삐걱거리는 소리를 냈지. 근데 내가 그 말을 하니까등 그 새끼가 다리를 달달 떨면서 입술을 물어뜯는데, 가게 안으로 삐걱삐걱 소리가 가득 울려퍼졌소. 난 그 소리가 얼마나 즐거웠는지 모르겠소.

이현호는 길게 담배 연기를 내뿜었다. 승훈은 몇 가지 키워드를 수첩에 받아 적었다. 이현호가 다시 말했다.

—근데 말여, 여서 갑작스럽게 별일이 생겼소. 6구에서 죽을 줄 알았던 명식이가 이렇게 말하는 거 아니겠소? 저, 저도 더 걸겠습니다. 나는 알고 있었소. 명식이 새끼가 도장집 마누라를 좋아하는 걸 말여. 전에도 본 적이 있단 말이시. 둘이 걷고 있는 걸 봤단 말요. 근데 이때 도장집 새끼도 뭔가 느낀 것 같았소. 그 새끼가 명식이를 무섭게 꼬라보더라니까. 넌 뭐야, 이 개새끼야, 이런 거 아니겠소?

아무튼 난 말했소. 형님은 마누라 걸었으니까 이번에도 돈 받지 않고 콜로 치겠습니다. 그 새끼는 내가 마누라라는 말을 한 것만으로도 화가 났는지 다리를 삐걱삐걱 떨었소. 물론 그 게임은 빤했단 말여. 6구째 들어온 내 카드는 J였고 그 새끼는 십중팔구 트리플이었으니까, 나는 어차피 질 걸루 생각하고 있었지. 하지만 나는 조금이라도 그 새끼를 괴롭히고 싶었단 말여. 그 새끼가 좆같아하는 표정을 보고 싶었단 말입니다. 나는 콧노래를 흥얼거렸지. 원래 나는 그런 사람이 아니란 말여. 나는 카드 칠 때 시끄러운 건 딱 질색인 사람이여. 근데 내가 그랬단 말이시.

어쨌든 히든카드가 들어왔소. 내 카드는 8이었지. 결국 내 패는 뭣도 없는 원 페어였구. 나는 명식이에게 말했지. 넌 뭐야? 그러자 명식이는 화가 난 표정으로 카드를 깠지. 짐작대로 명식이는 플러시를 완성하지 못했소. 병신, 병신, 상병신 아니겠소? 바닥에 깔아놓고 플러시를 노리는 놈은 다 병신이지. 그러자 도장집 새끼가 말했소. 넌 뭐야, 까봐. 나는 대답했소. 까졌습니다, 깔게요. 과연 카드만 까게 될지 한번 지켜보십쇼. 나는 내가 졌다고 생각했으면서도 입이라도 놀리지 않으면 참을 수 없었소. 그리고 아주 천천히 천천히 카드를 깠소. 노래를 흥얼거리면서 카드를 깠소. 그러니까 나는 그 새끼가 떠는 꼴을 일 초라도 더 보고 싶었던 거지. 어쨌든 카드를 깐다고 별거 있었겠소? 내 패는 똥이었는데. 나는 그렇게 다 까고 말했지. 성님, 내가 졌소. 성님 카드 좀 까보쇼.

그런데 말여, 참 희한한 거시, 내 카드를 보고서 그 새끼가 온몸의 진이 빠지는지 소파에 몸을 묻고는 축 늘어져 있었단 말여. 온몸에 땀이 흥건했단 말여. 그래서 내가 그 새끼의 손에서 억지로 카드를 뺏었소. 그러고는 카드를 깠는데, 씨발 그 새끼 손에 뭐가 있었는지 알겠소? 짐작하겠소?

승훈은 고개를 흔들었다.

─클로버 3, 클로버 9, 하트 K였소! 그 새끼가 처음에 깔아놓은 카드가 클로버 5였구, 그다음 들어온 카드가 클로버 A였는데 말요. 무슨 말인지 아시겠소? 그 새끼는 퀸 트리플 따위는 가지고 있지 않았다는 말이요. 처음부터 그 새끼는, 그 상병신 새끼는, 씨발 클로버 플러시를 노리고 있었던 거란 말여. 하, 내가 오늘 지긴 졌

다. 이 새끼의 퀸 원 페어에 졌다. 하지만 이 새끼도 제정신이 아니구나. 나는 그때 그거슬 깊이깊이 느끼지 않을 수 없었소. 포커 칠 때 이런 말이 있소. 플러시에 달리는 놈은 절대 담배를 나눠 피워서도 안 된다. 근데 그 새끼는 플러시에 자기 마누라를 건 놈이요. 이게 또라이지, 이게 병신이지.

승훈은 물었다.

─그래서 그분이 사모님을 죽였다고 생각하시는 겁니까?

─이유야 이것 말고도 많지. 하지만 생각 좀 해보쇼. 플러시에 자기 마누라 거는 놈이 정신병자가 아니면 누가 정신병자겠소. 그리고 사실 그 여자를 마지막으로 본 사람은 따로 있소.

─누군가요?

─명식이.

─그분은 어디 계시죠?

─죽었소.

─네?

─죽은 지 열흘 정도 됐나? 성벽에서 아래로 굴렀다지 아마.

그 말에 승훈은 곰곰이 생각에 잠겼다.

─혹시 괜찮으면 그 집 주소를 알려주시지 않겠습니까?

─어려울 것도 없지. 내일 시간 괜찮으면 같이 가보도록 하지. 명식이가 혼자 살았는데, 이것저것 정리할 게 있어서 나한테 열쇠가 있거든. 십만원 되겠소.

―네, 내일 준비하겠습니다.

―근데, 자네 새를 찾는다지 않았나?

―맞습니다. 직감입니다만, 사모님의 흔적을 쫓는 것은 새를 찾는 데 도움이 될 것 같습니다.

―알았어. 내일 보자구.

―네, 감사합니다.

승훈이 어깨에 뜰채를 걸쳐 메고 골목의 계단을 오르려 하자 이현호가 말했다.

―이봐, 담배 좀 두 개비만 주고 가지.

승훈은 품에서 담배 세 개비를 꺼내 남자에게 주었다. 남자는 바로 담배 하나를 입에 물면서 말했다.

―근데 말야, 자네 정말 이서진을 닮았구만.

승훈은 대답했다.

―알고 있습니다.

9

길선자가 전송해준 사진은 작고 마른 단발머리 여자가 어딘가를 보고 웃고 있는 모습이었다. 그 모습은 어둡고 악취 나는 집에 사는 여자로 보이지 않았다. 길선자가 말했다.

―이 아이가 어떤 새를 보고 웃고 있는 장면이에요. 그 새는 누가 날갯죽지를 잘랐는지 하늘로 날아올랐다가도 단풍나무 씨앗처럼 천천히 땅으로 떨어졌어요. 파란색 털이 고운, 아름다운 새였어요. 아까 탐정 총각이 보여준 새랑은 천양지차지요. 어쨌든 우리가 그 새를 보고 있으니, 새가 눈을 깜빡깜빡하면서 사람을 전혀 경계하지 않는 거 아니겠어요. 그러다 잠시 후에 그 새의 주인인 듯한 남자가 계단을 내려왔어요.

이 사진은 그날 그 아이가 새를 보고 있는 모습을 몰래 찍은 거예요. 근데 그 아이는 이 사진을 가져가지 않겠다고 했어요. 왜 그러냐고 했더니 이렇게 말했어요. 언니, 이 사진은 우리 아저씨가 싫어할 거예요. 제가 이렇게 웃는 걸 싫어할 거예요.

10

이현호와 헤어지고 승훈은 새가 날아갔다는 방향으로 걸었다. 그의 트렌치코트가 사각거리며 흔들렸고, 그의 표정은 탐정적이었다. 골목은 죽은 벌레가 떨어진 수면처럼 고독했다. 해가 지고 있었다. 좁은 골목으로 붉은 기운이 눅눅하게 퍼져나갔다. 승훈은 걷다가 새가 앉았을 만한 공간이 나타나면 가만히 귀를 기울였다. 어디선가 아름다운 울음소리가 들리지 않을까? 어디선가 누군가 또 눈물을 흘리며 울고 있지 않을까? 그러다 간혹 동면중 깨어난 동물처럼, 꿈에서 깨지 않은 표정으로 골목을 걷고 있는 사람들을 만나곤 했다. 노란 선글라스를 쓴 맹인, 손녀를 찾는 할머니, 두 칸씩 뛰어서 계단을 오르는 소년, 그 소년을 따라 앞바퀴가 없는 자전거를 끌고 오르는 소년, 손에 본드를 들고 있는 소년, 화장이 짙은 귀밑까지 입이 찢어진 여자, 다섯 마리의 고양이와 꼬리가 꺾인 한 마리의 고양이, 생선을 말리는 중년 여자, 온몸에 멍이 들고 할머니를 피해 도망치는 자물쇠를 든 작고 마른 소녀, 낡은 밴조를 메고 집을 나선 사내, 새마을체조를 하고 있는 세 명의 상이군인과 눈곱을 떼고 있는 할아버지, 그리고 계단참에 앉아 애거사 크리스티의 추리소설을 읽고 있는 소녀.

승훈은 그들에게 사내의 못생긴 새(아내) 사진과 길선자에게 받은 여자의 사진을 번갈아 보여줬다.

손녀를 찾는 할머니와 자물쇠를 든 소녀와 상이군인 두 명은 새를 봤다고 했다. 새는 저 위로, 혹은 성벽 쪽으로 날아갔다고 말했다. 모두들 입을 모아 말했다. 그 새는 너무 못생겼다고, 하지만 그 추한 새는 너무 슬프게 운다고. 맹인도 새의 울음소리를 들었다고 했다. 그 울음소리는 너무 아름답고 슬펐다고 했다. 그들은 모두 사는 게 힘들다고 말했다. 오래전에는 행복했었는지도 모른다고 말했다.

생선을 말리는 중년 여자는 이서진을 좋아한다고 말했다.

추리소설을 읽는 소녀는 여자를 본 적 있다고 했다.

─그 여자는 걷고 있었어요. 저는 여기서 책을 읽고 있었어요. 밴 다인의 『비숍 살인 사건』을 읽고 있을 때였어요. 그 여자가 제 앞을 지나쳤는데, 무서운 표정이었어요. 귀신 같은 표정이었어요. 한 손에 사람 다리를 들고 있었어요. 그날도 지금처럼 해가 지고 있었어요. 어쩐지 쓸쓸한 날이었어요. 그래서 기억해요. 그래서 그 여자의 표정도 기억해요. 무서운 표정이었는데, 근데 이상하게 또 어떻게 보면 울 것 같은 표정이기도 했어요. 끔찍한 표정이었는데 말이에요. 이상해요. 그녀를 보자 저는 너무 슬퍼졌어요. 저는 학교에 다니지 않아요. 학교에서의 일들이 떠올랐어요. 그건 정말 싫은데, 저는 그랬어요. 저는 꼭 일 년 전 그날 학교를 관뒀어요. 학교가 무서워서 어쩔 수 없었어요. 기억하기 싫은데, 그녀를 보자 기억이 났어요. 그래서 그날 소설의 마지막 장을 읽지 못하고 집에 들어갔어요.

11

다음날, 승훈은 이현호와 함께 명식의 집을 찾았다. 그곳은 길선자의 빌라에서 이십 분 정도 언덕을 올라야 나왔다. 도착하고 보니 승훈은 그곳이 이틀 전 상복을 태우던 여자와 마주친 곳이라는 것을 알았다. 명식의 집은 일층이었다. 집안에 들어서자마자 악취가 풍겨왔다. 그것은 아주 오래된 것들의 냄새였다. 승훈은 그 냄새가 낯설지 않았다. 집안의 물건들은 대부분 치워져 있었다. 옷장에 옷이 없었고, 책장에 책이 없었고, 찬장에 그릇이 없었다. 집은 진액이 모두 빨린 곤충의 껍데기 같았다. 이현호는 들어서자마자 소파에 앉으며 말했다.

　—어이, 담배 하나만 줘봐.

　승훈은 그에게 담배를 건네고 집안을 살폈다. 곧 그는 안방에서 지름 30센티미터, 높이 50센티미터 정도 되는 아름다운 원형 새장을 발견했다. 바닥에는 톱밥이 깔렸고, 모이통에는 사료도 있었다. 승훈은 코트 오른쪽 주머니에서 커다란 돋보기를 꺼냈다. 그것을 눈에 대고 새장을 꼼꼼하게 관찰했다. 새장 곳곳에 푸른색 털이 떨어져 있었다. 그는 왼쪽 주머니에서 집게를 꺼내 새장에 붙어 있는 털을 집었다. 그리고 지퍼백에 넣어뒀던 사라진 아내의 새털(사내가 아내라 했으므로)을 꺼내 두 털을 나란히 들고 대조해보았다. 두 털은 같은 종류의 털이었다.

　그 외에는 별다른 성과가 없었다. 집에는 정말 아무것도 없었다. 이현호에게 승훈이 말했다.

　—이 집은 모두 본 것 같습니다. 혹시 명식씨가 죽은 곳에 가볼 수 있겠습니까?

　이현호는 자신의 주머니에 두둑하게 들어 있는 만원짜리 묶음을 매만졌다. 그는 호기롭게 담배 연기를 내뿜으며 말했다.

　—그래, 말햐, 다 말하라구. 그까잇 거. 지금 바로 갈겨?

　—네.

　잠시 후 이현호와 승훈은 명식의 집을 나서다 앞집의 노파와 마
주쳤다. 그녀는 양손에 쓰레기봉투를 들고 계단 앞에서 심호흡을
하고 있었다. 일층이라 계단이 몇 개 되지 않았지만 그녀에겐 그
것마저 버거운 듯 보였다. 승훈은 가까이 다가가 말했다.

　—사모님, 봉투 주십시오. 제가 대신 버리고 오겠습니다.

　노파는 대답했다.

　—아니 괜찮아. 뭐 이런 걸.

　이현호가 끼어들었다.

　—어르신, 뭘 재고 그려. 이리 주쇼.

　이현호가 쓰레기봉투를 받아 승훈에게 건네자, 승훈은 빌라 밖
에 버리고 돌아왔다. 노파는 말했다.

　—총각 고마우이. 전에는 앞집 총각이 종종 버려줬는데, 이젠
그 사람이 떠나고 없으니…… 주스라도 한잔 줄까?

　—네, 사모님. 한잔 주시면 먹겠습니다.

　이현호는 그 말에 얼굴을 찌푸리며 말했다.

　—어이, 난 동네 좀 돌 테니까 어르신이랑 얘기 끝나면 전화햐.

　그러고 나서 그는 밖으로 나갔다. 승훈은 노파의 집에 들어갔다.

12

집에 들어서자 노파는 승훈을 거실의 좌식 탁자 앞에 앉혔다. 탁자는 작은 서랍이 달려 있는 앉은뱅이책상이었다. 책상과 책상 유리 사이에 몇 장의 사진과 종이 한 장이 끼워져 있었다. 종이에는 법화경 구절들이 붓펜으로 정성껏 필사되어 있었다. 노파는 말했다.

―총각, 주스 줄까, 커피 줄까?

―전 맹물을 주셨으면 좋겠습니다.

―그래도 난 총각이 주스나 커피를 마시면 좋겠는데.

―그럼 물도 주고 커피도 주십시오.

노파가 물과 커피를 가져오자, 승훈은 코트 안주머니에서 두통약을 꺼내 먹었다.

―아까는 고마워. 근데, 명식 총각네 집에서 나오는 거 보니 그 총각이랑 무슨 사인가베?

―친구입니다. 남은 물건 정리 좀 하려고 들렀습니다.

―그려, 참 좋은 사람이 갔어. 사람 참 곧았는데, 왜 제 목숨 부지 못하고 그리 갔는가. 나무아미타불관세음보살, 아미타불, 아미타불.

승훈이 물었다.

―사모님, 무슨 말씀이십니까? 명식씨가 자살했다는 말씀인가

요?

—아미타불. 그런 게 아닌가? 나는 여즉 그리 알고 있었네.

—왜 그렇게 생각하신 겁니까?

승훈이 묻자 노파는 입을 다물고 우물쭈물했다.

—사모님, 걱정하지 마십시오. 저는 이런 일을 하는 사람입니다.

그는 안주머니에서 경찰 배지를 꺼내 노파에게 보여주었다. 그건 이 년 전에 위조한 것이었다.

—나랏일 하는 분이신가?

—그렇습니다.

—명식 총각이 죽은 걸 조사하러 오셨나보네.

—그렇습니다. 그러니까 솔직하게 모두 말씀해주시면 감사하겠습니다. 왜 박명식씨가 자살했다고 생각하신 건가요?

노파는 법화경이 적힌 종이를 쳐다보면서 말했다.

—그러니까, 사실 그러네. 그 명식이헌테는 애인이 있었잖는가? 경찰 총각도 그 정도는 알고 있지 않은가?

승훈은 고개를 끄덕였다.

—그려, 그 애인이랑 얼마나 다정했는지 경찰 총각은 모를 거네. 그 처녀가 매일 찾아와서 청소도 허구, 둘이서 새장을 들고 베란다로 나와 베란다 창문을 열고 부루스타에 빈대떡도 구워먹구 그랬지. 그럴 때 내가 그 아래를 지나가면 그 처녀가 말했어. 할머니, 이 빈대떡 좀 드시고 가세요. 나는 대답했다네. 아니, 됐어, 처

녀나 많이 먹어, 많이 먹어야지, 그렇게 조그마해서 어디 힘을 쓰겠어? 그러면 그 처녀는 조그만 목소리로 웃으면서, 하얀 얼굴로 말이야, 아미타불, 이렇게 말했지. 아직 더 크고 있어요, 빨리 커서 어른이 되려고요. 나는 웃으면서 물었다네. 어른이 되면 뭐하시게? 그러면 처녀는 말했지. 어른이 되면, 뭐 하려는 게 아니라, 뭣도 안 하고 싶어서요. 참 묘한 처녀였어. 해맑은 듯한데, 무척 우울해 보였지.

그는 새의 사진을 꺼내 노파에게 보였다.

—혹시 총각이 키우던 새가 이 새 아니었습니까?

—에구머니나, 이게 무언가. 나무관세음보살, 관세음보살. 이런 흉측한 새가 아니었다네. 그 새랑 색깔은 똑같았지만, 이렇게 귀신처럼 생기지 않았다네. 내 눈앞에서 그 사진 좀 치워주게나. 이 노인네는 심장이 안 좋다네. 그 총각이 키우던 새는 정말 예뻤지. 암, 정말 예뻤어. 내 생전 그렇게 작고 예쁜 새는 본 적이 없었지. 며칠 전에 총각 집안 어른이라는 사람이 새를 데려갔으니, 그리 찾아가보게.

—그게 무슨 소린가요?

노파는 승훈이 질문할 때마다 소스라치게 놀라며 고개를 아래로 떨궜다. 그녀는 경계하는 목소리로 나직하게 말했다.

—그게, 얼마 전에, 집에 있는데 말소리가 들리더라구. 이 새가, 경찰 총각도 아는지 모르겠는데, 앵무새여, 말을 한다네. 물

론 알아듣기는 힘들지만, 무어라고 옹알거리는 게 어찌나 신기하던지. 더 웃기는 건 고놈이 그 처녀한테 말을 배워서 그런지, 무슨 말인지는 모르겠는데 어떨 때는 꼭 처녀가 말하고 있는 듯한 기분이 들거든. 종종 명식 총각은 그 새를 데리고 베란다에 앉아서 도란도란 얘기를 나누곤 했다네.

그때 노파는 승훈의 얼굴을 뚫어져라 쳐다봤다.

—혹시 경찰 총각, 누구 닮았다는 말 좀 듣는가?

그러자 승훈은 얼굴을 찡그리며 말했다.

—혹시 이서진이라고 아십니까?

—아, 그려, 그려, 닮았구먼. 그래, 맞아, 참 그 사람을 닮았구먼. 근데 조금 달라, 다르다고 생각하면 한없이 다른데, 또 닮았다고 생각하면 빼닮았어. 참 이상하구먼.

—좋아하십니까?

—좋아하지, 좋아하구말구. 그 사람 나온 드라마를 몇 개나 봤는데.

—그럼 다음 얘기를 해주십시오.

—그래, 그런 얘기를 들으니 왠지 경찰 총각한테 정이 가고 그러네. 내가 뭐 말하려다 말았지?

—누가 새를 데려갔다고 했습니다. 집에 있는데 말소리가 들렸다고 했습니다.

—그래, 그 새가 지껄이는 소리가 요란하게 들리더라구. 그래

서 내가 밖에 나가보니, 어떤 사람이 그, 애기들이 벌레 잡는 플라스틱 통 아는가? 아무튼 그 안에 새를 넣어 들고 있었다네. 나랑 마주치니까 그 남자가 말했어. 총각네 집안 어른이라고. 새를 데려가서 돌봐주려 한다고.

—그 사람은 어떻게 생겼습니까?

—글쎄, 얼굴이 좀 사납게 생기긴 했지. 근데 무척 울적해 보이기도 했어. 어디가 아픈지 절뚝거리며 걷더구먼.

—혹시 의족 아니었습니까?

—그건 잘 모르겠어. 바지를 입고 있었으니까.

승훈은 수첩에 몇 가지를 적었다.

—더 말씀해주십시오.

—아까 그 얘기로 돌아가서 말하자면, 나는 총각이 자살한 줄 알았지. 어느 날 그 처녀가 발을 딱 끊었거든. 대저 남녀 사이란 게, 실연이라는 게, 그렇고 그런 게 아니겠나. 나도 어릴 때 그런 적이 있다네. 매일 죽고 싶은 마음에 동아줄을 목에 걸었다 놓았다 했지.

—그게 언제였습니까?

—열아홉 살 때였네. 아미타불.

—아니요, 박명식씨 애인이 찾아오지 않게 된 시기 말입니다.

—올해 초였으니 반년 정도 됐을 거네. 만약 명식 총각이 자살했다고 하더라도 나는 이해할 수 있네. 아니 사실 열아홉 살의 내

가 이해하는 거라고 해야겠지. 열아홉 살의 나는 한 번 죽었지만, 그래서 결코 죽지 않고 살아 있다네.

노파는 계속 말했다.

—나는 가끔 운다네. 울기도 하지. 하지만 그건 내가 우는 게 아니야. 열아홉 살의 내가 우는 거라네. 명식 총각도 그랬을 거야. 살아 있어도 계속 품에 안고 살아갈 수밖에 없는 순간들이 있지.

노파는 눈물을 흘렸다.

—미안하네. 사실 어제도 울었지. 그 총각은 좋은 사람이었어. 하지만 그렇게 친하진 않았어. 이 나이쯤 되면 누가 죽었다고 울지를 않게 된다고들 한다우. 하지만 어떤 노인은 아무 상관 없는 사람이 죽어도 울게 되기도 해. 이건 내 안의 과거들이 우는 거라네. 아미타불, 아미타불, 나무관세음보살.

한참 후, 집을 나서기 전 승훈은 핸드폰으로 여자의 사진을 노파에게 보여주며 물었다.

—혹시 사모님이 보신 박명식씨의 애인이 이 여자입니까?

13

어느새 밤이 찾아왔다. 승훈은 좁은 계단과 좁은 골목을 걸으며 생각을 정리했다. 사내의 아내는 어디로 사라진 걸까? 정말 사내가 길선자에게 한 말처럼 캐나다에 간 것일까? 그는 사내의 마음과 그의 아내의 마음을 생각했다. 마음을 생각하는 이유는 사내의 아내를 쫓아야 새를 찾을 수 있다고 생각했기 때문이고, 사내의 아내를 쫓아야 한다고 생각하는 이유는 사내의 말을 믿지 않기 때문이었다. 그 순간 승훈에게 몇 가지 직감이 떠올랐다. 그건 탐정의 직감이었다. 그는 당장 수첩 속의 단서들을 검토하고 싶었다. 검토하기 위해 불빛을 찾았다. 이 동네에는 어느 곳이나 가로등이 아주 넓은 간격으로 서 있었다. 그는 아주 긴 계단을 오르고 있었고, 가장 가까운 가로등은 계단참 중간쯤에서 이상한 리듬으로 깜빡거리는 고장난 것뿐이었다. 하지만 긴 계단을 올라 그곳에 이르자, 승훈은 그 가로등이 고장난 게 아니란 걸 알았다. 가로등 속에는 아주 커다란 나방이 들어가 퍼덕거리고 있었다. 그게 원인이었다. 그 나방은 어떻게 그곳에 들어갔는지 이해할 수 없을 정도로 컸다. 대략 승훈의 손바닥 정도 크기였다. 나방이 몸부림칠 때마다 좁고 긴 계단과 붉은 빌라의 벽면이 형편없이 일그러졌다. 그건 필사적인 몸짓이었고, 얼마간은 절망적이었다. 승훈은 수첩을 펼쳤다. 수첩의 글자들도 나방의 움직임에 따라 이리저리 기울었다. 마치 외로운 사람처럼 흔들흔들거렸다. 그 순간, 불현듯 승훈의 회색 뇌세포는 몇 가지 키워드를 연결해 하나의 이미지를 만들어냈다. 그렇게 멍하니 서서 자신의 머리에 떠오른 것을 두세 차례 검토해보고 나서 승훈은 중얼거렸다.

—이제 찾을 수 있어.

　그러곤 조금 웃었다. 그러나 여전히 나방이 발광을 했기 때문에 그의 웃음은 언뜻 우는 것처럼 보이기도 했다.

14

　이튿날 저녁, 승훈과 이현호는 명식의 집 앞에서 만났다. 승훈은 이현호에게도 커다란 뜰채를 하나 건넸다. 그들은 각자 어깨에 뜰채를 걸쳐 메고 명식이 떨어져 죽었다는 성벽으로 향했다. 이현호가 물었다.

　—이보쇼, 탐정, 우리 지금 명식이 죽은 곳으로 가는 거요, 아니면 새를 잡으러 가는 거요?

　—둘 다입니다, 선생님.

　—그려, 무슨 말인지 알겠지만 모르겠어. 그럼 왜 쨍한 대낮이 아니고 해 지기 직전에 보자고 한겨?

　—그건, 경찰로부터 박명식 사망 추정 시간이 이 시간이라는 말을 들었기 때문입니다.

　—그려, 역시 무슨 말인지 알겠지만 모르겠어. 자네 좋은 대학 나왔나?

　—숭실대를 나왔습니다.

—서울에 있는 대학인가?

—네.

—좋은 대학 나왔구먼. 나는 중졸이란 말여. 하지먼 삶의 지혜는 공부가 아녀. 경험에서 우러나오는 거란 말여.

—명심하겠습니다, 선생님.

—그려.

둘은 말없이 계단을 올랐다. 성벽 아래에 도착했을 때는 해가 지고 있었다. 이현호가 말했다.

—잘 보게. 여기에 명식이 놈이 떨어져 있었단 말여. 아마 저 위에서 떨어진 것이겠지.

승훈은 명식이 떨어졌다는 자리에 쭈그려앉아 돋보기로 관찰했다. 과연 곳곳에 푸른 털이 있었다. 그 푸른 털이 떨어진 위치에서 3미터 정도 더 가자 낭떠러지가 나왔다.

그들은 성벽 위로 올라갔다. 그 자리는 명식이 살아서 마지막으로 서 있던 자리였을 것이다. 그곳에도 역시 푸른 털이 묻어 있었다. 승훈은 그중 털이 가장 많이 뭉쳐 있는 곳에 도장집 사내가 준 수건을 깔고 새 모이를 듬뿍 쏟았다. 그러곤 이현호와 그 자리에서 좀 물러나 앉았다.

—우린 이곳에서 기다리면 될 것 같습니다.

—나도 있는가?

—네, 도와주시면 좋고, 힘드시면 이제 내려가보셔도 좋습니다.

―도와주지. 어이, 이봐, 내 그래도 사나이여, 바다 사나이여, 마도로스여. 사나이 의리가 있지, 여까지 와서 손놓고 내려가겠는가? 거 담배 좀 하나 줘보게.

승훈은 이현호에게 담배를 건네고 자신도 한 대 물었다. 성벽 아래로 석양에 붉게 물든 창신동 일대가 보였다. 그것은 거대하게 얽히고설킨 뿌리 다발처럼 보였다. 혹은 과거와 현재와 미래가 마구 뒤얽혀 꿈틀거리는 것처럼 보이기도 했다. 그는 그곳을 향해 연기를 내뿜었다. 창신동은 뿌옇게 흐려졌다가 다시 꿈틀거렸다. 그때 이현호가 말했다.

―어이, 탐정. 저기 보게!

그가 가리킨 곳에서 새가, 푸른 새 한 마리가 너울너울 날아오고 있었다. 승훈은 담배를 뱉어 발로 비벼 끄고 주저앉았다. 그러고는 코트 오른쪽 주머니에서 작은 망원경을 꺼내 눈에 갖다댔다. 과연 사진 속의 새가 맞았다. 망원경을 통해 거대하게 확대된 새는 사진보다 훨씬 끔찍했다. 그때 이현호가 놀란 듯 다급하게 속삭였다.

―저기 좀 보게. 한 마리가 아니었어.

승훈이 그가 가리킨 방향으로 망원경을 돌리자 이번에는 보석처럼 아름다운 푸른 새가 날아오고 있었다. 그 새는 조금 전 새와 크기가 비슷했다. 곧 두 마리의 새는 공중에서 마주치더니 어울려 날기 시작했다. 그 위치는 명식이 떨어져 죽은 자리에서 15~16미터 상공이었다. 그들은 위로 상승했다가 나선을 그리며 하강했고, 손을 맞잡은 것처럼 마주보고 빙글빙글 돌기도 했다. 그들의 몸짓에는 어떤 규칙이 있어 보였다. 그것은 아름답고도 슬픈 리듬이었다. 엄숙한 의식이었다. 두 마리의 새는 정성을 다해, 마치 기도하듯이 그 의식을 수행하고 있었다.

　—이봐, 우리 저놈들 언제 잡는 건가?

　—어딘가에 앉을 때가 기회입니다.

　석양이 물러가고 밤이 찾아왔다. 새들은 그들의 움직임에 너울치던 붉은 기운이 사라지자 모든 의식을 끝내려는 듯 보였다. 그때 못생긴 새가 성벽 위에 자신이 좋아하던 수건이 깔려 있다는 것을 알아챈 듯했다. 새는 낮게 울더니 수건이 깔린 자리로 날아왔다. 다른 새도 못생긴 새를 따라왔다. 승훈과 이현호는 긴장했다. 그들은 쭈그려앉아 발가락 끝에 힘을 주고 조금씩 앞으로 이동했다. 새 두 마리가 성벽 위로 다가올수록 뜰채를 머리 위에 치켜든 그들의 팔 근육이 팽팽하게 당겨졌고, 곧 튀어나갈 것처럼 엉덩이가 움찔거렸다. 승훈이 이현호의 귀에 대고 속삭였다.

　—선생님, 준비하십시오. 선생님은 왼쪽, 저는 오른쪽 새를 맡겠습니다.

　—그럼 내가 못생긴 놈, 탐정 자네가 이쁜 놈이란 말이지?

　—네.

　—내가 이쁜 놈, 자네가 못생긴 놈으로 허지.

—알겠습니다. 자, 이제 제가 구령을 붙이면 뛰어나가 이 뜰채로 낚아채는 겁니다.

이현호와 승훈은 호흡을 가다듬었다. 하나, 둘, 셋, 넷. 새가 다가오고 있었다. 다섯, 여섯, 일곱, 여덟. 더 가까이 오고 있었다.

—자, 이제 나갑니……

하지만 그 순간 어디선가 화약 터지는 소리가 나더니 빠른 속도로 그물이 날아와 새들을 덮쳤다. 그 속도가 너무 빨라 승훈도, 이현호도, 그리고 새 두 마리도 어떤 대처를 할 수 없었다. 두 마리의 새를 잡아챈 그물망은 그대로 날아가 성벽 아래로 처박혔다. 승훈은 재빠르게 성벽에 매달려 그물이 날아온 방향을 찾았다. 누군가 성문 안쪽에 숨어 있다가 그물총을 쏜 듯했다. 하지만 그쪽은 사각이어서 성벽 위에선 잘 보이지 않았다. 성벽 아래서 새들은 그물에 뒤엉킨 채 비명을 질러댔다. 다급하게 뛰는 소리가 들려왔다.

삐걱삐걱삐걱삐걱삐걱삐걱삐걱삐걱삐걱삐걱삐걱삐걱삐걱삐걱삐걱.

도장집 사내였다. 그는 언제부터 이곳에 와 있던 걸까? 승훈은 입술을 깨물며 그 모습을 지켜봤다. 사내는 성벽 위에서 자신을 쳐다보는 이현호와 승훈을 곁눈질했다. 사내의 눈은 먹물처럼 어두웠다. 새들은 공포에 질려 있었다. 그들은 끔찍한 비명을 질러대면서 푸드덕거렸다. 승훈은 망원경을 다시 꺼내 눈에 갖다댔다.

아름다운 새는 다친 듯했다. 다리에 피를 흘리고 있었다. 하지만 그는 필사적으로 못생긴 새에게 다가가려 했다. 승훈은 이제 끔찍한 일이, 정말로 끔찍한 일이 벌어질 거라는 걸 직감했다. 어쩌면 그건 직감이 아닐 수도 있었다. 그건 이 우울하게 직조된 동네에 뿌리박혀 있는 신앙 같은 거였다. 못생긴 새도 그걸 깨달은 것 같았다. 사내가 다가서자, 그 새는 돌연 입을 다물고 자신의 연인을 애타게 쳐다봤다. 그러자 아름다운 새도 다가가려는 노력을 멈췄다. 둘의 시선이 얽히고 곧 못생긴 새가 울기 시작했다. 새의 울음소리는 나직하고 아름다웠으며, 새의 표정은 결연하고 엄숙했다. 과연 듣던 대로였다. 울음소리는 높은음과 낮은음을 극적으로 넘나들며 휘몰아쳤다. 그건 울음소리라기보단 노래처럼 들렸다. 그것도 아주 고통스러운 노래였다. 그 노래는 잊혔던 기억들, 잊고 싶어서 잊힌, 어쩌면 그래서 깊숙이 숨겨둔 기억들을 낱낱이 풀어헤치는 노래였다. 슬픈 노래였다.

　─씨벌, 또 우는구먼, 이건 씨벌 참을 수가 없다니께, 내가 뭐랬는가, 씨벌, 내가 뭐랬는가……

　이현호는 어느새 훌쩍거리고 있었다. 승훈은 이를 악물었다. 그도 요동치는 마음을 주체하기 어려웠다. 하지만 덜덜 떨리는 손에서 필사적으로 망원경을 놓치지 않은 채 그 장면을 지켜봤다. 승훈에게 사내의 앞모습은 보이지 않았다. 하지만 새가 노래하는 순간부터 사내의 날카롭던 등이 느슨하게 풀어지는 게 느껴졌다. 승훈은 며칠 전 사내의 집으로 오르던 때를 떠올렸다. 사내는 휘청거리면서도 섬뜩한 기세로 계단을 올랐다. 하지만 사내는 지금 무언가와 싸우고 있었다. 다시 승훈은 소파에 깊숙이 몸을 파묻던 사내의 고통스러운 몸짓을 떠올렸다. 사내는 어쩌면 열흘 전 이 성벽 위에서도 괴로운 표정으로 아래를 내려다보고 있었을 것이다. 하지만 지금 사내가 싸우는 건 그런 고통과 괴로움이 아니었다. 더 깊은 곳에 있는 것들이 튀어나오려 하고 있었다. 반면 못생긴 새도 필사적이었다. 울음소리로 사내의 내부에 있는 고통스러운 기억들을 헤집어놓으려 혼신의 힘을 다했다. 잠시 후, 사내는 자신이 아내라고 부르는 그 새에게 말했다. 울먹거리는 목소리로, 하지만 담담하게.

 ─우린 사랑했던 적도 있었지. 자네가 내 손을 깍지 끼고 잠들던 때를 기억하네. 이제 잘 보게나. 이게 내가 할 수 있는 일이네.

 사내는 의족을 낀 다리를 들어올렸다. 다리는 부들부들 떨리고 있었다. 사내는 못생긴 새를 쳐다보며 잠시 호흡을 가다듬었다. 그러고는 지체 없이 그 다리로 아름다운 새를 내리찍었다. 내리찍기를 반복했다. 마치 기계처럼 쉬지 않고 움직였다. 끼익거리는 의족 소리와 떡메 치는 소리가 어둠 속으로 퍼져나갔다. 이미 일찌감치 새가 죽었는데도, 사내는 계속해서, 계속해서 밟아댔다. 그럼에도 못생긴 새는 고개도 돌리지 않은 채 그 모든 과정을 눈동자에 새겨넣겠다는 듯이 지켜보면서, 계속 노래를 불렀다. 곧 아름다운 새는 형체도 남지 않고 피떡이 되었다. 사내가 자신의 아내에게 다가갔다. 사내의 발질이 멈춘 순간 새도 노래를 멈추고 사내를 기다렸다.

이현호가 눈가에 맺힌 물기를 닦아내며 속삭였다.

—내가 말했지? 저 새끼는 정말 미친 새끼여. 이제 저 못생긴 놈도 죽었구먼.

하지만 승훈은 보고 있었다. 그 끔찍하게 생긴 새의 눈빛을 보고 있었다. 그 눈에 별빛과 가로등 빛과 저멀리 창신동에서 비쳐오는 무수한 불빛이 반사되어, 무서울 정도로 번뜩이고 있었다. 승훈은 그 눈빛을 보고 있었다.

사내는 배낭에서 며칠 전 승훈에게 건넸던 채집통을 꺼냈다. 그리고 조심스럽게 그물을 벗겨냈다. 사내의 손은 벌벌 떨리고 있었다. 그는 말했다.

—자네, 겨우 찾았구먼. 이제, 이제 다시 우린, 부부로 지내게 될 걸세.

그리고 그는 그물 속에서 새를 꺼내 오른손에 쥐었다.

—자, 이제 돌아가지.

그가 새를 채집통에 넣으려는 순간, 새는 채집통을 강하게 박차고 올라 놀라운 기세로 손아귀에서 튀어나왔다. 그러고는 사내의 얼굴에 달라붙어 일말의 지체도 없이 오른쪽 눈을 쪼기 시작했다. 전광석화였다. 사내가 놀라서 주먹으로 새를 내리쳤다. 하지만 새는 주먹을 이리저리 피하면서 끈질기게 눈알에 부리를 박아 넣었다. 사내의 오른쪽 눈에서 피가 쏟아졌다. 그러자 이번에 새는 빠른 속도로 왼쪽 눈에 들러붙었다. 새는 이번에도 굉장한 힘으로 왼쪽 눈알에 부리를 박았다. 사내가 주먹질을 하고 움켜잡으려고 해도, 마치 유령처럼 그의 손아귀를 벗어났다. 오히려 사내는 헛나간 주먹에 자기 얼굴 곳곳을 가격당했다. 그의 얼굴은 피투성이가 됐다. 마치 악귀 같았다. 그리고 발톱으로 사내의 피부를 잡아뜯으며 눈을 파먹는 새 역시 악귀 같았다. 두 마리의 악귀가 싸우고 있었다. 이현호는 참을 수 없는지 눈을 감은 채 중얼중얼 기도 같은 걸 외고 있었다. 하지만 승훈은 망원경으로 모든 장면을 놓치지 않고 지켜봤다. 저 흉측한 새가 악에 받쳐서 발광하는 걸 지켜봤다. 사내가 끔찍한 비명을 지르며 발버둥치는 걸 지켜봤다. 새의 왼쪽으로 삐뚤어진 검은 부리가, 작은 대가리가 피에 젖어 붉게 물드는 것을 지켜봤다.

그리고 한순간이었다. 갑자기 사내의 몸이 아래로 쑥 가라앉았다. 그는 비틀거리다 어느새 낭떠러지까지 뒷걸음질쳤던 것이다. 이 모든 건 실로 순식간에 벌어진 일이었다. 낭떠러지 아래로부터 사내가 내지른 단말마의 비명이 일순간 치솟았다가 사라졌다.

새는 떨어지는 사내의 얼굴을 박차고 공중으로 뛰어올랐다. 그리고 곧바로 납작하게 뭉개져 죽은 새, 얼마 전까지 푸른 보석처럼 반짝거렸던 새의 위로 날아가 몇 바퀴 선회했다. 작고 볼품없는 날개를 곧게 펴고 한쪽 방향으로 천천히 천천히 돌았다. 노래는 하지 않았다. 피에 젖은 부리를 꾹 다물고 있었다. 그러곤 잠시 후 **그녀**는 밤하늘 높이 날아갔다. 의뢰인이 사라진 상황에서 승훈은 멀어져가는 새를 망원경으로 지켜볼 수밖에 없었다. 이현호는 여전히 눈을 감은 채 기도를 하고 있었다. 그 기도는 새의 행복을 비는 기도였다. 그것이 그날 밤 그들이 할 수 있는 유일한 일이었다. 그리고 망원경 속에서 조금씩 작아지던 새는 슬프고 아름다운 목소리로 이렇게 말했다.

행복해. 아아. 이제 행복해.

우울한 복서는 이제 우울하지 않지

14시 28분 21.05초

7라운드 1분 21초, 바닥에 고여 있던 땀을 밟은 응우옌이 왼쪽으로 조금 휘청거렸고, 그 순간 나는 토끼를 낚아채는 독수리처럼 그의 품안으로 들어갔다. 그리고 여세를 몰아 그의 왼쪽 턱을 향해 훅을 꽂아 넣었다. 내 주먹의 무게는 450킬로그램. 그것은 엄정한 재판 끝의 처형과도 같은 것이었다. 나는 망나니, 그는 사형수. 하지만 내가 팔을 35퍼센트 정도 뻗었을 때쯤, 왼쪽으로 비틀거리던 응우옌은 자연스러운 동작으로 태세를 전환했고, 그는 왼쪽 팔을 뻗어 내 오른팔 위에 십자로 교차시켰으며, 약 0.02초 뒤, 내 펀치가 그의 턱에 닿기 직전 내 오른쪽 관자놀이를 박살낼 예정이었다. 그러니까 이것은 그의 함정이었다. 미끼 토끼를 묶어놓은 채 수풀 속에 엎드려 독수리를 조준하는 포수처럼. 그는 기다리고 있던 거였다. 이제 뒤바뀌었다. 나는 사형수고 그가 망나니였다. 나는 죄인이고 그는 판사였다. 나는 뱀이고 그는 예수였다. 나는 이제 죽음을 기다리는 자였다. 그 죽음은 완벽했다.

응우옌은 가늘고 탄력적인 근육을 가지고 있었고, 그의 주먹은 내 파멸을 향해 쇄도하고 있었다. 이것은 운명이라면 운명이었다. 내게 주어진 건 결과를 기다리는 일뿐이었다. 하지만 우리의 시간은 아직 흐르지 않고 있었다. 지금은 정지된 한순간이었다. 그러므로 어쩌면, 영원히 시간은 흐르지 않을 것이며, 영원히 파멸은 다가오지 않을 거라고 말할 수도 있을 것이다. 지금 이 순간, 내 세컨드는 절망적인 표정으로 로프를 붙잡고 있었고, 심판은 이미 카운트를 세기 위해 오른쪽 팔을 들어올리고 있었다. 우리의 경기를 기대하지 않았던 대다수의 관중은 잡담을 하거나 우산을 만지작거리고 있었지만, 몇 명은 이 놀라운 광경을 지켜보게 됐다. 내 주먹의 속도는 10.54m/s, 응우옌의 주먹은 11.68m/s. 그들은 0.02초 이후에 거대한 함성을 지를 것이며, 메인 경기보다 화끈한 이 순간을 일주일 내내 이야기할 것이다(또한, 내 죽음을 목격하지 못한 자들은 목격자를 참칭할 것이다). 하지만 중요한 건 이거다. 나는 이 모든 것을 미리 알고 있었다는 사실이다. 관중석 제일 뒷줄, 이층 스탠드 그림자에 가려지고 기둥 옆이라 음습한 한구석에서, 바로 그가 나를 집요한 시선으로 지켜보고 있었기 때문이다. 그는 나였다. 이해되지 않는 문장일 것이다. 나는 임승훈이고, 나는 지금 이 링 위에서 카운터펀치에 관자놀이가 박살나기 일보 직전이다. 하지만 저 기둥 옆에 음울하게 앉아 있는 사내 역시 임승훈이다. 나와 같은 날, 같은 시각, 같은 장소에서 같은 어머니에게 태어난 임승훈이다. 그렇다, 그는 나이다. 하지만 그는 다른 차원의 나이다. 소설가 임승훈이다. 그의 말에 따르면, 그렇다.

12시 10분

우리는 시합 두 시간 전 화장실에서 만났다. 오늘은 엄청난 비가 쏟아지는 날이었다. 이십팔 년 만의 폭우라고 했다. 화장실 창문이 단단하게 닫혀 있는데도 빗소리는 요란했다. 나는 그때 변기 위에 이십 분이나 앉아 있었다. 똥이 마렵지도 않은데 그랬다. 나는 서른다섯 살이었다. 이제 그만두고 싶었다. 복싱을 한 지 이십여 년이 됐지만, 여전히 맞는 것에는 익숙해지지 않았다. 도리어 나이가 들수록 맞고 나면 불쾌했다. 내 최근 시합은 좋지 않았다. 패배한 시합도 많았고, 이겨도 꾸역꾸역 이겼다. 시합이 끝나고 집에 돌아오면 몇 번이고 구역질을 했다. 게다가 삼 년 전부터는 대전 자체가 잘 성사되지 않았다. 이제 그만둬야 했다. 아니 일찌감치 그만뒀어야 했다. 나는 복싱을 좋아하지 않았다. 그걸 서른 살에 알았다. 어머니 장례식장에 앉아 육개장을 먹다가 알았다. 장례식장에는 이모 한 명과 어머니 친구 두 명과 나만 있었다. 아버지는 오래전에 사라졌다. 어머니는 내 유일한 가족이었고, 그녀가 없는 인생은 이제 온전히 내 몫으로 남았다. 내 몫이라니. 그렇게 생각하고 지난날을 되새김질하다보니 새삼 내가 복싱을 싫어한다는 걸 깨달았다. 나는 복싱을 싫어하는구나, 라고 생각하니 싫어하는 걸 몰랐던 과거로 도저히 돌아갈 수 없었다. 싫은 건 싫은 거였지만, 또 무엇을 좋아하느냐 물어보면 좋아하는 것도 없었다. 내가 하고 싶은 건 무엇일까? 이틀을 고민했고, 장례식 이후 오 년을 고민했지만 찾을 수 없었다. 하고 싶은 게 없었으므로 싫어하는 것을 벗어날 의지도 없었다. 하지만 압력이 가득찬 밥솥처럼, 이젠 견딜 수 없었다. 지긋지긋했다. 이 시합만 끝나면 코치에게 말하자. 이제 끝이다. 이런 생각을 하고 있었다. 그때 누군가가 화장실 문을 두드렸다.

— 안에 사람 있습니다.

문을 두드리던 사람이 말했다.

— 알고 있어.

누군가 나를 보고 있다. 나는 그렇게 생각했고, 화장실 위에 매달려 나를 훔쳐보는 사람이 있는지, 카메라가 설치된 건 아닌지 살폈다. 그때 그가 다시 말했다.

—지금 당장 나와서 내 얼굴을 보는 게 좋을 거야.

　분명 그 말이 맞는지도 몰랐다. 나는 혹시 있을 경우를 대비해 (세상에는 미친놈들이 너무 많았으므로) 오른손으로 주먹을 단단히 말아 쥔 채, 왼손으로 걸쇠를 풀고 문을 살짝 밀었다. 문은 아주 천천히 열리면서 신경질적인 경첩 소리를 냈다. 그리고, 그가 있었다. 아니 정확하게는 내가 있었다.

　그가 나라는 걸 모를 수 없었다. 혐오스러운 내 얼굴이 있었기 때문이다. 특히 표정이 그랬다. 매일 아침 거울을 보며 다짐하던 표정, 우울한 표정. 나는 회색 운동복 차림이었는데, 그는 낡은 트렌치코트에 슬랙스를 입고 있다는 점만 달랐다(그의 베이지색 코트는 흠뻑 젖어 있었다). 나는 예기치 않은 상황일수록 판단을 유보하는 버릇이 있었고, 이 경우에도 입을 꾹 다물고 그가 먼저 말하기를 기다렸다.

　—놀랐군, 놀랐을 거야. 짐작했겠지만, 그러니까 나는 너야. 잃어버린 형제거나 닮은꼴이 아니야. 그런 종류의 것이 아니라는 건 너도 직감적으로 눈치챘을 거야.

　그랬다. 그건 그러니까 지진을 피하는 쥐떼처럼, 혹은 알을 낳고 죽기 위해 회귀하는 연어떼처럼, 본능이었다. 본능적으로 알 수 있었다.

　—왜 나를 찾아온 거지?

　—말해줄 것이 있어.

나는 대답하지 않았다. 무서웠기 때문이다. 이것 역시 본능이었다. 그가 말했다.

─오늘 넌 죽을 거야.

─날 죽이겠다는 거야?

─아니, 네가 죽을 거라는 말은 네가 알아서 죽을 거라는 말이야. 오늘 시합에서.

─더 말해봐.

그러자 그는 한숨을 쉬더니 담배를 꺼내 입에 물었다. 담배에 불을 붙이고 내게도 권했다.

─피우지 않아.

─그래? 이번 세상의 나는 담배를 피우지 않는군. 좋아, 말해줄게. 오늘 너는 7라운드 1분 21초에 응우옌에게 관자놀이를 맞게될 거야. 그건 아주 치명적인 펀치이고, 그 펀치가 뇌진탕을 일으키게 될 거야. 그리고 그 자리에서 넌 즉사할 거야.

그러고 담배 연기를 내뿜었다. 화장실 창문 너머로부터 빗소리는 여전했고, 담배 연기가 그와 나 사이에 한참 머물렀다.

─그 말은 내가 응우옌에게 진다는 뜻인가?

─그래, 맞아. KO. 그는 시합에서 이길 뿐 아니라, 너를 이 세상에서 지워버릴 거야. 난 그걸 보러 왔지.

응우옌, 스물두 살, 라이따이한. 그는 프로 무대에 데뷔한 지 이년밖에 되지 않았지만, 벌써 19전 13승 6패였다. 8라운드 경기는 처음이라고 했다. 들리는 얘기로는 프로로 데뷔하기 전부터 매달 필리핀의 비공식 도박 시합을 치르고 있다고 했다. 어느 달에는 그런 시합을 여섯 번이나 뛰었다고 했다. 열다섯 살 때부터 도박 시합 선수로 살았다고 했다. 그에겐 두 명의 동생과 홀어머니와 할아버지가 있다고 했다. 얘기를 해준 선배는 말했다. 벌 수 있을 때 바짝 끌어당길 모양이야. 프로 무대로 오기 전에 이미 몸이 고장났다는군. 코치가 말했다. 그러다 일찍 죽을 텐데. 선배는 다시 말했다. 도박장에서 죽는 꼴 한두 번 봤겠나. 그런 것쯤 각오하고 있는 거야. 그런 세계에 사는 거라고. 라이따이한, 라이따이한. 내게 베트남이란 이런 느낌이었다. 한국에서 파병된 병사가 있다. 그는 수많은 베트콩을 죽였다. 하나 남은 팔로 칼을 휘두르는 베트콩 아이의 눈에 총을 쏴 죽이고, 눈이 커다란 베트콩 여자를 강간하고 죽이고, 베트콩 할머니의 목을 찔러 죽이고, 베트콩 남자들을 목매달아 죽이고, 베트콩 부모들을 개머리판으로 찍어 죽이고, 베트콩의 개를 잡아먹기 위해 죽인, 그런 얘기. 내게 베트남이란 그런 곳이었다. 아마 그 병사는 어느 날, 방공호에 누워 한쪽 눈에 박힌 폭발의 파편 때문에 많은 피를 흘리고, 그래서 몽롱하고, 그래서 하늘도 땅도 빙글빙글 뒤섞여서 깊은 바다로 가라앉는 것 같은 기분을 느낄 것이다. 그에게 총성과 폭발 소리는 거대한 심장 소리처럼, 아득하고, 밀접하게 들릴 것이다. 그리고 그의 눈앞에는 고엽제 때문에 가지만 남은 채 썩어가는 나무가 있는데,

그 검고 앙상한 나무 사이로, 뼈처럼 처박혀 있는 그 나무 사이로, 반점처럼 햇빛이 반짝거리고, 그걸 보고 그 병사는 이렇게 말할 것이다. 이제 나가야 해.

이게 내 베트남이었다. 삶에 짓밟힌 음울한 복서. 나는 응우옌을 그런 이미지로 떠올렸다. 하지만 계체량 때 본 그는 그렇지 않았다. 그는 당장이라도 폭발할 것 같았고, 화가 나 있었다. 그는 나를 태워 죽일 듯이 노려봤다. 그의 짙은 피부 아래에서 근육들이 꿈틀댔다. 그랬다. 그는 흔하디흔한, 화가 나야만 젊음의 모든 권리를 누릴 수 있는 것처럼 구는 그런 남자였다. 그제야 나는 시합에 대해 안심할 수 있었다. 이전까지 나는 응우옌의 삶을 지배하고 있을 처절함에 약간 기가 질려 있었던 것이다. 하지만 그는 그렇지 않았다. 그의 분노엔 어떤 대책 없는 낙천성이 있었다. 그에겐 분노할 그럴듯한 이유가 너무 많아서 어떤 이유도 없어 보였다. 그에게 다가올 시간이란 존재하지 않는 시간이었다. 그에게 파멸이란 기억나지 않는 꿈이었다. 나는 달랐다. 나는 언제나 물밀듯 밀려오는 미래의 절망들에 시달렸다. 화도, 희망이 있는 자가 내는 것이다. 그는 화난 남자, 나는 화내지 않는다. 우리는 링 위에서 만날 것이다. 링 위에서의 흥분은 때때로 좋지만 대부분 나쁘다. 이자에겐 지지 않을 것이다. 아니 이길 수 있다. 그렇게 생각했다. 그건 슬픈 깨달음이었다. 그런데 내가 응우옌의 주먹에 맞아 죽는다고?

그러자 다른 임승훈은 말했다.

─이해할 수 없을 거야. 하지만 잘 들어봐.

그는 자신은 소설가라고 말했다. 그는 소설쓰기란 비열한 행위라고 말했다. 그리고 소설가란 자신을 연민하기 위해 남을 의심하는 쓰레기라고 말했다. 그는 또 이렇게 말했다. 하지만 결국 스스로 연민도 하지 못하는 병신들이지. 그러곤 조금 웃었다. 어쨌든 그는 복잡하게 얽힌 이 시공간에 대해 설명하기 시작했다. 시공간은 매 순간 분열되고, 그 분열된 또다른 차원들에서는 동일한 임승훈들이 다른 삶을 산다고 했다. 그는 그렇게 분열된 차원들을 넘나들면서 모두 칠십이 명의 임승훈의 죽음을 보았다고 했다. 그들은 모두 우울한 표정으로 밤 산책을 즐겼고, 그들은 모두 늙은 고양이를 키웠으며(모두 열네 살이었다), 모두 비염이 있었고, 모두 자기 직업을 싫어했고, 자기 자신을 싫어했고, 모두 3월 24일에 죽었다. 택배 기사 임승훈은 목을 매달아 죽었다. 연극배우 임승훈도 목을 매달아 죽었다. 호스트바 선수 임승훈도 목을 매달아 죽었다. 마트 계산원 임승훈과 배관공 임승훈과 학원 선생 임승훈은 교통사고로 죽었다. 수상 안전요원 임승훈은 물에 빠져 죽었고, 요리사 임승훈은 질식해 죽었다. 개 미용사 임승훈은 복상사로 죽었고, 공장에서 일하던 임승훈은 프레스에 찍혀 죽었다. 어떤 임승훈은 연인에게 살해됐고, 어떤 임승훈은 아파트에서 뛰어내렸다. 그들은 모두 죽었다. 다른 방식으로 죽었다. 그들은 모두

고양이 한 마리를 남기고, 서른다섯 살 3월 24일에 죽었다. 자의
든 타의든 그랬다. 3월 24일은 수많은 임승훈들의 죽음이 겹쳐져
있는 날이라고도 했다(또 3월 24일은 언제나 이십팔 년 만에 폭우
가 내리는 날이라는 말도 했다). 그러고서 그는 덧붙였다.

　―아마 그건 나도 마찬가지일 거야.

　그는 또 말했다.

　―내 고양이도 지금 울고 있어.

　담담한 표정으로 말했다.

14시 26분

　7라운드가 시작되기 전, 코너의 의자에 앉아 눈을 감고 나는 몇
년 전 정샤오우의 턱을 박살 내던 순간을 되새김질했다. 그 감각
이 필요했다. 정샤오우의 특기는 오른쪽 복부에 찔러넣는 왼손 훅
이었다. 오른쪽 복부에는 간肝이 있고, 간에 가해진 충격은 시합
내내 해소되지 않는다. 그것은 복리 적금처럼 쌓여 어느 시점부터
폭발하듯 통증이 밀려온다. 그 고통은 소름 끼치고 집요하다. 한
발짝 떼는 것조차 힘겹다. 그 고통을 참지 못하고 구토를 하는 경
우도 있다. 하지만 정샤오우는 미소를 띠고, 고문하듯 복부를 노
리던 남자였다. 결국 상대가 링 위에서 토악질을 할 때까지. 그 정

샤오우의 턱을 내가 부숴버렸다. 그는 결국 링으로 돌아오지 못했다. 그는 쓰촨의 고향으로 돌아가 부모님과 생선을 판다고 했다. 그는 여름이면 생선 위에 꼬이는 파리에게 잽을 날려 내쫓는다고 했다. 그는 비가 오는 밤이면 턱에 스며드는 한기에, 몸을 떨며 잠에서 깬다고 했다. 라이따이한이라니! 응우옌 따위 담즙까지 게워 내게 할 테다. 하지만 마치 노이즈 신호처럼, 어떤 순간이 계속 떠올랐다.

오래전이었다. 십 년 전이었다. 그날은 체육관 선배가 국내 랭킹에 진입한 날이었고, 우리는 이태원에서 밤새워 놀았다. 하지만 나는 즐겁지 않았다. 그 무렵 나는 프로 테스트에 계속 떨어졌고, 프로 복서들과 있는 시간이 괴로웠다. 그렇게 술을 마셨다. 즐겁지 않아서 마셨다. 클럽에 갔을 무렵에는 이미 만취한 참이었다. 나는 작은 테이블 모서리에 발을 걸친 채 술을 마셨다. 술을 마시다 바닥에 몇 번 구토를 했다. 그때 내 앞에 서 있던 여자가 돌연 이렇게 소리쳤다.

—나 어제 강간당했어요!

하지만 누구도 그녀의 말에 귀기울이지 않았다. 어쩌면 음악 소리가 너무 시끄러운 탓이었는지도 모르고, 어쩌면 모두들 아무것도 듣고 있지 않았기 때문인지도 모른다. 그런데 이상하게도 내게는 그녀의 목소리가 너무 또렷하게 들렸다. 음악 소리도 담배 연기도 조명도 흐릿했는데, 그녀의 목소리와 표정만은 마치 판화처럼 내 마음에 새겨졌다. 그녀는 재차 소리쳤다.

　―나 어제 강간당했다고 이 개새끼들아!

　그 말을 하고 그녀는 입을 다물었다. 입을 다물고 어둠 속 어딘가를 응시했다. 나는 그녀가 울었으면 좋겠다고 생각했다. 참을 수 없어서 그랬다. 견딜 수 없는 마음이 있었다. 십오 분 뒤였는지도 모르고, 한 시간 뒤였는지도 모르겠다. 어쨌든 우린 눈이 마주쳤다. 나와 눈이 마주치자, 그녀는 뭐라 형언할 수 없는 괴상한 표정을 지었다(그 표정이 잊히지 않는다). 그러곤 허우적대듯 클럽을 빠져나갔다. 나는 그녀를 따라가기 위해 일어섰다. 일어섰지만 곧 담뱃재와 맥주와 침과 토사물이 고인 바닥에 얼굴을 처박았다. 처박힌 채 중얼거렸다. 아니 중얼거리고 싶었다. 가지 마, 내가 들었어, 내가 들었어, 가지 마. 그렇게 맥주와 침에 얼굴을 묻은 채.

　그 순간이 떠올랐다. 한번 그 순간이 떠오르자, 귓가에서 떠나지 않는 멜로디처럼, 그 생각에서 도무지 벗어날 수 없었다. 그래서 정샤오우의 턱에서 울려퍼지던 파열의 감각을 되살리는 게 힘들었다. 집중할 수 없었다. 갑자기 십 년 전 그날이 떠오른 건, 아마 그가 한 말 때문일 것이다. 분명 그랬다. 두 시간 전 또다른 임승훈은 이렇게 말했다. 더러운 화장실 바닥에 침을 뱉고 말했다.

　―넌 이 침이야. 너나 나는 이 분비물이야. 우리는 이 세상이 뱉은 침이라고. 침이니까 당연히 누군가가 닦는 거라고.

　그래서 그랬던 거다. 확실했다. 그리고 다시 공이 울렸다. 7라운

244

드가 시작됐다.

12시 24분

　다시 두 시간 전, 나는 물었다. 왜 수많은 임승훈들의 죽음을 보러 다니는지 물었다. 그건 우리의 마지막 대화였다. 그가 대답했다. 대답하기 전에 잠깐 눈을 감았다 떴는데, 무엇을 떠올리는 것만 같았고, 혹은 무엇을 떠올리지 않기 위해서인 것만 같았다. 어쨌든 그는 말했다.

　―그건 두 시간 뒤면 너도 알게 될 거야. 무서울 거야. 하지만 내가 지켜봐줄게. 한순간도 놓치지 않을게.

　그 말을 하고 그는 화장실을 나갔다. 그가 있던 자리엔 빗물이 고여 있었다. 물론 나는 그가 무슨 말을 하는지 이해할 수 없었다. 하지만 내가 죽을 거라는 건 알 수 있었다. 그건 사실이다. 진실이다. 믿지 않을 수가 없었다. 그런 느낌이 있었다. 그 이전까지 내게 이 시합은 아무 의미가 없었다. 나는 매일 은퇴를 생각했다. 시합을 치르고 나면 그걸 마지막으로 더이상 두들겨맞는 일 따윈 하지 않겠다고 수차례 다짐했다. 몇 년째 했다. 이번에도 그랬다. 아니 두 시간 전까지도 그랬다. 내게 이 시합은 복싱에 대한 혐오만 불러일으킬 뿐이었다. 살아가는 일도 마찬가지였다. 지금까지 내게 삶이란 테이블 위에 놓인 컵 같은 거였다. 그것은 놓여 있기 때문에 놓여 있고, 컵이라 부르기 때문에 컵이었다. 하지만 이제 누가 그 컵을 치우려 하고 있었다.

13시 59분~14시 28분 21.05초

그리고 나는 링 위에 올라섰다. 마우스피스를 끼고 응우옌과 글러브를 맞댔다. 이제 곧 1라운드가 시작될 것이었다. 응우옌은 호전적으로 내게 머리를 들이밀더니 글러브로 내 글러브를 꾹 눌렀다. 그러곤 검은색 마우스피스를 보이며 씩 웃었다. 웃고 있었지만, 그는 여전히 화가 난 것처럼 보였다. 가까이서 보니 더욱 그랬다. 나는 다리에 힘을 주고 버티면서 생각했다. 왜 화를 내는 거야. 그리고 또 생각했다. 왜 화를 내는 거야. 내가 무슨 잘못을 했는데? 또 생각했다. 잘못은 네 빌어먹을 아버지가 했다. 잘못은 빌어먹을 미국이 했다. 그리고 나는 중얼거렸다. 근데 왜, 내가 죽어야 하는데? 그렇게 중얼거렸다. 나도 모르게 그랬다. 그러곤 곧 내가 무슨 말을 했는지 깨달았다. 깨닫자마자 온몸에 소름이 돋았다. 그랬다. 나는 아직 죽고 싶지 않았다. 아니, 나는 살고 싶다. 절대적으로, 무조건, 살고 싶다. 최선을 다하고 싶다. 최선을 다하고 싶어. 그런 생각을 했다. 몇 번이고, 몇 번이고 그런 생각을 했다.

나는 살고 싶은 거구나. 그런 생각을 했다. 그런 결론에 도달하고
보니 갑자기 온몸의 감각이 팽팽하게 부풀었다. 공이 울렸다. 나
는 관중석 구석에 앉아 나를 지켜보고 있는 또다른 나를 일별했
다. 이기자. 이렇게 생각했다. 그리고 앞으로 나갔다.

　내 경기는 훌륭했다. 몇 년간 최고였다. 내 위빙은 신속했고, 잽
은 시계처럼 정확했다. 나는 응우옌이 무엇을 생각하든, 아니 생
각하지 않든 그보다 빨랐다. 상대가 어떻게 공격하는지 안다면 상
대의 주먹에 맞아도 아프지 않다. 응우옌의 스트레이트 따위는 허
리의 탄력을 이용해 가벼운 터치로 만들었다. 틈이 생기면 주저
없이 글러브를 찔러넣었다. 오늘의 나는 3센티미터의 틈이라도 정
확하게 비집고 들어갈 수 있었다. 빠르게 더 빠르게. 물론 내 풋워
크도 주먹도 응우옌보다 훨씬 느리다. 하지만 그보다 먼저 움직이
면 난 더 빠르다. 생각하자. 또 생각하자. 그는 오른쪽으로 공격하
다가 왼손 스트레이트를 뻗을 것이다. 그의 스텝은 초조할 때 반
호흡 빨라진다. 그는 습관적으로 왼쪽으로 이동할 것이다. 생각하
자. 생각하면 빨라진다. 응우옌보다 먼저, 먼저! 내 주먹은 마이크
타이슨이 아니다. 하지만 누구보다 탁하다. 이 주먹으로 난 몇 명
의 턱을 박살 냈다. 정샤오우의 턱도 내가 부쉈다. 그리고 오늘 그
가 사라진 링 위에서 나는 정샤오우처럼 시합을 할 것이다. 나는
침착하게 그러나 쉬지 않고 응우옌의 오른쪽 복부에 내 주먹을 박
아넣었다. 한 방, 두 방, 세 방, 그리고 네 방! 그의 표정이 일그러

질 때마다 내 마음은 평온해졌다. 4라운드에 접어들자 응우옌은 눈에 띄게 고통스러워했다. 나는 그런 그를 사정없이 몰아붙였다. 복부에 훅, 복부를 방어하느라 가드가 내려가 텅 비어버린 얼굴에 스트레이트. 왼쪽, 오른쪽, 왼쪽, 오른쪽. 그리고 7라운드가 됐다. 그의 왼쪽 무릎이 휘청거렸다. 그 순간 나는 아주 부드럽지만 빠르게, 그리고 정확하게 그의 턱에 훅을 날렸던 것이다. 이것은 말하자면 거미가 거미줄에 걸린 잠자리의 마지막 숨통을 끊는 것과 같았다. 7라운드까지는 내 거미줄, 내 함정이었다. 그것은 정교한 함정이었다. 하지만 그런 게 아니었다. 응우옌은 기다렸다는 듯이 자세를 전환해 내 오른팔 위로 자신의 왼팔을 뻗었던 것이다. 그는 노리고 있었다. 이 교활하고 더러운 라이따이한! 나는 도리어 완벽한 함정에 빠지고 만 것이다. 함정이라니. 내 함정은 함정인 걸 알아도 빠질 수밖에 없는 함정이었다. 그것은 각본이었고, 그 끝에는 외통수만 존재했다. 하지만 이제 그건 더 완벽한 각본의 복선에 불과했다. 이것은 뒤바뀐 시체, 이것은 말하자면 왕자와 거지, 이것은 슬픈 전도, 어쩌면 밀실 살인.

14시 28분 21.05초

　지금 이 순간 링 아래의 작은 테이블에 놓인 스톱워치는 1분 21초를 가리키고 있었다. 1분 22초가 됐을 때 나는 바닥에 누워 있을 것이다. 정확하게는 이렇게 될 것이다. 응우옌의 카운터펀치는 대략 1톤의 힘을(보통 카운터펀치는 펀치를 뻗은 사람과 맞은 사람의 힘을 합친 만큼의 충격을 가한다) 귀 안쪽 세반고리관에 전달할 것이다. 세반고리관이 충격에 제 기능을 발휘하지 못하면서 내 몸은 일시적으로 통제할 수 없는 상황에 빠질 것이다. 그러면 대략 4.2킬로그램에 달하는 내 머리를 받치고 있던 목의 근육은 콩나물처럼 흐물흐물해질 것이고, 머리는 격렬하게 흔들릴 것이다. 하지만 두개골 속의 뇌는 내부에 침투한 1톤의 힘에 의해 더 큰 진폭으로 요동칠 것이고, 그러므로 내 뇌는 마치 케이크가 든 상자가 땅에 구르는 것처럼 두개골 내벽에 마구 부딪혀 뭉개지고 말 것이다. 그것은 0.02초 뒤에 일어날 일이며, 나는 뇌가 손상됨과 동시에 정신을 잃고 쓰러질 것이다.

이제 돌이킬 수 없는 일이다. 저멀리 관중석에 앉은 소설가 임승훈은 고통스러운 표정으로 나를 지켜보고 있다. 고통스럽지 않을 리 없다. 자신의 죽음을 보는 게 괜찮을 리 없다. 하지만 죽음이 아니라면? 죽지 않는다면? 결국 운명을 이겨낸다면? 나는 응우옌의 턱에 훅을 날리는 순간 이 예언을 탈출하는 꿈을 꾸기도 했다. 응우옌, 베트남 인구의 80퍼센트는 응우옌이라는 성을 쓴다고 했다. 응우옌, 희망을 꿈꾼 적 없는 희망의 단어. 응우옌, 이십 팔 년 만의 폭우보다 어린 복서. 응우옌, 나보다 젊고, 나보다 빠른 사나이. 결국, 과학적으로, 그러니까 논리적으로 그의 주먹은 내 관자놀이에 맞을 것이다. 하지만 지금 이 순간에도 나는 그 어느 때보다 이기고 싶다. 아니 이 순간이기에 무엇보다 이기고 싶은 것이다. 내 관자놀이에 응우옌의 주먹이 꽂히는 순간까지, 0.02초 뒤에 내가 죽음에 이를 때까지도 나는 이기고 싶은 것이다. 이게 잘못된 것인가? 물론 이제 불가능하다는 것을 안다. 응우옌의 주먹을 피할 수 없다는 것도 안다. 하지만 불가능하다고 해도 원할 수 있는 것이다. 이기고 싶다. 이기고 싶다. 응우옌의 턱에 닿고 싶다. 닿고 싶다. 궁금하다. 없는 걸까? 어디에도 없는 걸까? 닿은 사람은 없는 걸까? 끝내 응우옌의 주먹을 피하고 그의 턱에 훅을 박아 넣은 임승훈은 없는 걸까? 비가 오지 않는 3월 24일은 없는 걸까? 옥상에서 뛰어내리지 않고, 목을 매달지 않는 임승훈은 없는 걸까? 목을 매달려다가 돌연, 헛웃음을 지으며, 열네 살짜리 노인네 고양이를 안으며, 그 고양이의 목덜미에 코를 박고 다정한 냄새를 맡으며, 내가 무슨 생각을 한 거지, 라고 되묻는 임승훈은 없는 것일까? 이런 생각을 하는 게 잘못된 것인가? 아니다. 잘못되지 않았다. 잘못된 게 아니다. 목줄에 묶여 평생을 살아가는 개라도 잠이 드는 순간부터는 신이 되는 것이다. 어쩌면 그 개는 전생에 예수였는지도 모를 일이다. 그게 인생인 것이다. 내가 인생을 너무 늦게 깨달았다고 한다면, 그건 맞다. 하지만 대부분의 사람은 모든 것이 끝나는 순간에야 인생을 깨닫게 될 것이다. 그러므로 나는 이 생각을 멈출 수가 없었다. 또다른 나는 두 시간 뒤면 알게 될 거라고 했다. 자신이 왜 나를 찾아왔는지 알게 될 거라고 했다. 두 시간이 지났고 나는 깨달았다. 나는 저기 관중석 구석에서 왜 나를 이렇게 슬프게 쳐다보는가. 이제 알 수 있다. 어쩌면 그 역시 또다른 죽음의 순간에 시공간을 넘어온 것일 수도 있다. 어쩌면 그는 그의 정지된 세상에서 영원한 박제가 됐을 수도 있다. 그리고 어쩌면 그도 간절하게 바랐을 수도 있다. 알고 싶다. 보고 싶다. 비가 오지 않는 3월 24일을 보고 싶다. 아니 3월 25일이, 내일이 보고 싶다. 죽음은 한 번도 많지만, 천 번도 부족하다. 그렇게 생각했을 수도 있다.

자, 이제 분명하다. 나 역시 떠날 때가 됐다. 이제 내 인생은 0.02초 남았다. 하지만 이로써 이십팔 년을 격해 비가 쏟아지는 3월 24일, 7라운드 1분 21초에, 나는 영원히 머물게 됐다. 그리고 그 말은 이렇게도 말할 수 있을 것이다.

닿지 않는다.

닿는다.

비워진 우주의 대기자들

누나.

*

창백한 여자는 말했다.

"어떻게 말해야 할까요? 칠 년의 어둠을 어떻게 말해야 할까요? 즈제엔 어둠이 없어요. 어둠으로 들어가려면 굴을 파고 들어가야 해요. 즈제에서 어둠은 언제나 일시적인 것이었어요."

꼽추가 말했다.

"그곳에서는 아무리 죽어도 다시 살아날 것만 같았다. 아무리 살아 있어도 언젠가 죽었던 것 같은 기분이 들었다."

*

"궤도 진입 예정입니다. 궤도 진입 예정입니다."

오르트 구름대 특유의 진동이 잦아들자마자 크루잎(초고성능 연산장치)은 경고 메시지를 반복했다. 그와 동시에 ㅁㅅㄴㄱ흠 우측에 있는 대형 입체영상 패널에서 행성이 떠올랐다. 직경 842킬로미터* 정도의 아주 작은 행성이었다. 얇은 고리가 있는 행성이었다. 우주의 먼지와 얼음덩어리, 암석, 그리고 폐기된 우주선 들이 고리의 정체였다. 하지만 입체영상 속 우주는 삼백이십오 개 센서의 측정치를 합산해 재구성한 세계였다. 패널이 아닌, 전방의 커다란 창으로 보이는 우주는 텅 비어 있었다. 텅 빈 공간을 에워싸고 우주 쓰레기 고리가 돌고 있었다.

101-툼-57, 일명 보이지 않는 손가락. 그 행성은 뷜 물질로 구성되어 있었다. 이 물질은 가시광선의 세계에선 관측되지 않았다. 보이지 않지만 밀도가 높았다. 동일한 중량이라면 우주의 그 어떤 행성보다 밀도가 높았다. 그래서 지금보다 고밀도였던 초기 우주 시대부터 101-툼-57이 존재했을지도 모른다고 말하는 이도 있었다. 하지만 무엇보다 그 행성의 두드러진 특징은 빠르다는 점이었다. 자전 속도도 빠르고 공전 속도도 빨랐다. 빠른 속도로 태양계

---

* 대부분의 단위는 편의상 지구 단위로 표기될 것이다. 하지만 그것은 ㅈ제 단위와 정확히 일치하지 않는 근사치일 뿐이다.

외곽을 돌았다. 그것은 시속 56만 킬로미터에 이르렀다. 구체적인 원인은 밝혀지지 않았다. 하지만 뷜 물질이 우주를 가득 채우고 있는 미지의 물질들에 극도로 민감하게 반응한다는 건 확실했다. 그래서 빠를 거라고 즈제인들은 판단했다. 어쨌든 즈제인의 행성을 이용한 항법은 행성의 공전 속도만큼 자전 속도도 중요했다. 그런 면에서 101-툼-57은 적합했다. 지구로 향하는 자들이라면 모두 이 행성을 이용했다. 그들은 101-툼-57의 궤도를 수십 바퀴 돌면서 가속도를 얻었다. 그러다 공전하는 힘을 이용해 탄환처럼 튕겨져나갔다. 그 기세로 지구까지 날아갔다. 이걸 행성 추진이라고 불렀다.

므스느그흠은 아움이었다. 아움은 즈제 언어로 지적 생명체를 의미했다. 그건 바로 즈제인이라는 의미였다. 그렇다. 므스느그흠은 즈제 행성계에서 왔다. 즈제 행성계에는 모두 다섯 개의 행성이 있었다. 그중 생명이 거주하는 곳은 두 곳으로, 뉘·즈제와 쥴·즈제라고 불렸다. 그곳은 압 항성계에 속해 있었다. 지구에서 6.7파섹(약 206조 6780억 킬로미터) 정도 떨어져 있는 곳이었다. 이곳에 오기까지 '뛰어넘기(즈제인들은 초공간 항법을 '뛰어넘기'라고 불렀다)'를 세 번 해야 했다. 즈제인의 기술로도 3.2년 정도 걸리는 거리였다. 만만치 않은 시간과 거리였다. 즈제의 과학이 아무리 발달했다 해도 우주는 거대한 곳이었다. 우주 횡단에 익숙한 므스느그흠에게도 지난 삼 년여의 여정은 험난했다. 하지만 이제 마지막 관문이었다. 이 관문만 넘으면 태양계에 진입하는 것이었다. 그러면 잠시라도 눈을 붙일 수 있었다. 그는 피로했다. 한 달 동안 잠을 자지 못했다. 이 항해는 생각보다 힘들었다.

므스느그흠의 입은 삐뚤어져 있었다. 그는 삐뚤어진 입술을 물어뜯으며, 몸을 죄고 있는 안전장치를 다시 한번 점검했다. 궤도에 진입하는 것은 언제나 무서웠다. 항성 간 튜브를 '뛰어넘는'(초공간 항법) 것보다 가속을 얻기 위해 행성 궤도에 들어서는 게 더 무서웠다. 그리고 므스느그흠의 두려움은 타당했다. 뛰어넘기는 절차만 제대로 수행된다면, 변수가 궤도 진입 때보다 훨씬 적었다. 최근 오십 년간 뛰어넘기 도중 일어난 사고는 손에 꼽을 정도였다. 하지만 행성 추진은 달랐다. 사고가 빈번했다. 물론 므스느그흠은 노련한 우주 항해사였다. 이제는 익숙해질 만도 했다. 그렇지만, 그래서 더 무서웠다. 이게 얼마나 위험한지 자신이 망각하게 될까봐 그랬다. 단 한 순간도 패널과 계기판에서 눈을 떼면 안 됐다. 그러다가 죽은 이가 한둘이던가? 아무리 크루잎이 계산을 거듭해도 사고는 일어났다. 크루잎의 정밀함은 사고를 외부에 있는 것처럼 느끼게 했다. 연산이 첨예해질수록 그랬다. 하지만 계산은 계산일 뿐이었다. 방심하고 있으면 돌발적인 상황이 불쑥 튀어나왔다. 어쩌면 처음부터 계산의 일부였던 것처럼 그랬다.

경보음이 울리기 시작했다. 실내등이 깜빡거렸다. 우주선은 점차 행성의 궤도로 접어들었다. 궤도로 들어갈수록 우주선을 끌어당기는 힘도 강해졌다. 그러나 평범한 아움인 므스느그흠의 눈에는 아무것도 보이지 않았다. 지금 그의 눈앞에 펼쳐진 우주는 사라진 존재들이, 산산조각 난 시간들이 어둡고 텅 빈 공간을 빙글빙글 돌고 있는 스산한 광경이었다.

*

마르죠욘은 말했다. 그녀는 외눈박이였다. 오른쪽 눈이 있어야 할 자리가 까맣게 텅 비어 있었다.

"그 일은 제가 시체를 치우고 있는데 일어났어요. 당신은 뉘·즈제에서 오셨나요, 쥴·즈제에서 오셨나요? 만약 당신이 뉘·즈제에 한 번이라도 가본 적이 있다면, 시체를 치운다는 게 무언지 아실 거예요. 그래요, 저는 그러니까 '돌아다니는 아움'이었어요. 시체를 치우는 자, 란 의미예요. 저는 52번부터 67번 골짜기 사이의 처형장에서 일을 하는 열두 명의 아움 중 하나였어요. 어떤 자들은 우리를 농부라고 부르기도 했어요. 또 어떤 자들은 우리를 깊은 바다의 물고기들이라고 부르기도 했어요. 쥴·즈제의 병사들은 우리를 '가져오는 자' 혹은 '가지고 가는 자'라고 불렀죠. 쥴·즈제에선 '가져오다'와 '가지고 가다'의 발음이 같기 때문이에요. 하지만 그들끼리 있을 때면 그들은 우리를 시체라고 불렀어요. 시체라니, 시체라니! 그들이 만든 벌거벗은 새까만 시체들을 우리가 치워주고 있는데, 우리를 시체라고 부르다니요! 매일매일 잡초처럼 사방에 널브러진 시체를 끌고 와서 잘게 썰어 바다에 던지는 그 일을, 그들이 하기 싫어 우리에게 떠넘긴 그 일을 하는 우리가 시체라니요! 동포들은 우리가 배신자라고, 마치 쥴·즈제에서 온 학살자의 가족이나 친구를 대하듯 몸을 부르르 떨면서, 길에서 마주치면 도로의 모서리나 깨진 창문들을 쳐다보면서 그렇게 고개를 돌리고 우리를 지나쳤어요. 때때로 골목 끄트머리에서 흐릿한 그림자가 나타나 우리에게 욕을 퍼붓고 사라졌어요. 커다란 압의 빛 속으로요. 때로 그들은 우리들의 집에 돌이나 썩은 생선 같은 걸 던지기도 했어요. 그러면서 죽여버리겠다고 소리치곤 했죠. 그건 슬픈 일이었어요. 하지만 이해할 수 있는 일이었어요. 우리가 참을 수 없는 건, 우리에게 그 일을 떠넘긴 자들이, 진짜 더러운 일을 하는 자들이, 우리를 더럽게 쳐다보는 것이었어요. 시체라니! 시체라니! 언젠가 제가, 지구에서, 뚜체 앞에서 펑펑 운 적이 있어요. 문득 그 시절이 생각나, 그 병사들이 내게 던진 모멸이 생각나 울었어요. 저는 펑펑 울면서 소리쳤어요. 그럴 순 없어! 우리를 그렇게 부를 순 없어! 우린 시체가 아냐, 우린 그 시체들이 아니라고! 그러자 뚜체는 제 어깨를 붙잡고 위로했어요. 마르죠욘, 마르죠욘, 울지 마, 마르죠욘, 그건 그저 줄임말일 뿐이야. 시체를 치우는 자나 시체를 없애는 자를 줄여서 말하는 거잖아. 알고 있잖아. 하지만 저는 울면서 말했어요. 알고 있어, 알고 있지, 하지만 그게 지독한 은유라는 것도 알고 있어. 그게 그들의 본심이라는 것도 알고 있어. 그들은 자신들이 만든 시체를 쳐다보기 싫은 것처럼 우리를 쳐다보기 싫은 거야. 그들이 속삭이는 소리를 들었어. 우리 몸에서 시체 냄새가 난다고 속삭이는 소리를 들었어. 생선 장수처럼 말이야, 흙냄새가 밴 농부처럼 말이야. 그렇게 울었어요. 그건 벌써 오래전 일이었지만, 그리고 그건 뉘·즈제에 살 때의 일이었지만 저는 참을 수 없는 그런 기분이었어요. 울다보면, 참을 수 없게 되면, 점점 그곳에서의 슬픈 일들이 하나둘 떠올랐어요. 죽은 아버지, 사라진 남편, 그리고 제 아이, 아이. 이름이 없는 그 아이. 걷는 걸 좋아했던 그 아이. 그 아이의 눈은 아름다웠어요. 두 개가 모두 있었어요. 슬퍼요. 지금도 그래요. 그것들은 은유가 아니에요. 그건 제 몸안에 있는 것들이에요. 그것들이 떠오르면 어떻게 참을 수 있겠어요. 그럼 또 저는 펑펑 울었어요. 그러면 뚜체는 저를 위로하고, 저는 밤새 울고, 그런 일이 몇 번 있었던 거 같아요. 뚜체, 그는 좋은 아움이었어요. 좋은 아움이었지만 어느 날 죽고 말았어요. 매일 쥴·즈제의 꿈을 꾼다고 했어요. 그러다가 죽고 말았어요."

그녀는 엄지손가락에 낀 반지를 쓰다듬었다. 그러고 나서 공을 잡듯 두 손을 그러쥐자, 손바닥 사이에서 남자가 나타났다. 그도 다른 수백억의 즈제인처럼 피부가 까맣고 머리카락이 지독한 곱슬이었다(즈제인의 외모는 지구의 흑인과 흡사했다). 남자는 웃으면서 걸어왔다. 걸어오면서 말했다. 오늘은 좋은 날이야, 이런 날이 또 언제 있었는지 기억이 까마득해. 그리고 크게 웃었다. 그건 즈제식 이미지 출력장치였다. 물론 구식이었다. 그녀가 즈제 행성계를 떠난 지 너무 오래됐기 때문이다. 짧은 영상은 몇 번이고 반복됐다. 그때마다 남자는 오늘은 좋은 날이야, 이런 날이 또 언제 있었는지 기억이 까마득해, 라고 말했다.

"제게 남은 그의 사진은 이것밖에 없어요. 그가 죽고 어느 날 저는 슬픔에 못 이겨 그의 모든 사진을 없애버리고 말았어요. 우연히 이거 하나만 남았어요. 그는 쥴·즈제인이었어요. 저는 뉘·즈제인이고 그는 쥴·즈제인이지만, 지구에서 우리는 외계인이었어요. 우린 언제나 서로에게 의지했어요. 우린 지구에서 삼십칠 년 동안 친하게 지냈어요. 비록 우리 즈제인들이 지구인에 비해 오래 산다고 하지만 그래도 그건 긴 시간이었어요(그들은 지구인에 비해 1.5배에서 2배 정도 오래 살았다). 우리는 서로를 운명이라고 불렀어요. 지구에서는 인생을 배에 비유하곤 해요. 지구에 온 즈제인들은 인생과 운명을 우주선에 비유해요. 우리는 이미 우주선을 탔어, 우주선은 튜브를 거꾸로 가고 있어, 모르토가 바닥난 우주선 등등, 어쩌면 들어봤을 거예요. 지구에서와 비슷한 표현으론 한 우주선에 탄 아움, 이라는 말도 있어요. 뚜체와 제가 그랬어요. 우리는 한 우주선에 탄 아움이었어요. 하지만 그건 비유가 아니라 진짜였어요. 우리는 한 우주선을 타고 지구로 왔어요. 그 우주선에는 뚜체의 딸과 남동생과 어머니가 있었고, 또 저와 두 남자가 있었어요. 우린 그렇게 칠 년 동안 그 우주선에서 지냈어요. 하지만 지구에 도착했을 땐, 우리 둘만 살아남았어요. 우린 늘 손을 마주잡고 말했어요. 네가 없으면 이제 나는 지구에서 어떻게 하지? 그 뚜체가 죽었어요.

그는 내장이 썩어가는 병에 걸려서 죽고 말았어요. 그 병은 특히 쥴·즈제인이 자주 걸리는 병이었어요. 그의 곁에 다가가면 지독한 악취가 났어요. 축축한 단백질이 썩어갈 때 나는 그 특유의 냄새 말이에요. 저는 그 냄새를 잘 알고 있었어요. 그 일이 있기 전까지 뉘·즈제에 살 때 매일 맡던 냄새였어요. 시체에서 나는 그 냄새였어요. 반평생을 시체 치우는 일을 하다보니, 저는 제가 원할 때면 냄새를 맡지 않는 법을 익히고 있었어요. 저는 뚜체와 만나면 깊게 심호흡을 하고, 제 비법으로 코의 일부 기능을 정지시켰어요. 물론 뚜체는 몰랐어요. 그는 제게 묻곤 했죠. 마르죠욘, 내 몸에서 냄새가 나지 않아? 그럼 저는 그의 몸에 코를 갖다 박고 킁킁거리면서 말했어요. 응, 냄새가 나, 불쌍한 외계인의 냄새가 나고, 지구의 냄새가 나. 뚜체는 질겁하고 제 머리를 밀었어요. 마르죠욘, 코 조심해, 내 내장이 썩어가고 있단 말야. 하지만 전 그에게 더 찰싹 붙어서 킁킁거렸어요. 마치 오래전 제 아이가 제 품으로 파고들듯이 그랬어요. 그러면 그는 그 쥴·즈제인 특유의 세상 다 산 듯한 낯빛으로 말했어요.

마르죠욘, 나는 죽어가는 걸까?

응.

근데 이상해. 나는 지금 행복해.

나도 알아, 뚜체.

그리고 죽어가는 그는 저를 안아줬어요. 저도 그를 안았어요. 우린 서로에게 아이였어요. 제게도 그에게도 아이가 있었어요. 제 아이는 뉘·즈제를 떠나기 육 년 전에 죽었어요. 뚜체의 아이는 우주선에서 배고픔과 추위를 못 이겨 죽었어요. 우린 종종 서로의 아이를 안듯이 서로를 안았어요. 그는 언제나 다정했어요. 그 뚜체가 죽었어요."

그렇게 말하고 그녀는 커다란 컵에 오렌지주스를 가득 채웠다. 주스는 진한 노란색이었다. 서쪽으로 난 커다란 창을 통해 캘리포니아의 저녁놀이 들어차고 있었다. 즈제인은 추위에 약했다. 그래서 그들은 대부분 따뜻한 곳에 살았다. 특히 캘리포니아와 남부 유럽을 선호했다.

마르죠욘은 말했다. 미안해요, 목이 너무 말라요. 그러고는 단숨에 주스를 들이켰다. 해질녘의 그림자에 축축이 젖은 채, 파르르 떨리는 입술을 꼭 다문 채, 한쪽만 남은 커다란 눈을 지그시 감은 채, 혀끝으로 주스를 음미하면서.

음료를 모두 마시자 그녀는 천천히 눈을 떴다(왼쪽 눈이었다).

"지구에 와서 가장 좋아하는 게 오렌지주스예요. 아니 지구에 와서 행복한 이유 하나만 말하라면 지구의 수많은 달달한 음식들이에요. 만약 그 일이 없었더라면, 그랬다면 세상에 이런 다정한 맛이 있다는 걸 알 수 없었을 거예요. 뉘·즈제에도 단 음식이 있어요. 하지만 이렇게 달진 않아요. 즈제의 과일들은 대부분 맑고 시원하지만, 이렇진 않아요. 즈제엔 밤이 없어서 그런가요? 뭐가 다른 거죠?"

말을 하는 와중에도 그녀는 그 커다란 컵, 그러니까 그녀의 얼굴만한 아이보리색 컵에 오렌지주스를 다시 가득 채웠고 다시 숨도 쉬지 않고 모두 마셔버렸다. 그녀는 말했다.

"당신도 마실래요?"

그녀는 다시 말했다.

"왜요? 왜 마시지 않죠? 당신, 지금 너무 지쳐 보여요."

*

므스느그흠은 돌고 있었다. 그는 보이지 않는 작은 행성을 돌고 있었다. 이 행성, 그러니까 101-툼-57의 행성 탈출 속도는 시속 52만 킬로미터였다. 물론 행성 띠 외부에서 돌고 있는 므스느그흠의 우주선에 미치는 중력은 내부보다 약했다. 그래도 뷜 물질로 만들어진 행성이었다. 어느 순간 강력한 중력장이 한 지점에서 폭발하듯 다가올지 몰랐다. 신경을 곤두세워야 했다. 우주선은 어느새 101-툼-57을 수십 바퀴째 돌고 있었다. 굉장한 속도였다. 101-툼-57의 대기에 섞여 있는 우주 먼지가 타오르며 불꽃을 일으켰다. 므스느그흠에게도 엄청난 압력이 느껴졌다. 속도가 높아질수록 크루잎은 모르토를 급격히 소모하며 우주선 내부의 압력과 열을 조절했다. 하지만 모든 압력을 상쇄할 수 없었다. 그는 내장을 짓누르는 고통을 이를 악다물고 참아냈다.

크루잎은 이제 다섯 바퀴만 더 돌면 목표 속도에 이를 거라고 계산했다. 그 속도로 지구를 향해 쏘아질 것이었다. 태양계의 수직으로 쏘아질 거였다. 태양계의 여덟 개 행성은 평면 위를 나란히 돌고 있었다. 심지어 수천억 개의 운석과 왜소 행성, 얼음덩어리 들조차 이 평면 위에 있었다. 마치 거대한 접시 같았다. 101-툼-57은 그 태양계 접시의 상단에 위치한 거였다. 이 행성을 거치면 수직으로 평면 궤도에 진입할 수 있었다. 쥐를 향해 날아드는 부엉이처럼 그랬다. 거추장스러운 돌덩어리나 목성의 중력을 신경쓰지 않아도 됐다. 태양의 중력에 안정적으로 이끌려 종국에는 시속 102만 킬로미터에 이를 것이었다. 그리고 감속을 위해 수성 외곽 궤도를 한 바퀴 돌아야 할 것이었다. 계산에 따르면 칠천구백이십 시간 후 지구 궤도에 도달할 수 있었다.

시속 102만 킬로미터. 굉장한 속도였다. 이 우주선이 감당할 수 있는 최고 속도는 시속 150만 킬로미터 정도였다. 하지만 일반적으로 행성 추진으로라도 150만 킬로미터 이상으론 운항하지 않왔다. 사실상 시속 130만 킬로미터를 초과해도 우주선에 이상이 발생하기 시작했다. 지구 항행 이전까지 므스느그흠이 경험한 최고속도는 대략 62만 킬로미터였다. 물론 므스느그흠은 성간 튜브를 빠져나왔다. 그 튜브를 통하면 항성계 간 이동에 서너 달이 소요됐다. 실제 항성 거리를 시간으로 계산하면 어마어마한 속도였다. 하지만 그건 속도이되 속도이지 않았다. 항성 간 튜브는 공간과 거리의 왜곡이 있는 곳이었고, 체감상 므스느그흠이 이동한 거리는 8.6억 킬로미터에서 11.5억 킬로미터 정도였다. 실제로 우주선의 속도계도 시종일관 시속 40만 킬로미터 정도를 유지했다. 만약 그가 지구에 올 일이 없었더라면 이 속도를 경험할 일이 없었을 것이다.

므스느그흠은 원래 군인이었다. 그러다 돌연 우주토지개발 회사에 입사했다. 행성을 개척하고 각종 우주 플랜트를 건설하는 회사였다. 이유는 간단했다. 군인보다 토지개발직이 더 빨리, 더 멀리 갈 수 있었기 때문이었다. 아버지가 죽었다는 소식을 듣고 달려갔을 때, 그는 누구보다 빨리 뛰었다. 그는 매일 아버지가 죽길 바랐다. 하지만 막상 죽었다고 하니 견딜 수 없었다. 견딜 수 없다고?

무얼 견딜 수 없는 거지?

그때였다. 경보음이 울리기 시작했다. 이상했다. 우주선의 궤도가 행성에 가까워지고 있었다. 원래 행성을 돌 때는 우주선 배면의 출력장치를 통해 중력에 빨려들지 않도록 해야 했다. 특히

101-툼-57과 같이 띠가 있는 행성은 회전 궤도가 행성에 지나치게 가까워지면 행성을 돌고 있는 우주 쓰레기들과 충돌해 우주선이 파괴될 수 있었다. 므스느그흠은 패널에 표기되는 수치들을 확인했다. 확실했다. 행성에 점차 가까이 다가가고 있었다. 다른 수치들을 살폈다. 배면 출력장치가 제대로 작동하지 않고 있었다. 그는 천장에 붙어 있는 수동 조작 부스를 열어 레버를 당겼다. 하지만 여전히 배면 출력장치는 미약하게 작동할 뿐이었다. 이대로는 행성을 탈출할 수 없었다. 이대로는 감당할 수 없는 속도까지 다다를 것이었다. 그러면 점차 높아지는 압력과 열에 의해 우주선과 함께 전소하거나, 우주 쓰레기와 충돌해 산산조각이 날 것이었다.

므스느그흠은 다시 레버를 잡아당겼다. 잡아당기고 또 잡아당겼다.

*

압 항성계에는 세 개의 항성이 있었다. 그 항성들은 압과 누와 듐이라고 불렸다. 주 항성은 압이었다. 압의 질량은 태양의 30퍼센트, 가시 밝기는 0.2퍼센트, 복사량은 1.2퍼센트 정도였다. 누와 듐은 쌍성이었다. 누와 듐은 마치 손을 맞잡고 도는 어린아이처럼, 혹은 두 개의 눈처럼 서로 중력을 주고받으며 압의 궤도를 공전했다. 누의 질량은 태양의 17퍼센트, 가시 밝기는 0.08퍼센트, 복사량은 0.48퍼센트였고, 듐의 질량은 태양의 14퍼센트, 가시 밝기는 0.06퍼센트, 복사량은 0.36퍼센트 정도였다. 이 항성들은 태양에 비해 작고 차가웠다. 그래서 뉘·즈제와 쥴·즈제가 생물이 생존하기에 적합한 온도를 유지하기 위해서는, 세 항성과의 거리가 지구와 태양과의 거리보다 훨씬 가까워야 했다. 가깝기 때문에 지구에서 보이는 태양보다 크게 보였다. 특히 압은 위압적일 정도로 컸다.

세 개의 항성은 서로 영향을 강하게 주고받으며 움직였다. 그리고 그 위치 조합에 따라 행성들에 미치는 중력의 강도와 방향도 조금씩 달라졌다. 행성들은 항성들의 작은 변화에도 예민하게 반응했다. 그래서 뉘·즈제의 자전 주기는 5.4일에서 6.8일, 공전 주기는 84.2일에서 90.1일이었다. 뉘·즈제는 지구보다 7배 정도 컸고, 육지가 없었다. 바다로 뒤덮인 행성이었다. 물론 이제는 즈제인이 만든 약 오백만 개의 인공섬이 있었다. 쥴·즈제의 크기는 지구의 4배였고, 자전 주기는 4.1일에서 5.3일, 공전 주기는 102.8일에서 112.9일이었다. 쥴·즈제는 척박하고 건조한 행성이었다. 북반구는 늘 영상 백 도까지 올라갔고, 남반구는 백팔십 도 안팎의 온도를 유지했다. 따라서 그곳의 아움들은 쥴·즈제 중간 권역의 좁고 긴 위도에서만 살아갈 수 있었다.

뉘·즈제와 쥴·즈제 역시 아주 가까웠다. 그래서 세 개의 태양 외에도, 뉘·즈제의 하늘에는 황갈색의 쥴·즈제가 커다랗게 걸려 있었고, 쥴·즈제의 하늘에는 푸른색의 뉘·즈제가 걸려 있었다.

그러니까 압 항성계는 세 개의 항성과 다섯 개의 행성이 주머니 속 구슬처럼 오밀조밀하게 모여 있는 곳이었다.

하지만 무엇보다 세 개의 태양 때문에 생기는 즈제의 가장 독특한 특징이라면 어둠이 없다는 것이었다. 압과 누와 둅이 즈제 행성들의 앞뒤에서 상시적으로 빛을 발했기 때문이었다. 항성들의 공전 주기에 따라 덜 밝은 날과 더 밝은 날이 있을 순 있었지만, 어둠은 없었다. 그랬다. 뉘·즈제도 쥴·즈제도 밤이 없는 행성이었다.

그래서 즈제인에겐 하루라는 개념이 지구와 달랐다. 두 개의 즈제 행성엔 하루를 정의하는 기준이 약 천오백 개 정도, 하루를 의미하는 단어가 약 만이천 개 정도 있었다. 그것이 두 행성의 문명이 발달할수록 행성별로 기준이 통합되어가다가, 종전 후에는 쥴·즈제에 의해 강제로 모든 단위가 일원화되었다. 그래서 하루는 일 리포호 혹은 일 리포라고 했다. 이건 쥴·즈제의 언어였다. 쥴·즈제는 전통적으로 다섯번째 식사 이후, 여섯번째 식사 이전에 긴 휴식시간이 있었는데, 이걸 리포호라고 불렀다(쥴·즈제의 지역에 따라 이것은 세 번의 식사 이후나 여섯번째 식사 이후로 바뀌긴 했지만, 시간적으론 별 차이가 없었다). 물론 이 단위는 뉘·즈제의 시간 리듬과 미묘하게 어긋나 있었다. 그래서 뉘·즈제는 일 년에 한 번씩 수정 시간을 발표해야만 했다.

그런데 다른 관점에서 보면 하루에 대한 이야기는 조금 달라졌다. 바로 즈제인 특유의 신체적 특성 때문이었다. 그들은 지구인과 다르게 서른일곱번째 식사가 끝나면 잠이 들었다. 그 기간은 지구 기준으로 대략 백십이 시간이었다. 그렇게 잠들면 그들은 이십팔 시간 정도 내리 잤다. 잠이 들고 깨는 것 역시 즈제인들에겐 중요한 시간 단위였다. 그들은 이걸 레나스키라고 불렀다(이 단어는 잠에서 깨서 다시 잠이 드는 기간을 가리키기도 했고, '잠' 그 자체를 지칭하기도 했다). 만약 지구인들처럼 잠이 들고 깨는 걸 하루의 단위로 생각한다면 1레나스키야말로 진정한 의미의 '하루'라고 할 수도 있었다. 그리고 어쩌면 그 백십이 시간에 한 번 있는 수면이, 그 눈을 감는 시간들이, 즈제인들이 경험할 수 있는 유일한 밤이었다.

*

팔이 없는 아이는 말했다.

"너무 추웠어요. 어느 날 보니까 제 팔에서 이상한 냄새가 났어요. 눅눅한 냄새요. 그건 동상에 걸린 거였어요. 두 팔이 점차 썩어가고 있는 거였어요. 그래서 잘랐어요. 처음엔 왼쪽 팔을 자르고, 이틀 뒤에 오른쪽 팔을 잘랐어요. 제가 어린아이라 한꺼번에 자를 수 없다고 했어요. 하지만 그건 더 잔인한 짓이었어요."

*

　사천 년 전 삼만이천 명의 쥘·즈제인이 뉘·즈제에 왔다. 그들은 최초의 이주민이었다. 뉘·즈제를 최초로 발견한 건 그들이 아니었지만, 뉘·즈제에 최초로 이주한 건 그들이었다. 그때까지 뉘·즈제에는 평균 수심 2천 킬로미터에 달하는 어마어마한 바다밖에 없었다. 한 톨의 육지도, 한 마리의 생물도 없었다. 그 뉘·즈제에서 이주민들은 악착같이 살아남았다.

　그건 일명 '새로운 세기'라고 명명된 본행성(쥘·즈제)의 프로젝트였다. 본행성은 뉘·즈제를 개척하기 위해 뉘·즈제의 척박함을 감당할 아움들이 필요했다. 그러니까 희망을 잃은 아움들, 너무 까마득한 오래전부터, 혹은 애초부터 희망 따윈 없었던, 희망이란 게 무엇인지도 모르는, 눈앞에는 언제나 먹먹한 삶만이 남아 있는 아움들, 그래서 깊은 바닷물만 가득한 행성을 푸른 시작이라고 믿으며 살 수 있는 아움들이 필요했다. 그들 중 대다수는 죄수들(대부분 정치범이었다)과 지독하게 가난한 자들이었다. 그들에겐 뉘·즈제가 마지막 선택, 어쩌면 유일한 선택이었다. 그런 이주민들이 그 바다에 발을 디딘 거였다. 그들은 뉘·즈제에 약 오백만 개에 달하는 인공섬을 만들었고, 나무를 심었고, 바다 생물을 번식시켰다. 그 과정은 험난했다. 매일같이 누군가 죽었다. 땅과 연료가 모자란 뉘·즈제에선 매장이나 화장을 하지 않았다. 죽은 자

272

들은 깊은 바다로 떠밀려졌다. 그러면 그들은 바닷속에서 다신 돌아오지 않았다. 그렇게 이주민의 시체를 먹으며 이 거대한 바다 행성은 또다른 즈제 행성이 되어갔다.

뉘·즈제에는 맹세할 때 눈을 부릅뜨고 하늘을 똑바로 쳐다보는 습관이 있는데, 일반적으로 그건 쥴·즈제 일부 지역의 이르트 신앙(세 개의 항성을 숭배하는 종교)이 뉘·즈제에 유입되면서 생긴 관습이라고 알려져 있다. 종교는 사라지고 항성을 숭배하는 자세만 남았다는 것이다. 하지만 그렇지 않다. 그건 최초의 이주민들에게서 시작된 전통이었다. 본행성으로부터 우주선이 오는 날이면 모든 이주민들은 하루종일 하늘만 쳐다보며 기다렸다. 그건 그 우주선에 나무와 바다 생물이 가득 실려 있기 때문이고, 그리고 그건 자신들의 아들딸과 아들딸의 아들딸을 위한 것이며, 그 아들과 딸들은 바로 자신들의 희망이고, 어쩌면 그건 이 척박한 행성으로 온 유일한 이유였기 때문이었다. 그 자세로부터 시작된 맹세였다.

그 뉘·즈제에 어느 날 쥴·즈제의 병사들이 총을 들고 들어왔다. 작열하는 빛무리를 등지고 즈제 땅에 발을 들여놨다. 마치 세 개의 태양으로부터 보호를 받겠다는 듯이(실제로 그들의 광학 군복은 빛을 산란시켜서 시야에 잘 포착되지 않았다). 그렇게 전쟁이 시작됐다. 그리고 전쟁은 이백팔십사 년 후에 끝나게 됐다.

*

때때로 성실한 자들은 성실하기 때문에 그 어떤 것도 이룰 수 없는 법이다.

뉘·즈제와 쥴·즈제의 전쟁이 이백팔십사 년 동안 지속된 것은 그들이 난폭하고 미개해서가 아니었다. 난폭하기는커녕 그들은 우주에서 가장 침착한 종족이라 할 수 있었다. 침착할 뿐만 아니라 집요하고, 때로는 미련해 보일 정도로 인내심이 강한 종족이었다. 그들은 언제나 정확한 지점에 닿기 위해 차근차근 전진했으며, 비약과 과장을 견디지 못했다. 그래서 즈제인은 아주 사소한 것에까지 매뉴얼을 만들길 좋아했다(뉘·즈제인이나 쥴·즈제인이나 마찬가지였다). 그들은 전쟁마저도 성실하게 임했다. 전쟁에 관한 수만 가지 매뉴얼을 만들었다. 심지어 고문과 살해, 혹은 강간과 모욕에 관해서도 그랬다. 그들은 매일같이 어떤 매뉴얼을 만들었고, 전쟁의 폭력도 고통도 매일같이 체계화됐다. 그러니까 이백팔십사 년 동안 그랬다. 그건 꽤 긴 시간이었다. 할아버지 할머니의 할아버지 할머니와 아들딸과 그들의 아들딸과 다시 아들딸이 전쟁에서 죽었다. 그리고 그들의 아들들도 딸들도 계속 죽을 거였다. 그들은 할아버지 할머니의 눈동자 색을 물려받았고, 전쟁도 물려받았다.

이백팔십사 년 동안 두 즈제 행성에선 전쟁 기술을 제외한 모든 시스템이 퇴보했다. 뉘·즈제의 인구는 대략 60퍼센트, 쥴·즈제의 인구는 27퍼센트 정도 감소했다. 누가 보더라도 명백했다. 이미 전쟁은 어느 순간부터 그들의 현재뿐만 아니라 미래마저도 갉아먹고 있었다. 즈제인들은 생각했다. 우리는 합리적인 종족이다. 우리는 철두철미하다. 그런데 우리는 왜 이 비효율적인 난장을 끝내지 못한 채 질질 끌려가는가?

그건 어쩌면, 그들이 누구보다 성실했기 때문일지도 모른다. 전쟁은 어느 순간 텅 비어갔다. 그 누구도 이 전쟁이 왜 벌어지고 있는지 대답할 수 없었다. 언제부터 그랬는지 아무도 몰랐다. 누군가는 개전 오십 년 후부터라고 했고, 또 누군가는 쥴·즈제의 군인들이 뉘·즈제에 발을 디딘 그 시점부터라고 했다. 하지만 전쟁에 참여한, 죽이는 자들과 죽임을 당하는 자들과 숨어 있는 자들과 그걸 지켜보는 자들이 문득 그걸 깨달았을 즈음, 전쟁은 이미 내리막을 굴러가는 공처럼 하염없이 작동하고 있었다. 두 행성의 즈제인들은 그들의 상상을 벗어난 전쟁의 크기에 압도됐다.

그러니까 성실하다는 것은 종종, 혹은 아주 자주 그 어떤 것도 이룰 수 없는 법이다. 성실한 자들의 상상이란 현재를 미래인 것처럼 가장하는 것이고, 그들의 상상이란 상상이란 이름의 서투른 자위고, 그들의 상상이란 물려받은 낡은 설계도에 불과하기 때문이다. 그러므로 어쩌면 성실한 자들의 손에는 애초부터 아무것도 존재하지 않으며, 그래서 그들은 끊임없이 허공에 놓이는 운명인지도 모른다. 이것을 즈제인들은 몰랐다. 전쟁이 그들의 손아귀에서 벗어날수록 그들은 더욱 집요하게 전쟁에 집중했다. 더 열심히 죽었고, 더 열심히 증오했다. 그들에게 끝낸다는 건 시작했다는 것이고, 시작했다는 건 끝내야만 한다는 의미이며, 끝낸다는 건 그만둔다는 말이 아니었다. 하지만 그럴수록 이 거대한 비극은 물가의 진흙이 허물어지듯 어느 순간 원점으로 돌아와 있었다. 이백팔십사 년 동안 그랬다.

*

　노인은 개를 쓰다듬으며 말했다.

"알려진 대로 전 밀고자 출신입니다. 물론 아주 오래전 일이지요. 하지만 아직까지 전 밀고자라 불리고 있습니다. 저도 알고 있습니다. 모두들 제 앞에선 꼬뚜 어르신, 이제 그건 모두 예전 일입니다, 누가 그따위 썩어빠진 이야기를 신경쓴답니까, 라고 합니다. 하지만 제 뒤에선 쓰레기 같은 밀고자, 쥴·즈제의 앞잡이 새끼, 라고 말하죠. 알고 있습니다. 알고 있어요. 쥴·즈제 출신이라고 예외는 아닙니다. 그들 역시 저를 더러운 잡종 놈이라고 말합니다. 저를 완전히 믿으면 안 된다고 말합니다. 밀고자 출신은 뉘·즈제인들보다 더 신뢰할 수 없다고 말합니다. 그것도 알고 있습니다. 그래서 당신도 제게 도움을 요청하러 온 게 아닙니까? 잡종 놈이라서, 언제든지 자기 자신을 위해서라면 얼굴을 바꿀 수 있는 아움이라서, 조건만 잘 제시하면 협조를 얻을 수 있을 거라고 낙관한 게 아닙니까? 당신도 이해합니다. 자연스러운 겁니다. 충분히 그럴 수 있습니다. 확실히 제 지지를 얻는다면 동부 유럽의 즈제인들은 모두 군말 없이 서명을 할 겁니다. 과거야 어쨌든 지금 많은 아움들이 저를 따르니까요. 다른 즈제인들은 추운 곳에서 사는 우리를 지독하다고 욕하지만, 우린 그 따뜻한 곳에서만 사는, 나약하고 자기만 아는 놈들과는 다릅니다. 우린 어쨌든 단결력이 좋습니다. 하지만 지난번처럼 이번에도 제 대답은 거절입니다. 할 수 없습니다. 특별 보상도 제겐 의미가 없습니다. 앞으로 몇 번을 찾아오든 마찬가지입니다. 이해할 수 없으신가요? 그럼 제 얘기 좀 들어주십시오.

저는 헤누르보라는 작은 섬 출신입니다. 오래전, 그러니까 아직 뉘·즈제에서 전쟁이 계속되던 시절의 일입니다. 저 역시 많은 아이들처럼 전쟁통에 일찌감치 부모를 잃었습니다. 부모님의 얼굴조차 본 일이 없습니다. 제가 갓난아기일 때 죽었다고 들었습니다. 그런 저를 할머니가 키워주셨습니다. 할머니는 엄격한 분이었습니다. 그녀는 언제나 말했습니다. 기쁨이 온다는 건 곧 불행도 온다는 말이다. 큰 기쁨은 큰 고통의 다른 말일 뿐이다. 행복이라고 말하지 마라. 그것은 거짓이고, 아움을 게으르게 만든다. 그것은 죄악이다, 라고. 물론 할머니가 저를 괴롭히려고 그런 말을 한 건 아니었습니다. 아니 오히려 그녀는 저를 끔찍하게 사랑했고, 언제나 제 앞날을 걱정했습니다. 그녀는 잔뜩 화가 난 듯한 얼굴을 한 채, 풀을 쑤어 만든 죽을 제 입에 넣어주곤 했습니다. 그녀 자신이 아무리 배가 고파도, 아무리 피곤해도 예외가 없었습니다. 늘 제 입이 먼저였습니다. 할머니에겐 제 배를 채우는 게 가장 중요한 일인 것처럼 보일 정도였습니다. 그런 할머니가 제가 열한 살—물론 지구의 열한 살과 다릅니다만 어쨌든—이 되던 해에 돌아가시자 전 고향에서 지내는 게 너무 괴로워 무작정 집을 나왔습니다. 그러고는 다른 고아들처럼 백 개의 언덕과 골짜기에 둘러싸인 콤느그·스베크라는 도시로 가게 됐습니다. 부모가 없는 아이들은 도시로 가야 살 수 있는 법이니까요.

그 도시는 아주 작았습니다. 사실상 면적이라고 해봤자 제 고향과 다를 바 없었습니다. 다만 그곳은 도시였고, 도시였기 때문에 쥴·즈제의 군대가 주둔해 있었고, 그래서 다른 섬들보다 제대로 된 생활이 이뤄지는 곳이었습니다. 그곳엔 살기 위해 모인 전쟁고아와 과부와 굶주린 노인 들이 바글바글했습니다. 우리는 작은 빵 하나에 아귀다툼을 했습니다. 그곳에서 악착같이 살았던 기억이 납니다. 한끼를 먹기 위해 무슨 일이든 닥치는 대로 했습니다. 똥통에 머리를 처박고 청소하는 일이든, 도시 아래에 묻힌 어둡고 냄새나는 하수관을 하루종일 기어다니는 일이든, 구두닦이든 뭐든 했습니다. 그래도 저는 밀고자 노릇은 하지 않았습니다. 그땐 그랬습니다. 할머니 말에 따르면 제 부모도 쥴·즈제의 군대 때문에 죽은 거니까요. 그리고 꼭 그게 아니더라도, 저는 타고난 애국자였습니다. 언제나 저는 뉘·즈제의 국기를 배에 둘둘 말고 그 위에 옷을 걸쳤습니다. 그렇게 하고 거리로 나서면 내장에서부터 분노가 치밀어올랐고, 무얼 하든 누구에게든 지지 않을 자신이 생기는 듯했습니다. 저는 고아와 부랑자와 건달과 뚜쟁이 사이에서 유명했습니다. 그들은 제 배에 있는 국기에 대해, 제 용기에 대해 자주 얘기하곤 했습니다. 믿을 수 없으시겠죠? 저 역시 믿을 수 없습니다. 하지만 사실입니다.

그럼에도 도시 생활은 힘들었습니다. 고통이란 내장과 같은 겁니다. 옷을 아무리 바꿔 입어봤자 고통은 그대로라는 거죠. 왜 그러냐 물으면 답할 수 없지만, 원래 그런 겁니다. 시골에서 도시에 온들 달라질 리가 없습니다. 저는 그걸 도시에 온 첫날 알았습니다. 공기로 알았고, 냄새로 알았습니다. 저는 작은 쥐였습니다. 낡아서 언제라도 고장날 것 같은, 하지만 어김없이 초침이 돌아가는 그런 커다란 시계 안에 사는 작은 쥐였습니다. 시계가 멈추면 시계 주인이 시계를 수리하기 위해 뚜껑을 열지도 모른다는 공포에 떠는 작은 쥐였습니다. 그 쥐는 조심스럽게 시계 속을 돌아다닐 것입니다. 자칫 작은 톱니 하나라도 잘못 건드렸다간 어떻게 되겠습니까? 도시의 삶이 그렇습니다. 작은 실수가 곧 돌이킬 수 없는 불행이 됩니다. 그날도 그랬습니다. 저는 사흘째(삼 리포호째) 빵

한 조각을 제외하곤 아무것도 먹지 못한 채 누워 있었습니다. 당시 저는 종탑 옆에 있는 한 건물 옥상에서 지냈습니다. 그 옥상은 넓고, 시내에 있으며, 종탑의 그림자가 깊게 드리워져 다른 곳보다 지내기 좋았습니다. 다만 매 시간 울리는 종탑의 종소리에 내장까지 덜덜 떨리는 게 조금 불편하다면 불편했습니다. 그런데 오랜 시간이 지나 생각해보니 이 종소리가 제 몸을 갉아먹은 게 아닌가 싶습니다. 지구에서 만난 어떤 의사의 말이, 소음이란 건 꽤 무서운 거여서 살아 있는 것을 죽이기도 하고 살리기도 한다더랍니다. 저는 중년 이후 원인을 알 수 없는 안면마비에 시달렸습니다. 처음엔 얼굴 반쪽이 조금 굳는 정도였습니다. 십 분 정도 마사지를 하면 풀리는 그런 사소한 거였습니다. 하지만 어느 순간부터는 얼굴 왼쪽이 전혀 움직이지도 않고, 바늘로 찔러도 아무런 감각이 없는 그런 상태가 된 것입니다. 바로 당신처럼요. 제가 비웃는 것처럼 보인다면 용서하십시오. 저는 그런 아옴이 아닙니다. 저는 비웃는 법을 배운 적도 없습니다. 물론 당신도 그럴 거라고 생각합니다. 아옴에겐 각자의 사정이라는 게 있는 법이니까요.

어쨌든 그때도 그게 원인이었는지 뭔지, 저는 지독한 몸살에 걸려 누워 있었던 겁니다. 그러다 더이상 배고픔을 이기지 못하고 거리로 나선 것이었습니다. 작은 빵 부스러기라도 얻을 수 있을까 싶어, 자주 가던 쓰레기통을 뒤지고, 안면 있는 가게로 구걸을 하러 가보았지만 이미 다른 아이들이 한바탕 휩쓸고 난 참이었습니다. 그렇게 걸어도 아무 수확이 없자 저는 점차 견딜 수 없는 상태가 되어갔습니다. 어느 순간부터는 분명 인도를 걷고 있는데도 댕댕 종소리가 계속 들려와 제 몸을 헤집어놓았고, 위인지 아래인지 흐물흐물 뒤섞이는 듯했고, 다리는 제 의지와 무관하게 방직기계처럼 차곡차곡 앞으로 가기만 할 뿐이었습니다. 그러다 그만 정신을 잃고 말았습니다.

　눈을 뜨자 저는 부드러운 침대에 누워 있었습니다. 그곳은 누군가의 작은 방이었습니다. 작은 책상과 조그만 서랍장, 일인용 소파 그리고 제가 누워 있는 침대와 침대 머리맡의 협탁이 매우 정갈하게, 하지만 딱딱하지 않게 배치된, 그래서 그 안에 있기만 하면 누구라도 기분좋아질 것만 같은 그런 방이었습니다. 소파엔 쥴·즈제의 군복을 입은 한 남자가 앉아 있었습니다. 계급장으로 보아 쥴·즈제의 장교인 것 같았습니다. 그는 아주 잘생긴 남자였습니다. 캐러멜색 피부와 부드러운 눈매, 그리고 보기 좋게 얇은 입술은 그가 좋은 집안에서 자란 아움이라는 걸 증명하는 듯했습니다(대체로 뉘·즈제인의 피부는 흑단처럼 검은데 쥴·즈제인은 그보다 밝았다). 그는 무릎에 팔꿈치를 괴고 편안한 표정으로 책을 읽고 있었는데, 그 모습이 보기 좋아 저는 말없이 그를 지켜보았습니다. 그렇게 와사(남부 뉘·즈제식 차) 한 잔이 식을 정도의 시간이 지났을까요? 제 시선을 느낀 그가 저를 쳐다봤습니다. 눈이 마주치자 그는 웃으며 말했습니다.

길을 걷다가 너를 발견했단다. 너는 불쌍한 물고기처럼 땅 위에서 헐떡거리며 쓰러져 있었단다. 의사를 불러 너를 보였더니 영양실조라고 하더구나. 깨어나길 기다렸단다.

그 순간 나는 덜컥 겁이 났습니다. 혹시 이 군인이 내 몸에 감긴 국기를 본 건 아닐까? 저는 조심스럽게 옷 속으로 손을 넣어 국기를 만져보았습니다. 그러면서 물었습니다.

혹시 제 옷 속을 보셨나요?

보았지. 하지만 난 신경쓰지 않는다.

왜 신경쓰지 않으세요? 이건 뉘·즈제의 국기예요.

그래, 국기지. 하지만 이 시대에는 누구나 믿고 싶은 게 있는 법이란다. 그리고 너는 어린애잖느냐.

어린애도 게릴라가 될 수 있고, 어린애도 첩자 노릇을 할 수 있어요.

할 수 있지, 할 수 있어. 나도 알고 있다. 사실 너 같은 꼬맹이를 죽이는 건 아무것도 아니지. 그걸 원하는 게냐?

그 말에 제가 부들부들 떨자, 그는 크게 웃었습니다.

몇 살이지?

열세 살이요.

어리구나. 부모님은?

없어요.

형제는?

혼자예요.

어떻게 된 게냐?

애당초 저는 형제도 부모도 없었고 할머니는 늙어서 돌아가셨지만, 괜스레 그땐 심통이 나서 이렇게 말했습니다.

쥴·즈제의 군인들이 모두 죽었어요. 군인들이 아니었다면 전 혼자가 아니었을 거예요.

그러자 그는 벌떡 일어났습니다. 그러고는 굳은 표정으로 제게 다가와서 이렇게 말했습니다.

미안하구나.

믿어지십니까? 백십삼 년 전입니다. 전쟁이 끝나기 전입니다. 그러니까 매일같이 두 행성이 서로를 죽이던 시절 말입니다. 그때 그 쥴·즈제의 장교는 제게 미안하다고 사과한 겁니다. 저 같은 어린아이에게 말입니다. 그 잘생긴 얼굴로, 그 선량한 목소리로 제게 사과를 한 겁니다. 저는 그 순간 단박에 그가 좋아졌습니다. 그리고 그 역시 그런 것 같았습니다. 그는 그날 제게 맛있는 레알라죠(즈제식 닭 요리)를 대접했습니다. 우리는 검고 부드러운 빵을 조금씩 떼어 먹으며 대화를 나눴습니다. 제 짐작대로 그는 부유하고 따뜻한 가정에서 자란 남자였습니다. 그는 전쟁터에 부임한 지 얼마 되지 않았고, 아직 전투지에 배속된 적도 없다고 했습니다. 또한 그는 고향에 아들을 두고 왔다고 했습니다. 그 아이는 너보다 어리단다. 하지만 너처럼 반짝거리는 눈동자를 가지고 있지.

그리고 또 그는 이렇게 말하기도 했습니다. 종종 놀러오너라, 여기 네 집처럼 생각하거라. 집처럼 생각하라는 게 진짜 집처럼 생각하라는 말이 아니란 것쯤은 알았지만, 저는 개의치 않았습니다. 왜냐하면 저는 그 소박한 방이, 그 방에 살고 있는 아줌이, 그 공기가, 그 아늑함이 수시로 생각났기 때문입니다. 그 방의 창으로 거리를 바라보고 있으면, 저는 종종 즈제의 일조량이 지나치게 풍부하고 거칠다는 것을 깨닫고 깜짝깜짝 놀라곤 했습니다. 그러면 무심코 이렇게 말했습니다.

저 빌어먹을 한복판에 내가 사는 옥상이 있어요.

그날 이후, 저는 그의 집에 자주 놀러갔습니다. 제가 놀러갈 때마다 그는 저를 어린 친구라고 불렀습니다. 그래요. 우린 좋은 친구였습니다. 그래도 전 제 본분을 잊지 않았습니다. 그 말은 언제나 그 낡은 국기를 제 배에 두르는 걸 잊지 않았다는 말입니다. 그렇습니다. 그때까지 전 밀고자가 아니었습니다."

*

전쟁은 뉘·즈제의 패배로 끝났다. 그리고 쥴·즈제의 학살이 시작됐다. 일방적인 학살이었다. 종전 후에도 뉘·즈제인들이 수시로 반란을 일으키고 테러를 감행했기 때문이다. 그들의 저항은 전쟁 때보다 격렬했다. 격렬함을 상대하는 이들은 많은 경우 맹렬해지는 법이고, 맹렬함은 대체로 잔혹한 편이었다. 뉘·즈제인 열 명이 모여서 반란을 일으키면 쥴·즈제인들은 그 열 명의 고향을 모두 불태워버렸다. 반란이나 테러로 한 명의 쥴·즈제인이 죽으면 뉘·즈제의 모든 행성을 뒤져 열 명의 뉘·즈제인을 잡아 죽이고, 열다섯 명의 뉘·즈제인의 양팔을 잘랐으며, 스무 명의 뉘·즈제인의 두 눈을 도려냈다.

하지만 그들은 이백팔십사 년 동안 전쟁을 했다. 뉘·즈제인 중 누가 쥴·즈제인에게 미움을 갖지 않을 수 있겠는가? 그들에게 그건 생리적 반응과 같은 거였다. 뉘·즈제의 땅에서 태어난 자들은 뉘·즈제의 피를 뒤집어쓰고 태어날 수밖에 없으니까 말이다. 심지어 쥴·즈제인과 사이가 좋은 뉘·즈제인일지라도 유전자 한구석에 몇 가지 기억들이 있었다. 그 기억은 그들의 아버지의 기억, 어머니의 기억, 아들딸의 기억이었고, 친구의 기억, 이웃의 기억, 그리고 기억나지 않는 어느 시체의 기억이었다. 그러므로 그들이 전쟁이 끝나도 지속되는 기억들에서 벗어나기 위해 몸부림치는 건 당연한 것이었다.

쥴·즈제인이라고 다를 건 없었다. 그들 역시 이백팔십사 년에서 벗어날 수 없었다. 이백팔십사 년 동안 교전지였던 뉘·즈제만큼은 아니지만 쥴·즈제 역시 피폐해져갔다. 애초에 쥴·즈제는 뉘·즈제보다 척박한 곳이었다. 쥴·즈제의 평균온도는 뉘·즈제보다 낮았고, 일 년 내내 쉴새없이 태풍과 지진이 일어났으며, 하루에도 몇 번씩 비가 왔다가 개는 곳이었다. 쥴·즈제 역시 밤이 없었다. 하지만 늘 청량한 바람이 부는 뉘·즈제와 다르게 쥴·즈제는 좀처럼 맑은 날을 볼 수 없는 곳이기도 했다. 그래서 그런지 쥴·즈제인의 표정은 창백했고, 미간에는 늘 주름이 잡혀 있었다. 뉘·즈제인은 그렇지 않았다. 뉘·즈제인은 의지에서 삶이 비롯된다고 믿는 자들이었다. 그래서 그들은 굳은 의지를 가장 큰 미덕으로 여겼다. 의지를 믿지 않는 쥴·즈제인과 대조적이었다. 뉘·즈제인이 "그렇고말고!"라고 말하면, 쥴·즈제인은 "그럼 그렇지"라고 말했다. 또 쥴·즈제인은 자기 자신에 대해 이렇게 말하곤 했다.

"우린 늘 우울해. 그건 온 우주가 다 알아. 하지만 빌어먹을, 우리가 우울한 것 때문에 우울하다는 생각은 아무도 못하는 거 같아."

그들은 자신들이 뉘·즈제인에 비해 키가 작은 것조차 과도한 고민과 생각에 짓눌려서라고 말했다. 사실은 뉘·즈제인에 비해 9퍼센트 정도 무거운 중력 때문이었지만, 그런 건 아무 상관 없었다. 쥴·즈제인은 자조적인 농담을 즐겨 했기 때문이었다. 우주의 어느 누구도 쥴·즈제인이 나직한 어조로 하는 농담이 재미있다고 생각하지 않았고 때로는 기분이 나쁘기조차 했는데도(뉘·즈제인도 쥴·즈제의 농담을 싫어했다), 이 우울한 외계인들은 전혀 신경 쓰지 않았다.

쥴·즈제인은 늘 비관적이었기 때문에 매사에 조심스러웠다. 즈제인 특유의 끈기는 이런 데서 진화한 것일지도 몰랐다. 어쨌든 오랜 전쟁이 이 불행만 곱씹는 민족에게 어떤 영향을 미쳤는지 짐작할 수 있었다. 전쟁터였던 뉘·즈제만큼은 아니었지만 쥘·즈제의 공동체들도 전쟁에 많은 것들을 빼앗겼다. 한 집 걸러 한 집에 전사자가 있는 것은 물론이거니와, 놀랄 만큼 첨단이었던 도시들은 전쟁 막바지에 부족한 자원을 충당하기 위해 곳곳이 뜯기는 모욕을 감당해야 했다. 그 황량한 거리를 절뚝절뚝 걸으며 쥘·즈제 아움들은 이런 말을 했다.

"오래전 우리 어머니는 뉘·즈제로 떠났고, 그제는 내 다리가, 어젠 내 아들이 뉘·즈제로 떠났지. 그리고 이제 하나밖에 남지 않은 내 신발을 뉘·즈제로 보냈어. 모든 게 가는구나. 한쪽만 남은 내 다리만 빼고 모든 게 뉘·즈제로 떠났어."

쥘·즈제의 아움들은 가난과 외로움, 그리고 죽음에 대한 공포와 매일 매 순간 싸워야 했다. 하지만 그들은 고통에 비례하는 명분을, 전쟁을 지속할 명분을 찾을 수 없었다(심지어 냉소적인 그들에겐 뉘·즈제에 대한 증오조차 얄팍했다). 그렇게 텅 빈 마음으로 그들은 뉘·즈제인들을 죽인 거였다. 마치 밭에서 잡초를 뽑고, 돌을 골라내고, 가을이면 수확을 하듯이. 그래서 그들은 허무와도 싸워야 했다. 그런 의미에서 침략당한 뉘·즈제보다 쥘·즈제에서 먼저 난민이 발생한 건 이해할 만한 일이었다.

*

므스느그흠은 뉘·즈제에서 나고 자랐다. 그는 선천적으로 입이 삐뚤어진 남자였다. 조용하지만 집요하고 우울한 남자였다. 그건 그의 아버지와 어머니에게 물려받은 거였다. 아버지는 쥘·즈제 출신이었다. 쥘·즈제 출신답게 조용하고 우울한 남자였다. 또한 쥘·즈제 출신답게 눈이 아름다운 남자였다. 그리고 아들처럼 입이 삐뚤어진 남자였다. 아버지는 쥘·즈제의 군인으로 뉘·즈제에 왔다가 그의 어머니를 만났다. 어머니는 뉘·즈제인이었다. 뉘·즈제인답게 집요하고 격정적이었다. 둘은 결혼을 했고, 부부는 종전 후에도 뉘·즈제에 정착했다.

아버지는 시체를 치우는 자였다. 52번과 67번 골짜기 사이에서 시체를 치우는 열두 명의 아윰 중 하나였다. 아버지는 집에 있을 때면 시시때때로 그와 누나와 어머니를 두들겨팼다. 아버지가 없을 때면 어머니가 그와 누나를 두들겨팼다. 누나는 므스느그흠이 맞을라치면 어디선가 귀신처럼 달려와 그를 감쌌다. 누나는 작고 마른 여자였다. 그렇지만 단단한 뼈대를 지닌 여자였다. 므스느그흠을 감싼 누나의 몸은 부들부들 떨렸다. 아버지와 어머니의 발길질을 견뎌내느라 떨리는 거였다. 누나의 품속에서 므스느그흠도 오들오들 떨고 있었다. 그는 무서워서 떨었다. 그의 떨리는 볼과 누나의 뺨이 맞붙어 있었다. 그 뺨은 눈물로 젖어 차가웠다. 누나는 이를 악물고 말했다. 괜찮아, 므스느그흠, 괜찮아.

누나는 아버지를 닮아 눈이 크고 아름다웠다. 하지만 웃을 때는 우스꽝스러웠다. 왜냐하면 그녀는 선천적으로 앞니 여섯 개가 없었기 때문이었다. 그래서 평소에도 입을 오물거리는 듯했고, 입술이 쪼글쪼글했다. 하지만 므스느그흠은 누나를 생각하면, 누나의 아름다운 눈이나 쪼그라든 과일 같은 입술보다, 누나의 냄새가 먼저 떠오르곤 했다. 그 냄새는 누나 뺨의 촉감만큼, 아니 그보다 더 선명했다. 그건 이상한 비린내, 그건 어떤 외로움 같은 거였다. 그 냄새는 늘 이렇게 말하는 듯했다.

"나는 어디로 가지?"

그녀는 항상 누구보다 일찍 일어나서 누구보다 많은 것들을 해냈다. 그녀는 매일 시체를 치우는 아버지에게 빵을 가져다주었고 어머니를 도와 집안을 청소했다. 또 그녀는 어릴 적부터 마을에 있는 모든 허드렛일을 받아왔다. 몇 푼 안 되는 돈에도 최선을 다했다. 아니 보잘것없는 칭찬에도 최선을 다했다. 그녀는 마을 어귀를 매일 청소했는데, 그곳은 인공섬의 배기 장치와 가까워 항상 그을음이 날렸다. 그녀가 청소를 하고 있으면 어른들이 지나가다 커다란 눈을 깜빡거리는 그녀의 머리를 쓰다듬어주곤 했다. 겨우 그거였다. 별다른 대가가 있을 턱이 없었다. 므스느그흠은 그까짓 칭찬을 받기 위해 하루도 빼놓지 않고 청소를 하는 멍청한 누나가 한심스러웠다. 그 누나가 어느 날 사라졌다. 그에게 짧은 쪽지를 남기고 사라졌다.

'미안해. 이 행성을 떠날게.'

누나는 왜 그에게만 쪽지를 남겼을까? 누나는 왜 미안하다고 했을까? 그녀는 종종 이런 말을 하곤 했다.

"나는 이대로 행복해. 그리고 내일은 더 행복해질 거야."

하지만 그 말을 하면서도 그녀의 냄새는 말하고 있었다.

"이제 난 어디로 가지?"

므스느그흠은 그렇게 느꼈다. 어쩌면 아버지도, 어머니도, 다른 모든 아움들도 그렇게 느꼈다. 그렇게 느꼈지만 그렇다고 생각하지 않았다. 그녀가 워낙 필사적으로 살았기 때문이었다. 하지만 그 냄새가 하는 말이 맞았던 걸까? 그녀도 견딜 수 없었던 걸까? 그녀는 거짓말을 했던 걸까? 그녀는 혹시 모두가 자는 시간에 일어나, 그 커다란 눈으로 어린 동생을 물끄러미 내려다보며 어떤 끔찍한 생각을 했을까? 알 수 없는 일이었다. 어쨌든 누나가 없었으므로, 므스느그흠이 아버지에게 빵을 갖다주었고, 아버지는 므스느그흠과 어머니를 두들겨팼고, 어머니는 므스느그흠을 두들겨팼다.

므스느그흠의 어머니는 아버지보다 일찍 죽었다. 그녀는 정비공이었다. 뉘·즈제의 인공섬들은 대부분 굉장히 노후했고, 수백 명에서 수천 명의 정비공들이 매일 그 내부의 동력장치들을 조이고 닦아야만 했다. 어느 날 어머니는 정비 작업중 동료들과 오백삼십칠 개의 거대한 실린더가 작동하는 장치실에 갇히게 되었다. 그 안은 끔찍하게 더웠고, 점점 더 온도가 올라갔다. 몇 시간 뒤 구조대가 장치실의 문을 열었을 때 문틈으로 엄청난 고온의 수증기가 올라올 정도였다. 그 고온에 어머니를 제외한 모든 아움이 죽었지만, 살아남은 그녀의 사정도 나을 바 없었다. 그녀의 온몸은 고무찰흙처럼 눌어붙었고, 힘줄과 근육이 피부 밖으로 벌겋게 튀어나와 있었다. 그녀는 그날 이후 침대에 누워 지내야만 했는데, 그건 마치 짓이겨진 내장 덩어리가 침대 위에 얹혀 있는 것만 같았다. 그렇게 그녀는 불에 타 입술이 사라져버린 입으로, 그래서 쉭쉭 바람 새는 목소리로 매일 소리를 질렀다.

"뜨겁다, 뜨거워!"

그 소리는 집안에 들어서기 전부터, 그러니까 골목길 어귀에서부터 들리는 듯했다. 므스느그흠도 그렇게 느꼈고, 그의 아버지도 그렇게 느꼈고, 그들의 이웃들도 그렇게 느꼈다. 아버지는 어머니에게 손을 대지 않았다. 아니 손을 댈 수 없었다. 대신 그는 신경질적으로 그녀에게 욕을 했고, 닥치라고 소리를 질렀다. 그 말에 어머니가 울었다. 그러면 아버지는 므스느그흠을 두들겨패고 집을 나갔다. 그 모습을 지켜보면서 어머니는 죽어갔다. 사실 보고 있다고 말하기도 어려웠다. 그녀의 안구가 고열에 녹아버렸기 때문이었다. 그녀는 침대에 누워, 손가락이 한 개밖에 남지 않은 손을 간신히 들어 므스느그흠의 볼을 쓰다듬으며 말했다.

"아가야, 이리로 오너라. 더 가까이. 뜨거워서 견딜 수 없구나. 혹시 내 손이 뜨겁니? 그러니? 아니라니 다행이야. 넌 두 눈이 모두 무사해서 다행이야. 네 누나는 네 아버지처럼 눈이 예뻤지. 난 그애가 늘 안쓰러웠단다. 내가 너희들을 가졌을 때 그놈의 생선 (쏠레쏘라는 입이 길쭉한 생선. 뉘·즈제 남부에서 흔한 생선이라 주로 가난한 자들이 먹는다)을 너무 많이 먹어서 니네들이 입이 그 모양이 된 것만 같아 마음이 항상 아팠단다. 그런데 그땐 네 아버지도 없었고 너무 힘들었었어. 미안하다, 미안하구나. 나는 그게 미안해서 종종 혼자 울곤 했지."

그리고 또 이런 말을 하곤 했다.

"이 엄마의 얼굴도 한때는 열정적으로 빛났지. 모두들 그렇게 말하곤 했단다. 하지만 이젠 찌꺼기가 됐어. 엄마는 찌꺼기야. 그러니? 네 눈에도 그렇게 보이니?"

므스느그흠이 아니라고 하자 그녀는 말했다.

"아니라고? 아니라고? 넌 거짓말을 하고 있구나. 하지만 마음이 아픈 거짓말이야. 넌 착한 애니까. 네 누나도 착한 애였지(그 아이를 생각하는 게 괴롭구나). 엄마도 착했단다. 네 아버지도 착했어. 너를 다시 볼 수 있다면 좋을 텐데. 너는 어릴 때 내게서 떨어지려고 하지 않았단다. 기억나니? 이 엄마가 화장실에 가면 화장실 앞에 쭈그리고 앉아서 나를 기다렸지. 기억나니? 잘 때도 너를 업고 엎드려서 자야 했어. 매일매일. 기억나니? 너는 아직도 네 엄마를 사랑하니? 그러니?"

그녀가 빠른 속도로 말하자, 특유의 쉭쉭 바람 새는 소리 때문에 므스느그흠은 그게 무슨 말인지 단 한마디도 알아먹을 수가 없었다. 알아먹을 수 없었지만, 그는 무조건 그렇다고 대답했다. 왜냐하면 어머니를 사랑했기 때문이었다. 그러자 그녀는 만족한 듯 고개를 돌리고 다시 평소처럼 말했다. 뜨겁다, 뜨거워! 그 말은 집안을 가득 채웠다. 그리고 얼마 뒤 그녀는 죽었다.

아버지는 어디선가 날아온 총알에 맞아 죽었다. 그는 오래전 쥴·즈제의 병사로 복무하며 직접 뉘·즈제인을 죽였지만 종전 후에는 다른 자들이 죽인 시체를 수거했다. 그래서 아버지의 몸에서는 늘 시체 냄새가 났다. 아버지는 종종 슬퍼 보였다. 므스느그흠을 두들겨팰 때 특히 그랬다. 아버지는 깊은 눈매로, 그 아름다운 눈으로 므스느그흠의 삐뚤어진 입을 쳐다보며 두들겨팼다. 두들겨패면서 오래전 자신이 콤느그·스베크의 12차 소탕 작전에서 얼마나 많은 레지스탕스들을 죽였는지 말했다. 자신은 그릇이 더 큰 남자라고 말했다. 큰 꿈이 있었다고 말했다. 이대로 머물 남자가 아니라고 말했다. 므스느그흠과 꼭 닮은 삐뚤어진 입으로 말했다. 그 아버지가 67번 골짜기에서 쥴·즈제 병사들이 처형한 삼백삼십팔 구의 시체를 잘라서 비행 수레에 담아 넣는 와중에 누군가의 총에 맞아 죽었다. 그는 삼백삼십구번째 시체가 된 것이었다.

그날은 즈제인들이 스물여덟 시간 동안 잠들었다 깨어난 날, 즉

레나스키가 끝난 다음날이었다. 그날은 이른 시간부터 여러 차례 지진이 일어났다. 지진 때문에 므스느그흠은 잠에서 깼다. 그는 엎드려서 누나의 침대를 훔쳐봤다. 그날은 삼 년 전 그의 누나가 떠난 날이었다. 삼 년째 그날만 되면 므스느그흠은 견딜 수 없었다. 그에겐 이 지진이 그의 괴로움을 상징하는 것만 같았다. 그런데 그 순간 그는 아버지 역시 누나의 침대를 훔쳐보고 있다는 것을 깨달았다. 아버지도 슬픈 걸까? 그런 걸까? 아버지도 내가 깨어 있다는 것을, 누나의 침대를 보고 있다는 것을 알고 있는 걸까? 그래서 그런 걸까? 그날 아버지는 그를 두들겨패지 않고 일터로 나갔다.

아버지가 죽었을 때 므스느그흠은 빵을 들고 가고 있었다. 삼 년 전까지 누나가 들고 가던 검고 푸석푸석한 빵이었다. 그 길도 누나가 매일 걷던 길이었다. 므스느그흠은 5번 언덕에 접어들 때쯤, 죠르지흠과 마주쳤다. 죠르지흠은 왼쪽 다리에 의족을 찬, 키가 굉장히 큰 남자였는데, 그도 므스느그흠의 아버지처럼 전쟁 전엔 쥴·즈제의 병사였다가 이제는 시체 수거하는 일을 했다. 그의 목소리는 덩치에 어울리지 않게 가늘게 떨렸고, 구부정한 자세로 휘청거리며 걸어다녔기 때문에 늘 겁에 질린 것처럼 보였다. 그가 므스느그흠의 어깨를 붙잡고 파르르 떨리는 목소리로 말했다.

"얘야, 놀라지 말거라."

하지만 그 순간 므스느그흠은 웬만한 일보다 더욱 놀라운, 아니 어떤 끔찍한 일이 벌어졌다는 걸 짐작하곤 삽시간에 얼굴이 창백하게 질리고 말았다. 그런 므스느그흠을 보면서 죠르지흠은 생각했다. 이제 이 아이는 이 커다란 푸른 행성에서 혼자 살아가야 할 것이다. 뉘·즈제와 쥴·즈제에 있는 많은 아욤들처럼. 그런 종류의 불행은 적어도 두 개의 즈제 행성에선 자연스러운 일이었지만, 자연스러운 만큼 남들에게 보살핌을 받을 수 없는 일이기도 했다. 과연 이 아이는 이 일을 받아들일 수 있을까? 죠르지흠은 그런 생각으로 므스느그흠의 어깨를 꽉 붙잡고 천천히 입을 열었던 것이다.

죠르지흠의 말이 채 끝나기도 전에 므스느그흠은 이 목소리 가냘픈 남자의 손아귀에서 팅기듯이 뛰쳐나갔다. 그러곤 무시무시한 표정으로 아버지의 시체가 있는 67번 골짜기까지 뛰어갔다. 골짜기에 들어서자 사방에 시체가 널려 있었다. 벌거벗은 시체들이 여기저기 쓰러져 있었다. 죽음의 냄새가 고여 있었다. 왜? 왜 오늘일까? 꿈 같았다. 어쩌면 누나가 삼 년 전 떠난 것도, 잠결에 지진이 일어난 것도 모두 일종의 예언 같다는 생각도 들었다. 그만큼 비현실적이었다. 그건 바로 오늘이어서 그랬다. 누나가 떠난 날, 바로 그날은 이젠 아버지가 죽은 날이 되었다. 이건 어떤 은유일까? 그런 걸까? 어쨌든 그가 67번 골짜기에서 본 것은 머리가 박살난 채 누워 있는 아버지였고, 비명을 지르던 한쪽 눈이 없는 여자였고, 그리고 이제 혼자가 된 자기 자신이었다. 아버지를 쏜 자는 끝끝내 발견되지 않았다.

다시 몇 번의 리포호와 몇 번의 레나스키가 찾아왔다. 그리고 어느 날 세상에 낮은 숨소리만 남자 므스느그흠은 조용히 깨어났다. 그는 침대 앞으로 걸어갔다. 침대 위에는 압의 강렬한 햇빛에 비친 커다랗고 낡은 창의 그림자가 유령처럼 드리워져 있었다. 이제 그곳엔 아무도 없었다. 앞으로도 없을 거였다. 그 아무도, 아니 아무것도 없는 침대에 므스느그흠은 몇 방울의 눈물을 떨어뜨렸다.

예민하고 깡마른, 입매가 삐뚤어진, 그리고 우울한 어린아이가 혼자 살아가기에 종전 후의 세상은 처참했다. 세계가 처참할수록 역설적인 생존의 에너지가 온 행성을 가득 채웠지만, 그런 유의 역동성이란 많은 경우 폭력적인 거였다. 특히 두들겨맞는 것밖에 배운 적 없는 소년에게 그랬다. 그가 할 줄 아는 거라곤 경멸과 인내밖에 없었다. 누나도, 아버지도, 어머니도 사라진 세상에서 그의 경멸은 분노가 되어갔다. 그래서 그는 쥴·즈제의 군인이 됐다.

멀리 떠나고 싶었다. 어쩌면 누나는 자기 대신 도망친 것일지도 몰랐다. 그는 그런 생각을 했다. 또 그는 생각했다. 썩은 냄새를 풍기며 힘없이 누워 있던 무시무시한 어머니를, 삐뚤어진 입매를 가진 아버지를. 그리고 무엇보다 누나. 자신의 볼에 축축하게 붙은 그 쪼글쪼글한 입술, 안달복달 최선을 다하던 누나. 미련한 누나. 멍청한 누나. 떠날 줄 몰랐지만, 지금은 행복하게 살고 있을까? 버둥거리는 뉘·즈제인들의 목을 군홧발로 밟고 눈알에 총알을 박아 넣으며 그런 생각을 하곤 했다.

                          *

  6.7파섹은 138만 2천AU이고, 206조 6780억 킬로미터이다. 만약 즈제인들의 우주선으로 이 거리를 달려온다면, 대략 만오천 년정도 걸릴 것이었다. 하지만 므스느그흠은 태양계 외곽에 이르기까지 삼 년이 걸렸다. 난민들은 대략 칠 년이 소요됐다.

  오래전 즈제인들은 항성과 항성 간에는 에너지가 흐르는 길이 있다는 것을 발견했다. 어쩌면 그건 길이라기보다 터널이라고 불러야 할지도 몰랐다. 그 터널엔 양이온 상태의 에너지들이 흐르고 있었다. 마치 튜브를 통과하는 물처럼 그랬다. 그 에너지의 정체는 밝혀낼 수 없었다. 튜브 밖으로 추출할 수도 없었고, 튜브 외부의 우주에선 발견되지 않았기 때문이었다. 다만 그 에너지가 고속으로 흐를 때 푸른빛을 발했기 때문에 '누부이'라고 불렀다.

  이 누부이 튜브를 이용한 항성 간 이동을 '뛰어넘기'라고 했다. 뛰어넘기를 하면 다른 항성계 외곽에 도달하는 데 서너 달밖에 걸리지 않았다. 왜 서너 달인지 아무도 알 수 없었다. 다만 몇 가지는 확실했다.

  일단 이온화된 누부이를 견디고 앞으로 나아가는 성간 우주선의 설계는 행성 간 우주선과 달라야 한다는 것. 그래서 성간 우주선은 이온화된 모르토를 전방에서 대량으로 방출하는 구조로 제작됐다. 전방으로 쏟아져나온 모르토 이온은 누부이 이온과 충돌하며 가벼운 반발을 일으켰다. 그 반발력은 유선형으로 제작된 우주선의 후미로 자연스럽게 흘렀다. 흐름은 그대로 뾰족한 우주선의 후미에서 증폭됐다. 그리고 마치 손가락으로 튜브를 눌러 알맹이를 빼내듯 우주선은 앞으로 나아갔다. 이 과정의 단점은 미세한 방사능이 생성된다는 점이었다. 그래서 성간 여행이 잦은 즈제인들 중에서 피폭으로 사망하는 경우가 종종 있었다.

누부이 튜브에 대한 또다른 사실 하나는, 모든 튜브가 분기점이 없이 또다른 항성과 연결되어 있다는 점이었다. 하나의 항성은 두 개의 항성과 연결되어 있는 셈이었다. 그래서 즈제인들은 압과 누와 듭을 통해 총 여섯 개의 항성계로 뛰어넘을 수 있었다. 그 여섯 개의 항성계에서 또다른 항성계로 통하는 터널을 발견하고, 그다음 항성계에서 또다른 터널을 발견하는 식이었다. 태양계는 다소 늦게 발견됐다. 태양계로 오기 위해서는 듭과 연결된 듭·드(듭의 아들이라는 의미였다) 항성계, 듭·드와 연결된 그루스다 항성계, 그루스다와 연결된 태양계, 라는 세 단계를 거쳐야 했기 때문이다. 어쩌면 지구는 즈제인의 입장에서 비행기를 두 번 갈아타고, 다시 트럭으로 스무 시간을 달려야 도착할 수 있는 아마존과 비슷하다고 할 수 있었다.

튜브는 3차원에서 보이지 않았다. 그 내부로 진입하기 위해서는 모르토 중성자탄을 이용해 엄청난 규모의 폭발을 일으켜야 했다. 그러면 폭발에 의해 공간이 찢어져 튜브로 통하는 구멍이 뚫렸다.

외부로 나올 때도 마찬가지였다. 그래서 성간 우주선에는 터널 이용에 필요한 중성자 미사일이 탑재되어 있었다(므스느그흠의 우주선은 총 열두 발의 미사일을 싣고 있었다). 그 미사일을 정교하게 계산된 각도로 튜브를 향해 발사했다. 이와 같은 방식의 출입구 생성은 주로 항성계 외곽에서 이뤄졌다. 출입구 위치 계산법에는 대략 3천 5백만 킬로미터의 오차가 있었고, 그 오차범위 안에 행성이 존재할 수 있기 때문이었다. 그건 중성자 폭발에 행성이 말려들 수 있다는 말이었다. 물론 그 폭발에는 우주선도 말려들 수 있었다. 그래서 매뉴얼에는 출구로 나가기 삼백 시간 정도 앞서 미사일을 발사하라고 기재되어 있었다.

하지만 므스느그흠은 그 타이밍을 맞추지 못했다. 튜브 내부는 이상한 곳이었다. 그곳은 순수하고 정제된 에너지의 세계였다. 그곳의 흐름에 들어선 우주선은 마치 초전도체가 얼음 위를 미끄러지듯 어떠한 떨림도 없이 앞으로 나아갔다. 튜브 멀리서는 항성이 움직이는 소리가 마치 들숨과 날숨처럼 정기적인 리듬으로 들려왔다. 먹먹하고 아련하게 들려왔다. 그건 어떤 기억들을 불러왔다. 그곳에서 많은 여행자들은 나른한 기분에 사로잡힌 채 잠이 들었다. 자도 자도 잠이 왔고, 잠에서 깨어나면 다시 다정하고 슬픈 기억들을 곱씹었다. 사실 잠이 들어도 무방한 곳이었다. 출구를 향해 중성자탄을 발사하는 것만 잊지 않는다면, 그곳은 거칠고 불확실성이 가득한 우주에서 유일하게 친절한 곳이었다.

므스느그흠도 그랬다. 그는 튜브에서 오랫동안 잊고 있던 기억들을 떠올렸다. 그를 괴롭게 했던 기억들이었다. 평생에 걸쳐 그를 고통스럽게 했던 것도 있었고, 한때는 괴로웠지만 이제는 무감해진 것도 있었다. 하지만 튜브 속에 있으니 마음이 부드러워져, 오히려 그 기억들은 그 어느 때보다 그의 마음을 따뜻하게 했다. 고통스러운 기억일수록 그랬다. 이번 운항에서 모두 세 번의 뛰어넘기를 했다. 두번째 뛰어넘기까지는 그도 긴장이 풀어지지 않도록 노력했다. 하지만 세번째는 달랐다. 세 번 연속 뛰어넘기는 처음이었다. 세번째는 그도 저항할 수 없었다. 성간 여행에 중독되는 자들이 많다고 들었다. 왜 그런지 알 것 같았다. 여기서 나가면 다시 끔찍한 우주다. 그것도 이번 여행에서 가장 힘들다는 오르트 구름대다. 이 푸른빛은 따뜻하다. 따뜻하다고 생각하고 싶지 않은데, 따뜻하다. 왜 그럴까? 방사능 때문일까? 이온의 움직임 때문일까? 이건 옳은 걸까? 옳은 걸까? 그러자 므스느그흠의 깊은 곳에서 어떤 대답을 준비하는 듯 보였다. 므스느그흠은 간절한 마음으로 그 대답을 기다렸지만 종내 대답은 나오지 않았다. 그렇게 기다리다 조금 늦게 중성자탄을 발사한 것이었다. 예정보다 서른 시간이나 늦은 거였다.

'누부이'라는 말은 즈제어로 푸른색을 의미했다. 뉘·즈제의 '뉘'도 이 단어에서 파생된 것이었다. 또 이 말은 희망과 거대함을 의미하기도 했고, 또 헛됨과 일시적 망각을 의미하기도 했다. 그리고 허무를 의미하기도 했다. 투후#12 항성계에 사는 즈제인들은 뉘라는 말을 고통이라는 의미로도 쓴다지? 그들도 난민 출신이 많으니까. 튜브를 빠져나올 때 중성자탄의 잔존 에너지에 흔들리는 기체를 부여잡으며 므스느그흠은 이런 생각을 했다.

*

므스느그흠이 누부이 튜브에서 나왔을 때, 출구 일대에는 먼지밖에 없었다. 폭발이 일어난 지 이백칠십 시간밖에 지나지 않았기 때문이었다. 하지만 폭발 반경 외부를 보면 크고 작은 암석들이 우주를 가득 채우고 있었다. 오르트 구름대는 수조 개의 암석과 얼음덩어리들로 이뤄진 곳이었다. 암석이라고 해도 크기는 주먹만한 것부터 직경 10킬로미터가 넘는 것까지 다양했다. 혹은 드물게 지름이 1천 킬로미터 이내인 왜소 행성들도 있었다. 므스느그흠은 그곳에서 일 년을 보냈다. 난민들의 우주선으로는 삼 년에서 사 년이 걸리는 지역이라고 했다.

사실 이곳이야말로 지난한 지구로의 여정에서 가장 험난한 곳이었다. 이곳의 암석들은 간격도 좁고 태양계 외부 저중력권이라 궤도도 제멋대로였다. 반면 이곳을 달려야 하는 성간 우주선은 행성 간 우주선처럼 기민한 움직임이 불가능했다. 속도도 느렸다. 둘의 설계 목적이 달랐기 때문이었다. 그래서 오르트 구름대에선 아주 천천히 운항해야 했다. 어떤 곳에서보다 신경을 곤두세워야 했다. 특히 오르트 구름대의 끄트머리에 이르러서는 암석의 간격이 지나치게 빽빽했기 때문에 숨쉬는 것도, 눈 한 번 깜빡이는 것도 두려울 정도였다. 그래서 많은 운항 매뉴얼에서는 오르트 구름대에서 두 시간 이상의 수면을 취하지 않을 것을 권하고 있었다. 덧붙여 그 지역을 빠져나오기 전 이백오십 시간 정도부터는 완전 무수면을 유지하라고 지시되어 있었다.

그 지긋지긋한 암석 지대를 간신히 빠져나와도 쉴 틈이 없었다. 오르트 구름대와 태양계 경계선에 있는 101-툼-57의 궤도를 돌아야 했기 때문이다. 이 작고 기괴한 행성을 돌면서 생기는 가속력을 이용해야 수성의 공전 궤도까지 일곱 달(난민들은 일 년 이상 걸렸다), 그 공전 궤도에서 감속해서 지구로 접어드는 데 넉 달 정도(난민들은 십 개월 안팎이었다) 걸렸다. 만약 이곳에서 가속을 얻지 못한다면 느릿느릿한 성간 우주선으로 지구까지 도달하는 데 또다시 많은 시간을 소요하게 될 것이었다. 우주에서 시간의 문제란 곧 연료의 문제였고, 연료의 문제는 곧 질량의 문제였고, 질량의 문제란 또다시 시간의 문제였다. 그리고 우주에서 시간의 문제가 거듭된다는 건 생존의 문제이기도 했다.

행성 추진 항법은 오히려 누부이 튜브를 통과하는 것보다 변수가 많았다. 그럴 수밖에 없었다. 누부이 튜브는 에너지가 정확하게 날아다니는 세계, 어떻게 보면 수학적 세계, 어떻게 보면 관념

적 세계였다. 하지만 튜브 밖은 그렇지 않았다. 우주는 고요한 곳이 아니었다. 행성과 항성, 심지어 은하도 항상 시속 수백 킬로미터에서 수백만 킬로미터의 속도로 공전을 했고 자전을 했으며, 폭발과 충돌이 곳곳에서 쉴새없이 일어났다. 그 소란스러운 우주를 날아다니는 것이었다. 대부분의 추진 행성의 궤도를 다섯 바퀴 이상 돌 때면 우주선의 상태는 굉장히 예민해졌다. 시속 40만 킬로미터라도 일반적인 우주공간을 운항하는 것과 행성 궤도를 회전하는 것은 차원이 달랐다. 행성을 도는 메커니즘이 훨씬 복잡했다. 특히 뷜 물질 행성처럼 개성이 강한 행성이 그랬다. 어떤 변수가 발생할지 알 수 없었다. 실제로 많은 우주사고가 궤도에서 일어났다. 많은 아움들이 궤도 위에서 죽었다. 그래서 므스느그흠은 튜브에서 나오는 것이 두려웠다.

*

삐쩍 마른 남자는 말했다.

"그러자 바디스두다의 목소리는 사라졌소. 그의 목소리는 사라졌지만 나는 계속 중얼거렸소. 죽은 자는 먹는다, 먹은 자는 산다. 이렇게 중얼거렸소. 입으로도 그랬고, 머릿속으로도 그랬소. 마치 시계의 초침 소리처럼 나는 그 말을 흥얼거렸소. 계속 그랬소. 그 이후에도, 다 먹어치운 이후에도, 나는 언제나, 언제나 이 말을 중얼거렸소. 지금까지 그랬소.

　그러지 않고는 견딜 수 없었소."

*

　우주는 차가운 곳이었다. 우주에서 많은 난민들이 싸늘하게 식어갔다. 가난한 그들이 구할 수 있는 우주선은 한정적이었다. 전쟁 전에 제작된 폐기 직전의 우주선이었다. 그 시대에는 지구로의 항해가 일반적이지 않았다. 고작해야 간신히 압 항성계를 벗어나는 것에 만족하던 시절이었다. 아니, 오래된 우주선들은 누부이 튜브에 들어서는 것조차 힘겨워했다. 쏟아지는 누부이 이온들 틈을 헤치고 다니면서 고대 유물 같은 우주선은 쉴새없이 덜덜 떨렸다. 때때로 어떤 우주선들은 튜브 내부에서 연료가 고갈되기도 했다. 그러면 그들은 그대로 항성에 처박히는 것이었다. 그래서 난민들은 모르토를 아끼기 위해 우주선의 생명 유지 장치들을 저활성화해야만 했다. 우주는 차가운 곳이었고, 또 추운 곳이었다. 우주공간의 평균온도는 삼 켈빈(영하 이백칠십 도) 정도였다. 튜브 내부는 대략 이십 켈빈쯤 됐다. 그 공간을 대략 칠 년 동안 생명 유지 장치를 저활성화시킨 채 항해하는 건 고통스러운 일이었다. 고통스러운 일일 뿐만 아니라 죽음에 이르는 일이기도 했다. 강인하고 인내심이 강한 즈제인일지라도 그랬다. 아니 애초에 강인하고 인내심이 강한 즈제인이기에 연료를 아끼기 위해 우주의 추위를 받아들인 건지도 몰랐다(그 추위를 싫어하는 즈제인이!). 적재 중량을 초과하지 않기 위해 아주 적은 양의 식량만 실은 채로.

그들은 추위와 굶주림 속에서 죽어갔다. 아들과 어머니가 부둥켜안고, 혹은 홀로 무릎을 부여잡은 채, 고통스러운 표정으로 창밖을 바라보면서. 그들이 죽으면 그 낡은 우주선들은 거대한 관이 되어 수억 년을 날아다닐 것이었다. 그건 두려운 일이었다. 하지만 그것은 또 차후의 문제이기도 했다. 당장의 고통에서 도망가야 했다. 이백팔십사 년에서 벗어나야만 했다. 어쩌면 그들에게 우주의 미아 따위를 걱정하는 건 사치이기도 했다.

즈제 난민들에게 지구는 희망이었다. 오래전 쥴·즈제에만 아움들이 살던 시절, 그들은 뉘·즈제를 보며, 그러니까 하늘에 떠 있던 이 거대하고 고요한 물방울을 보며 이런 생각을 했다고 한다.

저 푸른 별에 갈 수 있다면, 이 고통에서 벗어날 텐데!

그런 꿈을 품고 뉘·즈제에 왔던 것이었다. 그들은 쥴·즈제의 길고 좁으며 메마른 땅 위에서 벌어지는 생존경쟁에서 도태된 자들이었다. 어쩌면 선천적으로 맞지 않는 자들이었는지도 몰랐다. 그러면서도 희망을 잃지 않는 자들이었다. 그런 아움들이 뉘·즈제를 만들었다. 그들은 즈제인 특유의 끈기로 바다로 뒤덮인 행성에 오백만 개가 넘는 인공섬을 건설했다. 그리고 사천 년이 지나 그들의 아들과 딸들은 다시 자신의 행성을 떠났다. 또다른 푸른 별을 찾아서. 그곳에 가면 선조들이 그랬던 것처럼 우리들만의 왕국을 세울 수 있다. 그런 희망을 품고 핍박자들은, 반란자들은, 학살자들은, 가족을 잃은 자들은, 허무한 자들은, 그래서 고통을 견딜 수 없었던 자들은 우주선에 몸을 실었다. 단지 살기 위해 간 것만이 아니었다. 살아 있는 존재답게 살기 위해 간 것이었다. 그 염원으로 206조 6780억 킬로미터를 항해한 것이었다. 그것은 칠 년의 거리였다. 그것은 백 명이 출발해서 사십 명 정도가 죽는 혹독한 여정이었다. 많은 즈제인은 우주에서 가족과 친구와 연인을 잃었다. 살아남은 자들은 어느새 짐승 같은 표정으로, 냉혹한 우주를, 수많은 별빛에도 불구하고 먹먹한 우주를, 낡은 창문으로 지켜보았다. 푸른 별이 나타날 때까지. 사천 년 전 조상들이 '푸른'이라고도 불렀고, '희망'이라고도 불렀으며, '약속'이라고도 불렀던 그 별이 다시 나타날 때까지. 자기 품에 안긴 딸과 늙은 아버지가 죽어가는 걸 느끼며. 묵묵히. 그리고 멀리서 푸른 점이 명멸했다가 커져오면, 그걸 이제 지구라고 확신할 수 있는 그 순간이 오면, 그들은 눈물을 흘리며 말했다.

"저게 지구구나."

*

순식간에 우주선은 행성을 사십 바퀴째 돌고 있었다. 기체 내의

306

온도가 급격히 올라가기 시작했다. 압력도 마찬가지였다. 온도와 압력을 잡기 위해 맹렬하게 장치가 작동했다. 눈에 띄게 모르토가 줄어들었다. 하지만 그래도 소용이 없었다. 원래대로라면 진작에 이 행성의 궤도를 탈출해야 했다. 언제 배면 장치가 고장난 걸까? 폭발의 여파가 남아 있는 튜브의 출구를 나올 때였을 수도 있다. 혹은 101-툼-57에 진입하기 직전, 오르트 구름대를 빠져나올 무렵이었을 수도 있다.

튜브를 나올 때와 오르트 구름대를 나올 때의 기분은 전혀 달랐다. 오르트 구름대에서 일이 벌어졌을 수도 있다고 생각하니, 므스느그흠은 그곳이 더 끔찍하게 느껴졌다.

므스느그흠은 즈제를 출발하기 전 오르트 구름대에 대한 교육을 철저하게 받았다. 하지만 막상 대면하고 보니 듣던 것보다 무시무시했다. 자신을 둘러싼 수조 개의 암석들이 수조 개에 이르는 악의로 보일 정도였다. 그것은 누구의 악의일까? 그것은 무엇을 원하는 걸까? 만약 원하는 것이 있다면 그건 불행이겠지? 그런 생각을 하곤 했다.

그곳을 통과한다는 건, 결국 자기 자신과의 싸움이라고 할 수 있었다. 보통의 체력과 정신력으로는 버티기 힘들었다. 많은 난민들이 여기서 죽었다고 했다. 므스느그흠도 마지막 마흔 시간은 눈을 뜨고 있어도 눈앞이 뿌옇게 변하곤 했다. 잠시 몇 초 정도 정신이 나가곤 했다. 그때, 졸다가 우주선을 스쳐가는 우주 쓰레기와 충돌하고 말았다. 무슨 이유인지 그것은 우주선의 곁에서 갑자기 궤도를 바꾸었다. 이유는 알 수 없었다. 하지만 그건 중량이 작은 쓰레기였다. 사고 직후에는 아무런 이상도 발견되지 않았다. 그런데 지금 우주선이 조금씩 저 암흑의 행성으로 빨려들어가고 있었다. 그렇다면 역시 그건 악의였어. 그건 메시지였어. 므스느그흠은 이렇게 중얼거렸다.

지구로의 파견은 그가 직접 회사에 요청한 것이었다. 그의 회사는 삼십칠 년 전 지구의 소유권을 사들였다. 애초에 회사는 지구가 즈제와 유사한 환경이라서 관심을 가졌다. 그들은 지구를 다른 거주 가능 행성처럼 개발할 생각이었다. 현재 즈제인이 찾아낸 즈제식 행성은 모두 열여덟 개였다. 지구도 그런 곳이었다. 하지만 삼십 년 전 지구에 상당량의 모르토가 매장되어 있다는 사실이 밝혀졌다. 모르토가 채굴되는 어느 행성보다 많은 양이었다. 회사는 계획을 변경해 지구를 광산으로 개발하기로 했다. 광산으로 개발되면 지구는 유독가스로 가득차게 될 것이었다. 모든 생물은 사라질 것이었다. 최종적으로는 내부에 있는 모르토를 추출하기 위해 지구는 산산이 쪼개질 것이었다.

그러자 회사와 즈제 연방이 충돌했다. 어쨌든 지구는 즈제인이 이주할 수 있는 열여덟 개 행성 중 하나였다. 개발 소유권은 회사에 있었지만, 즈제의 법은 거주 가능 행성을 거주 불가능할 정도로 파괴하는 개발은 연방과 협의해야 한다고 명시하고 있었다. 둘의 입장은 좁혀지지 않았다. 그렇게 삼십 년이 흘렀다. 표면적으로 회사는 연방정부와 협상 테이블을 지속했다. 하지만 십칠 년 전부터 회사는 지구에 거주중인 즈제인에 대한 인터뷰와 조사를 하고 있었다. 그 결과를 바탕으로 그들은 지구의 즈제인들에게 개발 동의를 받을 심산이었다. 즈제 연방법상 그 동의가 67퍼센트에 이른다면, 정부의 허가 없이도 개발이 가능했다.

회사는 지금까지 세 차례, 모두 사십구 명의 조사관을 파견했다. 근데 그들 모두 팔 년 전 연락이 끊겼다. 이를 조사하기 위해 네 명의 조사관을 두 차례 지구에 파견했지만 그들도 사 년 전 연락이 끊겼다. 감쪽같이 사라졌다. 이 실종 사건들은 위험한 냄새를 풍겼다. 이해할 만했다. 지구 개발을 원하지 않는 아움들이 많았다. 특히 죽음을 무릅쓰고 지구까지 다다른 자들이 그랬다. 그래서 회사는 이를 조사하기 위해 육체적으로 강인하고 기민한 판단력을 가진 아움을 파견하길 원했다. 필요하다면, 방해가 되는 자들을 단숨에 죽일 수 있는 그런 아움을 원했다. 그때 군인 출신인 므스느그흠이 자원한 것이었다.

면접 자리에서 회사측은 므스느그흠에게 말했다.

"필요에 따라선 방해가 되는 아움을 죽여야 할 수도 있습니다."

그러자 므스느그흠은 이렇게 대답했다.

"그거야말로 제가 원하던 일입니다."

*

마르죠욘은 말했다.

"제겐 아이가 있었어요. 작은 아이였어요. 그 아이의 이름은 말하지 않을래요. 왜냐하면 그 아이는 이제 이름이 없기 때문이에요. 무슨 말인지 아시겠어요? 이름이 없다는 건 죽었다는 말이에요. 그건 우리 사이에서 쓰는 말이죠. 우린 시체를 이름이 없는 자들이라고 불렀어요. 그런 표정 짓지 마세요. 오래전 일이에요. 들어주세요. 우리 아이는 죽었어요. 막 걷기 시작한 아이였어요. 그 아이가 어느 날 집에 돌아오지 않았어요. 걷기 시작한 아이이니 걷기 좋아한 아이였고, 그래서 그 아이는 눈만 뜨면 걸으려 했어요. 저는 종종 그 아이를 찾아 집 주위를 돌곤 했어요. 하지만 그날은 집을 아무리 돌아도 돌아도 아이를 찾을 수 없었어요. 우리집엔 작은 창문이 세 개 있었는데, 집 주위를 돌면서 아이의 이름을 부르다가 혹시 싶어서 그 창문으로 집안을 들여다보곤 했어요. 그 휑한 집안을요. 그때 저는 이미 불길한 생각을 했던 거 같아요. 왜 그렇게 우리집이 먹먹해 보였는지 몰라요. 남의 집처럼, 아니 집이 아닌 것처럼, 그곳은 아무런 인정도, 아무런 온기도 없는, 그래요, 뭐랄까 지구로 오는 우주선 같은 그런 끔찍한 기분을 느끼게 했어요. 그건 그러니까 엄마의 직감이나 뭐 그런 거였나봐요. 그렇게 아이는 돌아오지 않았어요. 제게 남편은 없었어요. 그 아움은 일찌감치 제 인생에서 사라져버렸어요. 오직 그 아이만이 제 곁에 있었어요. 우린 매일 꼭 끌어안고 잤어요. 일어나면 저는 아이의 눈을 뚫어지게 쳐다봤어요. 저와 달리 두 눈이 모두 크고 아름답고 생기가 넘쳤어요. 전 그걸 보고만 있어도 즐거웠어요. 너무 사랑스러워서 견딜 수 없었어요. 그러면 그 아이는 아이다운 심술궂은 표정을 지으며 두 손으로 제 왼쪽 눈을 가렸어요. 우리 아이는 손이 너무 작아서 두 손을 모아야지만 간신히 제 한쪽 눈을 가릴 수 있었거든요. 제가, 어두워 아가야, 엄마는 어두운 게 너무 무서워, 그렇게 엄살을 떨면 아이는 키득키득 웃었어요. 그러다 곧 다시 제 품으로 파고들었어요. 그 아이가 사라졌어요.

저는 멍하니 집에서 그 아이를 기다렸어요. 며칠을 그랬어요. 아이가 돌아올 때까지, 그것이 이름이 있든 없든 돌아올 때까지요. 그리고 며칠 뒤 아이는 마을 뒤에 있는 산중턱에서 발견됐어요. 머리가 박살이 난 채였어요. 범인은 잡히지 않았어요. 우리를 증오하는 아움들이 너무 많았기 때문에 잡을 수도 없었어요. 제가 열아홉 살에 이 일을(죽은 뉘·즈제인들을 토막 내 바다에 던지는 일 말이에요) 하겠다고 했을 때, 우리 아버지는 울면서 말했어요. 아가, 이제 모두가 널 싫어하게 될 거야. 그러니까 그건 어쩌면 제 운명일지 모른다는 생각을 했어요. 잡아봤자란 생각도 했어요. 잡는다 한들 그게 무슨 소용 있겠어요? 저는 매일 죽은 자들을 치웠어요. 그 아움들이라고 죽을 날을 알았을까요? 어차피 즈제에선 매일 누군가가 죽고, 매일 누군가를 죽여요. 죽은 자는 살아나지 않아요. 죽은 자는 그저 돌멩이예요. 우린 철학자들이에요. 우린 즈제에서 누구보다 죽음에 대해 잘 알고 있는 자들이에요. 다만 이 일의 유일한 불행이라면, 그 아이가 뉘·즈제의 배신자, 농부, 돌아다니는 아음, 가져오는 자와 가지고 가는 자, 그리고 시체(이 말을 할 때 그녀는 잠시 머뭇거렸다)인 제 품에서 태어났다는 것뿐이에요. 전 울지 않았어요. 입을 다문 채 우리집에 있는 모든 창문을 막아버렸어요. 그랬어요. 그게 제가 할 수 있는 유일한 길이었어요."

그녀는 말을 하면서 바다로 향해 난 캘리포니아식 창을 쳐다봤다. 크고 아름다운 왼쪽 눈으로. 그녀는 다시 말했다.

"그때부터였던 거 같아요. 저는 매일 꿈을 꿨어요. 같은 꿈을 꿨어요. 꿈속에서 저는 시체를 치우고 있었어요. 열심히 팔다리를 자르고 머리를 자르고 있었어요. 토막 난 시체들을 비행 수레에 담았어요. 하루종일 자르고 자르고 또 자르고 있었어요. 꿈속이었지만 저는 생각했어요. 이제 쉬고 싶다. 제발 그만하고 싶다. 꿈속이었지만 그랬어요. 그러면 그 순간 우리 아이가 나타났어요. 대여섯 발자국 정도 떨어진 곳에서 나타났어요. 저는 아이를 보고 말했어요. 나직하게 말했어요. 잘못하면 아이가 다시 사라질까 무서워서 아주 나직하게 말했어요. 아가야, 어디 갔다 온 거야. 그러면 아이는 아무 말도 하지 않고 무서운 표정을 짓다가 뒤돌아 달아나기 시작했어요. 저는 그 아이를 쫓아갔어요. 쫓아가다보면 어느새 주변은 어두워져 있는 거예요. 이상한 일이에요. 그렇지 않나요? 전 지구에 오기 전까진 밤이란 걸 아예 몰랐어요. 어두워진다는 게 시간이 흐른다는 의미라는 걸 몰랐어요. 하지만 제 꿈속에선 자연스럽게 주변이 어두워지는 거예요. 전혀 억지스럽지 않게요. 그러면 꿈속의 전 시간이 흐른다고 생각했어요. 이상한 일이에요. 지금 생각해봐도 그래요.

우리는 그렇게 한참을 쫓고 쫓겼어요. 어둠 속에서요. 아이는 항상 대여섯 발자국 정도를 앞서 있었어요. 제가 아무리 기를 쓰고 달려도, 꼭 그만큼 앞서 있었어요. 저는 쫓아가며 소리쳤죠. 이리 돌아오렴, 제발, 나는 너 없인 살 수가 없어. 울면서 소리쳤어요. 그러다 저는 쓰러지는 거예요. 매번 그랬어요. 매일 같은 지점에서 저는 쓰러졌어요. 제가 쓰러지면 아이는 달리기를 멈추고 공포에 질린 표정으로 쳐다봤어요. 제가 걸려 넘어진 그것을 쳐다봤어요. 저는 어떤 여자 시체에 걸려 넘어진 것이었어요. 시체의 다리는 단단했고, 머리는 저멀리 어둠 속에 묻혀 있었어요. 제 아이가 그 어둠 속을 쳐다보고 있던 거였어요. 저는 당황해서 말했어요. 아가야, 시체의 얼굴을 보면 안 된단다. 죽은 아움의 얼굴을 보는 건 불길한 짓이야. 예쁜 두 눈을 감으렴, 엄마는 무서워. 하지만 이상하죠? 그래요, 이상하게도, 아이에게 그렇게 말하고 나니까 저는 시체의 얼굴이 보고 싶어 견딜 수가 없는 거예요. 마치 당장이라도 그 시체가 누군지 확인하지 않으면 모든 걸 잃을 것 같은 조바심이 나는 거예요. 그래서 저는 시체의 머리를 향해, 어둠 속으로 더듬더듬 기어갔어요.

그러고는 그 얼굴을 보고 마는 거예요. 그 얼굴은 오른쪽 눈이 없었어요. 눈이 있어야 할 자리에 검은 구멍이, 마치 구덩이 같은 깊은 구멍이 있었어요. 또, 그 근심 가득한 입매와 커다란 왼쪽 눈. 그 얼굴은 저도 알고 있는 얼굴이었어요. 그 얼굴은 제가 모를 수 없는 얼굴이었어요. 그건 바로 저였어요. 제가 죽어 있었어요. 제가 벌거벗은 채 엎드려 있는 거였어요. 분하다는 듯이 왼쪽 눈을 감지도 않은 채로요. 그 눈으로 저 깊은 어둠 어딘가를 쳐다보면서요.

저는 공포에 질려 덜덜 떨었어요. 소리를 지를 수도 없고, 일어설 수도 없고, 눈을 감을 수도 없었어요. 제가 할 수 있는 일은 작은 생물처럼 덜덜 떠는 거였어요. 근데 그 순간 제 아이가 저에게 무슨 말을 했어요. 아주 다급하게. 아이의 말은 아주 천천히 제게 날아왔어요. 그것은 마치 우주를 유영하는 돌맹이 같았어요. 하지만 저는 아이의 말을 들을 수 없었어요. 들어보세요. 왜냐하면 겁에 질린 제게 아이의 말이 도달하려는데, 갑자기 저와 아이를 둘러싼 모든 어둠이 쪼개지면서 빛이 뿜어져나오기 시작했기 때문이에요. 그건 행성이 폭발하는 거였어요. 그건 뉘·즈제가 폭발하는 거였어요. 뉘·즈제의 폭발이 계속되는 가운데, 쥴·즈제가 폭발했어요. 두 행성이 경쟁하듯 엄청난 빛을 쏟아내며 폭발했어요. 마치 누와 듑처럼요. 마치 아름다운 두 눈처럼요. 아무것도 보이지 않았어요. 저는 더듬거리며 아이를 찾아 헤맸어요. 펑펑 울면서요. 어차피 빛 때문에 아무도 제 모습을 보지 못할 테니 맘껏 울어도 된다고 생각하면서요. 하지만 아이가 없었어요. 제 울음소리도 들리지 않았어요.

그게 그 무렵 잠이 들면 꾸던 꿈이었어요. 잠이 들 때마다 같은 꿈을 꿨지만, 어찌된 셈인지 매번 우리 아이가 꿈에서 제게 하는 말을 들을 수 없었어요. 그 빌어먹을 폭발이 너무 요란했거든요.

그렇게 육 년이 지났어요. 육 년 동안 제 꿈 얘기를 몇몇에게 한 적이 있었어요. 그러면 내 친구 조가욘은 이렇게 말했어요.

마르죠욘, 마음이 아파. 마음 아픈 일이야. 하지만 마르죠욘, 그 창문 막은 것들이나 떼봐. 보기만 해도 무서워. 그게 네 마음을 갉아먹고 있는 거야.

아까 말했나요? 그래요. 육 년이 지났어요. 이런 말이 있어요. 육 년 동안 바뀌지 않는 건 이백팔십사 년 동안에도 바뀌지 않는다. 이 말이 뭔지 아세요? 당신, 정말 어쩔 수 없는 뉘·즈제인이군요. 이 말은 줄·즈제에서는 아주 일반적으로 쓰이는 관용어구라고 하더라고요. 그래요. 그 육 년이 지났어요. 하지만 아무것도 바뀌지 않았어요. 저는 여전히 창문을 막은 집에서 살았고, 제 아들은 여전히 꿈속에서 내 앞으로 달려갔고, 전 제 시체에 걸려 넘어졌고, 두 개의 즈제 행성은 대폭발을 일으켰죠. 그래요, 여전했죠. 여전했어요. 그러니까 아무것도 변하지 않았다는 거예요."

*

다시 순식간에 우주선은 삼십 바퀴를 돌았다. 소름 끼칠 정도로 빠른 속도였다. 일찌감치 시속 150만 킬로미터를 넘어섰다. 므스느그흠은 압력에 짓눌려 팔을 들어올리는 것조차 고통스러웠다. 우주선의 외부에 노출된, 부피에 비해 표면적이 넓은 부분들이 먼저 녹기 시작했다. 삼백이십오 개의 센서 중 30퍼센트 정도가 망가졌다. 이제 방법이 없었다. 101-툼-57의 행성 띠에 중성자탄을 발사해 연쇄 폭발을 일으켜야만 했다. 그 폭발의 힘으로 우주선을 띄워서 궤도를 벗어나야 했다.

조종 훈련을 받을 때 이런 상황에 대해 배운 적이 있었다. 하지만 이 순간을 맞이하기 전까지 까맣게 잊고 있었다. 이건 굉장히 위험한 시도였다. 현재 우주선의 속도는 미사일보다 빨랐다. 발사 후에 미사일은 자연스럽게 우주선의 후방으로 뒤처질 것이었다. 정교한 계산이 필요했다. 계산이 잘못돼도, 행성 띠의 연쇄 폭발이 예상보다 커도, 폭발의 한가운데로 우주선이 처박힐 것이었다. 궤도 탈출에 성공한다 하더라도 우주선은 방사능을 흠뻑 뒤집어쓸 것이었다. 하지만 할 수밖에 없었다. 이대로 저 어둠 속으로 끌려 들어갈 수 없었다.

늘, 므스느그흄은 아버지를 보며 아버지의 삶으로 끌려 들어가지 않겠다고 다짐했다. 그의 아버지는 즈제를 떠나고 싶어했다. 그래서 몇 년에 한 번씩 정부나 기업에서 주관하는 행성 이민 계획에 신청했지만 번번이 떨어졌다. 전쟁중 그는 뉘·즈제의 스파이 혐의로 조사를 받은 적이 한 번 있었는데 그 기록 때문이었다. 입이 삐뚤어진 것도 그때 받은 고문 때문이었다. 그래서 그는 자기 아들, 므스느그흄의 삐뚤어진 입을 보며 생각했다. 기묘하다, 기묘해, 내 입은 빌어먹을 고문으로 이 모양 이 꼴인데, 저 빌어먹을 놈은 뱃속에서부터 저 모양이구나. 어쩌면 그래서 더 이 즈제라는 세계를 떠나고 싶다고도 생각했다. 그는 지구에 가고 싶어했다. 다른 행성들과 다르게 지구에는 불법 밀항한 즈제인들이 대부분이었다. 또한 즈제 정부의 관리인들이 파견되지 않는 곳이기도 했다. 그곳이라면 자신과 같은 전력의 아웁도 정착할 수 있겠다고 생각했다. 다만 그는 가족만 두고 떠나거나 낡은 우주선을 타고 갈 생각은 없었다. 혼자가 되는 것도, 개죽음도 두려웠기 때문이었다. 그래서 그는 돈을 모았다. 튼튼하고 세련된 최신 우주선을 구입하는 것이 그의 꿈이었다. 매달 월급이 나오면 그는 그걸 은행에 저금하고 남은 돈으로 포르게소(쥴·즈제의 전통 과자를 뉘·즈제식으로 변용한 것. 뉘·즈제 아이들에게 특히 인기가 많다)를 양손에 들고 집에 돌아왔다. 그러고는 므스느그흄과 므스느그흠의 누나를 앞에 앉혀놓고 종일 지구 이야기를 했다. 그곳이 얼마나 아름다운 곳인지, 그곳의 음식들이 얼마나 달콤한지. 그날은 그가 가족을 두들겨패지 않는 유일한 날이었다.

누나가 떠나고, 엄마가 죽고, 종종 므스느그흠은 잠든 아버지에게 몰래 다가가 그의 머리에 총을 갖다대고는 했다. 므스느그흠은 아버지가 죽었으면 좋겠다고, 아니 할 수 있다면 자기 손으로 그의 머리에 총알을 박아 넣고 싶다고 생각했다. 아버지가 죽으면 아버지의 모든 기록은 말소될 것이고, 그러면 자기에게 연좌된 죄도 사라질 것이었다. 그러면 떠날 수 있었다.

어디로?

어디로든!

자신의 누나처럼, 많은 아움들처럼. 하지만 매번 방아쇠에 걸린 손가락을 당기지 못했다. 그럴 수밖에 없었다. 왜냐하면 므스느그흠은 그의 아버지처럼 입이 삐뚤어진 남자였고, 그 역시 혼자가 되는 것이 두려웠기 때문이었다. 그렇게 그가 고민하는 사이 누군가가 아버지를 죽였다. 자신이 하지 못한 걸 그 누군가는 해냈다. 그 누군가는 왜 아버지를 죽인 것일까? 그는 어떤 마음이었을까? 그 누군가는 누구일까? 므스느그흠은 그 누군가는 왠지 전혀 모르는 사람이 아닐 거라는 생각을 했다. 어쩌면 아주 가까운 사람일 수도 있다는 생각을 했다. 반면 나는 얼마나 약한 아움인가. 나는 왜 결심을 하지 못한 걸까? 나는 사실 떠날 마음이 없었던 걸까?

그런 생각도 수없이 했다. 하지만 이젠 할 수 있다. 할 수 있어. 이젠 해야만 한다. 그런 생각도 했다.

할 수 있다니! 해야만 한다니! 뭘? 어느 순간부터 그는 이유도 모른 채 멀리멀리 가고 있었다. 원심력처럼 애초의 목적 따윈 찾을 수 없는, 그런 원심력처럼, 움직이는 힘에 의지한 채 가고 있었다.

"가야만 해."

므스느그흠은 다시 한번 무심코 중얼거렸다. 그는 중얼거리면서 크루잎에 수치를 입력했다. 크루잎은 우주선의 속도와 뷜 행성의 조건을 분석해 발사 각도와 속도를 산출했다. 계산대로라면 32퍼센트의 확률로 궤도 밖으로 탈출할 수 있었다. 다시 크루잎은 중성자 미사일을 발사할 최적의 타이밍을 계산했다. 앞으로 열 바퀴하고도 조금 더 가야 했다. 므스느그흠은 발사를 지시했다. 크루잎은 카운트다운을 시작했다.

*

창백한 여자는 다시 말했다.

"제가 어둠을 모른다고 말하지 마세요. 저는 전쟁 때 굴을 파는 아움이었어요. 뉘·즈제의 숲 아래 깊은 곳에서 굴을 파는 아움이었어요. 우리는 하루종일 굴만 팠어요. 때로는 한 달 내내 굴을 팔 때도 있었어요. 그곳에 침실을 만들고 화장실을 만들고 부엌을 만들었어요. 쥴·즈제 군인들이 우리 위에서, 저 땅 위에서 우리를 찾아 헤맬 때면 굴에서 숨을 죽인 채 키득거렸어요. 그러다 그들의 등뒤로 다가가 총을 갈겼어요. 즈제인들이 어둠을 모른다고요? 잘 알고 있어요. 어쩌면 지구인들보다 잘 알고 있어요. 이런 일이 있었어요. 그때는 전쟁 막바지였어요. 쥴·즈제는 우리의 땅굴을 눈치채고 있었어요. 곳곳의 땅굴을 무지막지하게 들어냈어요. 그리고 굴로 들어와 우리를 쫓았어요. 그곳은 가비아노였어요. 잘 아실 거예요. 살론 열도에 있는 뉘·즈제에서 가장 거대한 섬, 가장 많은 즈제인들이 죽은 섬, 붉게 물든 섬, 땅속까지 피냄새가 배어 있는 섬. 그곳에는 섬 전역에 걸쳐 수없이 많은 굴이 있었어요. 우리는 그 끝없이 이어진 굴을 뛰었어요. 정신없이 도망쳤어요. 그렇게 다섯 달을 굴에서 나가지 못한 채 어둠 속을 도망 다녔어요. 그러니까 제가 어둠을 모른다고 하지 마세요. 다만 우주가 너무 거대한 거예요."

꼽추가 말했다.

"우리 우주선은 거대했다. 그렇게 거대한 우주선은 처음이었다. 그 우주선에 삼백오십 명이 타고 있었는데, 원래 정원은 칠십 명이라고 했다. 놀라울 정도였다. 지구에 와서 만난 다른 즈제인들도 이 얘기를 들을 때마다 놀랐다. 버러지 같은 난민이라도 이런 경험은 일반적이지 않은 것이었다. 우리는 잘 때도 마치 생선을 쌓아놓은 것처럼 빽빽하게 누워야 했다. 자고 일어나보면 내 위에 누군가가 포개져 있곤 했다. 하지만 지구에 도착했을 때 우린 열두 명이었다. 다시 한번 말해본다. 열두 명. 이 숫자는 놀라운 숫자이다. 하지만 당신은 왜 놀라는가? 왜 당신은 그런 표정을 짓는가? 동정하지 마라. 이 숫자에 슬픔은 없다. 이것도 기적이다. 이건 비극이 아니라 축복이다. 열두 명이나 살아남은 거였다. 어떤 우주선은 우주에서 영영 사라져버리곤 한다. 나는 알고 있다. 그러니 그렇게 나를 쳐다보지 마라."

삐쩍 마른 남자는 이렇게 말했다.

"과연 당신이라면 어떻게 했을 것 같소? 육 년 정도 항해를 했을 때 남은 식량이 30퍼센트도 되지 않았소. 우리 우주선은 느렸소. 다른 우주선보다 느렸소. 그래서 육 년을 왔는데도 삼 년을 더 가야 한다고 그랬소. 우리 중에 바디스두다라는 수학자가 있었소. 그는 키가 크고 마른 노인네였소. 하지만 무서운 눈빛과 지친 표정 때문에 우리는 그가 수학자가 아닐 거라고 생각했소. 그는 몸이 아주 약했소. 늘 추위 때문에 덜덜 떨면서 창문에 붙어 있곤 했소. 그는 우릴 스쳐가는 돌멩이들을 세고, 멀리서 반짝거리는 별들의 위치를 계산하곤 했소. 우리에게 즈제식 날짜 계산의 관습적 오류나 새로운 수식에 대해 말해주곤 했소. 그는 수학자처럼 보이진 않았지만, 그래도 우린 그가 굉장히 똑똑한 아움이라는 건 알 수 있었소. 우리 중 가장 똑똑하다는 걸 알 수 있었소. 어쨌든 그는 무슨 얘길 하든 그 창에 붙어서 그렇게 중얼거리듯 말하곤 했

소. 왜 그렇게 그 빌어먹을 창을 좋아했는지 모르겠지만 언제나
그랬소. 언제나 그의 입김이 창문에 허옇게 들러붙어 있었소. 똑
똑한 그가 그렇게 말한 거요. 삼 년을 더 가야 한다고. 삼 년이라
니! 육 년을 왔는데! 그 좁은 우주선에 모두 일곱 명이 욱여넣어져
있었고, 그렇게 우린 육 년을 함께했소. 하지만 결국 식량이 떨어
져가는 게 눈에 보이고 있는 거요. 당신이라면 이럴 때 어떻게 했
을 것 같소?"

팔이 없는 아이는 말했다.

"지구에 도착했을 때 저는 혼자였어요."

창백한 여자는 말했다.

"저는 굴에서 태어났다고 했어요. 그 굴들은 제 어머니와 제 할
머니와 그들의 어머니와 할머니 들이 판 굴이었어요. 그녀들처럼
저도 하루종일 굴을 팠어요. 종종 땅 위로 나가서 쥴·즈제인을 죽
이고, 그 자리에 불을 피운 뒤 잠이 들기도 했어요. 하지만 저는
굴이 편했어요. 제 친구들은 제 눈이 언제나 아름답다고 말했어
요. 굴속의 어둠에서 반짝반짝 빛난다고 했어요. 하지만 땅 위로
나오면 제 눈은 압의 강렬한 빛에 파묻히기 일쑤였어요. 저는 그
게 속상했어요. 그러면 라두가 제 눈을 들여다보며 말했어요. 아
냐, 속상해하지 마, 이렇게 밝은 곳에서 봐도 여전히 니 눈은 반짝
거리고 있어. 그러고는 키스를 했어요. 하지만 우주에선 그렇지
않았어요. 우주의 어둠은 달랐어요. 저는 라두에게 종종 물어봤어

요. 라두, 라두, 내 눈 오늘은 어때? 그러면 그는 대답했어요. 여전히 반짝거리지. 하지만 그렇지 않다는 걸 저는 알고 있었어요. 우주에서 저는 빛을 잃었어요. 제 눈은 먹색이 됐어요. 그래서 저는 더 자주 물어봤어요. 내 눈은 어때, 라고. 그리고 라두가 죽고 나서는 물어볼 아움이 없었어요. 저는 멍하니 창에 비친 제 눈을 바라봤을 뿐이에요. 이제는 반짝거림이 없는 제 눈을. 그러니 제가 어둠을 모른다고 하지 마세요."

삐쩍 마른 남자는 또 말했다.

"당신이라면 어떻게 했을 것 같으냐고 물었소. 아니 우리가 어떻게 했을 것 같소?"

꼽추가 말했다.

"일어나면 내 위에 포개져 있던 자가 죽어 있곤 했다. 우주선은 추웠지만, 시체는 더 차가웠다. 차가운 돌이 내 위에 올려져 있는 기분이었다. 처음엔 울면서 깼다. 소리를 지르기도 했다. 하지만 삼백삼십팔 명이 죽었다. 어느새 우린 우리 배 위에 시체가 있어도 놀라지 않았다. 눈곱을 떼듯 그걸 들어올려 우주 밖으로 내보냈다. 그렇다. 우린 할 건 했다. 어떤 자들은 죽은 자들을 절여서 먹는다고 들었다. 누군가는 그게 끔찍하다고 말한다. 하지만 대부분의 난민들은, 이 지구에 살고 있는 아움들은 그걸 끔찍하다고 하지 않는다. 우린 저 어둠을 뚫고 왔다. 우린 그들이 야만적이라고 생각하지 않는다. 우주에선 뭐든지 가능한 법이다. 우주에선 현재가 없다. 우주에선 과거도 없다. 우주에선 미래도 없다. 그래서 뭐든지 가능하다. 죽은 자를 먹는 것도, 죽은 자가 산 자를 먹는 것도 우주에선 일어날 수 있는 일이다. 하지만 우린 먹지 않았다. 우린 시체들을 우주에 장사 지냈다. 그게 우리 열두 명이 살아남은 비결이었다."

삐쩍 마른 남자는 말했다.

"그래, 잘 알고 있군. 어디서 들었소? 그렇소. 우린 먹었소. 죽은 그들을 먹었소. 그건 비열한 짓이었지만, 그리고 역겨운 짓이었지만, 어쩔 수 없었소. 제일 처음 먹힌 건 그 수학자 노인네였소. 어느 날 그가 창문에 얼굴을 맞대고 있는데도 김이 서리지 않는 거요. 우린 그가 죽었다는 걸 알 수 있었소. 그리고 그가 죽기 전 회의했던 대로 했소. 우린 누군가 죽으면 죽은 자를 먹기로 했소. 단지 합의한 게 아니라 우린 함께 맹세를 했소. 우린 많은 말을 하지 않았소. 최소한의 단어만을 골라 맹세를 했소.

죽은 자는 먹는다! 먹은 자는 산다!

그럼에도 그 노인네의 살점을 입에 집어넣으려는데, 내 마음속에서 바디스두다의 목소리가 들리는 거요. 그는 외쳤소. 그만둬, 아움은 아움을 먹지 않아, 너흰 아움도 아니야! 라고 외쳤소. 창에 붙은 볼이 빨갛게 눌린 채로 말했소. 그래서 나는 말했소. 화가 나서 말했소. 아움이 아닌 건 우리가 아니라 너야, 왜냐하면 넌 이제 우리 식량이니까! 그러자 바디스두다의 목소리는 사라졌소."

팔이 없는 아이는 말했다. 아이는 나직하게 말했다.

"아니요. 아니에요. 우린 함께 왔어요. 엄마와 아빠와 함께 왔어요. 하지만 도착했을 땐 저 혼자였어요. 슬프냐고요? 모르겠어요. 그 말을 해본 지 너무 오래됐어요."

꼽추는 또다시 말했다.

"마음을 유지하고 싶었다. 마음을 잃고 싶지 않았다. 그뿐이었다."

*

7

6

5

4

3

2

1

덜컥!

노인은 슬퍼 보였다. 노인은 그의 곁에 누운 커다란 개를 쓰다듬었다. 개는 검은색이었다. 개는 자고 있었다. 노인은 말했다.

"어느 날이었습니다. 그날도 여느 때처럼 그의 집에서 밥을 먹고 있었습니다. 그는 식사 내내 고민이 있는 듯 보였습니다. 아니나 다를까 식사가 끝날 때쯤 굳은 표정으로 제게 이렇게 말했습니다.

어쩌면 이게 마지막 식사가 될 수도 있겠구나.

그 순간의 느낌을 어떻게 설명해야 할까요? 그 말을 듣고 저는 너무 놀라서 그날 먹은 걸 모두 토해내고 싶은 기분이었습니다.

아저씨, 무슨 말이에요?

아무래도 이 도시에는 군인이 할일이 별로 없으니까. 좋은 말로 평화롭다고나 해야 할까? 아무튼 이 지역에서 장교의 수를 줄이는 안이 어제 통과되었단다. 그럼 아마 위의 몇 명만 남기고 모두 전선으로 보내질 거 같구나.

확실히 콤느그·스베크는 전쟁통에도 불구하고 안전하고 활기가 넘치는 편이었습니다. 그래서 저도 그 도시로 간 것이었죠. 인생이란 그런 것입니다. 저는 제 고향 섬과 다르게 안전하고 먹을 것도 있는 곳으로 갔습니다. 그리고 그곳에서 아저씨를 만났습니다. 근데, 그는 그곳이 안전하고 먹을 것도 있다는 이유로 다른 곳으로 가야만 한다는 겁니다.

전선이라면 어딘가요?

아마 동쪽의 샬론 열도로 보내지지 않을까? 지금 줄·즈제는 그곳에 병력을 집중하고 있는 모양새거든.

저도 알고 있었습니다. 샬론 열도, 뉘·즈제 최대의 소금 산지, 사 년간 최악의 격전지, 지옥. 병사들은 그곳에 가면 돌아오지 않는다고 했습니다. 살아남은 병사들은 마치 귀신처럼 변한다고 했습니다. 깨진 항아리에 물을 들이붓듯, 뉘·즈제도 줄·즈제도 쉬지 않고 병력을 투입하고 있다고 했습니다. 만약 그가 그곳으로 간다면, 우린 어쩌면 다신 볼 수 없을 것이었습니다. 저는 그런 생각을 했습니다. 그런 생각을 하자 견딜 수 없었습니다. 아니다, 그렇게 보낼 순 없다. 납득할 수 없다. 받아들일 수 없다. 그런 생각을 했습니다. 그런 감정들이 치밀어올랐습니다. 그러자 나도 모르게 불쑥 이렇게 말하고 말았습니다.

이 도시에 군인이 할일이 없다고요? 흥, 그런 말도 안 되는 소리를 누가 한대요?

그게 무슨 소리냐?

그의 대답에 퍼뜩 정신이 들었습니다. 제가 무슨 말을 하려고 한 걸까요? 확실히 저는 이 도시의 이야기를 많이 알고 있었습니다. 누구라도 무시하는 시골 출신의 고아였으니까요. 누구라도 무시한다는 건, 때때로 많은 비밀을 알게 될 수도 있다는 얘깁니다. 도시에는 당연하게도 뉘·즈제의 첩자나 레지스탕스, 그리고 그들을 후원하는 자들까지, 쥴·즈제의 적이 가득했습니다. 도시의 많은 뉘·즈제 아움들은 쥴·즈제의 군인들과 웃고 떠들면서도 마음속으론 그 군인들을 죽도록 미워하고 있었습니다. 어찌 보면 쥴·즈제만 모르고 있었습니다. 자신들이 적들에게 둘러싸여 있다는 사실을요. 그리고 전 그런 모습들을 지켜보고 있었습니다. 레지스탕스들은 종종 제가 곁에 있다는 사실을 잊어버리고는 밀담을 나누곤 했습니다. 그러다 문득 제 존재를 깨닫고는 이렇게 호통을 쳤습니다.

저리 꺼져! 어디 가서 말하면 죽여버리겠다!

그 말은 죽일 생각이 없다는 뜻이라는 걸 저는 알고 있었습니다. 만약 제가 레지스탕스였다면 꼬맹이라도 그 자리에서 당장 죽여버렸을 겁니다. 게다가 근본도 없는 시골뜨기 꼬맹이라면요. 하지만 그들은 그러지 않았습니다. 아니 그러지 않은 정도가 아니라, 저를 비롯해 도시의 어린 부랑자들은 첩자들과 레지스탕스들의 훌륭한 동료였습니다. 우린 그들의 총과 밀서를 전달했고, 망을 봤으며, 때때로 도시의 숨은 길을 안내하기도 했습니다. 그러면 그들은 문득 국기가 휘감긴 제 배를 툭툭 두드리며 이렇게 말했습니다.

고맙다, 이 꼬마 애국자야.

이런 사실들을 저도 모르게 그에게 말하려고 한 겁니다. 그가 다시 물었습니다.

얘야, 방금 한 말이 무슨 의미지? 뭔가를 알고 있는 게냐?

말하면 안 된다. 이자는 쥴·즈제의 군인이다. 나는 내 옷 속의 국기를 쓰다듬었습니다. 하지만 왜 그랬던 걸까요? 제 입은 또다시 제멋대로 움직이기 시작했습니다.

무슨 의민지 아저씨도 알지 않아요? 이 도시는 조용한 곳이 아니에요. 이 도시는 평화로운 곳이 아니라고요. 군인이 할일 따윈 매일매일 벌어지고 있다고요. 왜 아저씬 그걸 몰라요? 진짜 몰라요?

아니, 어렴풋이 우리도 알고는 있단다. 다만 꼬리를 잡을 수 없었던 것뿐이야. 왜 모르겠니. 어느 도시든, 아니 뉘·즈제의 구석에 있는 작은 섬이라도 언제나 우리를 미워하는 아웅이 있단다. 그래, 말해줄 수 있니? 우리를 도와줄 수 있겠니? 네가 말해준다면, 어쩌면 이 도시의 군인들이 할일이 많아질 수도 있겠구나.

우아한 자들은 이런 상황에서도 이렇게 말합니다. 잘 들어두십시오, 젊은 양반. 분명 그도 전선으로 가기 싫었을 겁니다. 그리고 그는 제 증언에 따라 전선으로 가지 않을 수도 있다는 걸 알았습니다. 그럼에도 그는 '나'가 아니라 '우리'를, 그것도 도와달라고 했습니다. 그러면 도시의 군인도 할일이 있을 거라고 했습니다. 어쩌면 저를 거꾸로 매달아놓고 두들겨패면서 물어볼 수도 있었을 겁니다. 그러면 저는 그와의 우정이든 뭐든, 애국이든 뭐든 단숨에 다 떠벌렸을 겁니다. 하지만 그는 그러지 않았습니다. 그는 제게 정중하게 물었습니다. 물론 제 이 비열한 주둥이는 그의 말이 끝나기가 무섭게 대답했습니다.

그래요. 좋아요. 아저씨, 잘 들어두세요. 87번 구역에 므이타리안이라는 남자가 있어요. 그는 작은 중력 조절기 가게를 운영하고 있거든요. 그가 레지스탕스예요. 혹시 작년에 단-마드에서 벌어진 장성 파티 폭탄 테러를 아세요?

그래, 알다마다, 오 하느님, 내 친구도 그날 죽었단다.

그 폭탄 테러를 저지른 게 므이타리안이에요.

그래, 놀랍구나. 아니 놀랍지 않아, 듣고 보니 일리가 있다. 이미 우리 쪽에서도 조사가 어느 정도 진행됐거든. 그 테러에 쓰인 폭탄이 매우 정교해서 범인은 기계에 능통한 자일 거라고 잠정적으로 결론이 나 있었단다. 근데 중력 조절기 엔지니어라면 충분히 할 수 있지.

그는 제 손을 잡고 몇 번이나 고맙다고 말했습니다. 저는 그의 따뜻한 손을 맞잡으면서, 왠지 눈물이 날 것 같았습니다.

다음날 므이타리안은 바로 붙잡혔습니다. 그가 지독한 고문 끝에 동료를 불었다는 소식도 전해졌습니다. 그리고 일주일 동안 군인들이 온 도시를 들쑤시고 다니는 걸 자주 볼 수 있었습니다. 결국 그의 동료 두 명도 붙잡혔다고 했습니다. 열흘이 지나고 광장에는 므이타리안과 그의 동료 두 명이 목이 매달린 채 전시되었습니다. 저는 그 앞을 황황하게 지나쳤습니다. 므이타리안은 조용하고 친절한 남자였습니다. 그는 언제나 우리 같은 비렁뱅이 꼬마들을 위해 가게 뒷문 옆에 꼼꼼하게 포장된 빵 두 덩어리를 놓아두는 남자였습니다. 그의 빵은 언제나 부드럽고 깨끗해서 우린 모두 그걸 차지하고 싶어했습니다. 그래서 우린 순번을 정해 그 빵을 먹었습니다. 종종 빵을 집어들다 그와 마주치곤 했는데, 그럴 때 그에게 고맙습니다, 라고 하면 그는 빙긋 웃으며, 우리의 냄새나는 머리를 쓰다듬으며, 좀만 기다리라고, 너희들을 위한 세상이 곧 올 거라고 다정하게 말해주는 남자였습니다. 우린 모두 그를 좋아했습니다. 그 므이타리안을 제가 팔아먹은 겁니다.

며칠 뒤 남자와 저는 다시 만났습니다. 그는 식사 도중에 품에서 핀그로(즈제식 금) 두 덩어리를 꺼내 제게 내밀었습니다. 제 덕분이라고, 덕분에 이 사건을 진두지휘했던 그는 훈장을 받았다고. 핀그로, 저는 사실 그 당시까지 한 번도 가져본 적 없는 큰돈이었습니다. 하지만 저는 그걸 받지 않았습니다. 저는 도리어 화를 냈습니다.

아저씨, 우린 친구 아니에요? 전 그런 걸 바라지 않았어요. 지금 아저씬 제 얼굴에 가래를 뱉고 있다고요.

제 기세에 놀랐는지 그는 잠시 생각에 잠기더니 이렇게 말했습니다.

미안하다. 우린 그래, 친군데, 그래, 너는 우리의 우정을 증명하고 싶었던 거야, 진짜 친구, 진정한 친구였던 거야, 어린 너보다 내가 못났구나, 미안하다.

그래도 저는 분이 풀리지 않았습니다. 무언가 참을 수 없는 것들이 제 몸을 뜨겁게 만들었고 머리가 어지러웠습니다. 화가 나서 미쳐버릴 것 같았습니다. 그래서 그런 건지 저는 마구 지껄였습니다. 매일 군인들의 이불을 세탁하는 도라 아줌마의 정체와 뒷골목에 숨어사는 첩자들과 각종 음모와 배신에 대해 정신없이 말했습니다. 그렇습니다. 그렇게 된 겁니다.

　그리고 역시 다음날 어김없이 도라 아줌마를 비롯한 많은 아움들이 체포되었고, 처형되었고, 며칠 뒤에 저는 또다른 정보를 그에게 넘겼고, 또다시 많은 아움들이 광장에 매달렸습니다. 그게 바로 콤느그·스베크의 1차 소탕 작전입니다. 그 첫번째 소탕 작전은 이 년 동안 지속됐습니다. 그 이 년 동안 도시는 쑥대밭이 됐습니다. 매일같이 누군가가 체포되거나 고문당하거나 처형됐습니다. 도시는 준계엄 상태에 돌입해 도시 어느 곳을 가든 군인들이 긴장한 낯빛으로 서 있었습니다. 이제 콤느그·스베크는 중부에서 군인들이 가장 바쁜 도시가 된 것처럼 보였습니다.

　모두 그 군인이 제게 해준 말이었습니다. 그는 저를 진정한 애국자라고 불렀습니다. 진정한 벗이라고도 불렀습니다. 때때로 내 아들이라고도 불렀습니다. 그렇습니다. 세상은 고통에 빠졌지만, 우리의 우정은 더 깊어졌던 겁니다.

　어느 날, 그는 제게 이런 말을 했습니다.

　애야, 아무래도 곧 전쟁이 끝날 수도 있겠다는 생각이 드는구

나. 너도 잘 알겠지만, 이 전쟁은 그저 시간의 문제란다. 전쟁이 뉘·즈제에서 벌어지는 이상 결국 우리가 이길 수밖에 없단다. 그때가 되면 나도 우리 행성으로 돌아가겠지.

저는 아무 말도 하지 않았습니다.

너는 무얼 할 생각이냐? 계획이 있느냐?

없어요. 아무것도 없어요. 내일이라고 불리는 건, 주어진 적도 배워본 적도 없어요.

그래, 그건 슬픈 일이지만, 내겐 오히려 다행이라는 생각이 드는구나. 얘야, 말사토야, 혹시 괜찮다면 전쟁이 끝난 후 나를 따라가지 않겠느냐? 내 아들이 되어다오.

그건 생각할 여지도 없었습니다. 전 조용히 고개를 끄덕였습니다. 그러자 그는 기쁜 표정으로 손가락에 끼고 있던 두꺼운 반지를 빼서 제 엄지손가락에 끼워줬습니다.

이건 우리 집안에서 대대로 내려오는 반지이다. 이건 내 약속의 증거란다. 네가 이제 내 큰아들이라는 증거란다.

그러고 나서 그는 저를 따뜻하게 안아주었습니다. 자, 보십시오. 이게 바로 그 반지입니다. 당시에는 엄지에 맞았던 반지입니다."

그는 개를 쓰다듬던 손을 들어 보였다. 그러자 검은 개는 잠에서 깨어 불안한 눈빛으로 노인의 손을, 그리고 노인의 왼쪽 얼굴과 오른쪽 얼굴을 번갈아 쳐다봤다. 노인은 계속 말했다.

"이젠 살이 쪄서 약지가 아니면 들어가지 않습니다. 전 이 반지를 단 한 순간도 몸에서 뗀 적이 없습니다. 백십삼 년이 지난 지금도 이럴진대, 당시에는 어땠을지 생각해보십시오. 마침 그날은 그 계절의 열두번째 레나스키였습니다. 그는 제게 당장 그 집에서 잠을 자도 좋다고 했지만, 저는 그날 혼자 있고 싶었습니다. 나도 내 나름대로 정리할 것이 있다고 했습니다. 그날 종탑이 보이는 옥상으로 돌아온 저는 잠을 잘 수 없었습니다. 처음 그를 봤을 때를 떠올렸습니다. 그의 아름다운 캐러멜색 피부를 떠올렸습니다. 그의 우아한 표정과 단정한 말투를 떠올렸습니다. 그의 푹신한 침대와 배려를 떠올렸습니다. 그리고 무엇보다, 거실에 드리워진 부드럽게 일렁이는 햇빛을 떠올렸습니다(이 말을 할 때 노인은 잠시 눈을 감았다). 그런 집에서 살고 싶다고 생각했습니다. 그 남자의 아들이 되고 싶다고 생각했습니다. 하지만 막상 현실에 이르자 무서워졌습니다. 이게 진실일까? 이건 기쁜 걸까? 안심하고 잠들어도 되는 걸까? 사실은 이 모든 게 거짓말이라고, 너는 속고 있다고, 진실은 그런 게 아니라고, 그렇게 누군가가 속삭이듯 가르쳐주지 않을까? 만약 그런 거라면, 만약 그게 진실이 아니라면, 사실 진실은 늘 슬픈 거라면, 그렇다면 내가 행복을 알 수 없도록, 그 행복에 취해 있다가 더 깊이 슬퍼지지 않도록, 되도록 일찍 내게 진실을 알려줬으면 좋겠다고, 이 행복해서 슬픈 꿈에서 깨어나게 해달라고, 이 반지를 쓰다듬으며 그런 생각을 했습니다. 그날도 시간마다 종탑의 종이 울렸습니다. 종이 울릴 때마다 제 기쁨도 두려움도 배가 되었습니다. 그리고 저는 제게 달려든 행복에 지쳐 한참 만에 잠이 들었습니다. 잠이 들자, 눈을 감자 저는 편안한 어둠 속으로 들어갔습니다."

*

우주선이 부르르 진동했다. 하지만 미사일은 발사되지 않았다. 몇 번이나 크루잎이 발사를 지시했지만, 덜컥 하고 발사 장치가 답답하게 작동하는 소리만 들리고 아무 일도 일어나지 않았다. 어쩌면 고열에 장치가 망가진 것일 수도 있었다.

다시 우주선은 여덟 바퀴를 돌았다. 우주선은 뷜 행성으로 가라앉고 있었다. 므스느그흠의 머리카락이 타기 시작했다. 우주선 내부의 고열 때문이었다. 므스느그흠은 힘겹게 팔을 들어 좌우에 있는 박스를 열고 두 개의 레버를 잡았다. 3차 추진 장치를 분리하는 레버였다. 우주선은 총 열두 개의 모듈로 구성되어 있었다. 여러 상황에 따라 각 모듈을 분리할 수 있었다. 하지만 그건 위험이 크기 때문에 언제나 수동 레버와 크루잎의 승인이 동시에 이뤄져야 했다. 이 3차 추진 장치에 미사일 수납고가 있었다. 분리된 수납고가 101-툼-57의 대기로 날아가면 계산된 타이밍에 크루잎은 원격으로 미사일의 폭발을 지시할 것이었다. 그러면 여섯 개의 중성자탄이 동시에 폭발할 것이었다. 그 폭발을 우주선이 감당할 수 있을까? 혹은 그 폭발을 크루잎이 계산할 수 있을까? 이 결정은 므스느그흠의 어떤 직감이었다. 생존율은 그러므로 계산할 수 없었다. 하지만 이제 다른 선택은 없었다. 아무것도 하지 않는다면, 아무 일도 일어나지 않을 것이었다. 그는 크루잎에 3차 추진 장치까지 한꺼번에 분리하라고 지시했다.

우주선의 속도는 경이로울 정도였다. 므스느그흠이 경험해본 속도 중 가장 빨랐다. 어쩌면 이게 우주의 감각일까? 그는 그렇게 생각했다. 피부가 타는 냄새를 맡으며 그렇게 생각했다. 피부뿐만이 아니었다. 눈앞이 뿌옇게 보이는 걸 보니 그의 안구도 익어가고 있는 것 같았다. 우주선 창으로 멀리 별들이 보였다. 손상된 각막 위로 별들은 하얀 선처럼 늘어져 보였다. 수천억 개의 하얀 선이 창문에 새겨졌다. 그는 언제나 도망가고 싶었다. 하지만 깨닫고 보면 한 발자국도 벗어난 적 없었다. 알고 있었다. 그는 늘 누나의 품속에서 떨던 그 시간에 머물러 있었다. 아니 오히려 더 깊이 더 깊이 그때로 돌아가고 있었다. 아니 돌아가고 싶었다. 보이지 않는 행성, 저 어두운 공간으로 가라앉고 있는 지금처럼.

뜨겁다.

온몸이, 그리고 눈이 타들어가는 고통이 므스느그흠을 파고들었다. 뜨겁다. 뜨거워. 엄마도 그랬을까? 그래서 매일 뜨겁다고 소리를 질렀던 걸까? 죽기 직전의 엄마는 고깃덩어리 같았다. 쥴·즈제의 병사로 근무할 때 많은 반란군을 죽였다. 하지만 그 누구도 엄마보다 끔찍하지 않았다. 마치 칼로 후비는 듯 고통이 선명해질수록 정신도 명료해졌다. 그때 엄마는 죽고 싶었을까? 차라리 죽고 싶었을까? 그럼 나는? 나는 그래도 살아야 하나?

그러자 깊은 곳에서 어떤 목소리가 들려왔다. 마치 그의 내면에 귀가 있다면, 그 귀에 직접 입을 갖다대고 말하는 듯했다. 그 목소리는 마치 속삭이는 듯했고, 고함을 치는 듯도 했다. 그건 말 같기도 했고, 신음 같기도 했다. 어쩌면 그건 언어화되기 이전의 목소리였다. 하지만 그것은 마치 손끝의 촉감처럼 명료한 목소리였다. 그 목소리는 므스느그흠이 들었다고 느낀 순간, 어느새 그의 내부에 똬리를 틀었다. 마치 처음부터 그 자리에 있었던 것처럼 그랬다. 그러자 므스느그흠은 그것이야말로 언제나 자신이 기다려왔던 목소리인 것만 같았다. 알 수 없지만 그랬다. 늘 그래왔는지도 모르겠다, 라고 므스느그흠은 중얼거렸다.

므스느그흠은 레버를 힘껏 잡아당겼다. 그러자 덜컹 하고 3차 추친 장치가 분리됐다. 여섯 발의 중성자탄과 함께 분리됐다. 이제 곧 거대한 폭발이 일어날 것이었다.

*

가자.

*

마르죠욘은 말했다.

"어느 날이었어요. 그날도 저는 같은 꿈을 꿨어요. 하지만 그날 은 꿈을 끝까지 꾸지 못하고 일어났어요. 왜냐하면 지진 때문에 중간에 잠에서 깼기 때문이에요. 잠결에 갑자기 땅이 우르르 울렸어요. 제가 잠에서 깨고 나서도 두세 차례 땅이 울렸어요. 이상했어요. 불길했어요. 하지만 곧 더 이상한 일이 생겼어요. 제가 침대에서 내려와 신발을 신으려고 보니까 제 신발 앞에 제 아이의 신발이 가지런히 놓여 있는 게 아니겠어요? 그 신발은 제가 창가 선반에 올려놓은 신발이었어요. 이상하지 않아요? 지진 때문에 떨어진 신발이 그렇게 가지런히 놓여 있다니. 하지만 더 들어보세요. 아직 끝나지 않았어요. 아니 한참 남았어요."

그녀의 목소리는 고조되어 있었고, 그녀의 왼쪽 눈은 꿈속으로 들어가는 듯했다. 그녀는 빠른 목소리로 말했다.

"제가 신발을 신고 일어서자마자 다시 지진이 일어났어요. 이번에는 아까보다 더 크게 우르르르 하면서 말이에요. 그러자 아이의 신발이 진동 때문인지 제 앞에서 타다닥 하고 걸어가듯이 저 앞으로 가는 거예요. 그건 마치 제 아이의 영혼이, 그러니까 꿈속에서처럼 돌아온 것만 같았어요. 저는 저도 모르게 말했어요. 어디 있니, 내 아가야, 엄마 옆에 있니? 하지만 아무도 대답하지 않았어요. 저는 다시 한번 말했어요. 제발, 이 엄마의 왼쪽 눈 앞으로 와 주렴, 오른쪽에 있으면 엄마는 널 볼 수 없단다. 역시 대답이 없었 어요. 저는 울어버리고 말았어요. 침대에 주저앉아서 한참을 울었 어요. 그렇게 부은 눈으로 출근을 했어요. 출근하자 조가욘이 말 했어요.

마르죠욘, 눈이 왜 그래? 또 울었구나. 불쌍한 내 친구, 불쌍한 마르죠욘.

제가 조가욘에 대해 말했나요? 그녀는 정말 좋은 친구였어요. 그녀는 쥴·즈제인이었어요. 우린 오랫동안 함께 일했어요. 제가 지구에 오고 나서 어느 순간부터 그녀의 소식을 들을 수 없었어 요. 제가 글자를 계속 보냈지만, 어느 순간부터 답장이 없었어요 (성간 양자 통신기로 지구–즈제 간 성간 통신은 가능하다. 하지만 글자수에 제한이 있고, 메시지가 도달하기까지 일주일 정도 걸렸 다. 이 메시지를 '글자'라고 불렀다). 그녀는 늘 이 땅엔 자기를 좋 아하는 아움이 없다고 울었어요. 외롭다고 울었어요. 어쩌면 그녀 도 지구로 떠났을 수도 있어요. 그렇다면 그녀는 우주에서 죽었을 수도 있어요. 그녀가 행복했으면 좋겠어요.

그날 전 실수를 많이 했어요. 시체를 자르지 않고 비행 수레에 넣는가 하면, 매뉴얼과 다르게 잘라서 내장이 조가욘에게 튀기도 했어요. 마침 그날은 많은 아움이 처형된 날이었어요. 콤느그·스 베크에서부터 활동했던 레지스탕스들이 일제히 잡혔다고 했어요.

그들은 대단한 아움들이라고 했어요. 1차 소탕 작전 때부터 지금까지 살아남은 자들이라고 했어요. 종전 이후 가장 집요하게 저항한 자들이라고 했어요. 그들의 시체는 모두 삼백삼십팔 구였고요. 5번 언덕에서 맞은편에 있는 67번 골짜기까지 그들의 시체가 널려 있었어요. 그 많은 걸 겨우 우리 열두 명이서 치우고 있었어요. 그때였어요. 총소리가 들려왔어요. 67번 골짜기에서 들려오는 거였어요. 그곳은 특히 시체가 많은 곳이었어요. 그곳에서부터 소란스러운 소리들이 들렸어요. 조가욘과 저는 손을 놓고 불안한 눈빛을 주고받았어요. 저는 말했어요.

조가욘, 무슨 일일까? 난 무서워.

마르죠욘, 아무 일도 없을 거야. 우리가 걱정할 일은 없을 거야. 걱정은 가진 놈들의 일이거든.

조가욘은 웃었지만 전 웃을 수 없었어요. 저는 다시 말했어요.

조가욘, 오늘 나한테 무슨 일이 있었는지 말하면 너도 웃을 수 없을 거야.

무슨 일이 있었는데?

제가 조가욘에게 오늘 잠에서 깨어났을 때의 일을 말하려고 하는데, 한 소년이 저를 스치고 지나갔어요. 아주 절박한 기세로 달려가고 있었어요. 67번 골짜기로요. 총소리와 좌절과 죽음의 냄새가 고여 있는 그 흉측한 골짜기로요. 그 아이가 저를 지나간 그 순간, 저는 저도 모르게 제 앞의 아이를 쫓아서 뛰고 있었어요. 왜 그랬을까? 정말 왜 그랬을까요? 저는 뛰어가면서도 제가 그러는 이유를 알 수 없었어요. 어쩌면 지진 때문일 수도 있고, 어쩌면 제 아이의 신발 때문일 수도 있어요. 어쩌면 그 모든 것 때문일 수도 있을 거예요. 어쨌든 그건 저항할 수 없는 거였어요. 저항하기는 커녕 그건 이미 제 온몸을 지배하고 있었어요. 그때 조가은은 저를 따라오면서 수십 번도 더 소리쳤다고 해요. 마르죠욘! 마르죠욘! 조심해, 마르죠욘! 하고요. 하지만 저는 이미 아무것도 들리지 않는 상태였어요. 제 모든 감각은 닫혀 있었고 오직 왼쪽 눈만 살아서 그 아이의 뒤꽁무니를 쫓고 있었어요.

그리고 67번 골짜기로 접어들 때쯤, 그 꿈처럼, 저는 시체에 걸려 냅다 고꾸라지고 말았어요. 제가 어찌나 요란스럽게 나뒹굴었던지 그 아이가 멈춰 서 고개를 돌렸어요. 돌아선 그 아이는 제 아이와 닮지 않았어요. 지금 생각해보면 그건 분명해요. 하지만 이상해요. 정말 이상해요. 전 제 눈으로 제 아이와 닮지 않은 그 아이를 멍하니 쳐다보면서도, 그 작고 삐삐 마른 아이가, 그 입이 삐뚤어진 아이가, 우리 아이처럼 보였던 거예요. 달려가는 아이, 넘어진 나. 이건 꿈, 확실히 꿈. 그게 꿈이라면, 정말 꿈이라면 이제 저는 제가 걸려 넘어진 시체를 확인해야 하는 거였어요. 제가 걸려 넘어진 건 어떤 여자의 시체였어요. 넘어지자마자 알았어요. 아니요, 아이를 쫓아가면서부터 알고 있었어요. 어쩌면 저는 그날 지진 때문에 잠에서 깬 순간부터 이미 알고 있었는지도 몰라요. 내가 여자 시체에 걸려 넘어질 거라는 사실을요. 그래요, 그건 꿈이니까요. 어쨌든 제 몸은 이미 움직이고 있었어요. 지난 육 년간 수백 번 반복해온 그 짓을 알아서 하고 있었어요. 저는 확인하지 않을 수 없었어요. 제가 어떻게 확인하지 않을 수 있겠어요? 저는 부들부들 떨리는 손으로 그 엎어져 있는 시체의 얼굴을 뒤집었어요.

그러자 오른쪽 눈이 없는 얼굴이 드러났어요. 오른쪽이 어둡게 패어 있는 그 얼굴이 드러났어요. 그녀의 남아 있는 왼쪽 눈은 감기지 않은 채 어느 먼 곳을 바라보고 있었어요. 그 먼 곳이 어딘지 모르겠지만, 아마 꿈속에서 제가 보고 있던 곳과 같은 곳이었겠죠? 저는 비명을 질렀어요. 너무 끔찍한 광경이었으니까요. 지르지 않을 수 없었어요. 비명을 지르며 고개를 젖히자 하늘에 떠 있는 압의 햇살이 제 왼쪽 눈에 꽂혀 들어왔어요. 눈앞이 하얗게 번져갔어요. 그리고 제 아이의 말이 들렸어요.

엄마, 도망가!

그제야, 그제서야, 육 년 동안 들리지 않던 제 아이의 말이 들렸던 거예요. 제 아이의 말은 들렸다 싶은 순간 이미 제 온몸으로 흡수됐어요. 어쩌면 그 말은 이미 제 안에 있었던 건지도 몰라요. 그건 들려온 게 아니라 제 안에서 끄집어내진 건지도 몰라요. 어쨌든 그건 기쁜 일이었어요. 제 아이의 말을 드디어 들었으니까요. 하지만 그건 또 무서운 일이기도 했어요. 그 꿈은 무서운 꿈이었으니까요. 그래서 저는 어떤 감동과 무서움 때문에 경직됐고, 이

내 정신을 잃고 말았어요.

눈을 떠보니 제 침대 위였어요. 조가욘이 걱정스러운 표정으로 저를 돌보고 있었어요. 저는 울면서 허겁지겁 그날 있었던 일을 조가욘에게 말했어요. 그녀는 말했어요.

불쌍한 내 친구, 불쌍한 마르죠온, 내 마음이 너무 아파. 이 집은 너무 어두워. 마르죠온, 나는 너무 마음이 아파.

그리고 그녀는 말해줬어요. 제가 본 한쪽 눈이 없는 여자 시체는 유명한 레지스탕스라고 했어요. 그 콤느그·스베크 사건 때, 레지스탕스 소탕을 주도했던 악명 높은 쥴·즈제 장교를 때려죽인 여자라고 했어요. 늘 작은 손도끼를 들고 다니던 여자라고 했어요. 늘 배에 뉘·즈제의 국기를 두르고 다니던 여자라고 했어요. 오랫동안 반란을 주도하던 여자라고 했어요. 하지만 이제 제게 그런 건 아무 소용이 없었어요. 그 여자가 제가 아니라고 말해도 아무 소용이 없었어요. 사실 그건 표면적인 거예요. 그래요. 그건 아무 소용이 없는 거예요. 그날의 사건들은 은유인 거예요. 은유 말이에요. 은유! 육 년, 육 년 동안, 그래요, 육 년 동안. 제 아이는 말해왔어요. 지난 육 년 동안 제 아이는 제게 끊임없이 말해왔던 거예요. 이 불쌍한 엄마에게, 창문을 모두 막은 채 살던 엄마에게, 한쪽 눈으로 아무것도 없는 곳을 쳐다보던 엄마에게, 말했던 거예요.

뉘·즈제를 떠나라고, 도망가라고.

도망가라고.”

얘기가 모두 끝났다. 얘기가 끝나자 그녀는 주스가 가득한 아이보리색 잔을 두 손에 쥐고, 창밖을 쳐다본 채 입을 다물었다. 그녀는 마치 텅 빈 오른쪽 눈으로만 보고 있는 것만 같았다. 창가 너머, 캘리포니아 바다 너머, 지구와 태양계 너머 어느 곳을. 그러고 문득 그녀는 정신이 돌아온 듯 잔에 든 주스를 단숨에 마셨다. 그제야 그녀는 원래의 평온하고 부드러운 낯빛으로 돌아왔다.

마르죠윤은 말했다.

"말하자면 지구는 제 아이가 제게 마련해준 곳이에요."

그녀는 다시 말했다.

"저기요, 물어볼 게 있어요. 이제 즈제인들의 서명은 많이 모였나요? 아무래도 지구는 없어지는 건가요?"

또다시 말했다.

"그렇군요. 그렇게 되는 거군요. 저는 이해할 수 있어요. 제가 이해하지 못하는 건 없어요. 부탁이 있어요. 내일 다시 한번 저를 찾아와주세요. 내일 서명을 해드릴게요. 아니요, 오늘은 할 수 없어요. 그냥 그래요. 내일 할게요. 약속해줘요. 꼭 와줘요.

그래요. 고마워요. 가세요. 그리고 내일 같은 시간에 와주세요. 내일 저를 꼭 다시 찾아와주세요. 고마워요, 고마워요."

그리고 여자는 미소를 지었다.

다음날 그녀를 다시 찾아갔을 때, 그녀는 목을 매달고 죽어 있었다. 그녀의 식탁 위에는 커다란 아이보리색 잔과 속이 빈 커다란 오렌지주스 통이 있었다.

*

노인은 다시 말했다.

"잠에서 깨자 다시 뉘·즈제였습니다. 고통스러울 정도로 하늘이 밝고 푸른, 그 뉘·즈제 말입니다. 저 하늘 너머 삭막한 쥴·즈제가 커다랗게 걸려 있는 그 뉘·즈제 말입니다. 저는 쉴새없이 울려대는 종소리에 놀라 눈을 뜬 것이었습니다. 보통 종은 시간마다 한 번씩 쳤습니다. 근데 무슨 일인지 그 종소리가 그치질 않았습니다. 뿐만 아니었습니다. 종소리보다 더 큰 소리가, 함성과 비명이, 고함이 들려오고 있었습니다. 저는 옥상 난간 밖으로 몸을 빼서 저 아래 광장을 보았습니다. 광장엔 아움들이 가득했습니다. 마치 이 도시의 모든 아움이 모인 것만 같았습니다. 그들 앞에는 높은 단상이 있었고, 그 연단에 키가 크고 마른 남자가 올라서서 연설을 하고 있었습니다. 그가 잠시 말을 멈출 때마다 관중은 환호성을 질러댔습니다. 저는 그 남자를 알고 있었습니다. 그는 바디스두다라고 불리는 남자였습니다. 그는 콤느그·스베크 레지스탕스의 주요 인물 중 하나였습니다. 그는 수학자 출신이었고, 생선을 파는 남자였습니다. 그는 항상 누군가를 만나면 즈제의 관습적으로 잘못된 날짜 계산법에 대해 떠들어대곤 하는 남자였습니다. 하지만 언제나 눈빛이 무서운 남자였습니다. 저는 그 역시 고발했었습니다. 하지만 그는 극적으로 포위망을 뚫고 사라진 후 일 년간 보이지 않았습니다. 근데 그 바디스두다가 돌아왔던 겁니다. 돌아왔다니! 그가 돌아왔다니! 레지스탕스가 아움들 앞에 저렇게 당당하게 서 있다니! 그러면 아저씨는? 아저씨는? 저는 금세 그 생각에 도달했습니다. 그러곤 정신없이 옥상에서 내려와 아저씨의 집으로 달려갔습니다. 가는 길 곳곳에서 아움들이 노래를 부르거나 국기를 흔들거나 폭죽을 터뜨렸고, 죽은 군인들과 죽은 시민들이 여기저기 쓰러져 있기도 했습니다. 혹은 발가벗겨진 누군가가 두들겨맞고 있기도 했습니다. 그의 집 앞에서 한 외눈박이 소녀가 저에게 알은척을 했습니다. 그녀가 저를 알고 있는 것처럼 저도 그녀를 알고 있었습니다. 그녀는 우리 사이에서 작은 레지스탕스라고 불렸습니다. 그녀는 제가 국기를 품고 있는 것마냥 작은 손도끼를 늘 품에 지니고 있었는데, 언제나 그것으로 즐·즈제 놈들을 찢어 죽일 거라고 소리치고 다녔습니다. 그런데 그녀의 왼손에 들린 그 손도끼에서, 썩은 음식을 도려내거나 나무를 깎아 이쑤시개나 만들던 그 손도끼에서, 처음으로 붉은 피가 뚝뚝 흐르고 있었던 겁니다. 그녀는 담배 연기를 길게 내뱉더니 제게 말했습니다.

이봐, 애국자 꼬마야, 마침 잘 왔어. 얼른 네 품의 국기를 꺼내봐, 어서.

저는 대답 없이 그녀 옆을 지나 계단을 올랐습니다. 그의 집이 있는 오층까지 단숨에 올라갔습니다. 그리고 그 집에 이르러서야, 물론 짐작하고 있었지만, 모든 게 끝났다는 걸 알 수 있었습니다. 문은 박살이 나 있었고, 집안은 엉망진창이었습니다. 그곳에는 아무도 없었습니다.

그렇습니다. 이게 바로 그 유명한 콤느그·스베크 사건입니다. 이후의 이야기들은 당신도 아는 바대로입니다. 해방과 기쁨, 하지만 학살과 배신, 뒤이어 찾아온 고난과 슬픔, 그리고 절망 들. 하지만 지금은 제 개인적인 이야기를 하고 있습니다. 제 이야기는 아직 끝나지 않았습니다.

여기저기 수소문해보니 아저씨는 레지스탕스들에게 잡혀간 것이 맞았습니다. 그리고 네번째 식사가 끝날 시간에 광장에서 교수형에 처해질 거라고 했습니다. 그는 특히 도시 내 반군 소탕에 앞장섰던 인물이니만큼 죽음을 피할 수 없을 거라고 했습니다. 종일 저는 온 도시를 걸어다녔습니다. 어딘가 아무것도 보이지 않는 곳으로, 그러니까 어둠 속으로 들어가고 싶었지만, 아시다시피 뉘·즈제에 그런 곳은 없었습니다. 저는 아저씨가 제 손에 끼워준 반지를 손에 쥐고, 그 손에 쥐가 날 때까지 걸어다니면서 울었습니다. 저는 납득할 수 없었습니다. 세상을 납득할 수 없었습니다. 빌어먹을 세상, 역겨운 세상. 할머니는 제게 언제나, 행복하길 바라는건 천박한 마음이라고, 죄악이라고 했습니다. 하지만 그런 걸 바라지 못한다면 대체 왜 살아 있어야 하는 걸까요? 그땐 그렇게 생각했습니다. 물론 지금은 이해합니다. 할머니가 하고 싶은 말은 그런 게 아니었던 겁니다. 지금은 알고 있습니다. 저기 저 양동이가 보이시나요? 제 아이들과 손자들이 태어났을 때 저는 저 양동이에 물을 받아 몸을 씻겼습니다. 하지만 제 가족이 모두 죽고 난 지금, 저 양동이는 제가 종종 거위의 멱을 딸 때 피받이로 사용하곤 합니다. 이런 게 아닐까요? 인생이란 이 양동이 같은 게 아닐까요? 할머니는 그걸 말하고 싶었던 게 아닐까요?

계속 말을 해도 괜찮을까요? 이제 다 끝나갑니다. 그래요, 이제 다 끝난 얘기입니다. 걷고 걷다가 광장에 돌아온 것은 늦은 시간이었습니다. 네번째 식사가 끝나고도 한참 뒤였습니다. 도시에서는 축제가 계속되고 있었습니다. 도시 골목길 깊은 곳에서도 유쾌한 웃음소리가 들려왔습니다. 그런 하루였습니다. 광장은 특히 그랬습니다. 광장 곳곳에 이웃들이 주저앉거나 춤을 추면서 술을 마셨습니다. 그 승리의 행복이 넘실대는 광장 한가운데, 연단 위에, 서른 구의 목 매달린 시체 속에, 햇빛 아래에, 아저씨가 있었습니다.

아저씨.

내 아버지.

저는 멍하니 그에게 다가갔습니다. 가까이에서 보니 그는 죽기 전에 이미 심한 고초를 받은 듯 보였습니다. 그 잘생긴 얼굴은 심해어처럼 퍼렇게 부풀었고, 두 팔은 부러져 덜렁거렸으며 허벅지와 옆구리는 난도질당해 피에 흠뻑 젖어 있었습니다. 그리고 그의 손가락, 제게 준 약속의 징표가 끼워져 있던, 가늘고 매끄러웠던 그 열 개의 손가락들은 모두 잘려나가 있었습니다. 무슨 말을 더 해야 할까요? 저는 그 도시에서 유일한 제 친구이자 가족을 잃은 것입니다.

교수대 아래에 몇몇 아줌들이 둥글게 둘러앉아 술을 마시고 있었습니다. 그 가운데 아저씨 집 앞에서 마주친 외눈박이 소녀, 오른쪽 눈이 없는 그 소녀가 있었습니다. 그녀는 저를 보고 다시 말했습니다.

이봐, 애국자 꼬마야, 마침 아주 잘 왔어. 네 품안에 있는 그 국기 좀 꺼내봐. 그 우라질 유명한 국기를 꺼내보란 말야.

저는 제 배를 감싸고 있던 낡은 국기를 풀었습니다. 그건 할머니가 물려주신 거였습니다. 그 국기는 제 아버지의 품에서 꺼낸 거라고 했습니다. 검은 얼룩은 아버지의 피라고 했습니다. 저는 그 국기를 소녀에게 주었습니다. 술에 취한 소녀는 비틀거리며 교수대의 기둥을 기어올랐습니다. 아마 거기에 국기를 매달려는 것 같았습니다. 그 모습을 지켜보다가 저는 그곳을 떠났습니다. 아니 이미 저는 뉘·즈제를 떠난 거였습니다.

그 군인의 이름은 꼬뚜라고 했습니다. 그날 이전까지 제 이름은 말사토였습니다. 하지만 이제 저는 꼬뚜라고 불립니다."

*

밤이 되었다.

*

꼬뚜 노인은 말했다. 그는 의자에 앉아 있었다. 실내는 어두웠
고, 그의 곁에 서 있는 검은 개의 이빨이 반짝거렸다.

"다시 오실 줄 알았습니다. 밤이 찾아오면 당신도 찾아올 거라
고 생각하고 있었습니다. 밤은 모든 것을 덮어버리니까요. 밤은
죽음의 시간이니까요. 이상하다고 생각하지 않으십니까? 즈제인
이 밤의 의미를 깨닫는다는 것을요. 하지만 당신도 아시다시피,
우리 즈제인들은 모두 밤을 알고 있습니다. 이백팔십사 년은 밤이
아닌가요? 두 개의 즈제 행성 사이에 있는 우주는 밤이 아닌가요?
귀를 기울여보십시오. 전 때때로 우주의 소리를 듣습니다. 그 소
리는 마치 종탑의 종처럼 댕댕 하고 제 고막까지 다다릅니다. 그
러면 저는 깨닫게 됩니다. 우리는 지구에 있는 것이 아니라 우주
에 있는 거라고 깨닫습니다. 역시, 역시 그 손도끼를 선택하셨군
요. 아까 양동이 옆에 있는 손도끼를 유심히 쳐다보는 것도 눈치
채고 있었습니다. 당신이 누군가를 죽이는 것에 익숙한 아웃이라
는 것도 눈치채고 있었습니다. 그 손도끼는 제가 거위의 목을 칠

350

때 쓰던 겁니다. 알고 계시겠지요? 자, 저는 모두 준비되었습니다. 괜찮습니다. 괜찮습니다. 저는 두렵지 않습니다. 어쩌면, 지금에 와서 하는 말이라 우습겠지만, 저는 이 순간만을 기다려왔다는 생각마저 듭니다. 저는 지구에서 늘 행복해지지 않으려고 노력해왔습니다. 하지만 이제 끝낼 수 있게 됐습니다. 이제 지쳤습니다. 제가 없어진다면, 당신 일은 여러모로 수월해지겠지요. 다만 끝내기 전에 부탁이 하나 있습니다. 마지막 부탁입니다."

노인은 자리에서 일어났다. 그러자 창으로 들어온 달빛이 그의 얼굴을 비췄다. 그의 왼쪽 얼굴은 움직이지 않았고, 오른쪽 얼굴은 침울하게 웃고 있었다.

"제 개가 보지 않는 곳에서 죽여주십시오."

그리고 노인은 달빛이 미치지 않는 골방으로 들어갔다. 남겨진 검은 개는 어둠 속을 불안한 듯이 빙글빙글 돌았다.

*

며칠 전이었다. 므스느그흠은 오르트 구름대에 있었다. 그는 한 달 동안 한숨도 자지 못했다. 우주선은 지루할 만큼 천천히 이 지대를 통과하고 있었다. 므스느그흠은 우주선 창에 얼굴을 기댔다. 창문은 우주의 냉기가 서려 차가웠다. 차갑고 어두웠다. 그리고 넓었다. 오르트 구름대 또한 넓었다. 넓고 섬뜩했다. 사방에 널린 수많은 돌덩어리들은 행성이, 항성이, 그리고 은하가 죽어가면서 남긴 흔적들이었다. 암석들 사이사이에 우주선의 잔재들이 있었다. 대부분 난민들의 구형 우주선이라고 했다. 많은 난민들이 오르트 구름대에서 표류한다고 했다. 그리고 우주선과 함께 죽어간다고 했다. 그 우주선들도 암석들도 제멋대로 움직이고 있었다. 무시무시한 속도로 날아가는가 하면 제자리에서 빙글빙글 도는 것도 있었다. 또는 미동도 하지 않는 것도 있었다. 이곳은 태양계와 다른 항성계 중간 어느 지역쯤이었다. 중력이 묘하게 일그러진 곳이었다. 이곳에 남아 있는 것들, 그것들은 어디로도 가지 못한 채 묶여 있는 것이었다. 그건 남아 있는 어떤 마음들이었다. 마치 이전 생에서 벗어나지 못하는 것처럼. 므스느그흠도 그랬다. 그 역시 정밀한 항도 계산 장치가 없었더라면, 자신이 어디로 가고 있는지 가늠이 되지 않았을 것이다. 아니 우주선이 움직이는지도 알 수 없었을 것이다. 창밖으로 아주 먼 우주를 쳐다보고 있으면 우주선은 이 어둠 속에 가만히 멈춰 서 있는 것만 같았다. 하지만 가고 있었다. 지구로 향하는 항로에 부유하는 암석들과 우주선의 파편들이 뒤로 물러나는 걸 보면 분명했다.

그때였다. 우주 쓰레기 사이에서 커다란 주황색 공 하나가 우주선 쪽으로 흘러왔다. 그것은 유영하듯이 천천히 다가왔다. 거리가 가까워지자 므스느그흠은 비로소 그것이 주황색 우주복을 입은 시체라는 것을 깨달았다. 그 시체는 다리를 가슴으로 모아 몸을 둥글게 말고 있었다. 그래서 멀리서 보면 공처럼 보였다. 잠시 후 그것이 더 가까이 다가왔다. 보이는 것보다 빠른 속도였다. 그 정도 거리쯤 되자 헬멧 사이로 시체의 얼굴이 보였다. 그는 여자였다. 젊은 여자였다. 여자는 우주 속에서 수분이 모두 빠져나가 미라가 되어 있었다. 얼굴이 육포처럼 변해 있었다. 무슨 일인지 굳게 다문 입이 푹 꺼져 있었다. 므스느그흠은 그 얼굴을 알 것만 같았다. 아니 알고 있었다. 그는 자기도 모르게 소리쳤다.

"누나."

그랬다. 그 시체는 누나였다. 그녀의 얼굴은 사십구 년 전과 다르지 않았다. 우주여서 늙지 않았다. 저 시체를 구해야 한다. 므스느그흠은 그렇게 생각했지만 이상하게 몸이 무거웠다. 그는 창문에 뺨을 댄 채 움직일 수가 없었다. 심지어 몸이 점점 무너져내려, 창문에서 얼굴이 떨어지려 하고 있었다. 그래서 그는 다리에 힘을 주고 필사적으로 버텼다. 우주의 쓰레기가 된 누나의 얼굴을 조금이라도 더 보고 싶었다. 누나는 그보다 다섯 살이 많았다. 그녀는 정비공이 되고 싶어했다. 그녀는 그를 안고 눈물을 흘리곤 했다. 그의 뺨에 뺨을 꼭 갖다댔다. 그럴 때면 뺨 사이로 미지근한 눈물이 고였다. 그녀는 그의 아버지가 되려고 했고, 어머니가 되려고 했다. 그녀는 자랑스러운 딸이 되려고 했다. 그녀는 그녀를 필요로 하는 모든 이들을 위해 무언가 하고 싶어했다. 그녀는 모든 일에 최선을 다했다. 그녀의 눈은 크고 아름다웠다. 하지만 그녀의 냄새는 말하고 있었다. 이제 어디로 가지, 라고. 언제나 그랬다. 그 순간 누나의 냄새가 났다. 우주선에 어느새 누나의 냄새가 고여 있었다. 므스ㄴ그흠은 누나의 냄새, 슬픈 냄새를 맡으며 누나의 얼굴을 조금이라도 더 보기 위해 눈을 부릅떴다. 꽃씨처럼 부유하던 모습과 다르게 누나의 시체는 순식간에 우주선을 지나쳤다. 이제 다시는 볼 수 없을 것이었다. 그는 누나가 떠난 뒤 늘 두려움에 휩싸여 있었다. 그래서 군인이 되었고, 우주개발회사에 입사했다. 그는 언제나 아주 먼 행성으로 떠나야 했다. 우주에서 홀로 지내야만 했다. 언제나 그랬다. 창으로 보이는 우주는 언제나 어두웠다. 즈제에는 어둠이 없었다. 반면 우주는 대부분 어두웠다. 그가 즈제를 벗어나면 벗어날수록 깊은 땅속으로 들어가는 기분이었다.

그는 종종 생각했다. 누나를 다시 만나면 어떻게 될까? 누나와 함께 즈제에서 살아야지. 누나는 정비공을 하고, 나는 무엇이라도 해야지. 아버지처럼 시체를 치워도 상관없다. 하지만 그게 무엇이든, 지금보단 나을 것이다. 그땐 정말 끝날 것이다. 이제 더이상 이 끔찍한 우주로 나오지 말아야지. 끝이다. 정말 끝이다. 그런 생각을 종종 했다. 어떤 외로움이 사무쳐 잠이 오지 않을 적이면(즈제에서든, 우주에서든) 그런 생각에 더 골몰했다. 그래서 임무로 혹은 업무로 새로운 행성에 갈 때마다, 늘 누나의 행적을 뒤져보곤 했다. 습관처럼.

하지만 누나와 이렇게 마주칠 줄은 몰랐다. 이런 식이라면 차라리 평생 보지 않는 편이 나았을 것이다.

끝낼 수 없는 건가?

피로했다. 아니 늘 피로했다. 이제 끝났다. 끝낼 수 있다는 바람들이 끝났다. 그렇게 생각하자 가슴이 뻥 뚫린 것만 같았다. 므스느그흠은 가슴을 부여잡았다.

그럼 대체 끝은 어디인가?

그 순간, 우주선 후미에서 '쿵' 하는 소리가 났다. 무언가 묵직한 게 부딪힌 게 틀림없었다.

그리고 므스느그흠은 잠에서 깨어났다. 아주 짧은 잠이었다. 몇 초의 잠이었다. 그는 여전히 창문에 뺨을 맞댄 채였다. 창문 밖은 잠들기 전과 다름없었다. 여전히 어두웠고, 여전히 끝이 보이지 않았고, 그래서 여전히 세상 모든 게 멈춘 것처럼 보였다. 방금 난 꿈을 꾼 것일까? 꿈일지도 몰랐다. 하지만 꿈이 아닐 수도 있었다. 우주에서는 어제도 오늘도 같았다. 꿈도 현실도 같았다. 그 순간, 그가 비몽사몽하는 그 순간, 주황색 덩어리 하나가 빠른 속도로 우주선을 지나쳐갔다. 그게 무언지 확인할 겨를도 없었다. 잠시 후 우주선 후미에서 쿵 하고 무언가와 충돌하는 소리가 났다. 우주선이 덜덜 떨렸다. 창문이 파르르 진동했다. 그 진동으로 냉기가 므스느그흠의 뺨에 스며들었다.

므스느그흠은 다시 눈을 감았다.

초여름

내가 목을 매단 지 삼 일이 지났다. 지난 삼 일은 내 인생에서 가장 긴 시간이었다. 아니 어쩌면 가장 지난했던 시간이었고, 가장 답답했던 시간이었다고 할 수 있다. 지난하고 답답했다는 말은 긴 시간이라는 말이다. 시간이란 그런 법이니까. 시간은 언제나 동일한 속도로 흐르지 않는 법이니까. 이십삼 년 전, 엄마는 불현듯 나를 미국으로 보냈다. 방학 한 달 동안 내 또래 아이들과 함께하는 단기 어학연수 프로그램이었다. 엄마는 늘 내가 한국에 어울리지 않는다고 했고, 그래서 매년 유학을 권유했다. 그건 그 전초전이었다. 나는 미국으로 떠나기 한 달 전부터 가지고 갈 책을 신중하게 골랐다. 매일 한두 권씩 추가하거나 빼서 일주일 전에는 모두 열일곱 권의 책을 골랐다. 그걸 열 권으로 추렸고, 열 권을 다시 다섯 권. 다섯 권을 세 권으로 추렸다. 그 책은 이랬다. 『과학이 풀지 못한 수수께끼』 『지하세계에서의 785일』 『절름발이 개구리』. 나는 신중하고 총명한 아이였다. 또한 신경증적인 아이였다. 더 어릴 적에는 종종 발작을 일으키던 아이였다고 했다.

　―너는 키우기 쉬운 애가 아니었지.

　엄마는 늘 이런 말을 했다. 나는 예민했고(엄마는 신경질적이라고 했다), 상상력이 풍부했으며(사람들은 나보고 어둡다고 했다), 머리가 좋은(동생은 내가 자신을 괴롭히는 생각만 하루종일 하는 사람 같다고 했다) 아이였다. 예민하고 상상력이 풍부하며 머리가 좋은 소년들은 언제나 지나칠 정도로 많은 경우의 수를 상상하고, 그 수많은 선택지들은 소년들을 겁이 많은 성격으로 만들며, 결국에는 어떤 소름 끼치는 지점을 생성하고야 만다. 그게 나였다. 나는 온몸에 섬모가 돋아난 이해할 수 없는 생물처럼 조그만 자극에도 소스라치게 놀라곤 했다. 그럴 때면 내 창백한 얼굴은 더 창백해졌고, 내 새까만(그 무엇보다도 새까만) 눈동자는 쉴새없이 수축했다가 확장됐다. 마치 가쁜 숨을 내쉬듯이.

　결국 세 권 중 한 권을 빼고 두 권을 결정하는 데 삼 일이 소요됐다. 매일 마음이 바뀌었다. 모두 여덟아홉 번 이상은 읽은 책이었다. 우리는 시애틀로 떠나기로 했다. 시애틀은 차가운 공기가 눅눅하게 내려앉은 곳이라고 했다. 우리는 시애틀에 들렀다가 배를 타고 캐나다에 갈 거라고 했다. 캐나다는 추운 곳이라고 했다.

여름이었지만 그렇다고 했다. 나는 시애틀의 아침 공기에 어울리는 책을 생각했다. 어떤 구절들이 떠올랐다. 혹은 캐나다로 가는 배를 떠올렸다. 또다른 구절들이 떠올랐다. 세 권 모두 가져갈 이유가 충분했다. 그래도 두 권을 선택해야만 했다. 왜냐하면 그건 내가 정한 규칙이니까. 모든 선택이란 소중하거나 소중할 수도 있는 무엇인가를 포기하는 것이고, 그걸 해내는 사람이 성숙한 사람이라는 걸 나는 이미 알고 있었으니까.

내가 고른 책은 『과학이 풀지 못한 수수께끼』와 『절름발이 개구리』였다.

우리의 여정은 이랬다. 김포국제공항에서 뉴욕 JFK공항으로 간다. JFK공항에서 시애틀 터코마 국제공항으로 간다. 시애틀로 향하는 비행기는 구형 보잉 737-500으로 한 열에 좌석이 네 개밖에 되지 않는 소형 항공기였다. 그날은 기류가 요동치는 날이었다. 작은 비행기는 급류 속의 나뭇잎처럼 무력하게 흔들렸다. 그 흔들림에 내 몸은 발작적으로 반응했다. 그랬다. 나는 세상의 모든 섬세한 소년답게 멀미가 심한 편이었다. 나는 어지럼증과 치밀어오르는 역겨운 구토를 필사적으로 참아내며 『절름발이 개구리』를 읽고 있었다. 절름발이 개구리. 아름다운 난쟁이 트리페타를 사랑하는 어릿광대. 트리페타를 모욕한 임금과 일곱 명의 신하를 샹들리에에 매달고 화형시킨 사나이. 그것은 그의 사랑, 그건 그의 청혼. 절름발이 개구리. 개굴개굴. 나는 싸우고 있었다. 그건 나와 하늘의 싸움이었다. 어쩌면 현대 과학기술의 한계와의 싸움이기도 했다. 그때 한 동양인 스튜어디스가 내게 다가왔다.

─얘야, 괜찮니?

마침 절름발이 개구리의 연인 트리페타가 왕에게 모욕당하는 순간이었다. 절름발이 개구리는 커다란 뻐드렁니를 뿌득뿌득 갈았다. 그러자 임금은 물었다. 여봐라, 이게 무슨 소리냐? 신하들은 말했다. 전하, 이건 성 밖의 앵무새가 새장에 주둥이를 문지르는 소리인가 하옵니다. 하지만 그건 절름발이 개구리가 복수를 결심하던 소리였다. 끔찍한 장면들을 곱씹던 소리였다.

─참아내고 있어요.

나는 말했다.

─얘야, 참기 힘든 걸 굳이 참을 필요는 없는 거야. 특히 너 같은 어린아이는.

그러고 나서 그녀는 주스와 땅콩과 키미테를 갖다줬다. 이걸 붙이렴, 나아질 거야. 그녀는 한국계 미국인이었다. 그녀는 내가 읽는 책의 제목을 봤다고 했다. 오랜만에 보는 한글이야. 한글은 세상에서 가장 아름다운 글자잖니. 기분이 좋아졌단다. 그녀는 자기도 독서를 좋아한다고 했다. 책을 읽는 건 언제나 도움이 되는 일이라고 했다. 그리고 오며 가며 내게 말을 붙였다. 그녀는 경영학을 전공했다고 했다. 열두 살 때 아이오와로 이민 왔다고 했다. 아이오와 주립대에는 미국에서 가장 유명한 문창과가 있다고 했다.

그곳에서 커트 보니것이 강의를 했단다. 커트 보니것이요? 그분은 미국에서 제임스 딘만큼 유명한 사람이야. 제임스 딘이요? 제임스 딘은 미국에서 신성일만큼 유명한 사람이야. 신성일이요? 신성일은 심형래만큼 유명하지. 아!

그녀는 또 이런 얘기도 했다. 얘, 이 비행기 조종사의 이름이 뭔지 아니? 아니요. 짐 올슨이야. 그럼 이 항공사의 사장님 이름이 뭔지 아니? 아니요. 짐 올슨이야. 네? 이 회사의 사장이 직접 비행기를 몬다는 말이야. 꼭 동네 중국집 사장님이 배달도 하는 것처럼. 그녀의 말에 따르면 이 항공사(올드 레드 컨트리)는 1982년에 뉴올리언스에서 설립됐고(나와 동갑이었다), 사장인 짐 올슨은 크레올이었고(뉴올리언스답다), 짐 올슨은 로이 엘드리지처럼 트럼펫을 불었으며(크레올답다), 올드 레드 컨트리에는 겨우 여덟 대의 비행기가 있었고(대부분은 구형 보잉737이었고, 심지어 두 대는 이십이 년도 넘은 보잉727이라고 했다), 직원은 짐 올슨과 짐 올슨의 아내와 짐 올슨의 두 아들과 짐 올슨의 동생과 짐 올슨 아내의 세 명의 언니를 포함해 서른한 명밖에 되지 않는다고 했다. 아주 작은 항공사야. 어쩌면 뉴욕에 있는 '방콕 데인저러스'라는 타이 레스토랑보다 직원이 적을 거야. 우리 월급도 그곳에서 일하는 베트남 불법체류자 아가씨보다 적을 수 있어. 태국 음식점에 베트남 사람이요? 얘, 그게 그거지 뭐. 아무튼 그래서 이 올드 레드 컨트리의 승무원들은 적당히 일한다고 했다. 내가 놀라자 그녀는 말했다.

—쉿, 조용히 해. 저기 짐 올슨 아들의 여자친구가 있거든.

그녀가 가리키는 곳에 키가 190센티미터가 넘을 것 같은 거대한 여자가 꼿꼿한 자세로 승무원용 좌석에 앉아 있었다. 그녀의 표정은 군인 같았다.

—내 이름은 빅토리아야. 성은 김씨. 김해 김씨래.

나도 말했다. 임승훈입니다. 저는 부안 임씨 전서공파래요.

그녀는 내가 가지고 간 두 권의 책을 훑어보았다. 특히 『과학이 풀지 못한 수수께끼』를 목차까지 유심히 보았다. 그녀는 말했다. 어머, 불소가 이렇게 신비한 물질이었니? 어머, 세상에. 화재로 죽는 게 질식사가 아니었어?

—어머, 페르마의 마지막 정리라고? 얘, 두 달 전에 그 문제가 풀렸다고 신문에 났단다. 이제 그건 더이상 수수께끼가 아니야.

나는 너무 놀랐다. 그 책을 이 년 동안 열 번도 넘게 읽었다. 이것들은 내게 마치 현대에 존재하는 바빌론의 공중정원이나 파로스섬의 등대 같은 것이었다. 근데 그중 하나가 해결됐다고 했다. 그 순간 비행기는 왼쪽으로 칠 도 정도, 곧 오른쪽으로 오 도 정도 흔들렸고, 나는 잠시 눈을 감았다. 페르마의 마지막 정리가 풀리던 그 현장을 상상했다. 인류는 또다시 다음 단계에 접어들었다. 그들은 너무 기뻐서 환호성을 질렀겠지? 그 기쁨은 참을 수 없는 거였겠지? 마치 멀미 때문에 치밀어오르는 구토처럼. 근데 나는 그 현장에 없었다. 심지어 알지도 못했다. 나는 생각했다. 앞으로 수많은 수수께끼는 수수께끼가 아니게 될 것이다. 그리고 그 진보의 순간들 대부분은 나와 무관한 곳에서 이뤄지겠지? 앞으로 얼마나 많은 것들이 나를 남겨둔 채 앞으로 나아갈까? 그건 두려운 일이었다. 그건 슬픈 일이었다. 그리고 어린 나는 어렴풋이 그것이 삶이라는 것을 깨달았다. 언제나 세계는 나를 남겨둔 채 앞으로 나아가는 것. 본질적으로 고아의 마음으로 살아가는 것. 절름발이 개구리, 임금의 몸에 불을 붙이면서 큰 소리로 웃었지. 이것은 이제 저의 마지막 익살입니다, 라고 말했지. 낡은 보잉 737. 미국의 하늘. 흔들흔들. 목젖까지 차오른 구토. 그랬다. 페르마의 마지막 정리가 풀렸다는 소식은 나를 외롭게 했다. 그건 어쩔 수 없었다. 나는 일주일에 한두 번씩 장롱 속에 몸을 욱여넣어야 마음이 편해지는 그런, 쉽게 우울해지는 소년이었으니까.

나는 다급하게 물었다.

—이제 여기 있는 건 다 풀려버리는 걸까요? 인간이 할 수 없는 건 없는 걸까요?

그녀는 내 안색을 유심히 살피더니 웃었다. 웃으며 말했다.

—아니, 승훈아, 그렇지 않아. 무릇 하나가 풀리면 두 가지를 모르게 되는 법이야. 인간이 우주에서 이해할 수 있는 건 0.001퍼센트도 되지 않는다고 그래. 지난 5월은 그저 하나의 문을 연 것뿐이야(하지만 불쌍한 와일스! 그가 증명을 완료한 1995년에 그

는 마흔두 살이어서 필즈 상을 받지 못했다). 문을 열고 밖으로 나갔더니 더 넓은 방이 있다는 거, 그런 게 세상이란다. 그래서 우린 꿈을 가져야 해. 꿈이 없으면 나가도 나가도 방뿐이라 마음이 아프거든.

그녀의 꿈 이야기를 들었다.

돈을 많이 벌어서 하와이로 이사 가는 것. 하와이의 조금 덜 유명한 해변인 와이마날로에서 매일 추리소설을 읽고 또 읽는 것.

—나는 셜록 홈스보단 뤼팽을 좋아해. 이상하니?

—아니요.

—사실 여자들은 대부분 뤼팽을 더 좋아한단다. 들어본 적 있니?

—아니요.

이런 대화를 했던 것 같다. 그리고 그녀는 말했다.

—나는 몇 년 전 대학에 다닐 때 이런 연구를 한 적도 있단다. 왜 해변에서 책을 읽을 때와 맥도날드에서 햄버거 패티를 구울 때는 시간이 다르게 흐를까? 왜 즐거운 시간은 빨리 사라지는 걸까? 너는 아니?

—지루해서 그런 걸까요? 그건 그냥 뇌의 문제라고 알고 있어요. 전두엽이나 측두엽 같은.

—나는 그렇게 생각하지 않아. 그러니까 그게 뇌의 문제라고 생각하지 않는다는 말이야. 나는 그게 실제로 일어나는 일일 거라고 생각해. 아인슈타인은 상대성이론이라는 걸 만들었어. 너는 알

366

것만 같아.

나는 고개를 끄덕였다.

─나는 그게 개개인의 삶에도, 어떤 감정에도 작용한다고 생각해. 그래서 대학에서의 마지막 여름과 가을 내내 나는 그것에 대해 공부했단다.

─어쩌면 누나 말이 맞을 수도 있다고 생각해요. 사실 세상에 정해진 것은 없으니까요. 시간이란 것도 어쩌면 인간이 만들어낸 생각일 수도 있어요.

내가 그렇게 말하자, 그녀는 내 볼을 두 번 톡톡 두드렸다. 그녀의 손이 부드러웠던 것이 기억난다. 어쩌면 매일 하늘에 머물면서 기압이나 혹은 오존 전해질(이 단어는 당시 내가 '프로메테우스의 불'이라 명명한 수첩에 적혀 있던 단어 중 하나였다. 나는 열두 살 때부터 열네 살 때까지 모두 세 권의 수첩을 만들었는데, 열세 살에 만든 두번째 수첩은 '크레타의 미궁', 중학교에 입학하면서 만든 세번째 수첩은 '오딘의 숨겨진 방'이었다. 이 수첩들에 나는 온갖 잡다한 지식을 적어놓았고, 잠들기 전 침대에 엎드려 그 안에 적힌 문장이나 단어를 나직하게 읽는 걸 좋아했다)이나 뭐 그따위 것들 때문에 마치 새처럼 부드럽고 가벼워진 게 아닌가 하는. 그땐 그렇게 생각했었다. 그녀는 말했다.

─넌 마치 박사님처럼 얘기하는구나. 얼굴도 잘생겼으면서 말이야. 너 학교에서 인기가 많지, 그렇지?

사실 나는 인기가 많았다. 잘생겼기 때문이었다. 하지만 그땐 그저 빙그레 웃기만 했다.

　―하지만 누나가 볼 때 넌 어른이 되면 더 잘생겨질 거 같아. 똑똑하고 잘생기고 친절한 남자가 될 거 같아. 모두 너를 좋아하게 될 거야. 어쩌면 너는 똑똑하면서 인기가 많은 그런 직업을 가지게 될지도 몰라. 나중에 유명해지면 꼭 와이마날로 해변에 놀러 오렴. 나는 매일 두시에서 다섯시 사이에는 거기서 책을 읽을 거야. 알았지?

　나는 다시 웃으면서 고개를 끄덕였다. 나는 이런 유의 다정한 물음엔 대답을 잘 못하는 소년이었다. 우울하고 잘생긴 소년은 수줍음이 많은 법이니까. 그녀는 어떤 면에선 신기에 가까운 감각이 있었는지도 모른다. 그 이후 나는 더 잘생겨졌고 더 인기가 많아졌다. 그런 인생을 살게 됐다. 그리고 나는 어떤 종류의 똑똑함을 필요로 하는(가진 척하는) 직업, 그러니까 소설가가 됐다.

　하지만 그녀도 알 수 없었을 것이다. 이십삼 년이 지난 뒤 그 잘생기고 똑똑한 소년이 원룸 벽에 달린 철봉에(나는 소설이 풀리지 않을 때면 이 가정용 벽걸이 철봉에 매달려 얼굴이 새파랗게 질릴 때까지 운동을 했다. 그리고 때때로 울고 싶을 때도 그렇게 벽을 마주보고 대롱대롱 매달려 있었다) 목을 매달 거라는 사실을. 나도 그땐 몰랐다. 하긴 우리가 알 수 없는 게 그것뿐이었겠는가. 이를테면, 2005년 허리케인 카트리나가 뉴올리언스를 덮칠 것이고, 뉴올리언스에 기반을 둔 올드 레드 컨트리는 그 일로 자금난에 빠질 것이며, 그리고 나서 일 년 뒤인 2006년 여름 한 대의 보잉 737 항공기가 베네수엘라 볼리바르 봉에 추락하고 난 후 파산할 거라는 사실을, 우린 그땐 몰랐다.

2006년은 월드컵이 있던 해였다. 그 뉴스를 들은 건 아침까지 광화문에서 비운의 스위스전을 관전하고 집에 돌아왔을 때였다. 나는 잠을 이룰 수 없었다. 스위스에 패배해서 한국이 본선에 진출하지 못했기 때문이기도 하고, 올드 레드 컨트리의 비행기가 추락했기 때문이기도 했다. 나는 베개에 얼굴을 파묻은 채 생각했다. 그러니까 그 비행기는 마르제라즈의 패스가 이호의 다리에 맞아 한국의 페널티 에어리어로 튕겨지고, 그 골을 프라이가 잡아 이운재를 제친 후, 절묘한 균형으로 왼쪽 다리에 무게중심을 옮긴 채 골대에 골을 박아 넣은 그 순간, 추락한 것이란 말이지? 내가 친구의 어깨를 잡고 눈물을 흘리던 그 순간, 날이 밝아오면서 우리가 2002년의 환상에서 쫓겨나던 그 순간이란 말이지? 나는 또 생각했다. 그 비행기엔 빅토리아도 타고 있었을까? 짐 올슨도 타고 있었을까? 그의 두 아들과 그의 동생과 그의 아내와 그의 아내의 세 언니들도 타고 있었을까? 짐 올슨은 낡은 트럼펫이 든 케이스를 옆에 두고 비행기를 조종하고 있었을까? 로이 엘드리지처럼 오래된 주법으로 트럼펫을 부는 짐 올슨. 그들의 이야기를 해주던 빅토리아. 와이마날로. 와이마날로. 그 비행기에 탑승한 백육십

명은 모두 죽었다고 했다. 반면 나는 살아 있었다. 내가 목을 매단 지 삼 일이 지났지만 나는 살아 있었다. 짐 올슨이나 그의 가족들이나 빅토리아와 다르게.

그 삼 일의 시간은 그녀가 말했던 상대성이론처럼 다른 시간대를 미끄러지듯 흘러갔다. 아주 길고, 아주 길고, 아주 길게. 그동안 내가 원한 건 일 분이라도 빨리 죽음을 맞이하는 것뿐이었다. 목을 매달면 죽을 줄 알았다. 그대로 십 분 정도만 지나면 신체의 모든 기능이 정지되고, 줄에 매달린 키 178센티미터에 무게 71킬로그램의 근육이 잘 발달된(나는 늘 운동을 게을리하지 않았다) 단백질 덩어리가 될 줄 알았다. 가죽이 벗겨진 채, 목과 다리가 잘리고 배가 갈라진 채, 천장에 매달린 소들처럼 말이다(나는 워킹홀리데이로 호주에 간 적이 있었다. 그때 브리즈번의 소고기 공장에서 매일 사백이십 마리의 소를 톱으로 절단했다). 나는 목을 매달기 전 그 이미지를 떠올렸다. 수없이 말이다. 몇 달 동안 말이다. 그래서 벌거벗은 채 목을 매단 것이었다. 하지만 질질 쏟아진 똥오줌과 정액에 범벅이 된 내 육체는 아직도 죽지 못했고, 나는 이 시간이 지나가기만을 간절히 바라고 있었다.

가을이었다.

나는 언제나 가을을 좋아했다. 가을을 만끽하고 싶어 창문을 열고 목을 매달았다. 그 창으로 매일매일 다른 사람들의 삶이 넘어들어왔다. 아래층에 사는 여자는 매일 점심을 먹으면 두어 시간 기타를 쳤다. 기타 소리는 내 지루함을 덜어주었다. 그녀는 제목을 알 수 없는 두어 가지의 블루스와 에릭 클랩튼의 〈라일라〉를 번갈아가면서 연주했다. 그녀는 기계적으로 당김음을 구사했다. 그녀의 당김음은 딱딱했고 재치 따윈 없었지만, 나는 죽지 못한 자 특유의 울적함에 젖어 있었기 때문에 그녀의 그 미숙한 연주에도 유쾌한 마음을 조금 되찾을 수 있었다. 뭐랄까, 감옥에 갇히면 이런 기분인 걸까? 독방에 갇혀 있다가 정기적으로 감옥 내부의 운동장을 산책할 때, 비록 다른 죄수들과 일렬로 서서 마치 롯데월드 아이스링크에서처럼 한쪽 방향으로만 멍하니, 좀비처럼 걸어대는 것뿐이지만, 그것만으로도 충분히 하루치의 행복을 얻고야 마는. 그런 기타 소리였다. 그런 당김음이었다. 그래서 나는 매일 그녀의 기타 소리를 기다렸다.

기타 연주가 끝날 때쯤이면 앞집 아저씨가 담배를 피웠다. 담배 냄새는 지독했다. 말버러 레드거나 혹은 대마초 같았다. 담배를 다 피우면 그는 묵직한 소리로 가래를 뱉었다. 그러고 한참 동안 적막이었다. 대략 오 분. 아니면 십 분. 그 정도 침묵이 흐르다 별안간 창문이 닫히는 소리가 들렸다. 오 분, 아니면 십 분 동안, 그는 창가에 서서 무엇을 하고 있었을까? 담배도 피우지 않은 채. 묵묵히. 그도 음악을 듣고 있었던 걸까? 그도 그 당김음을 따라 흥얼거리며, 몸에 전 건조한 냄새들을 털어내고 있었을까? 나는 그의 얼굴을 상상했다. 왠지 그의 이마엔 두 개의 굵은 주름이 있을 것만 같았다. 그리고 또 왠지 그의 눈동자는 백내장을 앓은 듯 희고 탁하고, 어쩐지 외로울 것만 같았다. 그런 걸까? 그도 기다리고 있었던 걸까?

그런 생각을 했다.

아침 열한시와 저녁 아홉시엔 진돗개가 미친듯이 짖었다. 맞은편에 있는 커다란 단독주택에서 키우는 진돗개였다. 나는 지난 삼 년 동안 개 짖는 소리에 몇 번이나 미치기 일보 직전까지 갔었다. 경찰에 세 번 신고했고, 직접 찾아간 적도 두 번 있었다. 하지만 집주인 여자는 언제나 뻔뻔한 얼굴로 말했다. 우리집 개가 짖어요? 어머, 우리집 개가요? 그럴 때면 신기하게도 그 개는 조용히 개집 앞에 웅크리고 앉아 있었다. 교활한 개새끼. 교활한 여자. 이런 집주인에 이런 개이니만큼 끔찍한 소음은 계속됐고(둘 다 개새끼였다), 그래서 나는 재작년부터 그 개를 죽일 결심을 해왔었다. 몇 가지 아이디어가 있었다. 쥐약을 넣은 고기 경단을 새총으로 개에게 쏴 보내기, 잘게 간 유릿조각을 넣은 고기 경단을 새총으로 개에게 쏴 보내기(근데 대체 TV에 나오는 그 무시무시한 새총들은 어디서 구하는 걸까?), 석궁으로 쏴 죽이기(군대에서 사격 고문관이었던 내가 석궁이라니!), 몰래 집에 들어가 목 졸라 죽이기(그래서 매일 턱걸이를 했다) 등등. 목을 매달 때도 마침 그 개가 짖고 있었다. 결국 이 개를 죽이지도 못하고 내가 먼저 죽는구나, 라고 생각하니까 씁쓸하기도 했다. 근데 난 죽지 못했다. 안

믿어지겠지만 말이다. 내 목뼈는 부러졌고 똥과 오줌과 정액과 체액이 마치 가라앉은 배에서 탈출하는 쥐처럼 체외로 줄줄 흘렀고, 부러져서 대롱대롱 흔들리는 목 위의 내 얼굴은 검게 변색된 채 퉁퉁 부었으며, 눈은 두꺼비처럼 튀어나왔지만, 그래서 내 잘생긴 얼굴을 몇 번이나 쓰다듬었던 스튜어디스는 이제 절대 나를 알아보지 못할 테지만, 그래도 나는 살아 있었다.

삼 일.

예수는 삼 일 만에 부활했다. 김옥균은 삼 일 동안 천하를 삼켰다가 도망자가 됐다. 삼 일. 거대한 배가 완전히 가라앉는 시간. 삼 일. 죽음이 확정되는 시간. 죽음이 무엇인지 깨닫는 시간. 참고로 마일스 데이비스는 '비치스 브루' 앨범을 삼 일 만에 녹음했다. 믿어지는가? 이 세상엔 믿을 수 없는 일이 너무 많다.

그때, 책상 위에 있던 아이폰으로 전화가 왔다. 삼 일 만에 온 전화였다. 나는 시리(Siri, 애플의 음성인식 기능)로 전화를 받았다. 대규 형이었다.

—여보세요.

—헤이 맨, 뭐해?

—나 지금 좀 힘들어.

—왜? 왓츠 업?

—씨발, 형, 나 지금 목매달고 있어. 어떻게 해야 할지 모르겠다.

—무슨 소리야? 목을 높은 곳에 매달았다는 말이지? 어디야?

―집이야, 형.

―지금 당장 갈게. 현관 비밀번호는?

―8785. 빨리 와, 형.

전화를 끊고 내가 목에 가득찬 가래를 뱉자 아이폰이 말했다.

―네, 무슨 일이 있으신가요?

―없어. 꺼져.

―저에게 그러지 않으셨으면 좋겠어요.

그래, 아이폰은 이렇게 대답했다. 어때, 빅토리아 누나, 이게 요즘의 과학이야. 세상은 이런 곳이야. 목이 매달린 삼십대 중반의 남자가 책상 위에 놓인 핸드폰을 음성으로 조작할 수 있는 곳이야. 이십삼 년 전 이후로도 세계는 우리만 남겨둔 채 잘도 앞으로 나아가고 있어. 페르마의 마지막 정리가 풀리던 순간처럼. 누나는 어디 있어? 살아 있어? 살아 있다면 누나는 와이마날로 해변에 앉아서 조르주 심농 시리즈를 매일 스무 장씩 읽고 있겠지? 누나, 지금 누나의 시간은 무척 빠른 속도로 흘러가겠지? 그곳에서는 굳이 시간을 볼 필요가 없다고 했지? 그래, 누난 그 해변에서 영원히 머물러 있었으면 좋겠어. 누나의 이론에 따르면 누나의 시간은 무척 빨리 흘러가고, 아인슈타인의 이론에 따르면 빠르게 흐르는 누나의 시간과 우리의 시간은 상대적으로 존재하게 되거든. 누나의 눈에는 내가 멈춘 것처럼 보일 거야. 하지만 그건 착각이 아니야. 나는 멈춰 있어. 이건 내가 죽지 못한 채 여기 목이 걸려 있다는 말이 아냐. 굳이 따지자면 나는 소치밀코 숲에 매달린 아기 인형들과 같아. 육십 년 전부터 그 섬에는 돈 훌리안이라는 남자가 살았대. 그는 매일 어디선가 인형을 주워와서 나무에 목매달았대. 그 남자는 아내도 자식도 모두 교통사고로 잃었대. 아무도 그를 막을 수 없었대. 그 숲에 가면 모두 외로운 꿈을 꾼대. 누나, 나는 그 인형이야. 굳이 목을 매달았다는 걸로 따져보자면 그렇다는 말이야. 누나, 살아 있지? 그렇지?

그때, 대규 형이 들어왔다. 문이 거칠게 열렸다. 형은 울고 있었다. 어떤 장면들을 이미 잔뜩 상상했기 때문일 것이다. 어쩌면 형은 내 비극을 예상하고 있었을지도 몰랐다. 내겐 언제나 죽음이 깊게 드리워져 있었다. 누구라도 내 죽음을 뜻밖이라고 하지 않을 것이었다. 그리고 그는 내 몰골을 보더니 더 큰 소리로 흐느끼며 천천히 내게 다가왔다. 해가 지고 있었다. 내 방은 이층이었지만, 낙산공원으로 올라가는 급경사에 위치했기 때문에 커다란 창밖으로 혜화동과 종로 일대가 마치 지평선처럼 펼쳐져 있었다. 멀리멀리. 그 너머로 해가 지고 있었다. 그 붉은빛을 등지고 나는 매달려 있었다. 형은 비틀거리며 내게 다가왔다. 우리는 사촌이지만 친형제처럼 자랐고, 가장 친한 친구였다. 하지만 형이 결혼하면서 우린 멀어졌다. 그건 마치 인생의 많은 즐거움이 그랬던 것처럼, 그리고 그건 마치 파도처럼 자연스러운 일이었다. 나에게 삶이란 그런 것이었다. 나를 두고 모두 멀리멀리 앞으로 나아가는 것. 그 형이 울고 있었다. 그는 이미 내가 죽었다고 생각하고 있을 거였다. 노을을 등진 내 전면엔 어두운 그림자가 드리워져 있었다. 반면 형은 붉은빛을 받아 일그러진 주름 하나까지도 똑똑히 보였다. 형의 고통스러운 표정을 보자 나도 마음이 아팠다. 바람이 불었다. 내 몸이 오래된 풍경처럼 까딱까딱 흔들렸다. 풍경이라니.

나는 말했다.

—형.

시체가 말을 하자 형은 에구머니나! 라고 소리치며 그 자리에 주저앉았다. 에구머니나라니! 이 서른여섯 살짜리 변호사의 어처구니없는 비명에 아이폰이 말했다.

—네, 또 무슨 일이 있으신가요?

나는 크게 웃고 말았다. 형은 어안이 벙벙한 표정으로 내 꼴을 보고 있었다. 노을빛에 붉게 물든 얼굴로 말이다.

나는 사정을 설명했다. 나는 삼 일 전에 목을 매달았어, 형. 하지만 죽을 수 없었어. 이대로 삼 일 동안 매달려 있었어. 내 얼굴 보고 웃지 마. 그래도 형보단 잘생겼어. 형, 줄을 풀려고 하지 마. 너무 아파. 어쨌든 목이 부러졌으니까. 형, 미안한데, 똥이랑 오줌 좀 닦아줘. 또 미안한데, 바지 좀 입혀줘. 미안해. 맞아, 칠 년 전부터 난 브라질리언 왁싱을 하고 있어. 침은 화장실에 뱉어줄래?

상황이 상황이고 보니, 형은 믿을 수 없다는 표정으로 내가 목 매단 줄에 어떤 트릭이 있는지 몇 번이나 확인했다. 혹은 내 부러진 목을 흔들어보기도 했다. 목은 불쾌한 소음을 내며 꺾인 갈대처럼 이리저리 흔들렸다. 그러자 끔찍한 통증이 몰려왔고 나는 비명을 지르고 말았다. 씨발놈아, 임대규, 그만해 좀. 그러고 나서야 형은 이 상황을 받아들였다. 형은 그런 남자였다. 납득하든 납득하지 않든 현실이 다가오면 빠르게 수용했다. 형의 말에 따르면 그게 효율적인 태도였다. 수용하고 나야 대처를 할 수 있다고 했다. 이해하는 건 차후의 문제라고 했다. 어쨌든 형은 비로소 편안한 표정으로 냉장고에서 맥주를 꺼내 마시며 소파에 앉았다. 그리고 말했다.

—근데 어떻게 전화를 받은 거야?

—아이폰 시리로.

—그렇구만.

—내가 왜 안 죽는지 안 궁금해?

—궁금하지.

—근데 왜 안 물어봐?

—그러게.

—나 사실 외계인에게 개조당했어.

—그럴 줄 알았어.

—그럴 줄 알았다니?

—그 정도 이유가 아니면 니 꼴을 납득할 수 없거든.

형은 변호사였다. 머리가 좋았다. 사법고시에 합격했기 때문에 하는 말이 아니었다. 오히려 형은 사법고시에는 턱걸이로 합격했다. 하지만 머리가 좋았다. 이를테면 형은 〈슈퍼스타 K〉를 보면서 심사위원의 표정과 미묘한 편집의 간격을 읽어내 매 미션에서의 우승자와 탈락자를 순식간에 맞히곤 했다. 정말 순식간이었다. 어쩌면 형이 공부를 더 열심히 해서 서울대 법대에 가고, 서울대 법대를 졸업해서 사법고시에 높은 점수로 합격했다면 더 좋았을지도 모른다. 다시 말하지만 이건 학력을 말하려는 게 아니다. 왜냐하면 나는 늘 형이 변호사보다 검사에 더 어울리고, 법조인보다 정치인에 더 어울린다고 생각했기 때문이다. 하지만 형은 서울대 법대에 가지 못했다. 재수할 때는 정말 합격할 줄 알았다고 했다. 최종면접에서 느낌이 좋았다고 했다. 그런데 뒤돌아 생각해보니 불길한 징조도 있었다고 했다. 그 조에 형과 이름이 똑같은 남자가 있었다. "임대규 수험생!"이라고 조교가 불렀을 때 둘은 함께 대답을 했다고 했다. 서울대에 떨어지고 나서 형은 말했다. 그 새끼가 나 대신 붙은 거 아냐? 형은 고려대 법대에 합격했다. 수석으로 합격했다. 학교와 동문회에서 번갈아가며 다섯 번이나 전화가 왔다. 다섯번째는 사과 전화였다.

　―임대규씨, 미안합니다. 뭔가 착오가 있었습니다. 임대규씨는 차석입니다. 수석은 다른 임대규씨입니다.

　여기서 끝이 아니다. 둘은 오리엔테이션에서 같은 조에 배치됐고, 사 년 동안 같은 반이었다. 그리고 사법고시에 나란히 합격했다. 수석 임대규는 검사가, 차석 임대규는 변호사가 됐다. 형은 말했다. 씨발, 이게 인생인가보다. 그렇다. 그게 인생이다. 하지만 그래도 차석 임대규가 검사가 됐다면 더 좋았을 것이다.

나는 말했다.

—형, 들어봐. 삼 년 전이었어. 나는 사실 그때도 이렇게 자살을 시도한 적이 있었어. 형, 기억나? 그때 언제나 내가 괴로워했던 거 말이야. 그래 기억할 줄 알았어. 나는 삶이란 게 이렇게 단순한 건 줄 몰랐어. 좀더 복잡한, 말하자면 형, 적어도 OV-103, 그러니까 우주비행에 서른아홉 번을 성공한 디스커버리호의 내부 동력장치 같은 오밀조밀한 복잡함이 있는 줄 알았어. 십이억 개쯤 되는 방정식들이 뉴런처럼 빽빽하게 연결되어서 어디서부터 손대야 할지도 모르겠고, 손대는 순간 언제나 후회만 하게 되는, 그런 아득한 거 말이야. 그래서 나는 섣불리 손을 대지 못했어. 언제나 무서웠어. 하지만 형, 그렇지 않았어. 삶은 일차원 유기화합물처럼 단순했어. 씨발, 주둥이로 처먹으면 삼 초도 안 돼서 똥구멍인지 자지인지 구별이 되지 않는 이상한 구멍으로 싸는 그런 거 말이야. 내 말은 뭐냐면 사는 게 졸라 괴로웠다는 말이야.

그때 나는 그랬다. 엉겁결에 작가가 됐고, 아무런 글도 쓰지 못했다. 하지만 시간은 내 망설임과 상관없이 뚜벅뚜벅 힘차게 걸어갔고, 나는 세상뿐만 아니라 내 시간으로부터도 유기되고 말았다. 그땐 그렇게 생각했다. 그래서 외로웠다. 지독히 말이다. 수사(문장을 꾸미는 그것 말이다)가 과도하다고? 과도한 수사란 늘 둘 중 하나일 뿐이다. 사건이 감당할 수 없이 거대할 때, 혹은 사건이 존재하지 않을 때. 그러니까 수사란 언제나 삶의 문제인 것이다.

　—계속 들어봐, 형. 그래서 나는 목을 맸던 거야. 목을 매는 감각쯤은 잘 알고 있어. 그때도 지금과 비슷했지. 졸피뎀과 자낙스를 잔뜩 먹은 채 이 철봉에 내가 직접 두껍게 꼰 빨랫줄을 걸어 목을 매다는 거지. 그러곤 씨발, 의자를 발로 뻥 걷어차버리는 거야. 힘껏 찼어, 나는. 왜냐하면 확신이 있었거든. 죽어야만 한다는 확신. 그래서 이제 더이상 머무르지 않아도 된다는 확신. 그런 슬프지만, 홀가분한 확신이 있었거든. 그때도 목이 부러졌어. 그때도 똥오줌을 질질 쌌지. 그렇지만 지금관 달랐어. 잠깐의 극심한 고통이 온몸에 퍼지고, 이내 나는 어둠 속으로 던져졌어. 그 어둠은 마치 심해처럼 아주 차가운, 아주 깊은 곳이었어. 깊다는 것. 그 말이 적합해. 왜 깊냐고 물어보지 마. 나는 그리고 조류를 타고 흘러가듯이 한 곳을 향해 나아갔어. 아주 먼 곳이었어. 그곳에는 먹먹한 빛이 뿌옇게 일렁이고 있었어. 그 빛을 향해 천천히, 하지만 순식간에 나는 빨려들어갔어. 그게 임사체험이라면 임사체험일 거야. 많은 임사체험 경험자들은 이렇게 말하지. 어떤 터널을 지났고, 강렬한 빛 속으로 빨려들어갔다고. 그리고 어느 순간 눈을 떴다고. 나도 그래, 형. 빛무리가 내 주변에 가득했는데, 불현듯 빛에 음영이 생기고, 음영들이 뚜렷한 형체로 변하고, 그 형체들

이 어떤 색채를 띠게 됐어. 그리고 나는 눈을 떴어.

　내가 눈을 뜨자 어디였는지 알아? 바로 므스느그흠 별에서 온 외계인들의 수술대 위였어. 형, 로스웰 필름은 진짜야. 나사가 하는 말은 믿지 마. 그들은 언제나 진실을 알기 때문에 거짓말을 하는 거야. 알잖아, 형, 거짓말을 하는 사람들에겐 외통수 같은 진실이 있는 법이라는 거. 므스느그흠인들은 로스웰 필름에 나온 외계인과 똑같이 생겼어. 그들은 말했어. 오래전 지구인들이 자기 동포를 실험한 것을 안다고 했어. 하지만 그들은 그건 아무 상관 없는 일이라고 했어. 그 외계인은 죽기 직전에 정신을 성간 네트워크로 전송해서 므스느그흠 별에 무사히 돌아갔다고 했어. 돌아가서 오십이 년 살다가 죽었다고 했어. 그래서 난 물었어. 근데 난 왜 여기 묶여 있는 거죠? 그러자 그들은 말했어. 이것 역시 별거 아니라고 말했어. 지구인들이 므스느그흠인의 육체로 실험을 했듯이 자신들도 지구인의 육체에 실험을 해보고 싶다고 했어. 아주 므스느그흠적 이유로 실험을 한다고 했어. 그들의 논리는 우주적이어서, 이유를 설명해도 지구인들은 이해할 수 없을 거라고 했어. 어쨌든 이미 많은 지구인들이 이 실험을 거쳤다고 했어. 그들 중엔 유명인들도 있지만, 외계인에게 실험당한 유명인을 나열하는 건 지구적 클리셰기 때문에 말하지 않겠다고도 했어(므스느그흠인들이 가장 싫어하는 건 클리셰래). 그 실험은 무엇입니까? 나는 물었어. 그것도 별거 아니라고 했어. 그들은 육체와 정신이 절대 분리되지 않는 어떤 개조를 할 거라고 했어. 정신이 분리되지 않는다는 것은 무슨 말입니까? 그건 간단히 말할 수 있는 거라고 했어. 그건 죽지 않는 것을 의미한다고 했어. 믿어져, 형? 죽지 않는 몸이 되는 거래. 그리고 그들은 덧붙였어. 생명이라는 건 아주 간단한 거다. 생명을 구성하는 화합물 반죽에 뷀 에너지를 흐르게 하면 된다. 형, 듣고 있어? 이게 무슨 말인지 설명해줄게. 우주 대부분의 생명체들은 유기화합물 덩어리야. 이걸 육체라고 부르지. 이 육체는 일종의 회로판과 같은 거야. 그들의 말로는 우리 회로판(육체)에 새겨진 회로도를 타고 뷀 에너지가 흐른대. 그 뷀 에너지는 육체의 각 정보를 담고 있고, 이 정보가 빠른 속도로 흐르는 에너지 속에서 교환되면서 일종의 어떤 규칙성을 만들어내고, 그게 정신이 되는 거래. 그들은 이렇게 말했어.

말하자면, 지구인, 그 정신이라는 건 윈도즈나 리눅스 같은 거라고 할 수 있지.

어쨌든 그 뷀 에너지가 계속 흐르면 살아 있다고 하는 것이고, 그 흐름이 끊어지면 죽는다고 하는 거래. 그들은 말했어. 우리는 네 몸의 뷀 에너지 회로도를 옥토미터 단위로 이어놓을 것이다. 또한 에너지가 흐르는 회로를 기존 인간 육체가 가진 직렬연결이 아닌 대략 삼조 개의 병렬연결로 바꿀 것이다. 그건 ㅁㅅ느ㄱ흠인과 같은 거지. 이게 무슨 말인지 알겠어?

—아니. 너라면 알겠나?

—맞아, 형. 졸라 어려운 얘기지. 그냥 쉽게 말하면 나를 죽지 않는 존재로 만들어준다는 거야. 어쨌든 나는 말했어.

근데 나는 자살하려고 했어요. 이런 내게 사는 게 무슨 의미가 있죠?

그 말에 그들은(총 일곱 명이었어) 깜짝 놀라며 자기들끼리 수군거렸어. 아주 걱정스러운 표정으로. 그러곤 내게 다정하게 물었어. 눈물이 날 정도로 다정하게 말이야. 내 어깨를 쓰다듬으면서 말이야.

왜, 지구인아, 무슨 일이 있는 것이냐?

나는 눈물이 나올 것 같았어. 삼 년 동안 내게 다정하게 말해준 사람은 아무도 없었어. 심지어 엄마도 아버지도 내가 힘들다고 말하면, 본인들도 힘들다고 말했어. 너만 힘들다고 하지 말아달라고 말했어. 근데 태양계에서 삼십칠 광년이나 떨어진 곳에서 온 외계인들이 내 어깨를 다정하게 어루만지며 물었던 거야. 삼 년 만에 말이야. 사실대로 말할게. 나는 울었어. 울면서 말했어. 괴로워요. 뭐가? 사는 게. 왜? 소설이 써지지 않아요. 소설이라니, 지구인들이 좋아하는 그 괴상한 문자 배열 말이냐? 네, 그 괴상한 문자 배열을 하는 직업이라고요, 나는. 근데 그게 잘 안 된다고요. 그러자 그들은 껄껄껄 웃었어. 그러고는 내 어깨를 쓰다듬었던 그 다정한 므스느그흠인이 말했어. 이번에는 내 눈물을 닦아주면서 말했어. 므스느그흠인의 체온은 아주 차가웠어. 하지만 그는 따뜻한 외계인이었어. 그는 말했어. 그거라면 걱정하지 마라. 네 몸의 회로는 우리에 의해 개조됐다. 이제부터 무얼 하든 아주 손쉬울 거다. 손쉬울 거라니요? 그러니까 그 괴상한 문자 배열 따위 같은 건, 막힘없이 원하는 대로 할 수 있게 된다는 거지.

막힘없이?

막힘없이.

원하는 대로?

원하는 대로.

나는 철제 수술대에 누운 채 발버둥치면서 환호성을 질렀어. 그게 외계인의 말이었대도 말이야. 믿을 수 있겠냐고 묻지 마. 애초에 나는 자살을 했는데, 살아 있고, 눈앞에 로스웰의 외계인들이 서 있잖아. 이쯤 되면 트럼프가 사실 예수였대도 믿었을 거야. 형도 내가 목매달린 채 살아 있는 걸 보고 외계인의 존재에 대해 믿었잖아. 오래전 얘기를 해줄게. 내가 이십삼 년 전에 미국에 갈 때 만난 스튜어디스가 해준 얘기야. 형, 삶이란 건 문을 열고 나가면 또다른 방이 있는 거래. 그 방에서 또 문을 열고 나가면 또다른 방이래. 그런 게 삶이래. 하지만 난 이게 단순히 삶만을 얘기한다고 생각하지 않아. 그건 수학적인 거야. 그건 세상을 이루고 있는 모든 법칙이야. 누구나 방에서 나가는 걸 두 번 거듭하면 생각하게 될 거야. 이번에 이 문을 열고 나가도 또 방이겠구나. 그러니까, 형, 듣고 있지? 이건 개연성에 대한 이야기고, 이건 마음에 대한 이야기야. 그런 거야. 아무튼 그 외계인들은 내가 소리를 지르며 기뻐하자 행복한 표정으로 나를 바라봤어. 마치 엄마나 아빠처럼 말이야. 사실 그건 맞는 말이지. 그들이 나를 개조해서 전혀 새로운 생명체로 만들어낸다면 그들은 내 엄마 아빠가 맞는 거잖아. 그런 마음이었을지도 몰라.

내 지랄발광이 끝나길 기다렸다가 그 외계인은 다시 말했어.

하지만, 지구인, 너무 좋아하지는 마라. 이게 조금 미묘한 데가 있거든.

미묘한 데가 있다니요?

그러니까 사실 지구의 모든 활동들은 우리가 생각할 때는 비합리적이다. 부조리하다는 거지.

네, 그럴 만도 해요.

그러니까 툭 까놓고 말해줄게, 지구인. 네가 아무리 그 이전까지와 다르게 뛰어난 성과를 도출해낸다고 해도 지구인들은 그걸 알아봐주지 않을 거다.

네?

몰라줄 거라는 말이다. 왜냐하면 네가 하는 건 므스느그흠적인 거고, 그건 지구인의 상식을 넘어선 것이고, 그래서 가장 탁월한 결과물인 거거든. 근데 자신들의 기준을 넘어선 걸 그들이 무슨 수로 알아보냐는 거지. 이를테면, 적외선이나 자외선 같은 거지.

이를테면 적외선이나 자외선 같은 거.

그래.

그게 진짜가요?

진짜다.

그럼 무슨 의미가 있는 거죠?

지구인, 실망하지 마. 들어봐. 적어도 너 스스로는 알게 되잖아. 너는 너 자신이 다른 지구인보다 뛰어난 개체라는 걸 알게 될 거잖아. 그런 자각은 우주의 어떤 생물에게든지 위로가 되는 거라는 걸 우리는 알고 있어. 그리고 그 자각은 누구보다 너에게 필요한 거라는 것도 우린 알고 있어. 므스느그흄인들은 외로움에 대해서 많은 연구를 했거든.

맞는 말이잖아, 형. 나도 납득할 수밖에 없었어. 말하자면 나는 카산드라 같은 거야. 누구보다 진실을 알고 있지만 누구도 나를 알아볼 순 없어. 그런 저주에 걸린 거야. 하지만 카산드라는 알고 있었어. 자신만이 온전히 하늘과 뜻이 통하는 사람이란 걸 말이야. 트로이가 함락될 때, 그녀는 자신만큼은 병신, 얼간이, 덜떨어진 놈이 아니라는 생각을 하며 마음을 달랬을 거야. 내가 그렇게 받아들이면서 웃자, 그들도 웃었어. 마주보고 웃는 게 얼마 만이었는지 몰라 그땐. 그들이 다시 보고 싶어. 어쨌든 그러고 나서 어느새 나는 잠이 들었어. 그리고 눈을 뜨니 내 침대였어.

─대단한 얘기구만. 그래서 쓴 게 그 축구 소설과 아야카 오이신가 하는 AV 배우가 나오는 소설 같은 거야?

—맞아. 그것들 외에도 권투선수에 대한 소설도 썼고, 졸피뎀을 먹는 남자에 대한 소설, 여동생의 다리를 훔쳐간 남자를 납치하는 소설, 그리고 므스느그흠 행성의 이름을 따서 주인공 이름이 므스느그흠인 SF 소설도 썼어. 물론 이 소설들이 얼마나 대단한지는 씨발 이 빌어먹을 지구인들은 절대 알지 못해. 어쨌든 그들은 그럴 수밖에 없어. 생각해보면 걔들이야말로 불쌍한 거지 뭐.

—문학계에 있는 사람들 중에서도 너처럼 개조당한 사람들이 있을 거 아냐? 그 사람들도 못 알아보는 거야?

—맞아, 있어. 나도 종종 어떤 소설을 읽으면 깜짝 놀라. 끝장나는 작품들이 있어. 참을 수 없어서 눈물이 나고야 마는 작품들이 있어. 그 사람들은 분명 나처럼 개조 인간들일 거야. 근데, 형, 들어봐. 개조당한 사람은 적어도 지구 기준으론 성공할 수 없어. 너무 뛰어나기 때문에 그래. 그 작품들은 너무 우주적이고, 곳곳에 므스느그흠적인 명민함이 가득하거든. 여기서 성공한 새끼들은 모두 지구인들이야. 어쩔 수 없는 새끼들인 거지. 우린 누구보다 대단하지만 가장 어두운 곳에 있어. 어두운 곳에 있어서 우리의 의견 따위는 아무런 영향을 발휘할 수 없다고.

—졸라 웃기는 얘기로구만.

—졸라 웃기는 얘기지.

—나도 개조당한 걸까?

—아니. 형은 아냐.

—그렇구만.

　석양은 어느새 끝났다. 밤이 왔다. 형의 모습이 눅눅한 어둠 속
에서 흐릿흐릿하게 아른거렸다.

　—형, 거기 있어?

　—있어.

　—형은 말할 거 없어?

　—글쎄.

　—요즘 어때?

　—요즘이라……

　—예전에는?

　—예전?

　—응, 예전.

　—예전이라…… 그래, 지금 와서 말하는데 예전에 난 널 정말
싫어했어.

　형은 열다섯 살 때 서울로 혼자 올라왔다. 우리집에서 함께 살
았다. 우린 항상 사이가 좋았다. 난 그렇게 생각했다. 나는 아무
말도 하지 않았다.

　어둠.

　어둠 속에서 형은 말했다.

　—그래, 예전 일이라서 말하는 거야. 서울에 처음 올라왔을 때.
너네 집에서 처음 살았을 때. 한여름에 내가 니 방에서 만화책을

읽고 있었잖아. 니가 방에 들어오더니 말했지. 형, 왜 여기서 책 읽고 있냐고. 형 땀 때문에 방에서 눅눅한 냄새가 난다고.

—기억나지 않아, 형.

—기억나지 않을 거라고 생각해.

—형은 뭐라고 했는데?

—미안하다고 했어.

—미안하다고?

—그래.

—그랬구나. 그뒤로 내내 싫어했어?

—그해에는 그랬어. 니가 좀 예민한 애니? 그뒤로는 싫었다 좋았다 했어. 뭐 예전 얘기니까.

—몰랐어.

—모르게 했으니까.

—형, 어두워. 밤이야.

—너도 밤이면 잘 안 보이니?

—안 보여. 개조 인간이라고 별수 있는 게 아냐. 개조 인간도 통증을 느끼고, 개조 인간도 감기에 걸리고, 개조 인간도 대머리가 되기도 해. 형, 엘리사 알지?

—알지.

형의 세례명은 클레멘스였다. 나는 어린 시절 성가대였다. 우린 엘리사를 잘 알고 있었다. 엘리야의 제자 엘리사. 엘리사의 스승

엘리야는 살아서 불 전차를 타고 하늘로 올라갔다. 하늘로 올라가는 엘리야를 둘러싸고 무시무시한 불길이 하늘 높이 사방팔방 가득했고, 회오리바람이 윙윙 불었다. 그런 스승을 보면서 엘리사는 눈물을 흘리며 외쳤다. 엘리야의 하나님, 어디 계시나이까? 엘리사가 요단강을 내리치자 강물이 대나무 쪼개지듯 갈라졌다지. 그가 죽은 아이의 눈에 자신의 눈을 맞추고, 아이의 입에 자신의 입을 맞추고, 아이의 손에 자신의 손을 갖다대자 아이가 다시 살아났다지. 자신을 포위한 시리아군의 눈을 모조리 멀게 하고 그들을 포로로 잡은 엘리사. 그러고는 그 포로들에게 식사를 대접하고 고향으로 돌려보낸 엘리사. 가난한 자들의 친구, 엘리사. 북이스라엘 왕국의 가장 위대한 선지자, 엘리사.

나는 말했다.

―형, 엘리사가 사실 대머리였던 거 알고 있어? 몰랐을 거야, 형. 그 엘리사가 베델로 가는 도중이었대. 아이들 마흔두 명이 몰려와서 엘리사에게 돌을 던지며 소리쳤대. 어이, 씨발 대머리는 우리 마을에 못 들어와! 대머리 새끼야 씨발 꺼져! 그러자 빡이 친 엘리사가 하나님께 기도를 했고, 하나님의 이름으로 곰 두 마리가 느닷없이 나타나 마흔두 명의 아이들을 모조리 찢어 죽였대.

그러자 형이 얼굴을 찡그리고 말했다.

―또라이 새끼네.

―아니야, 형. 잘 들어봐. 그 당시 히브리어의 어떤 사투리로

'인간이 아니다'라는 말이 '대머리'라는 단어와 발음이 비슷했대. 무슨 말인지 알겠어?

　—이스라엘 새끼들이 대머리를 인간 취급도 안 했다는 걸 알 겠어.

　—그게 아니야, 형. 이건 사소한 번역의 문제였을 뿐이야. 아마 원문은 이랬을 거야. 아이들이 엘리사를 보고 '넌 인간이 아니다'라고 소리쳤던 거야. 그리고 그 말에 엘리사는 그 아이들을 살해한 거고. 왜 이런 충돌이 발생했겠어? 그건 아주 쉬워, 형. 엘리사는 개조 인간이었던 거야. 그리고 아마 그 당시에는 개조 인간들이 좀더 공공연하게 살아갔던 거 같아. 성경을 읽다보면 의심 가는 사람이 한두 명이 아냐. 어쨌든 아마 곰이라는 것도 비유거나 혹은 번역상의 실수거나 그런 거였을 거야. 당시 이스라엘 사람들은 곰이 자식을 끔찍이 사랑하는 동물이라고 생각했대. 그런 상징으로도 많이 쓰였대. 그럼 개조 인간을 자식처럼 생각하는 사람들이 누구겠어? 그건 바로 므스느구흠인들이야! 그들이 나타나서 아이들을 죽여버린 거야.

　이 얘기를 왜 했을까? 나는 어릴 때 대머리가 되는 공포에 빠진 적이 있었다. 이십대 초반까지 그랬다. 아버지가 대머리였기 때문이다. 그래서 그 당시 내가 가장 관심을 기울인 물건은 우산이었다. 아주 작게 접히고 아주 크게 펴지는 우산. 3단 우산, 4단 우산, 5단 우산. 산성비로부터 나를 막아줄 그 첨단의 무기들. 내가 엘리사였다면 하나님은 나를 위해 비를 내리지 않을 수 있었을 것이다. 하지만 그런 일은 없었다. 나는 그 우산들을 일 년 내내 가방에 넣어 다녔다. 때로 우산이 망가지거나 없을 때 비가 오면 나는 공포에 떨었다. 내 작은 몸을 지킬 우산이 없어서 그랬다. 어쩌면 이 작은 실수가 야기할 끔찍한 미래(대머리 미남이 되는 미래), 다가오는 저주들(대머리 미남이 되는 저주)을 상상해서 그랬다. 나는 늘 그랬다. 언제나 최악을 생각했다. 9·11 테러가 발생했을 때는 대공황에 대한 책을 열댓 권 사서 쉬지 않고 읽었다. 그리고 나는 시시때때로 전쟁에 대한 책을 읽었다. 동아시아에서 언젠가 발생할지도 모르는 전쟁 때문이었다. 나는 수없이 많은 사람들이 들락날락하는 물이 무서워서 목욕탕에 가지 못했고, 집밖에서는 어떤 문이든 팔꿈치로 열었다. 손잡이에는 병균이 드글드글하니까. 나는 또 엄마, 아버지, 지훈이, 대규 형, 푸코가 언젠가 사라질지도 모른다는 생각을 하곤 했다. 그런 생각을 하다가 혼자 울었다. 그게 나였다.

대규 형이 불을 켰다. 형이 보였다. 문득 열다섯 살 때 작은 짐을 들고 우리집에 온 형이 떠올랐다. 야구를 잘하고 공부를 잘했던 형. 늘 우리만의 농담을 개발했던 형. 포도를 세 알씩 먹고, 삼겹살은 두 점씩 먹었던 형. 우리는 어느 날, 귤 한 박스를 앞에 놓고 그 자리에서 모두 먹기 내기를 한 적이 있었다. 그리고 다음날 우리 둘 다 설사를 했다. 우린 마치 한 사람인 것처럼 채팅을 한 적도 많았다. 형은 똑똑했고, 나는 웃겼다. 여자들은 하나가 된 우리를 좋아했다. 모두 오래전이었다. 하지만 내겐 그런 기억뿐이었다. 어릴 적의 그 형이 보였다. 하지만 눈을 깜빡이자 흐릿하게, 그러곤 이내 또렷하게 서른여섯 살짜리 변호사가 눈앞에 나타났다.

—미안해.

—뭐가?

—예전.

—예전인데 뭐. 근데 이젠 어떻게 되는 거야? 그렇게 목이 부러진 상태로 사는 거야?

—아냐, 내 목은 다시 붙지 않을 거야. 아까 말했듯이 개조 인간이라도 육체적 능력은 인간과 동일하거든.

—그럼 어떻게 살아?

—살 필요 없어.

—죽지 않는 몸이라며?

—형, 사실 아직 말하지 않은 게 있어.

—뭔데?

나는 잠깐 크게 숨을 쉬었다.

—지구가 내일 13시 21분 37초에 사라질 거라는 말을 하지 않았어.

나는 놀란 형에게 말했다. 형, 지구 내부에는 압축된 즈제 입자가 있대. 물론 이 입자라는 건 어느 행성에나, 어느 항성에나 있는 거래. 그 압축된 즈제 입자가 내일 13시 21분 37초에 폭발할 거래.

─개소리하지 마. 그걸 왜 지구 사람들은 모르는 건데?

─형, 즈제 입자는 아직 지구의 과학으로는 측정할 수 없어. 므스느그흠인이니까 아는 거야. 그들의 관측 우주선 한 대가 태양계를 순항하고 있거든. 그들이 가르쳐줬어.

─한국과 중국 사이에서 돌아다니는 미국 핵잠수함 같은 거야?

─맞아.

─그래서?

─그래서는 뭘. 그래서 나는 자살하려고 목을 매단 거지. 사실 죽지 않는 개조를 받았다는 건 알았지만, 그게 늙지 않거나 죽을병에 걸리지 않는다는 의미인 줄 알았어. 왜냐하면 난 개조 인간 주제에 매일 비염으로 고생하고, 잘 때면 졸피뎀을 먹어야 했고, 피곤하면 뾰루지도 났거든. 엘리사를 봐. 그 대단한 사람도 어쩔 수 없잖아. 개조 인간이면서 탈모를 막을 수 없었어. 그래서 이대로 목을 매달면 죽을 수 있는 줄 알았어. 근데 죽지 않는다는 게 이렇게 목이 부러져도 죽지 않는다는 얘긴 건지 몰랐어. 정확히 말하면 생명 활동이 정지한다는 게 맞는 표현이지만. 무슨 말인지 알겠어?

하지만 형은 생각에 빠져 있었다. 나는 말을 이었다.

─잘 들어봐, 형. 나는 죽어도 죽는 게 아냐. 그런 표정을 하는 게 이해가 돼. 무슨 말인지 설명할게. 형, 내 인간 형태의 육체란

건 사실 므스느그흠인들이 만든 어떤 장치야. 그래서 이 장치의 작동이 멈추면 자동으로 내 정신은 므스느그흠 행성으로 전송될 거야. 로스웰의 외계인처럼 말이야. 그곳에 가서 새로운 육체를 받을 거야. 로스웰의 외계인처럼 말이야. 그리고 그곳에서 백오십 년 정도를 더 살 거래. 로스웰의 외계인처럼 말이야. 로스웰의 외계인이 오십이 년밖에 못 산 건 교통사고로 갑자기 죽어서 그런 거래. 끝내주지? 그래서 목을 매달았어. 내일까지 기다렸다가 므스느그흠으로 전송되는 게 너무 지루했거든. 알 거야. 군대에서도 전역하기 한 달 정도가 가장 길게 느껴지잖아. 내가 그런 마음이 었어. 어쨌든 폭발로 육체가 완전 연소되든지, 로스웰의 외계인처럼 해부해서 몸속에다 무슨 짓을 저질러야 전송되는 거 같아. 아마 전송 스위치는 몸 깊숙한 곳에 장치돼 있나봐. 보통 방법으로는 그 스위치를 작동시킬 수 없는 거 같아.

내 말이 끝나자마자 진돗개가 짖기 시작했다. 그 개는 여느 때처럼 짖었다. 정신병자처럼 짖었다는 말이다. 왈왈왈왈왈 왈왈왈 왈왈왈 왈왈왈왈왈 왈왈왈왈왈 왈왈왈왈왈 왈왈왈왈왈 왈왈왈왈왈 왈왈왈왈왈 왈왈왈왈왈 왈왈왈왈왈 왈왈왈 왈왈왈 왈왈왈왈왈 왈왈왈왈왈 왈왈왈왈왈 왈왈왈왈왈 왈왈왈왈왈 왈왈왈왈왈 왈왈왈왈왈 왈왈왈왈왈 왈왈왈왈왈 왈왈 왈왈 왈왈왈왈왈 왈왈왈왈왈 왈왈왈왈왈 왈왈왈왈왈.

왈왈왈왈왈 왈왈왈왈왈 왈왈왈왈왈 왈왈왈왈왈 왈왈

왈왈왈왈 왈왈왈왈왈왈 왈왈왈왈왈왈 왈왈왈왈왈왈 왈왈왈왈왈
왈 왈왈왈왈왈왈 왈왈왈왈왈왈 왈왈왈왈왈왈 왈왈왈왈왈왈 왈왈
왈왈왈왈 왈왈왈왈왈왈.

왈왈왈왈왈왈.

아.

좆같은 개새끼.

참을 수 없어. 하지만 참아야 해.

이런 감정. 이런 마음.

그렇게 십 분을 짖었다. 나는 말했다.

—형, 난 저 개를 죽이려고 했어. 매일 생각했지. 형, 저 개는 1미
터도 안 되는 목줄에 묶여 있어. 저 넓은 마당 한구석에. 매일. 지
난 삼 년 동안, 매일. 반지름이 1미터도 안 되는 좁은 공간에서 빙
글빙글 돌면서 먹고 자고 싸고, 겨울을 나고 여름을 나지. 씨발,
형, 그 개한테는 둘레가 6미터도 안 되는 그 원이 지구야(원의 둘
레는 지름 곱하기 파이이므로). 그래서 짖어. 자기 행성을 지키려
고 짖어. 매일, 지난 삼 년 동안, 매일. 불쌍한 개새끼야. 하지만 좆
같은 개새끼.

형은 말했다.

—그렇네. 불쌍하고 좆같은 새끼네. 승훈아.

—응?

—미안한데, 난 이만 가봐야 할 것 같다.

—왜? 조금만 더 있으면 안 돼?

—안 돼. 니 형수가 임신 육 주 차야.

—아……

—원래 임신 초기가 가장 힘든 거래. 니 형수는 매일 일곱시면 잠들고 이 시간이면 잠에서 깨서 토하거든.

저녁 아홉시 십분이었다. 형은 말했다. 임신 초기에 임산부의 몸은 태아를 이물질로 인식한다고 했다. 그래서 거부 반응을 일으킨다고 했다. 입덧이나 구토가 그런 거라고 했다. 나는 나도 모르게 말했다.

—역시 인간의 육체는 신비해.

—니가 할 소리냐?

그 말에 우리 둘 다 웃었다.

—아기는 남자래, 여자래?

—육 주라 아직 몰라.

—태명은?

—태리라고 지었어. 아무래도 지난번 이탈리아에 갔을 때 임신한 거 같거든.

—형수가 일 있다고 이탈리아에선 반나절 같이 있었다며?

—그날 그렇게 된 거지.

—그 하루에?

—한 번에.

우린 또다시 웃었다. 이번엔 정말 크게 웃었다.

—안타까워.

—뭐가?

—내일 지구가 멸망하잖아. 아기 얼굴이라도 볼 수 있으면 좋았을 텐데.

—상관없어. 중요한 건 그게 아니니까.

형 말이 맞았다. 아기가 태어나고 말고가 무슨 상관인가. 지금 형의 마음은 그 정도가 아니다. 형은 형수와 형수 뱃속의 아들인지 딸인지 모를 육 주째 세포분열중인 그것과 하나가 되어 싸울 것이다. 영원히 오지 않을 시간을 위해.

—형, 가기 전에 부탁이 있어.

—뭔데?

—저기 핸드폰 가지고 와서 우리집에 전화 좀 해줘.

집에 전화하자 엄마가 받았다. 엄마는 지친 목소리였다. 엄마는 매일 마트에서 만두를 팔았다. 집에 와서도 된장을 만들어 팔았다. 엄마는 십 년 전까지 사모님이었다. 내킬 때면 아우디 A6를 타고 시내를 한 바퀴 드라이브하다가 돌아오곤 했다. 때로는 아빠의 벤츠를 끌고 드라이브를 하기도 했다. 종종 나도 함께했다. 우린 남한산성으로 가는 길을 좋아했다. 가는 길에 있던 쟁반짜장면 식당을 좋아했다. 중국집도 아니고 짜장면집도 아니고 쟁반짜장면만 파는 집이었다. 그때 엄마는 말했다. 자기는 집에만 앉아 있는

게 너무 답답하다고. 돌아다니는 게 좋다고. 하지만 요즘에 엄마
는 말한다. 집에서 푹 쉬고 싶다고. 만두 냄새가 역겹다고. 이 모
든 게 언제 끝날지 모르겠다고. 끝나다니, 엄마? 내가 이렇게 되물
으면 엄마는 더 말하지 않았다. 나는 다시 물었다. 엄마, 모든 것
이라니? 엄마는 아무 말도 하지 않았다. 하지만 엄마, 이제 내일이
면 모든 게 다 끝날 거야. 엄마가 말한 그 모든 거 말이야.

─무슨 일이니?

─엄마, 좋은 소식이 있어.

─뭔데?

─나 이번에 상 받게 됐대.

─무슨 상?

─이상문학상이라고 알아? 그거 받는대.

엄마가 아는 유일한 문학상, 이상문학상. 내 아들이 스티븐 스
필버그처럼 될 거라고 말했던 엄마. 엄마는 울었다. 아무 말도 없
었지만, 전화기의 전파 소리가 윙윙거리면서 내 귀를 맴돌았지만,
나는 알 수 있었다. 엄마는 어느 날, 내 소설이 한 꼭지 실린 팸플
릿을 들고 출근했다. 그 팸플릿은 낭독 행사용으로 만들어진 책자
였다. 엄마는 출근하면서 말했다. 오늘 출근해서 심심할 거 같아
서 가져가는 거란다. 그건 그냥 책자였다. 그건 그저 작은 홍보용
책자였다. 하지만 등단은 했지만, 아직 책이 없는 소설가 아들의
책을 일터에 가져가고 싶은 그런 마음이 엄마에겐 있었다. 엄마는

다른 아줌마들에게 말하겠지. 이거 봐, 우리 아들 책이야. 우리 아들 소설가라고 전에 얘기했나?

'이거 봐, 우리 아들 책'이라니.

지구 문학가들은 이런 걸 신파라고 할 것이다. 그랬다. 지구인의 관점에서 이건 신파였다. 하지만 엄마와 내게는 신파가 아니었다. 우린 그렇게 살고 있으니까. 빌어먹을, 역겨운 지구 문학.

느닷없이 아버지가 전화를 바꿔 들고 말했다.

—이상문학상이라니? 그걸 네가 받는다는 말이냐?

—네, 아버지도 알죠?

—안단다. 안단다. 그럼 알고 있는 상이지. 청룡영화상 같은 게 아니냐. 이문열도 받은 상 아니냐. 한국에서 가장 유명한 상 아니냐. 고생했다. 수고했어. 수고했다. 수고했어.

그러고 나서 아버지도 아무 말도 하지 않았다. 말할 수 없는 게 있었다. 우리는 알고 있었다. 나도 목이 멨다. 상을 받는다고 거짓말하니까 정말 상을 받는 것만 같았다. 정말 상을 받는 것만 같으니까 너무 슬퍼졌다. 상을 받는 건 슬픈 일이다. 좋은 일이란 슬픈 일이다. 좋은 일은 언제나 고통스러운 법이구나. 이런 아이러니. 이런 행복한 아이러니. 지구가 없어지려는 마당에 펼쳐지는 우리 가족의 행복.

행복.

—고마워요, 아버지.

그리고 아버지 뒤에서 울고 있는 엄마. 엄마, 알아. 적막 어딘가에서 엄마가 울고 있다는 걸 알아.

우린 조금 더, 대략 십오 분 정도 더 통화를 하고 전화를 끊었다. 마침 집에 들어온 지훈이와도 통화했다. 지훈이는 말했다. 형, 그게 이문열도 받은 상이라며? 또 이렇게 말했다. 형, 나도 힘낼게. 형, 고마워. 이 말을 몇 번이고 했다. 그리고 다시 아버지가, 엄마가, 다시 지훈이가, 그리고 다시 엄마가 번갈아가며 전화기를 잡았다. 엄마가 하도 울어서 통화가 길어졌다. 주말에 대규 형네랑 집에 같이 오라고 말했다. 지훈이와 대규 형과 형수와 이모와 이모부와 파티를 하자고 말했다. 우린 그날 즐거울 거라고 말했다. 그럴 것이었다. 하지만 아닐 것이기도 했다. 전화를 끊자 형이 나를 보고 말했다.

─잘했어.

─고마워.

그러고 나서 다시 한참, 아니 어쩌면 잠깐 우린 말이 없었다(상대성이론대로).

형은 내 손을 잡았다. 형의 손은 따뜻했다.

─승훈아.

─응.

─거기 가면 행복한 거냐?

─응, 행복할 거래. 므스느그흠 행성은 미움도 없고 다툼도 없

대. 모든 결정이 합리적으로 진행되고, 모두들 동정심이 많대. 그래서 그들은 항상 다정하대.

—다행이다, 니가 거기 가서라도 행복해서.

—미안해, 나만 행복하게 돼서.

—미안하긴, 너라도 행복해서 다행이지.

—이제 갈 거지?

—응.

—형, 앞으로 보고 싶을 거야.

—나도.

—그건 유언이야?

—그렇게 되겠지.

—잘 기억하고 있을게.

—그래. 잘살아라. 참, 니가 키우던 그 고양이는 어디 간 거야?

—푸코?

—그래.

—죽었어, 형. 초여름에 죽었어.

푸코.

내 아들.

—형.

—응.

—가기 전에 불을 꺼줘.

형은 불을 껐다. 다시 어둠이 밀려왔다. 차올랐다. 형이 집을 나가자 현관문이 큰 소리를 내면서 닫혔다. 그리고,

이 집엔 다시 나 혼자 남게 되었다.

지구에 떨어진 사나이

강경석(문학평론가)

임승훈은 독특한 작가다. 단편 「초여름」 가운데 놓인 짤막한 '자소서' 한 대목이 긴 설명을 대신하게 해준다.

　그것들(축구 소설과 AV 배우가 등장하는 소설―인용자) 외에도 권투선수에 대한 소설도 썼고, 졸피뎀을 먹는 남자에 대한 소설, 여동생의 다리를 훔쳐간 남자를 납치하는 소설, 그리고 므스느그흠 행성의 이름을 따서 주인공 이름이 므스느그흠인 SF 소설도 썼어. 물론 이 소설들이 얼마나 대단한지는 씨발 이 빌어먹을 지구인들은 절대 알지 못해. 어쨌든 그들은 그럴 수밖에 없어. 생각해보면 걔들이야말로 불쌍한 거지 뭐.(387쪽)

화자의 대사를 그대로 옮긴 것이기에 온전한 작가 자신의 목소리로 간주하긴 어렵지만 화자의 이름이 임승훈이고 짧게 소개된 작품들이 대개 이번 소설집의 실제 수록작들이란 점을 감안하면 현실과 허구는 이미 교란 상태다. 그리고 다른 여러 작품에서도 주인공 또는 화자의 이름이 임승훈이다. 겉보기엔 장난스럽고 조금 더 들여다보면 자기 풍자 같기도 한데 어찌되었든 이런 방식의 간략한 소개만으로도 그가 평범한 소설을 쓰는 작가가 아니라는 사실은 또렷해지는 듯하다.[1]

웃음의 배후

물론 평범한 소설을 쓰려고 작가가 되는 사람은 아무도 없다. 다만 어떤 작가는 독자들이 그동안 읽어온 소설을 평범한 무엇처럼 보이게 만들곤 하는데 임승훈도 그런 작가 중 하나라고는 말할 수 있을 것이다. 내친김에 「초여름」을 조금 더 읽어보기로 한다. 작품은 대뜸 "내가 목을 매단 지 삼 일이 지났다"(359쪽)라는 문장으로 시작한다. 화자 임승훈은 실제 임승훈과 마찬가지로 소

---

1) 수록작 중 제목이 긴 것들은 편의상 괄호 안과 같이 약칭하기로 한다. 「2077년, 여름방학, 첫사랑」(「2077년」), 「골키퍼 에릭 홀테의 고양이가 죽은 다음날」(「에릭 홀테」), 「이서진을 닮은 탐정」(「탐정」), 「우울한 복서는 이제 우울하지 않지」(「복서」), 「비워진 우주의 대기자들」(「대기자들」).

설가이며 스스로 목을 맸지만 사흘이 지나도록 죽지 않고 있다. 므스느그흠이라는 행성에서 온 외계인들에 의해 불사의 몸이 되었기 때문이다. 이는 화자가 그를 찾아온 사촌형에게 지난 일들의 자초지종을 전하는 가운데 밝혀진다. "사는 게 무슨 의미가 있죠?"라고 따지는 그에게 일곱 외계인들은 "왜, 지구인아, 무슨 일이 있는 것이냐?"(383쪽) 하고 다정히 되묻는다.

나는 울었어. 울면서 말했어. 괴로워요. 뭐가? 사는 게. 왜? 소설이 써지지 않아요. 소설이라니, 지구인들이 좋아하는 그 괴상한 문자 배열 말이냐? 네, 그 괴상한 문자 배열을 하는 직업이라고요, 나는. 근데 그게 잘 안 된다고요. 그러자 그들은 껄껄껄 웃었어. 그러고는 내 어깨를 쓰다듬었던 그 다정한 므스느그흠인이 말했어. 이번에는 내 눈물을 닦아주면서 말했어. 므스느그흠인의 체온은 아주 차가웠어. 하지만 그는 따뜻한 외계인이었어. 그는 말했어. 그거라면 걱정하지 마라. 네 몸의 회로는 우리에 의해 개조됐다. 이제부터 무얼 하든 아주 손쉬울 거다. 손쉬울 거라니요? 그러니까 그 괴상한 문자 배열 따위 같은 건, 막힘없이 원하는 대로 할 수 있게 된다는 거지.

막힘없이?

막힘없이.

원하는 대로?

원하는 대로.

나는 철제 수술대에 누운 채 발버둥치면서 환호성을 질렀어.
(383~384쪽)

원하는 능력을 얻었음에도 불구하고 화자가 결국 목을 맨 이유
는 무엇일까. "그러니까 툭 까놓고 말해줄게, 지구인. 네가 아무리
그 이전까지와 다르게 뛰어난 성과를 도출해낸다고 해도 지구인
들은 그걸 알아봐주지 않을 거다."(385쪽) 그뿐만이 아니다. "지구
내부에는 압축된 즈제 입자"(393쪽)가 있는데 "그 압축된 즈제 입
자가 내일 13시 21분 37초에 폭발"(394쪽)해 지구가 사라질 예정
이기도 하다. 지구가 멸망해도 화자의 정신은 므스느그흠 행성으
로 전송되어 새로운 육체를 얻고 백오십 년이나 더 살게 될 것이지
만 역시 그의 소설을 알아봐줄 존재들은 남김없이 사라진 뒤다.

자기 시대에 인정받지 못한 천재의 비극은 유구한 역사를 지녔
지만,「초여름」의 주안점이 그것을 재연하는 데 있지 않음은 인용
한 대목만으로도 알 수 있다. 기대와 의심을 동시에 품은 화자와
우월하고 확신에 찬 외계인 사이의 대화는 비극적이기는커녕 우
스꽝스럽다. 일인칭 화자가 목을 매단 채 죽지도 않고 사촌형에게
구구절절 사연을 늘어놓는 설정 자체가 이미 그렇다. 따라서 고독
한 천재의 자살 모티프를 자조적 웃음거리로 비틀어놓은 이유가
궁금하지 않을 수 없는데, 그 기저에는 모종의 상실감이 깔려 있

는 듯하다. 므스ㄴ그흠인의 체온이 차가웠음에도 불구하고 그가 따뜻한 외계인이었다고 특별히 언급해두는 것도 그렇지만, 화자는 이십삼 년 전 미국행 비행기에서 만난 스튜어디스에 대해 회고할 때도 "그녀의 손이 부드러웠던 것이 기억난다"(367쪽)고 부연하길 잊지 않는다. 일견 불필요해 보일 수도 있는 이런 진술들은 그러나 그 대상들에게서 받았던 부드럽고 따뜻한 감각에 대한 그리움에 감싸여 있는데, 그와 동시에 지금은 그것을 느낄 수 없다는 사실에서 오는 상실감을 증폭시킨다.

이 소설집에 수록된 작품들은 시종 차고 황량하며 날카로운 우승열패의 위기 상황들로 채워져 있어 상실의 감각을 더욱 도드라져 보이게 한다. 결전을 앞둔 축구선수(「에릭 홀테」)나 권투선수(「복서」)의 세계는 물론이려니와 가난과 폭력(「가혹한 소년들」「탐정」), 전쟁(「대기자들」)으로 얼룩진 소설 속 풍경들 또한 마찬가지다. "앞으로 얼마나 많은 것들이 나를 남겨둔 채 앞으로 나아갈까? 그건 두려운 일이었다. 그건 슬픈 일이었다. 그리고 어린 나는 어렴풋이 그것이 삶이라는 것을 깨달았다."(「초여름」, 365쪽) 반쯤은 자전自傳처럼 보이는 「졸피뎀과 나」에는 이런 대목도 나온다. "나는 촛불집회가 한창이던 때 매일같이 광화문에 나가곤 했다. (……) 때때로 사람들과 어깨동무를 하고 노래를 부르기도 했다. 그건 무척 감동적인 경험이었다. (……) 시위가 끝나자 사람들은 내게 이렇게 말했다. 승훈씨, 다시 봤어. 맞아, 승훈씨가 이렇게 진지할 줄 몰랐어. 하지만 그땐 이미 내 마음은 다시 외로워졌고, 왠지 모르게 그들이 꼴도 보기 싫어졌다."(25~26쪽) 상실감 또는 거기서 유래한 소외감이야말로 임승훈 소설의 출발점인지 모른다. "언제나 세계는 나를 남겨둔 채 앞으로 나아가는 것. 본질적으로 고아의 마음으로 살아가는 것"(「초여름」, 365쪽)이라면 말이다.

하지만 "본질적으로 고아의 마음으로 살아가는 것"과 '웃음'을 곧바로 연결시키기는 쉽지 않다. 결론부터 말하자면 임승훈 소설에서 상실과 소외는 분노의 폭발이라는 단계를 거쳐 웃음에 다다르는 것처럼 보인다. 적어도 잃어버린 무언가를 회복할 수 있다는 기대가 조금이라도 남아 있는 한 상실은 희화화되기 어렵다. 상실한 대상이 완전한 회복 불능 상태가 되었음을 불가피하게 승인할 수밖에 없을 때에야 방향을 잃고 내연內燃하던 리비도는 비로소 분노로 폭발하는데, 그 폭발이 휩쓸고 지나간 폐허의 텅 빈 바람과 같은 것이 바로 임승훈 소설이 구사하는 웃음의 요체라고 할 수 있다. 그것은 대개 차고 위악적이며 끝내 쓸쓸하다. 「초여름」의 한 대목에는 흥미롭게도 19세기 미국 작가 에드거 앨런 포의 단편 「절름발이 개구리」가 원용되어 있는데 복수의 화신이 된 어릿광대 주인공이 '마지막 익살'이라는 이름으로 벌이는 참극 또한 상실과 분노, 그리고 웃음의 심리적 연동 메커니즘을 잘 보여준다. 그러고 보면 다양한 장르의 활용이나 소외된 예술가의 이미지, 공포와 분노와 위악의 공존이라는 면에서 임승훈의 소설들은 포의 문학

세계와 통하는 데가 있는 듯하다.

몰락의 감각

물론 꼭 그래서만은 아니겠지만 마침 이 소설집에는 탐정소설
한 편이 실려 있다. 포의 '오귀스트 뒤팽' 계열과는 한참 다르면서
예의 분노의 토대가 어떤 현실적 맥락을 지니고 있는지를 드러내
주는 작품이라고 할 수 있다. 사실성과 환상성이 기묘하게 동거하
고 있는 중편 「이서진을 닮은 탐정」이 그것이다. 제목 자체가 이미
진지한 접근을 교란하고 있는데다 본문에도 실소를 터뜨리게 만
드는 장면들이 여럿 들어 있기는 하지만 작중 현실은 대부분 폭력
과 궁핍으로 채워져 있다. 이 장르의 관습에 따라 한 사내가 사라
진 아내를 찾아달라며 사립탐정인 주인공(이 작품의 주인공 이름도
임승훈이다)을 찾아오는 데서 이야기는 시작된다. 그러나 상황은
간단치 않다. 의뢰인의 실종된 아내가 새로 변해버렸기 때문이다.
아내는 남편의 폭력에 오랫동안 시달리다 이웃의 한 남자와 사랑
에 빠졌고 남편에게 붙잡혀온 뒤 흉측한 몰골의 새가 되어 갇혀
지내다 필사적으로 도망친 것이었다. 탐정 임승훈은 이야기의 현
장 창신동에 초대된 유일한 이방인인데 어째서인지 그의 시선을
따르는 배경 묘사가 작품 전반에 걸쳐 적지 않은 비중을 차지하고

있다. 우선은 주인공의 탐정다운 관찰력을 부각하기 위해서이겠지만 그렇다고만 해두기에는 필요 이상으로 서정이 승한 것처럼 보인다.

　(승훈은―인용자) 다시 사내의 작은 새가 날거나 앉았을 주변 사물들을 관찰했다. 기와지붕 위로 삐죽 튀어나온 빨래 건조대, 가로등이 달린 전봇대, 낮고 앙상한 두 그루의 나무, 시멘트 낭떠러지, 소용돌이처럼 돌고 있는 철제 계단, 잿빛 하늘과 잿빛 하늘을 수십 갈래로 가로지르는 전깃줄, 빌라 앞의 빌라, 빌라 뒤의 빌라…… 끊임없이 이어진 빌라들은 점차 높아져 작은 산 하나를 가득 채우고 있었다. 멀리 산꼭대기의 낡은 교회가 보였다. 저 너머로 사내의 아내가 날아갔구나, 라고 승훈은 중얼거렸다.(171쪽)

사람들의 얼굴이 모두 똑같아지는 병이 지구를 뒤덮는다(「2077년」)거나 평행우주 속 또다른 '나'가 작중 현재의 '나'를 찾아와 죽음을 예고한다(「복서」)는 등의 예외적 착상이 시선을 가로채곤 하지만 임승훈은 배경 묘사에 상당한 주의를 기울이는 작가다. 「탐정」에서처럼 실제 장소를 선택한 경우뿐 아니라 「가혹한 소년들」이나 「대기자들」에서와 같이 완전한 허구를 배경으로 한 경우에도 마찬가지다. 그리고 거기에는 늘 궁핍한 삶에 대한 소상한 관찰이 있고 연민과 염오厭惡가 뒤엉킨 착잡한 감정이 어려 있다. 아마도 몰락한 소시민계급의 감수성과 연관되는 것일 텐데, 그것은 배경 묘사 자체의 실감을 높여주는 동시에 작가가 형상화하는 인물들의 리얼리티를 강화하는 데도 크게 이바지하는 듯하다.[2] 예컨대 「탐정」에서 사건 관련 증언자로 등장하는 조연들은 발군이다. 알로에즙 외판원 금보라와 지퍼집 길선자, 뱃사람 출신 이현호라는 인물들의 실감나는 형상은 이 작품의 중심 서사를 견인하는 환상적 장치들을 무색하게 할 정도이며 어떤 의미에서는 오히려 이들이야말로 진짜 주인공들일지 모른다는 착각마저 일으킨다. "골목길은 급격한 경사를 따라 이어졌다. 그 길을 둘러싸고 낡고 붉은 빌라들이 무계획적으로 빼곡하게 들어차 있었다. 빌라들의 방향은 제멋대로였고, 때때로 땅을 뚫고 갑자기 자라난 것처럼 보이기도 했다. 그 사이사이로 숨길 수 없는 수치처럼, 쪽방들이 있었다. 그런 동네였다"(165쪽)는 식의 배경 묘사는 이 인물들의 성격적 면모를 고스란히 닮아 있다. 배경 묘사와 인물 형상화의 상호작용이 긴장과 이완을 반복하다 마침내 폭발하는 지점은 역시 이 작품

---

2) 몰락한 소시민계급은 바로 그 몰락으로 인해 하층계급에 동질감을 느끼지만 다른 한편으로 중간계급의 일원이었다는 점으로 인해 하층계급에 대해 이질감을 떨치기 어렵다. 따라서 하층계급에 대한 깊은 공감과 동시에 거기에 끝내 섞여들 수 없는 거리감이 연민과 염오의 복합 감정을 일으키는 발원지라고 할 수 있다. 「초여름」을 통해 거론했던 상실감 또한 우리 사회 중간계급의 양극 분해 혹은 몰락과 무관하지 않아 보인다. 물론 그렇다고 해서 작품에 나타난 계급 감수성의 일단을 실제 작가의 그것과 곧바로 등치시킬 필요는 없다. 작품은 작가의식의 직접 반영물이 아니기 때문이다.

의 대미, 피의 복수극이다.

> 그가 새를 채집통에 넣으려는 순간, 새는 채집통을 강하게 박차고 올라 놀라운 기세로 손아귀에서 튀어나왔다. 그러고는 사내의 얼굴에 달라붙어 일말의 지체도 없이 오른쪽 눈을 쪼기 시작했다. (……) 그의 얼굴은 피투성이가 됐다. 마치 악귀 같았다. 그리고 발톱으로 사내의 피부를 잡아 뜯으며 눈을 파먹는 새 역시 악귀 같았다.(227~228쪽)

차마 그대로 옮기기 어려울 만큼 끔찍하고 상세하게 묘사된 이 장면은 우선, 새로 변한 아내가 자신을 폭력적으로 구속하려는 남편에게 가하는 복수를 다루는 한편, 돌이킬 수 없는 상실로 인한 분노의 폭발을 보여준다. 자신의 연인이 남편에게 무참히 살해당했기 때문이다. 그런데 여기서 복수의 대상이 된 남편 또한 상실과 소외의 체현자라는 사실에도 주목할 필요가 있다. 한쪽 다리가 불구인 그의 외양과 수상한 행동, 거칠고 궁핍한 살림살이에 대한 묘사는 자칫 불필요해 보일 정도로 많은데 이는 누군가의 상실과 소외가 또다른 누군가의 상실과 소외를 초래하는 상호 약탈적 악순환의 세계를 표상하기에 안성맞춤이다. 제법 길게 그려진 「탐정」의 대미가 복수를 통한 해방의 드라마로 상승하기는커녕 벗어날 도리 없는 운명의 수렁으로 가라앉는 듯한 느낌을 주는 것도 그

때문일 것이다. "여동생의 다리를 훔쳐간 남자를 납치"해 사지를 절단하려는 「가혹한 소년들」의 판타지나 뉘·즈제와 쥘·즈제 간의 오래되고 소모적인 공방전을 다룬 「대기자들」이라고 해서 이와 다른 것은 아닐 텐데, 이 소설집에 자주 등장하는 훼손된 신체[3]나 몰락한 삶의 이미지는 소외된 자들이 서로에게 가하는 폭력과 약탈 때문인 경우가 대부분이다. 그런 의미에서도 임승훈의 소설들이 그려내는 세계상은 사회경제적 양극 분해로 전망을 상실한, 몰락한 소시민계급의 현실감각과 무관치 않은 듯 보인다. 한바탕 피바람이 휩쓸고 지나간 자리를 탐정 임승훈과 조력자 이현호가 무연히 지키고 서 있는 장면에서 작품은 멈춰 설 수밖에 없었던 것이다.

임승훈들의 적자생존

앞에서 잠시 언급했던 포의 「절름발이 개구리」가 왕과 대신들을 학살하는 어릿광대의 서사인 점에 비춰 보면 임승훈 소설의 이러한 설계는 더 의미심장하게 다가온다. 임승훈은 '저 높은 곳'을

---

3) 「탐정」의 의뢰인뿐 아니라 「에릭 홀테」에 등장하는 그룬도바의 아버지, 「가혹한 소년들」의 사내, 「대기자들」의 마르죠온 같은 인물들이 모두 신체적 장애를 앓는다.

향한 수직적 투쟁이 가로막힌, 수평화된 갈등의 세계를 다룬다. 이곳에선 누구도 승리하지 못한다. 연속되는 쟁탈전들만이 생의 유일한 단서처럼 버티고 있는 세계에서라면 어떠한 승리도 유예된 패배의 다른 이름일 뿐이기 때문이다. "이 경기장에는 자비와 화해, 공생은 존재하지 않는다. 반드시 둘 중 하나는 죽어야 한다." (「에릭 홀테」, 123쪽) 등장인물들 각자의 내력과 사연이 연쇄 반응하는 「에릭 홀테」는 작품의 파노라마적 구성부터 그러한 세계상과 유비를 이루는데 축구라는 소재 자체가 이미 하나의 상징이다.

인간의 문명이 손의 역사라면, 그것에 반하는 것은 축구다. 축구는 발의 문명, 발의 종교다. 그래서 축구는 반항적이다. 제도권 외부의 신앙이다. 그들은 손의 문명을 저주한다. 손의 자부심을 혐오한다. 손은 부정의 상징이고, 손은 적그리스도의 문장이다. 그러므로 그라운드 위에서 골키퍼는 이교도다. 나는 이교도다. 나는 이방인이다. 홀테는 늘 자신이 이방인이라고, 이 세계는 참을 수 없다고 생각했다. 나는 늘 혼자였다고 언제나 삶은 고통스러웠다고.(151쪽)

「초여름」「복서」「탐정」의 주인공 임승훈이 실제 작가 임승훈의 단순 복제가 아니듯 비운의 골키퍼 에릭 홀테도 작가의 분신이기만 한 것은 아니다. 무엇보다 삼인칭시점으로 인해 서술자와 주인공 사이의 거리가 엄연하다. 하지만 그럼에도 불구하고 "나는 늘 혼자였다고 언제나 삶은 고통스러웠다고" 말하는 목소리가 실제 작가의 그것과 무관하다고 단언하기도 쉽지 않다. 모든 스포츠가 결국 자기 자신과의 싸움이라는 판에 박힌 경구에도 일말의 진실이 담겨 있는 것이라면, 앞서 말한 '수평화된 갈등의 세계'란 어쩌면 수없이 분열 증식하는 임승훈들의 끝없는 내면 투쟁을 말하는 것인지도 모르겠다. 같은 얼굴과 이름을 지닌 임승훈들의 평행우주 이야기인 「복서」가 예정된 운명을 거듭하는 정념의 공회전空回轉을 그리고 있는 것이 우연이 아니라면 말이다.

따라서 세계로부터 영원히 추방된 이교도이자 이방인으로서 에릭 홀테 혹은 '임승훈'들은 "이 세계는 참을 수 없다고 생각"하지만 사실 이 세계를 참을 수 없게 만드는 것 또한 여전히 '임승훈'들일 것이다. 이 소설집을 감싸고 있는 위악과 분노는 그러니까 외부 세계가 자아를 겨냥해 일어난 것이라기보다 자아가 스스로에게 가하는 무엇에 가깝다. 「2077년」이 알레고리적으로 보여주고 있듯이 이 지구는 같은 얼굴로 뒤덮여 사실상 '임승훈' 바깥이 없는 듯 보이기 때문이다. 하지만 그렇다고 해서 이 견고한 자아의 성벽 안에서 벌어지는 적자생존의 연속극에 어떤 출구도 없는 것일까. 「복서」의 마지막 문장들을 음미해볼 필요가 있다.

자, 이제 분명하다. 나 역시 떠날 때가 됐다. 이제 내 인생은 0.02초 남았다. 하지만 이로써 이십팔 년을 격해 비가 쏟아지는 3월 24일,

7라운드 1분 21초에, 나는 영원히 머물게 됐다. 그리고 그 말은 이렇게도 말할 수 있을 것이다.

　닿지 않는다.

　닿는다.(251쪽)

　이 절묘한 정지 상태는 끝을 말하고 있는 게 아니라 끝의 유보를 뜻하는 모순어법을 채택하고 있다. 짧고도 비좁은 0.02초─이는 하나의 수사다─의 간격은 최종적인 승패가 미리 결정되지 않는 다른 세계의 존재 가능성을 환기한다. 비록 '나'가 떠나고 없더라도 그러한 세계가 거기 있었음은, 그 엄연한 현존은 지켜진다. 그렇지 않다면 '영원'을 말할 도리가 없지 않을까. 그러니 이렇게 말할 수도 있을 것이다. 지금 이 세계는 전부가 아니며 그런 한에서라면 좋은 의미에서건 나쁜 의미에서건 작가 임승훈은 몇 개의 평행우주를 건너 뒤늦게 도착한 낭만주의자인지도 모른다고 말이다. 마침 이 소설집의 첫머리에 실린 「졸피뎀과 나」는 이런 선언으로 시작한다. "지구에서의 내 삶은 형편없었다."(11쪽) 다른 세계에서의 다른 삶을 가정하지 않는다면 이런 문장은 만들어질 수 없다. "그리고 나는 깨달았다. 이제 지구는 없다. 이제 내가 혐오하는 그 지구는 없다. 나는 이제 지구라고 부르지 않을 거야. 이곳은 이제 지구가 아닌 거야. 중요한 건 그거였다. 내가 나가게 될 세상은 이제 지구가 아니었다. 나는 오랜 시간, 어쩌면 인류가 태어나고 사라졌던 긴 시간, 달이 초승달에서 그믐달이 되어갔던 그 시간 동안 지구를 미워했었다. 미워한 만큼 사랑했었다. 아니 사랑했기 때문에 미워했었다. 어쩌면 사랑받고 싶어서 미워했다. 하지만 이제 그 지긋지긋한 사랑도 미움도 근거를 잃고 흩어졌고, 이제 내 마음은 환희로 가득차게 되었다."(60~61쪽) 거대한 에고의 늪이기도 할 '깊은 땅속'에서 첫발을 뗀 작품이 "위를 향해, 위를 향해" "쉬지 않고 필사적으로 흙을 팠다"(61쪽)로 마무리된 것은 그런 의미에서 주목할 만하다.

이 글의 제목 '지구에 떨어진 사나이'는 데이비드 보위가 주연한 동명의 SF영화 〈The Man Who Fell To Earth〉(1976)에서 따왔다. 임승훈 특유의 국외자 의식과 혼종적인 작품세계를 인유하기에 적절하다고 판단했기 때문이다. 하지만 그의 소설세계를 이해하는 데 이 영화가 큰 도움이 되지는 않는다. 그의 소설을 이해하려면 이 소설집을 읽는 일만으로도 이미 충분한데 그것은 그의 소설이 남다른 발상과 독특한 양식적 시도들에 힘입고 있으면서도 결국 '남다름' 자체를 추구하는 데 목적을 두고 있는 것은 아니기 때문이다. 그가 수많은 임승훈들을 앞세워 마주하고 있는 세계는 우리 모두가 각자의 방식으로 맞서 싸우고 있는 동시대 현실을 꼭 닮아 있다. 그가 지금까지 해온 작업들은 따지고 보면 우리가 익히 알고 있던 '소설'이란 틀을 문제삼는다기보다 벗어날 길이 없다고 여겨져온 이 세계를 더이상 지속이 불가능한 '낡은 현실'로 보이게 만드는 데 온 힘을 기울인 결과물이기도 하다. 그리고 그와 동시에 작가 임승훈과 독자들의 '지구에서의' 삶은 이미 새롭게 시작되고 있는 것인지도 모른다.

작가의 말

매년 새해면 올해 무엇을 포기해야 하는지 생각하게 된다. 그건 저축, 거주지, 패션 같은 물질적인 것부터, 때로는 자존심, 사랑, 정의 같은 정신적인 것일 수도 있다. 나는 매년 작은 인간이 되어가는 것을 느낀다. 그러고는 그날 밤 잠들기 전에 생각하지. 글쓰기를 포기하면 저것들을 포기하지 않아도 되는 거 아닐까?

나는 예술가의 고통, 낭만적인 '작가의 비루함'을 얘기하는 것이 아니다. 이것은 그저 한국의 낮은 곳을 전전하는 프리랜서가 겪는 보편적인 고통일 것이다. 프리랜서의 세계. 이곳은 과정보다 결과가 지배하는 곳. 모든 책임은 나만의 것이며, 매년 동료들이 사냥꾼의 총알에 쓰러지는 사바나의 누우떼처럼 이 판에서 떠나가는 걸 담담하게 지켜봐야 하는 곳. 나는 작가의 삶을 그렇게 이해하고 있다.

대부분의 시간 동안 소설쓰기는 지루하고, 지난하다. 앞서 말했듯이 결과만이 중요한 세계이기에 내가 소설을 석 달간 매일 여덟 시간 동안 쓰든, 눈만 뜨면 술을 마시다가 이틀 만에 탈고하든, 그 과정은 중요하지 않다. 그야말로 잘 쓰는 사람이 대장, 왕, 신. 그런데 나는 왜 이걸 매일 그것도 팔 년간 하고 있냐면, 이것 역시 '작가로 타고난 운명' '천형과 같은 예술가의 삶' 같은 민망하고 오글거리는 이유 때문이 아니다. 그저 나는 내가 제일 잘하는 걸 할 뿐이다. 제일 잘하는 거니까, 누구보다 잘할 수 있으니까, 그걸로 이 사회에서 빛나고 싶다. 그런 치기 어린 공명심에 사로잡혀 있다.

그런데 나는 정말 글쓰는 걸 싫어하는 걸까? 이런 생각을 종종 한다. 한동안 이게 정말 궁금했다. 나만 소설 쓰는 게 즐겁지 않은 걸까? 그래서 작가를 만날 때마다 물어봤다.

―글쓰는 거 즐거워요?

대략적으로 말하자면 소설가들은 대부분 고통스럽다고, 즐거운지 잘 모르겠다고 했고, 시인들은 대부분 고통스럽지만 즐겁다고 했다(물론 최정화 소설가처럼 광기 어린 눈빛으로 "아아, 승훈아, 난 소설 쓰는 게 너무 즐거워서 견딜 수 없어"라고 대답하는 경우도 있었다). 그럼 나는 재차 묻지.

―그럼 소설 왜 쓰세요?

하지만 묻기 전에 나도 이미 알고 있다. 그들도 나와 비슷한 거겠지. 그리고 아직 내가 말하지 않은 어떤 이유 때문이겠지. 소설이 완성된 후에 느껴지는 극한의 짜릿함 때문이겠지. 그런데 정말 이것뿐일까? 이것뿐인데도 나는 이걸 왜 하는 거지? 혹시 나는 이 일을 좋아하는 걸까?

좋아하는지도 몰라. 그렇게도 생각한다. 나는 시 쓰는 걸 좋아했고, 결국 최종심에 몇 번 오르는 데 그치고 등단하지 못했지만, 지금도 시쓰기에 관심이 많다. 지금도 종종 시를 쓰기도 한다. 시를 쓸 때는 즐겁다. 그럴 때는 내가 글쓰기를 이렇게 좋아했나 하는 생각을 한다.

그렇다면 뭐가 문제인 걸까? 아직 잘 모르겠다. 다만 다른 방향에서 생각해볼 수도 있다. 내가 소설을 써서 좋은 이유 말이다. 아무래도 소설을 쓰기 때문에 행복한 거라면 좋은 사람들과 친구로 지내는 게 아닐까? 라는 어쩐지 감상적인 이유가 떠오른다. 아니 난 매년 새해면 이 생각을 한다. 그러니까 글의 첫머리에 말한 그 생각들에 이어서 이런 생각을 한다는 말이다.

문단은 아무래도 돈이 돌지 않는 곳이라 그런지 약삭빠른 사람들이 별로 없다. 물론 '또라이 보존의 법칙'이라는 게 있지. 내가 문단에 좋은 사람들이 많아서 좋다고 하니까, 김캐롤 편집자가 말했다.

—근데요, 선생님, 자기 주변에 또라이가 없다고 말하는 사람은 결국…… 무슨 말인지 아시죠? (저는 늘 당신을 존경했습니다.)

어쨌든 문단에는 약삭빠른 사람도, 악의적인 사람도 한국의 그 어떤 사회집단보다 적은 건 맞는 것 같다. 이곳에서 비열한 사람은 다른 업계의 비열한 사람에 비하면 우습다고나 할까. 비유를 하자면 다른 업계의 비열한 사람들이 재규어나 하이에나 급의 체급이라고 한다면, 문단의 비열한 자들은 바구미 정도라고나 할까. 뭐 그렇다.

진심으로 이들과 함께한 몇 년이어서 다행이라는 생각을 한다. 내가 다른 일을 하고 있다면 이런 사람들과 만날 수 있었을까? 그럼 나는 제대로 살 수 있었을까? 이불을 정확하게 직사각형으로 펴서 덮지 않으면 잠을 설칠 정도로 극도로 예민한 내가? 내 책이 나오는 출판사 사장님을 알아보지 못하다가 옆 사람에게 누군지 듣고는 그 앞에서 "하하하, 사장님인지 못 알아봐서 죄송합니다"라고 하는 어처구니없이 멍청한 내가?

김현 형을 처음 본 날이었다. 자정에 가까운 시간이었고, 우린 함께 버스를 타고 집에 돌아가는 중이었다. 형이 물었다.

―작가들 중 누구랑 친하니?

―거의 없어요.

―왜?

―엿 같은 새끼들을 너무 많이 봤거든요.

그때 나는 등단한 지 얼마 되지 않았는데, 별 미친놈들만 연속으로 마주쳐서 작가란 놈들에게 정나미가 떨어져 있던 참이었다.

그러자 이 말에 현이 형은 특유의 톤, 특유의 리듬으로 이렇게 말했지.

　—그럼 내가 다정한 사람들 좀 소개시켜줘야겠네.

　그날은 조금 추운 날이었고, 달은 밝았고, 나는 좀 마음이 찡했지.

　김성규 형은 내가 등단한 지 팔 년 만에 책이 나온단 소식에 눈물이 날 것 같다고 했다. 소란 누나는 채식주의자이면서도 나를 보면 고기를 사주려고 했다. 나를 끌고 다니며 좋은 사람들을 소개시켜준 타르 형도 있다. 수경 누나와, 덕희 형과, 태형이 형과 춘길이 형과, 석정이 형과 처키 누나와 늘 다정한 최지인과 배수연도, 송지현이, 성동혁이, 안웅선이도 정지향이도 있다. 그리고 이장욱 선생님과 늘 나에 대한 꿈을 꾸는 엄마 아빠와 지훈이와 대규 형과 나의 마음 따뜻한 고양이 푸코도(이 이름이 치기 어린 예술가적 자의식 과잉의 산물이라는 것과 좀 배운 사람들은 늘 내 고양이의 이름을 가지고 나를 놀린다는 것, 그래서 늘 문단 사람들에게는 내 동거묘의 이름을 숨겨왔다는 건 어쩔 수 없이 내가 받아들여야 하는 삶의 무게이다), 무엇보다 경민씨도 있다.

　너무 많은 사람들(+묘)의 다정함 덕분에, 사라져간 동료들을 슬픈 마음으로 지켜보면서도 버틸 수 있었다(그건 나의 미래, 혹은 나의 과거인 것만 같아서 슬펐거든). 한때는 이런 사람들이 있는 곳이 아니면 나는 버틸 수 없을 거라고 생각했고(정확히는 한국 다른 생태계의 삭막한 관계에서 살아갈 자신이 없었다), 그런 이유 때문이라도 글을 더 열심히 써야겠다는 생각을 했다. 당신들에게 감사하고, 당신들을 사랑한다. 바람이 있다면 늘 글을 쓰고 싶고, 더 잘 쓰고 싶고, 기왕이면 돈도 더 벌고 싶고, 그래서 평생 당신들과 보고 싶다(성규 형이나 S형이 말한 대로 문인 실버 타운이 생긴다면 기꺼이 동참하겠다).

　신경과민인 나를 이끌고 이 책을 무사히 내준 김내리 편집자에게 다시 한번 감사하고(아니 경외하고), 내 원고를 보고 보고 또 봐준 김형주와 귀염뽀작 민정 누나와 몇 가지 큰 결정에 조언했던 강경석 평론가와 언제나 마성의 웃음을 흩뿌리는 사랑스러운 시인 김현에게도 감사한다. 대부분의 원고는 대학로 가비아노와 성북동 5extracts에서 쓰고 다듬었는데, 특별히 카페를 언급하는 이유는 이 카페들에서는 매일 오랜 시간 죽치고 앉아 있어도 눈치를 주지 않았기 때문이다(가비아노 사장님은 종종 간식도 주셨다). 감사합니다. 다음 책은 또 언제일까 싶다. 이른 시일일 수도 있고, 어쩌면 이게 마지막일 수도 있겠지. 하지만 마지막이 아니길 바란다.

　이상 여기까지, 문단 위닝 일레븐 랭킹 1위 임승훈 소설가의 작가의 말이었습니다(도전은 인스타그램으로. 저에게 무참하게 패배한 성동혁, 민구, 최지인, 안웅선 등의 재도전 역시 환영).

2019년 여름
임승훈

| 수록 작품 발표 지면 |

졸피뎀과 나 …… 『내일을 여는 작가』 2016년 상반기호

2077년, 여름방학, 첫사랑 …… 『더멀리』 2015년 3호

가혹한 소년들 …… 『현대문학』 2016년 10월호

골키퍼 에릭 홀테의 고양이가 죽은 다음날 …… 『현대문학』 2015년 2월호

이서진을 닮은 탐정 ─ 새가 된 아내 …… 2015년 AYAF 3차 선정작

우울한 복서는 이제 우울하지 않지 …… 『악스트』 2016년 3/4월호

비워진 우주의 대기자들 …… 문장 웹진 2018년 4월호

초여름 …… 『실천문학』 2018년 겨울호

문학동네 소설집
지구에서의 내 삶은 형편없었다
ⓒ 임승훈 2019

초판인쇄 2019년 6월 14일
초판발행 2019년 6월 20일

지은이 임승훈
펴낸이 염현숙
책임편집 김내리 | 편집 김필균 정은진 이성근 이상술
디자인 김현우 이원경 | 마케팅 정민호 박보람 나해진 최원석 우상욱
홍보 김희숙 김상만 이천희 오혜림
제작 강신은 김동욱 임현식 | 제작처 영신사

펴낸곳 (주)문학동네
출판등록 1993년 10월 22일 제406-2003-000045호
주소 10881 경기도 파주시 회동길 210
전자우편 editor@munhak.com | 대표전화 031) 955-8888 | 팩스 031) 955-8855
문의전화 031) 955-3576(마케팅) 031) 955-8864(편집)
문학동네카페 http://cafe.naver.com/mhdn | 트위터 @munhakdongne
북클럽문학동네 http://bookclubmunhak.com

ISBN 978-89-546-5683-2 03810
* 이 책의 판권은 지은이와 문학동네에 있습니다.
  이 책 내용의 전부 또는 일부를 재사용하려면 반드시 양측의 서면 동의를 받아야 합니다.
* 이 도서의 국립중앙도서관 출판예정도서목록(CIP)은 서지정보유통지원시스템 홈페이지
  (http://seoji.nl.go.kr)와 국가자료공동목록시스템(http://www.nl.go.kr/kolisnet)에서
  이용하실 수 있습니다.(CIP 제어번호: 2019023447)
* 서울문화재단 이 책은 서울문화재단 '2017년 문학창작집 발간지원사업'의 지원을 받아 발간되었습
  니다.

www.munhak.com